Dörchläuchting

NE VÖRRED,
dormit dat mi nahsten kein Nahred' dröppt.

Wenn ick mi vermeten dauh, in dit Bauk ut de kümmerlichen Tiden nah den Säbenjöhrigen Krig 'ne Geschicht ut de gaude Vörderstadt Nigenbramborg tau vertellen, so darw keiner sick inbilden, dat ick mi vel mit vörneme Lüd', mit Grawen un Gräwinnen bemengen ward - natürlich, as dat all de Titel beseggt, Dörchläuchten utbenamen - oder dat ick mit Gold un Gesmeid' un sidene Kleder rümmer spillunken ward - natürlich ok hir wedder Dörchläuchten utbenamen - oder dat ick vele klauke un gelihrte Lüd' up den Band trecken un sei vör de Ogen von mine Lesers up un dal danzen laten ward - hir äwer vör allen Dörchläuchten wedder utbenamen- ; ne dat all nich! - Grawen un Gräwinnen gaww dat dunntaumalen in Nigenbramborg nich un giwwt dat ok hüt noch nich; mit Gold, Gesmeid' un sidene Kleder hett sick dat frilich up Stun'ns bet upsmeten, dunntaumalen was dat äwer dormit Essig, un mit klauke un gelihrte Lüd' hett sick dat frilich ok hellschen upbetert, indem dat ick mit Plesier en por Dutz von jede Ort uptellen kann, dunntaumalen was - Dörchläuchten utbenamen, un de was't ok man dörch sinen Hofpoeten - kein einzigste gelihrte un besonders klauke Mann in Nigenbramborg; einer hadd denn tau de irste Sort den Herrn Konrekter un Kanter Äpinus un tau de tweite den Herrn Hofrat Altmann reken müßt. - Ok mit annum un datum is dat in mine Geschicht sihr swack bestellt, un ick ward mi woll häuden, doräwer Hals tau gewen, denn wenn so'n richtigen kronischen oder kronologischen Klüsterkopp doräwer herfallen süll, denn künn hei mi Perfesser Kohlrauschen sine Tabellen unner de Näs' hollen un mi fragen: wo stimmt dit? un wo stimmt dat? un mi in de gaude Meinung von mine Lesers gründlich verrungenieren. Ick ward dat also maken as de Schriftstellers,

de sick up Stun'ns mit de geschichtlichen Romanen befaten, wo vel von Roman de Red' is un wenig von Geschicht, ward allens schön dörchenanner mölen un nah ehre Ort so anfangen:
»In der letzten Hälfte des achtzehnten Jahrhunderts, als Kolumbus grade Amerika entdeckt hatte, ritt an einem finstern Novembertage ein eisenbepanzerter Ritter durch die blühende Landschaft und erquickte sich an dem Dufte des Flieders und Jasmins. Sein Macintosh schützte ihn und die Rüstung, und als er in die Herberge zur goldenen Kugel in Neubrandenburg einritt, hatte er das Glück, mehrere Weinreisende aus Lübeck, Hamburg und Rostock zu treffen, auch einen Zigarrenhändler aus Bremen. - Man verstand sich bald, und als sich ihnen der Chirurgus erster Klasse, Herr Doktor Bernhard Keller, freundlichst zugesellt hatte, sangen die fröhlichen Reisenden die Neubrandenburger Nationalhymne aus dem Jahre 1849: ‚O Holzenburg, o Holzenburg, du Segen für Neubrandenburg!‘, was ihnen aber mit Recht schlecht bekommen mußte, denn sie wurden von Jakob Bendschneider abgefaßt und nach einem ehrwürdigen Gesetze aus dem Jahre 1543 verurteilt, welches anhebt: ‚So reisige Knechte in einer Herberge singen, usw. - Auch der Herr Doktor Bernhard Keller wurde, weil er verschiedene Doktorreisen auf das Land gemacht zu haben dem Gerichte bewußt geworden war, als reisiger Knecht angesehen und diesem gemäß rechtens verurteilt...« - Na, so geiht dat doch woll nich, will'n man wedder anners üm! Mit de hochdütsche Sprak un den erhabenen Stil un den grotorigen Stoff ward ick in minen ollen Dagen woll ebenso wenig farig as in minen jungen, ick will man wedder so an tau fläuten fangen, as ick vördem fläut't heww. Also...

KAPITEL 1

Wo dat tau Nigenstrelitz up den Sloß späuken ward. - Wat 'ne Rodump is.- Wo Dörchläuchten mit sine Christelswester dörch sine Staaten reis't. - Wo Sachtleben sin Wallach inspannt ward un de Kammerdeiner Rand Dörchläuchten tau 'ne Bellmandür anstift. - Dörchläuchten set't mit *einen* Blick ut dat *eine* Og' 'ne Staatsakschon in't Wark. - Tau Nigenbramborg sall 'ne nige Paleh bugt warden, un sei ward ok bugt. - Wer Dörchläuchting eigentlich was.

In dat Johr 1700 un so un so vel satt an einen Maidag gegen Taubeddgahnstid Dörchläuchten von Mecklenborg-Strelitz, Adolf Fridrich, de Virte sines Namens, mit sine leiwe Swester, de Prinzeß Christel, up sinen Sloß tau Nigenstrelitz tausam un vertellte sick mit ehr wohrhaftige Späukgeschichten, dulle Ding', de kein Minsch glöwen würd, wenn sei nich würklich passiert wiren; un sei seten dor un grugten sick, Dörchläuchten Adolf Fridrich am düllsten.
Dunn kamm dörch den stillen Frühjohrsabend äwer den Zierker See en Ton heräwer, en gruglichen Ton, so'n Ton, as blot dat niderträchtigste Späuk sick utdenken kann, wenn't de armen Minschen bet in de grawe Grund verfiren will. Lang un dump treckte sick de Ton von widen her äwer ganz Nigenstrelitz, un de beiden hogen Herrschaften wüßten't nich, kamm hei baben ut de Luft oder unnen ut den Irdbodden. 't was ok ganz egal, denn't was glik gruglich. Dörchläuchten, Adolf Fridrich IV., bewerte an Hän'n un Fäuten, un de Prinzeß Christel, de en hellsch resolviertes Frugenstimmer was, hadd noch so vele Besinnung, dat sei 'ne sülwerne Klingel tau faten kreg un Storm lüden würd. - Worüm sei dat ded, wüßt sei sülwst ok nich, äwer't kemen doch Minschen tau Hülp. - Kammerdeiner Rand un Kammerjunker von Knüppelsdörp stört'ten in de Dör un frogen woso? un woans? - Dat wüßten de beiden

hogen Herrschaften äwerst ok nich, denn't was jo en Späuk, un wer weit wat von en Späuk? Prinzeß Christel hadd äwerst noch so vele Besinnung, dat sei de beiden up en Staul dalwinken ded, un so seten sei denn ehre vir un keken sick stillswigend an, un keiner wüßt, wat eigentlich los wesen ded, blot dat sei Dörchläuchten bewern segen. - Mit einmal äwerst kamm de Ton wedder, un as hei so lang un dump äwer Nigenstrelitz verklingen würd, höll sick Adolf Fridrich IV. de beiden dörchläuchtigsten Uhren tau un rep: »Dor is't wedder!« - Kammerjunker von Knüppelsdörp namm den Kammerdeiner Rand dat Wurd vör den Mun'n weg, wegen de meckelnbörgsche Rangordnung, un säd: »Dörchläuchten, das sein die Rodump.« - Un de Prinzeß Christel hadd noch so vele Besinnung, dat sei frog, wat dat wedder för 'ne nige Ort Späuk wir. - Un de Kammerjunker säd, en Späuk wir dat gor nich, dat wir en Vagel, de sick af un an den Spaß maken ded, den Snawel in den Sump tau steken un denn lostaubröllen, üm Lüd' grugen tau maken. - Wat hei recht hadd, weit ick nich, äwer weiten kunn hei't, denn hei was ok Jagdjunker. - Dörchläuchten trugte em äwer nich un säd, as hei sick en beten besunnen hadd: »Alle gauden Geister lawen Gott, den Herrn! Un Rand, du slöppst des' Nacht bi mi in minen Kabinett.« - Dormit gung hei.
Prinzeß Christel satt nu noch en Strämel mit den Kammerjunker tausam un äwerläd sick mit em de Frag', wat sei dese Nacht för Middel gegen dat Späuk bruken un wen sei bi sick slapen laten süll, denn ehr Kammerjumfer, Korlin Soltmanns, wir en oll äwerglöwsches Talk, un sei kamm tau den Sluß, dat sei am besten ded, wenn sei sick för dese Nacht dat Schürmäten Wendula Steinhagens inventieren würd. - Wendel was nämlich 'ne hellsch forsche Perßon, de sick för'n Deuwel nich fürchten ded, sülwst nich för Dörchläuchten, denn sei hadd mal tau Dörchläuchten seggt: »Je, Dörchläuchten, Sei! -

Maken S', dat S' mi ut den Weg kamen!« un hadd för em den Bessen in de Höcht böhrt. De beiden hogen Geswister hadden nu in Randten un Wendula ehren Schutz de Nacht ruhig henbröcht un seten den annern Morgen bi't Frühstück un drunken Schockelohr. - Dunn gaww Dörchläuchten sine sonderbor deipen Gedanken taum Vörschin un säd: »Christelswester, du büst en Frugenstimmer, un du weißt, ick gew nich wat dorup, äwer du büst ut unser Dörchläuchtigstes Hus, un derowegen un in der Teilen will ick di mit mine Regierungsmaßregeln in Kenntnis versetten. - Weitst wat Nigs? Ick bug' mi up en schönes Flag in mine Staaten en niges Paleh.« - »Dauh dat«, säd sei, »Dörchläuchting! Du büst jo Herr von dat Ganze wo hau't dat äwer ut mit dat Geld?« - »Is mi ok all infollen«, säd Dörchläuchten, »äwer wotau heww ick denn mine Landdrosten? De möten mit Holt un Stein Rat schaffen, un de Handwarkers känen täuwen, denn es ist unerhört, daß Serenissimus Strelitziensis sich unter seiner Nase spuken lassen soll. - De dumme Kammerjunker seggt frilich: ‚das sein die Rodump' - wat is äwer 'ne Rodump? Ick glöw allens; äwer dat ick so'ne Erklärung glöwen sall, kann einer von mi in mine Eigenschaft as regierende Herr nich verlangen. - Rand«, säd hei tau sinen Kammerdeiner, »Jochen Bähnhas' sall anspannen, de goldne Kutsch, drei Lakaien achter up un de beiden Löpers vörn weg; de Kutscher un de Lakaien sälen ehre Staatsmondierung mit de goldnen Tressen antrecken, un de beiden Löpers, Halsband un Fleischfreter, sälen den nigen Blaumenhaut ut Paris upsetten - à la Pompadour«, säd hei bisid tau sin Swester, »denn ich reise durch meine Staaten.« - »Je, Dörchläuchten«, säd Rand, »dat ward woll nich gahn, denn uns' oll Wallach, de up de Bisid geiht, hett dat Spatt so dägern, dat hei keinen Bein vör den annern setten kann.« - »Was schert uns der Wallach!« rep Dörchläuchten in de grötste Zornigkeit, »wenn unser Wal-

lach krank ist, denn gehst du zu dem Ackerbürger Sachtleben und leihest uns eins von seinen Pferden.« - »Je, Dörchläuchten, hei giwwt en uns nich; de Mann is up Stun'ns in de hillste Meßführertid, un denn steiht em dat nich tau verdenken.« - »Du gehst, Rand; wir sind regierender Herr.« - Un Rand gung, un Sachtlewen gaww sinen ollen stiwen Brunen her tau dat Paradenfuhrwark.
Jochen Bähnhas' höll mit de goldne Kutsch vör de Dör, drei Lakaien hackten ein achter den annern achter up, de beiden Löpers swewten de Strat entlang, Rand satt up den Buck, un Dörchläuchten mit sin Christelswester seten in de Kutsch. - »Wohen?« frog Jochen Bähnhas'. - »Ümmer gradut«, säd Rand, »äwer Stargard weg bet an uns' Grenz; äwer jo nich räwer äwer de Grenz, denn wi bereisen blot unsere eigenen Staaten.« - Un Jochen Bähnhas' führte dörch Stargard un dörch Fredland bet an de preußsche Kawel un törnte dor de Pird: »Prr, öh ha! - Hir is't tau En'n!« - Un Dörchläuchten befohl, sei wullen nu mal gegen Morgen äwer Woldegk reisen, un as sei achter Woldegk nah Wulfshagen kemen, dunn dreihte sick Kutscher Bähnhas' wedder up de Mähr üm un säd: »Rand, nu is't wedder all, wider geiht't nich.« - Un Prinzeß Christel, de dit hürt hadd, säd: »Dörchläuchting, dit is dat irstemal, dat ick so expreß dörch unsere Staaten reis'; ick hadd doch nich dacht, dat dat so'n kort En'n wir.« - »Christel«, säd Dörchläuchten, »du büst en Frugenstimmer un hest keinen Verstand dorvon, wat meinst du woll, wat noch allens gegen den Middag tau liggt? Feldbarg un Mirow un Förstenbarg, dat liggt noch all in mine Staaten, un denn reckt sick dor achter Mirow noch en Zippel in dat Swerinsche rinne, de kann sick allentwegen seihn laten.« - »Ne, Dörchläuchten«, säd Rand, de dit hürt hadd, »tau'n Seihnlaten is de Gegend just nich, denn dor würd Sei de Sand doch eklich in de Ogen stömen, un dat möt ick weiten, denn ick bün dor in

de Gegend bürtig.« - Un Dörchläuchten argerte sick äwer Randten sinen dummen Snack un kek ut de goldne Kutsch rut un rep: »Jochen Bähnhas', nah Hus'! Un morgen führen wi in de Förstenbarger un Mirowschen Dannen.« - Un dat geschah grad so, as Dörchläuchten dat vörut seggt hadd, denn hei was en forschen Regent, un wenn hei einmal seggt hadd: »Ick segg!«, denn hadd hei't seggt. - Un den annern Dag führten sei bet achter Förstenbarg nah Dannenwalde, un as Rand sick nah den Wagenslag rümbögte un säd: »Dörchläuchten, nu sünd wi wedder so wid«, dunn würd Dörchläuchten falsch un rep ut den Wagen rut: »Wesenberg!« - womit hei sick trösten wull, äwer hei kamm trotz Wesenbarg in en vullständig »unbefriedigten« Taustand nah Nigenstrelitz taurügg, un Rand un Christelswester stunnen up en Korydon tausam un schüttelten beid' mit den Kopp und frogen sick: »Wo dit woll ward?« - Un ut Morgen un Abend würd de drüdde Dag, un Dörchläuchten regierte dese Nacht nich, denn hei slep. Rodumpen leten sick nich hüren, un all dat Späuk, wat süs in den Sloß tau Nigenstrelitz sin Wesen bedrew, hadd för dese Nacht 'ne annere Anstellung kregen.
Den annern Morgen kamm de Kammerdeiner Rand runner tau de Prinzeß Christel un säd: »Gott sei Dank! Dese Nacht hewwen wi rauhig slapen un in Freden förfötsch weg regiert, un hüt führn wi gegen den Westen tau nah Nigenbramborg, denn sünd wi mit uns' ganzes Reich dörch.« - Un Prinzeß Christel säd: »Dat gew de leiwe Gott! - Denn kriggt hei Rauh, denn hei is en tau forschen Regent.« Un drei Stunnen dorup führten sei äwer den Dannenkraug bi Nigenbramborg, un wil dat Sachtleben sin oll Brun nich mihr kunn un von den Dannenkräuger sine Mähren ein inspannt warden müßt, gung Dörchläuchten en beten up un dal vör de Dör un kek äwer den schönen See heräwer in dat Brodasche Holt und säd tau sin Christelswester up hoch-

dütsch - denn de Kräugerfru stunn dorbi, un hei müßt ehr de herzoglichen Ihren erwisen -: »Durchlauchtigste, was meinst du? - Wenn wir uns da drüben über den See ein ‚Belvedere' erbauten?« - Prinzeß Christel wull wat seggen, äwer Rand sprung vörtau un säd: »Dörchläuchten, Sei hewwen ümmer recht, 'ne Bellmandür möt wi hewwen! Alle hogen Herrschaften hewwen 'ne Bellmandür, un wi allein nich!« - Un Dörchläuchten säd: »Rand hett recht.« Un so führte hei nah Nigenbramborg rinne.

As hei in dese Parl von sin Reich rinnekamen un up den Mark ankamen was, rep hei ut de goldne Kutsch rute: »Rand, Jochen Bähnhas' sall hollen!« Un dormit steg hei mit sin Christelswester ut den Wagen, un Rand vörn runner von den Buck, un de drei Lakaien achter runner von den Tritt; de beiden Löpers, Halsband un Fleischfreter, verpusten sick. - Un dunn säd Dörchläuchten, Adolf Fridrich IV.: »Dies gefällt uns, und hier wollen wir uns ein Palais bauen!« - Dörchläuchten Christelswester wull wat seggen, äwer Dörchläuchten, de regierende Herr, brok ehr dat Wurd vör den Mund af un säd: »Dörchläuchten, Christel, was wollen Sie mehr? Sind Sie unvergnügsam? - Sehn Sie, Hochsie« - denn dor stunnen för den Ogenblick allerlei »untertänigste« Unnerdahnen, de sick frilich man as lütte Stratenjungs utwesen, äwer Dörchläuchten müßte derowegen doch mit sine Swester hochdütsch reden - »sehn Sie, dort t' Enns dem Rathause wird's gebaut werden.« Un hei besach sick dat Rathus von hinnen un vörn, un dat Rathus let sick ok beseihn, denn't kunn sick allenthalben seihn laten, indem dat in sine Buort utsach, as wenn dat vör langen Johren ut 'ne Wihnachtspoppenschachtel namen wir un wir up den Mark von de Vödderstadt Nigenbramborg henstellt, dat Magistrat un Börgerschaft dor en beten mit spelen wull. - Un Prinzeß Christel säd tauletzt ok: »Cela me convient! Un Dörchläuchting, du bugst dat Paleh mit en por

Flügeln, un ick treck denn in den einen.« - »Dat wardst du woll bliwen laten, Christelswester«, säd Dörchläuchten un dreihte sick üm, »nimm di nicks vör, denn sleiht di nicks fehl! Ick will in desen nigen Paleh den ollen Wiwerkram nich hewwen, den ick in Nigenstrelitz heww. - Rand«, rep hei, »gah mal tau de beiden Burmeisters, un ji«, säd hei tau de twei Lakaien, »raupt mi mal de Ratsherrn hirher; ick let sei hirher tausamenraupen, Ich, der regierende Herr. - Du bleibst hier«, säd hei tau den drüdden Lakaien, »wir wollen uns nicht ganz von Dienerschaft entblößen.« - Un somit gung hei mit sine Christelswester up un dal un regardierte gor nich dorup, dat sin Swester de Unnerlipp lang hängen let, un de Lakai tüffelte achterher.
Un de beiden Burmeisters un de vir Ratsherrn kemen, un Dörchläuchten säd ehr sine sonderbore Intention, de hei hadd, datt hei sick hir up ehren Mark 'ne Paleh bugen wull, un nah ollen, ihrwürdigen Herkamen makten sei einen deipen Diner, un de irste Burmeister wull eben von de hoge Gnad' reden, as de jüngste Ratsherr, de noch nich dat Swarte unner den Nagel von Takt hadd, vörstellig makte, dat dat doch schad' wir, den groten, schönen Mark so tau verbugen, un dat doch ok de Stadtpresentanten irst dornah taum wenigsten quanswis fragt warden müßten. Dunn kek em äwer Dörchläuchten blot mit dat ein von sine fürstlichen Ogen stramm in dat Gesicht, dreihte sick üm un fläut'te de Melodi: »Marlborough s'en va-t-en guerre«, un dese dörchläuchtigste Geistesgegenwart sned alle widere unangenehmen Verhandlungen af. Ratsherr, de virte, äwer gung nah Hus, vertellte dat dummerwis' sine Fru; de namm twei von ehre unmünnigen Kinner, set'te em up jeden Knei eins, stellte em dat drüdde mang sine ratsherrlichen Bein, sick grot dorachter, un frog em indringlich, wat hei ehr un sine ganze Nahkamenschaft unglücklich maken wull. - Hei säd denn ok, dat wull

hei nich un dat künn hei nich, un de ganze Opposition in Dörchläuchten sine Staaten was dörch dese resolvierte Fru munddod makt.
Dörchläuchten führte äwer mit Prinzeß Christel, de beiden Löpers, de drei Lakaien achter up de goldne Kutsch wedder nah Nigenstrelitz taurügg un hadd dat hoge Gefäuhl in sine fürstliche Bost, dat hei blot mit *einen* Blick ut dat *eine* Og' de Staatsmaschin in'n Gang hollen un 'ne Staatsakschon in't Wark set't hadd. Den Dannenkräuger sine olle Voßstaut behöll hei äwer so lang' in sinen Marstall, bet de brun Wallach up de Bisid wedder halwweg' gahn kunn. – Adolf Fridrich IV., Herzog von Meckelnborg-Strelitz, was en Sähn von den Prinzen von Mirau, mit den de oll Fritz in sine flotten Rheinsbarger Johren sinen Spijök bedrew; hei folgte in de Regierung up Adolf Fridrich III., de woll vele Schulden, äwer keine Kinner hinnerlaten hadd. Wil hei äwerst noch nich vull föfteihn Johr olt was, höllen sei em tau't Regieren noch nich rip, wat 'ne grote Dummheit was, denn irstens was hei rip. Worüm? Hei is seindag' nich riper worden. Tweitens hadd jo sin leiw Mutting vör em regieren künnt. Un drüddens hadd denn sin Herr Vedder Liebden, Krischan Lurwig von Meckelnborg-Swerin, sin meckelnborg-strelitsches Reich nich mit Krig äwertrecken kunnt, denn de hadd ok stark in den Sinn, för em tau regieren; kamm äwer nich recht dortau, denn de Mutter von dat Kind, 'ne Prinzeß von Hildborgshusen, knep 's Nachtens mit ehren lütten Herzog ut un lep mit em nah Gripswold. Hir let sei em studieren lihren, denn, wenn ok nich tau't Regieren, tau't Studieren was hei rip; sei sülwst äwer schrew en langen Breiw an den »Reichshofrat« un wes' nah, dat ehr Kind en anner Kind wir as anner Kinner; dat dat all von lütt up an hellschen klauk west wir un, wenn't nu nich bald vulljöhrig spraken würd, licht äwerrip warden künn taum Schaden von de meckelnborg-strelitschen Landen. De »Reichshofrat«

sach dat in un ded ok en Inseihn, hei sprok unsen Dörchläuchten vulljöhrig, un Vedder Liebden Krischan Lurwig von Swerin müßte mit 'ne lange Näs' aftrecken un de Parl von dat meckelnborg-strelitsche Reich, Nigenbramborg, de hei mit 'ne Armee von fiw Kumpanien Soldaten beset't hadd, wedder rutegewen.
Nu regierte Dörchläuchten Adolf Fridrich von 1753 bet 1794 in einen Ritt furt taum Segen von sine Staaten; äwer nich tau sinen eigenen Segen, denn hei was en unglücklich Minsch, indem dat hei in sinen swacken Liw' drei Grugels un drei Furchten hadd, de em kein Rauh leten. Hei hadd nämlich irstens en groten Grugel vör de Arbeit, tweitens en noch grötern vör Späuken un Hexen un drüddens den grötsten vör alle Frugenslüd'; denn hadd hei irstens 'ne grote Furcht vör en Gewitter, tweitens 'ne noch grötere vör den Dod un drüddens de grötste dorvör, dat em mal bi Weg'lang sine Kron afhannen kamen künn, indem dat hei noch ümmer mit Schrecken an Vedder Liebden von Meckelnborg-Swerin dachte, de em in düstere Nacht nah Gripswold up de Uneversetät jagt hadd. - Tau all dit Unglück kamm nu noch en anner Unglück: hei was nah Paris reist west un hadd sick dor dägern verleiwt. Nich in en Frugensminsch, denn, as ick all seggt heww, dorvör hadd hei en Grugel, ne! in schöne Kledaschen; de müßt hei hewwen, de wiren tau sinen un siner leiwen Staaten Glück notwendig, un sine leiwen Staaten smeten nich so vel af, dat hei sine Gelüsten up sanftene Röck un sidene Hosen vull stillen kunn.
Wenn einer dat up Stun'ns vertellt, dat en Herzog von Meckelnborg mal in Rock- un Hosennöten west is, so hürt sick dat so spaßig an, dat dat keiner recht glöwen mag. Äwer lacht nich tau gel, de Tiden hewwen sick ännert; wat hüttaudag' de drüdde Deil von dat Stargardsche Amt afsmiten deiht, smet dunn dat ganze Land nich af, un dortau wiren dor

Schulden äwer Schulden, un't gung tau Tiden so knapp an den Hof tau, dat Adolf Fridrichen III. sogor männigmal dat Brodkurn all würd. - Dortau kamm nu noch de Säbenjöhrige Krig, un de oll Fritz kloppte den meckelbörgschen Mehlbüdel ut, so lang' hei noch jichtens stömen ded, un dorbi blew't noch nich: Pird' un Wag' würden wegnamen, un wat de Bellingschen Husoren nich nemen, dat nemen de Sweden; un ok dorbi blew't noch nich. De preußschen Warwers treckten dörch dat Land, un wo sei en schiren Kirl segen, de müßt ranne an den Baß, d. h. an den Schapschinken. Vele Geschichten von dese Minschenröweri späukten noch in minen kindlichen Johren dörch dat Land, wo de Kirls mit List un Gewalt de Minschen wegslept hadden, un min eigen Großvader un sin Brauder, de beid wat lang geraden wiren, sünd mit knappe Nod un blot mit Hülp von ne brave Försterfru ehr ut de Fingern kamen. - Allens würd namen, wat Arm un Bein hadd, vör allen wiren't äwer de ollen braven Scheperknechts, up de't afseihn was. Wenn so'n oll Gottsblaud buten up den Felln einsam stunn mit sine Knütt un allens mägliche dachte, blot nich an't Soldatwarden, hadden sei em bi den Wickel, snerten em de Arm up den Puckel tausam un leddten mit em af; oder wenn hei's Nachtens in sin Hütt lagg un noch so säut von sin Fiken oder Dürten drömte, denn nagelten s' em de Hütt tau un führten em in alle Gemächlichkeit äwer de preußsch Grenz un treckten em den bunten Rock an. - Weck grepen sei sick denn ok mit Listen, as dat jennen Scheperknecht gung, de dorför bekannt was, dat hei gruglich stark sin sull. De steiht denn mal eins Dags achter sine Schap, dunn kümmt en verkledten preußschen Warwer an un seggt so recht christlich tau em: »Krischan, du sallst jo so gruglich stark wesen; ick wedd mit di en por Buddel Bir, wenn ick di dinen Scheperstock dörch de beiden Rocksärmel dwars äwer den Puckel stek, denn kannst du'n nich intwei breken.« - »Dat wir der Deuwel!« seggt Krischan, un de Warwer steckt em den Stock dörch de Ärmel; un as hei dit farig hadd, fläut't hei up en Finger, un sin Mitkolleg kümmt ansprungen, un nu krigen sei minen leiwen, langen Krischan an de utgereckten Arm tau faten un led den mit em in alle Gelimplichkeit af. - Na, Krischan mag spaßig naug utseihn hewwen; äwer't helpt all nich, de Nod was grot in den Lan'n, un Hülp was nahrends tau finnen; sogor bi Dörchläuchten Adolf Fridrich IV. nich, denn de was sülben in de grötste Nod. Hei hadd unglückliche Wis' in Paris de Bekanntschaft mit den irsten Modensnider inakt un hadd em den Updrag gewen, em ümmer de irsten Moden tautauschicken. Dat ded denn nu de fründliche Mann, äwer hei was so utverschamten, ümmer glik bor Geld tau verlangen, un Dörchläuchten hadd in sine sanftene un sidene Bedrängnis all tau allerlei vertwifelte Middel gripen müßt. Hei hadd all de mecklenborg-strelitschen Kronjuwelen för nägendusend Daler bi einen Hamborger Juden versetten müßt. De Krig was frilich taw En'n, äwer dunn gung de Nod irst recht an; de Krig hadd noch en beten Lewen in de Baud bröcht, äwer nu lagg allens dal, platt dal! Landmann un Kopmann un Handwarksmann verdeinten keinen Gröschen. Worüm? - Wil kein Gröschens dor wiren, un de Kronjuwelen stun'n noch ümmer in Hamborg Gevatter. –

Dat heit, so was dat in den äwrigen strelitschen Lan'n, natürlich Nigenbramborg utbenamen, denn dor gung dat hellschen hoch her; Dörchläuchten schickte sinen Herrn Landbumeister un let de nige Paleh bugen, un't was en geschickten Mann, denn blot ut de Zöpp von dat Buholt un de Utschottstein bugte hei so biher in de Fierabendstiden de Bellmandür in dat Brodasche Holt, un't was groten Verdeinst in Bramborg, un de twölf Murer- un de twölf Timmergesellen, de dunntaumalen fiw Gröschen up den Dag kregen, gungen 's Abends dörch de Straten, hadden den Haut scheiw upset't un sungen: »Wenn's immer, wenn's immer, wenn's immer so wär'!« Un de dunnmalige Polizeideiner Bendsnider, wat de Stammvader von dat ganze Polizei-Bendsnidersche Geslecht worden is, säd: »Lat sei, sei bringen Geld unner de Lüd'.«

Un as dat Johr üm was, dunn was de Paleh halw farig, un in dat negste Johr würd dat dreivirtel farig, un dunn verpust'ten wi uns twei Johr von de äwerminschliche Anstrengung un de Kosten, un in den Harwst von dat föwte Johr stunn't fix un farig dor, un de Buren ut de Ümgegend un männig Penzliner un Stargarder Börger kamm nah Bramborg un bekek sick de Sak, un ok dit bröchte hellschen vel Geld in de Stadt, so dat Dörchläuchten en wohren Wolldähter för de Stadt worden was. Dat erkennten denn de Brambörger ok as getrue Unnerdahnen an, un as Dörchläuchten in den negsten Frühjohr in de Paleh treckte, dunn sammelten sei för em tau'n festlichen Empfang - de Stadtkass' gaww dortau 50 Daler in de ollen bekannten Münzgröschen, de dunnmalen all keiner recht nemen wull, un in'n ganzen kemen tausam 105 Daler, 3 Gröschen, 7 Penning – eigentlich äwer 7 Gröschen, 7 Penning; denn Ratsherr, de virte, wull ok 4 Gröschen gewen; sine Gaw würd äwer taurüggschaben, wil sei von so'ne Demokratensid her mäglicher Wis' Dörchläuchten, wenn hei 't tau weiten kregen hadd, hadd beleidigen künnt. –

So wahnte nu Dörchläuchten in sine nige Paleh; Bramborg hadd dordörch en lütten Mark kregen, äwer 'ne grote »Hofhaltung«; Prinzeß Christel hadd sick in de Hoffnung up den einen Flügel eklich sneden und wahnte bi Kopmann Buttermannen up den Bähn, un de grote Verdeinst von de »Hofhaltung« kunn nu losgahn.

KAPITEL 2

Wo Dürten Holzen in den Herrn Konrekter sine Achterstuw' sitt un wat sei mit de gele, französche Perßon tau dauhn hett. - Wo de Düwel ehr allerlei Tüg in de Uhren flustert un Stining Holzen en beten taum Besäuk kümmt. - Wo Stining girn den Löper von Dörchläuchten hewwen müggt un Dürten Dörchläuchten sülwst; wat sick äwer as 'ne Majestätsbeleidigung utwisen ward. - Von en Gesangbauk un 'ne Huspostill. - De Herr Konrekter makt en Wihnachtspresent, un Dürten Holzen schickt em up Reisen, üm uttauprobieren, wat sei oder de Herr dat Regiment hett.

Üm dese Tid satt in de Achterstuw' von den Herrn Konrekter un Kanter Äpinus tau Nigenbramborg an den heiligen Abend vör Wihnachten Dürten Holzen, wat den Herrn Konrekter sine Wirtschafterin was, un kek dörch den Schummerabend in den Sneidräwel rinne, de von dat Kirchendack in den Goren herinnestöwte. - Sei hadd de Hand in den Schot leggt und säd tau sick: »Sine Rauh will de Minsch hewwen, wenn allens tau Schick is; un wer weit, wo dat noch all kümmt. Wat ick mi so in'n stillen dacht heww, wir grad nich utverschamten, un wenn ick mine Lewenstid so bi ein taubringen künn, wir't för mi un för em gaud. Na, Witmann is hei, Kinner hett hei nich, in de bedenklichen Johren is hei ok all, un in'n ganzen heww ick doch ok all dat *Regiment*. Awer de olle, gele, französche Perßon in den gelen Äwerrock, de Micheli gradäwer treckt is, wenn mi de Kretur man blot nich en Elend makt! - Gott sei Dank! Hei argert sick noch ümmer äwer ehr. - Äwersten de Mannslüd'! Gott in den Himmel, wer kann weiten, wat de in den Kopp fohrt! - Und wat denn? Nah minen ollen Vader trüggtrecken? - Ne, dor 's all Jammer un Elend naug in'n Hus', keinen Verdeinst, un wat verdeint ward, möt Stining mit de Nadel verdeinen, wat süll ick woll dor? Tau wirtschaften is dor nicks. - Äwer wenn de olle gele Perßon un de gele Äwerrock Äwerwater bi em krigen -

nu schellt hei noch ümmer up ehr, äwer wenn sei - wat denn? Wohen?« - Un sei stunn up un stickte in ehre Unrauh ehr Tranlamp an un gung up un dal in de Stuw' un set'te sick wedder dal un säd: »Son'n Posten krig ick för't irst nich wedder. Na, un frigen?« - Hir sprung sei wedder up. »Ja«, rep sei,»ick kann den Schauster krigen ut de Fischerstrat un den Klempner in de Badstüwerstrat; äwer worüm willen sei mi? De Schauster hett drei Gören, de in den Dreck vergahn, un de Klempner hett sine beiden ollen Öllern, de hei wegen dat Hus bet tau Tod fäuden möt, un wenn sei mi hewwen willen, denn willen sei mi blot hewwen, wil ick wirtschaften un arbeiten kann; äwer ut Leiw'? - Ne, dor kümmt woll keiner tau mi. Un so dumm bün ick nich, dat ick dor noch en Glück in säuk, denn ick bün woll en gesunnes, äwer kein hübsches Frugensminsch.« - Hir ded sick Dürten Holzen nu grot Unrecht; sei was nich schön, äwer sei was en grotes, staatsches Mäten mit en wittes un rodes Gesicht, mit uprichtige, blage Ogen, ut de en fasten Willen un en irnsthaften Verstand herutlücht'ten. Ut de jungen Mätens-Johren was sei frilich all rute, äwer sei sach mit ehre einundörtig Johr doch noch so frisch un apptitlich ut, dat einer en Kuß von ehren Mund för en grotes Plesier sick anreken kunn. – Sei satt nu irst en beten in Bedenken, mit einmal slog sei äwer mit de Fust up den Knei: »Na, äwer mit de oll Gel grad gegenäwer, dor kann'ck mi noch alle Dag' mit mäten. – Wenn hei abslut frigen will un will sick ordentlich tau Kopp seihn, denn... Ick pleg em, ick räuk em, ick holl em dat Sinige tau Rad'. - Gott sall mi bewohren!« rep sei un sprung wedder up, »wat sünd dat för Gedanken an den heiligen Festdagabend! - Ick süll so'n leges Frugensminsch sin, dat ick mine Gedanken up den Herrn Konrekter sülwst richten ded? Dor is keiner an schuld as de oll Gel! - Leiwer Gott!« rep sei, »help mi an desen heiligen Abend ut so'ne Gedanken!« Un sei sprung wedder up un halte sick ehren Bäukerschatz herut, en Gesangbauk un de Bibel un 'ne olle Huspostill, un säd tau sick: »De irste Spruch in de Bibel, up den min Og' föllt, de sall't mi seggen.« Un as sei de Bibel upslagen hadd, drop sei grad den Vers: heiraten ist gut, aber ledig bleiben besser. - »Dor is't«, säd sei un sackte still up ehren Brettstaul taurügg, »ne, ok nich mal ut Leiw' will ick meindag' nich frigen; ick heww jo den Ogenspeigel an min armes leiwes Stining.«

Un nu treckten ehr allerlei trurige Gedanken dörch den Kopp, sei paßten nich tau dat Freudenfest up den annern Morgen; äwer sei paßten sick för en Mäten, wat mit ehre Hoffnungen afsluten wull, un wenn sei ok nich nah katholische Ort un Wis' vör en Altor in en witten Sleuer stunn un 'ne ihrwürdige Abtissin mit all de Nonnen ehr küßten un strakten, unheiliger was ehr Wesen doch nich, denn sei ret mit harte Hand alle Blaumen ut de Rabatten in ehren Goren, dat sei för annere Lüd' dor nützlich Gewächs tög, minentwegen Kohl un Räuben un Tüften. - Awer de Düwel hadd doch noch en beten Gewalt äwer ehr trotz ehr forsches, resolviertes Wesen, hei flustert ehr ümmer in de Uhren: »De oll Gel!«

As sei noch so satt, klingelte de Husdör, un as sei nahsach, stunn en Herr up de Del in 'ne Mantäng, de sick den Snei von de Beinen aftrampste un driwens in den Herrn Konrekter sine Stuw' gung. - Un nah en beten klingelte de Husdör wedder, un ihre sei nahseihn kunn, kamm en lichten Tritt an ehre Dör ranne, un ehre Swester stek den Kopp herinner, einen wunderhübschen Kopp, de frische Luft hadd de witten Backen rosenrod farwt, de weiken, goldgelen Flaßhor ringelten sick unner dat brune Dauk herute, wat wegen de Witterung äwer den Kopp bunnen was, un en Por truhartige blage Ogen frogen tau gliker Tid mit den roden Mund: »Büst du denn tau Hus? - Täuw, ick will mi man irst den

Snei afschüddeln.« - Un nah en beten kamm en slankes Mäten von en Johrener tweiuntwintig in de Stuw, treckte sick 'ne olle, afdragene Kantusch von den Liw' un stunn nu in en verschatenes Huskled vör ehre Swester. »Na, Stining«, säd de, »kumm an den Aben, warm di! – Haddst di bi so'n Weder ok woll din gaudes, warmes Kled antrecken künnt.« - »'t kümmt all noch, Dürten, morgen tau den Festdag. Halsband hett mi verspraken, hei will mi morgen nahmiddag nah de Kirch, wenn jichtens Bahn is, up den See Sleden führen. - Ach, wo dat susen deiht, wenn hei löppt, hei löppt de annern all vörbi.« - »Ja«, säd Dürten en beten hart, »dat's ok dat einzigste, wat hei kann.« - »Dürten«, säd de Swester un kek so zag un biddwis' de anner an, »segg nicks von em. Hei kann jo dor doch nicks vör, dat em Dörchläuchten nich ut sinen Löperdeinst gahn laten will. Süh, jede Minut, de hei fri hett, sitt hei in uns' Warkstäd un arbeit't för Vadern un uns, un Vader seggt, hei hett sick de Sack so schön annamen, dat hei tau jeder Tid as en utgelihrten Böttchergesell anseihn warden kann.« - »Dörchläuchten möt dat Dunnerweder in de Beinen slagen, wenn hei jug nich tausamenlaten will.« - »Dat seggst du woll«, säd Stining trurig, »äwer Halsband seggt, dat is mit Dörchläuchten noch slimmer worden, denn sörre de Tid, dat hei dunn in Dresen den besten von de Sachsenlöpers vörbilopen is, will Dörchläuchten em abslut nich missen.« - »Denn wull ick, dat em ok dat Dunnerweder in de Beinen fohren ded! - Wat hett hei tau lopen? Kann hei nich sacht gahn as anner Lüd'?« - »Je, Dürten, dat's doch sin Geschäft.« – »Dat's en schön Geschäft! Dor ward keiner fett von, hei nich un wi all nich. - Un du sittst dor un jankst un verjankst dine jungen Johren, un dat Brod, wat du mit dine Gesundheit betahlst, is richtig Hungerbrod.« - »Ach, Dürten, 't is doch all beter worden; süh, du hest Vadern doch tau Micheli mit din Lohn de Meid' betahlt, un de letzten Wochen vör Wihnachten heww ick schönen Verdeinst hatt, un wenn Halsband in'n Frühjohr för 'ne längere Tid wedderkümmt, denn sallst du mal seihn, denn ward in de Warkstäd ok wedder wat verdeint.« - »Dor verlat di nich up, dat's en bunten Togvagel, un wenn hei weit, dat dat wat tau danzen giwwt, denn geiht hei fläuten un ward sick vel üm Togmetz un Togbänk kümmern. De Beinen! de Beinen! ümmer de Beinen!« - »Ja«, säd Stining trurig, »dat Danzen! - Äwer«, säd sei fründlich, »hei danzt doch ok so schön, un't sleiht doch ok in sin Geschäft, hei möt jo woll. Un dat kannst du mi glöwen, wenn ick man wull, hei nem mi ümmer mit, un einmal hett hei mi jo ok all mitnamen - weitst noch? den tweiten Pingstdag vör fiw Johr -, un wo keken de Lüd' up uns, Dürten, nich up mi, ick kunn jo gor nich ordentlich danzen, ne! up em, as hei dor so henswewen ded, as hadd hei Flüchten staats Beinen; un den ganzen Abend danzt hei mit mi.« - »Oh, ja«, säd Dürten, »ick weit't noch ganz gaud, un von den Ogenblick an gung din Elend los.« - »Dürten, segg nich Elend, dit Elend is min Glück. - Süh, hei is mi tru, dat weitst du so gaud as ick, un ich bün em ok tru; un seindag' hett hei nich wat Unrechts von mi verlangt. Kann hei dorvör, dat Dörchläuchten kein Frugenslüd' liden kann un dat hei nich litt, dat sine Deinsten sick verfrigen?« - »De olle Kirl süll mi man blot eins in de Fingern kamen«, rep Dürten un lep up un dal, stunn äwer glik dorup still un säd: »Hür mal, wat dat bian för'n Larm bi den Herrn Konrekter is?« - Un sei set'te sick wedder dal, dat sei beter hüren wull, un de beiden Swestern hürten irst up den Larm, un as dat stiller würd, namm jede von ehr verluren en Bauk in de Hand; Stining dat Gesangbauk, un wenn einer sei dormit so hadd sitten seihn, hadd hei woll seggt: sei is sülwst so'n Gesangbauk, denn dat Bauk was mit en Goldsnitt, un twei Harten wiren up den Deckel drückt, un dorup stunn schrewen: *min* Hart un *din* Hart sünd beid' *ein* Hart, un dorinne stunnen Freudenlider un Passionslider, un sei sung de beiden ümschichtig ut deipste Seel. Un Dürten hadd de olle ihrliche Huspostill tau faten, un sei slog mit ehre ollen harten, knäkernen Arbeitshän'n verluren de Bläder üm, un wenn einer sei dorbi hadd sitten seihn, wo ehre Ogen up de »Betrachtungen beim Verlust eines Lammes« keken, un hei wir gewohr worden, dat sei in desen Ogenblick ehr Swester för dit verlurne Lamm ansach, un hadd de harten, mit Bleck beslagenen Ecken von de Postill un ehre missingschen Krampen anseihn, dat dat Bauk nich för jeden nigglichen Hanswursten upslagen dor liggen süll, denn hadd hei woll seggt: sei is ok so'ne olle ihrliche Huspostill. – »Dürten«, säd Stining nah 'ne Tid, »ick heww mi so dacht, wi wullen hüt abend mit Halsbandten bi unsern ollen Vader sitten; ick heww hüt von minen Päding, den Stadtfischer, för en Schilling Plötz köfft, un hei hett mi riklich gewen, un de wull ick uns braden.« - »Je, Stining«, säd Dürten, »wo girn! Äwer *hei* hett jo nu Besäuk, un wenn *hei* tau Hus bliwwt, denn kann ick jo nich.« - »Hür mal! Sei schurren all mit de Stäul.« - Un richtig! dat wohrte gor nich lang',»dunn begleit'te de Herr Konrekter sinen Besäuk up de Del, un sei säden sick adjüs. - »So«, säd Dürten, »de is weg. Wenn hei sülwen nu man irst weg wir, denn weg möt hei.« De Herr Konrekter schinte äwer noch lang' kein Il tau hewwen, denn hei kamm rin nah Dürten ehre Stuw' un hadd 'ne manschesterne Hos' in de Hand. - »Gun Abend ok, Dürten, ick... Ah, gun Abend ok, Stining! Na, wo geiht't, min Döchting?« Un hei strakte ehr äwer de schönen sidenen Hor. - »Binah hadd ick mi äwer den dummen Bengel, den Kägebein, argert; äwer, Dürten, ick heww doch an di dacht; ick wull di doch ok wat taum Wihnachten schenken. 't is wenig, Dürten, för dine trugen Deinsten; äwer 'n Hundsvott giwwt mihr, as hei hett. - Süh, da hest du mine olle manschesterne Hos', ick heww mi so dacht, du künnst di dor en Spenzer ut maken oder, wenn de nich geiht, en nigen sanftenen Sommerhaut.« - »Oh, Herr Konrekter«, säd Dürten un let sick de Hos' dörch de Fingern gahn, »so'ne Freud' un so ne Ihr...« - »Je, Dürten, 'ne Bedingung is äwer noch dorbi: bet Pingsten möt ick sei noch dragen.« - »Je, Herr, wenn dat nich anners is...« - »Ne, Dürten, 't geiht nich anners, süh, ick heww man blot dese ein noch, de ick anheww, un wenn de wat Minschlichs passiert, wo denn? Tau Ostern sall ick frilich all minen Gehalt krigen; äwer dat tägert sick ümmer bet Pingsten hen, un 'ne Hos' is en Kledungsstück, wat jeder Mannsminsch duwwelt hewwen möt, denn kein Kledungsstück kann en Minschen in grötere Verlegenheit bringen as dit.« - »Dat seih ick in, Herr Konrekter.« - »Na, denn bringt jugen heiligen Abend recht fröhlich tau«, säd de Herr Konrekter, »un, Dürten, du künnst jug jo en por von uns' Krummstengelappeln halen un 'n por Buddel Bir von Bäcker Schulten, dat ji doch ok markt, dat dat Heilchristabend is.« - »Wat?« frog Dürten, »un Sei wullen denn allein in Ehre Stuw' sitten un dor Müggen gripen? – Ne, Sei möten hüt abend doch ok Ehren Plesier hewwen.« -»Je, wo sall ick hen? Hüt abend sitt jeder mit sin Fomili tausam, un wenn so'n ollen Witmann as ick dorinner snie't, denn kümmt 'n an as 'ne Säg' in'n Judenhus'.« - »Dat segg ick ok nich; äwer künnen Sei nich en beten nah den Keller gahn, nah Ehren Swager? Dor sammelt sick jo doch süs all dat unverfrigte Mannsvolk, un Hofrat Altmann frog mi hüt morgen all, wat Sei hüt abend nich ok dorhen kemen.« - »Ih, wat!« säd de Herr Konrekter verdreitlich, »äwer Altmannen arger ick mi blot, un von Arger heww ick hüt abend all naug von den dämlichen Kägebein hatt.« - »Äwer Hofrat Altmannen wullen *Sei* sick argern? Hei hett blot den Titel kregen, wil dat hei Dörchläuchten männigmal mit Geld unner de Arm grippt, un *Sei*? *Sei* sünd en Mann in Ihren un Würden, Konrekter un Kanter tau glike Tid, un dat Weder is hüt abend tau'n Utgahn so schön, as dat in dese Johrstid jichtens wesen kann.« - Schrrrr! ströpte so'n Sneidräwel an de Finsterruten entlang. - »Hürst woll?« säd de Herr Konrekter. - »Ih«, säd Dürten un gung ut de Dör an dat Klederschapp, wat up de Del stunn, »in dese Johrstid kümmt dat woll vör«, un smet den Herrn Konrekter 'ne gellериche Schanilg' äwer un knöpte em vörn in alle Geswindigkeit en vir Dutz lütte Knöp tau, treckte em den Kragen in de Höcht, un de Herr Konrekter kek baben ut dat Kragenlock, as wir hei ut Spaß mal in en Oxenhöft rinnekrapen un kek nu mal baben ut dat Spundlock rute, üm mal tau seihn, wat de Welt woll tau sinen Spaß säd. - »So!« säd Dürten un namm em dat Licht vör de Näs' weg, »nu täuwen S' man en Ogenblick in'n Düstern, ick bün glik wedder hir.« - Un dormit lep sei nah de Vörstuw un kamm mit en dreikantigen Haut - en Pust-de-Lamp-ut, as de Ort näumt würd - un en spansch Ruhr un 'ne lange Pip un en Tobacksbüdel un 'ne Snuwtobacksdos' un en reines Snuwdauk un en por anner Däuker, üm den Hals tau binnen, wedder taurügg un handtierte an ehren Herrn herümmer, als wir sei en Schildknapp, de sinen Ritter wapen ded, un de Ritter let sick dat all gefallen, un as sei mit de Utrüstung farig was, säd hei fründlich »gun Abend« un treckte mit getrosten Maud up Abendteuer ut, mit Stock un Pip, as wir't Degen un Sper. – »So«, säd Dürten Holzen, »Stining, nu kumm, nu is hei weg un kümmt vör Klock elben nich wedder, nu känen wi nah Vatting gahn.« - »Herre Gott, Dürten, ick hadd de Kurage nich, em so wegtauschicken.« - »Stining, dat lihrt ein all, un wenn em ein mit Glimplichkeit anfött, denn möt hei ok Orre parieren, un dat hei utgahn deiht, dat is em gaud. Denn süh mal, so'ne olle Schaulmeisters, wenn sei mit nicks wider tau dauhn hewwen as mit ehre Schauljugend, denn wennen sei sick nicks as Undäg an un glöwen tauletzt, dat anner Lüd' ebenso för ehr parat sin möten as ehr Schaulkinner, un dat paßt mi nich. - Ne, sall ick dorför upkamen, dat hir allens ordentlich is, denn möt ick ok de Gewalt hewwen. Hei würd sick schön inmölen, wenn ick em nich en beten unner de Fuchtel höll, un nah en Virteljohr müßt jo woll einer mit Schüpp un Schuwkor kamen, üm den Smutz ut den Hus' tau bringen. - Süh«, säd sei un bunn sick en dicken Dauk äwer'n Kopp, »nu stritt hei sick dor mit den Hofrat un de annern rümmer, denn de bruken nich vör em still tau swigen as sin Schaulkinner, un so ward hei de Weddersprak gewennt, un dat kümmt mi denn tau gauden, wenn ick mal hül will un hei hott. - Nu kumm! Den Husslätel nem *ick* mit, ick will äwer doch bi den Keller angahn un em seggen, vör Klock elben darw hei nich tau Hus kamen, denn ick hadd dat Hus tauslaten un den Slätel mitnamen.« - Dormit gungen sei.

KAPITEL 3

Wer de Herr Konrekter un Kanter Äpinus was. - Wat hei all in sine Schaul bedriwen ded. - Sine uprichtige Meinung von de Franzosen, von Bonaparten un von Josephine - un gel is sei doch! - En stilles Vergnäugen un swore Gedanken. - Ferien sünd doch Ferien. - Worüm den Herrn Konrekter de olle römische Jurist Cujacius in den Kopp un de Nigenstrelitzer Jurist, Avkat Kägebein, in de Stuw kamm. - Von de fine Poesie, von Götzen von Berlichingen, Homer un Lessing. - Worüm de Herr Avkat Kägebein den Herrn Konrekter för en afgünstigen Minschen taxiert, worüm hei nah den Ratskeller geiht und worüm de Herr Konrekter achter em hergeiht.

De Herr Konrekter un Kanter Äpinus was en Sachs oder, as des' Ort Lüd' up Stun'ns spaßig näumt warden, »ein Sächser«, hei was üm dese Tid en

Mann so middwarts de Föftiger un was för sin Öller noch en staatsches Stück von en Mannsminschen, obschonst de Esel ok all mit grise Hor bi em rutekamen was. - Hei was en gauden Mann un hadd ok sin Ding' düchtig lihrt, denn hei was so tämlich de irste Schaulmeister an de hoge Schaul tau Nigenbramborg, de mit de ollen Grichen un Römer gaud Bescheid wüßte, un dorüm höllen ok sin Schäulers wat von em. - Jehann Heinrich Voß, de 1766 up de Schaul nah Bramborg kamm, vertellt noch mit groten Dank, dat hei von den Herrn Konrekter mihr lihrt hett as von jedwer annern Lihrer un dat em de Herr Konrekter in 'ne swore Krankheit däglich besöcht un em as en Vader plegt hett; äwer Schrullen oder, as Dürten Holzen seggt, Undäg' hadd hei sick anwennt, un doran was sine leiwe Fru schuld worden, indem dat sei tau nahsichtig gegen em west was; un dat döggt nich. - Dorüm, wenn ick hir von mi sülwen reden darw, heww ick de Utsicht, dat ick mi ok för mine ollen Dag' keine Schrullen anwennen ward, denn wat mine leiwe Fru is, sorgt mit allen Iwer dorför un hett mi all weck, de ick vördem hadd, afwennt. - Äwer wedder up den Herrn Konrekter tau kamen, so möt ick von em 'ne grote Markwürdigkeit berichten, de süs woll meindag' noch nich vörkamen is. Hei hadd sick nämlich, obschonst hei so recht ut dat richtige Kauken-Sachsen herstammen ded, in Mecklenborg so dägern in de plattdütsche Sprak verleiwt, dat hei in sinen Hus' un in Gesellschaften, ja wat noch mihr is, ok in de Schaulstunnen Plattdütsch reden ded un, wat bi einen richtigen Kauken-Sachsen binah unmäglich schint, hadd dat so richtig lihrt, dat em man sihr sprangwis hir un dor en lütten Swupper in de plattdütsche Sprak passieren ded. - Hei gaww sinen Unnerricht in de tweite Klass' un lihrte sine Schäulers uter Latinsch un Grichsch ok noch en beten Naturgeschicht, un wil dat hei ok up de Musik tau lopen verstunn, gaww hei Unnerricht in den Kirchengesang un let sine Schäulers ok tauwilen up de Vigelin spelen un, wat ehr vör allen Spaß maken ded, ok Pauken slagen. Französch verstunn hei nich un wull't ok nich verstahn, denn hei hadd en groten Haß gegen de Franzosen. Weck säden äwerst, den Haß hadd hei blot, wil dat hei kein Französch verstunn un em dat schanierlich wir intaugestahn; ick glöw äwer, dese Meinung schütt vörbi, hei kunn dat französche Wesen nich liden, un sin Haß würd ümmer düller, je düller de Franzosen in Dütschland Hus höllen, un - frilich vel später, as mine Geschicht spelt – einmal kamm hei dordörch in 'ne grote Verlegenheit. Hei hadd sick nämlich anwennt, Bonaparten ümmer den Spitzbauben un Röwer tau nennen un de Josephine ümmer dat olle, gele Frugensminsch. Nu kümmt hei mal tau sinen Swager Kunst up den Keller un dröppt dor mihrere Bekannten mit en Frömden, de von de Gesellschaft tau en Spaß anstifft ward. As nämlich min gaud Herr Konrekter de Josephine wedder dat olle, gele Frugensminsch näumt, springt dese Frömde up un geiht up em los: »Monsieur, ick sein Franzos', Sie aben geschumpft auf mein impératrice, ick Sie laß stecken in prison.« - »Oh, oh! Holt!« seggt min Konrekter, grippt nah sinen Stock un Haut un treckt Pahl, rügglings ut de Dör. Nu ward dat in de Stuw' denn en grotes Hägen; äwer de Herr Konrekter argert sick buten äwer sinen Rüggtog un gruns't sick inwennig un steckt in vullen Arger den Kopp in de Dör un röppt in de Stuw' rinne: »Un gel is sei doch!« - Also de Franzosen kunn hei nich liden, un mit de gele Farw gung em dat ebenso as sin Dürten, sei was em tauwedder. In'n äwrigen äwer - as ick all seggt heww - was hei en gauden Mann, un wenn em weck Lüd' dat as en Nahdeil anreken wullen, dat hei en beten scharp up sinen Vurtel kek un sihr nah sick was, so hadd hei sinen driftigen Grund dortau, denn sine Innamen wiren swack, Fründschaft, de helpen kunn un wull, hadd hei nich, un dat Öller kek bi em all in de Dör. Gizig was hei äwer grad nich, blot mit Poppier, denn dormit gung hei ror üm un let keinen Finzel unbeschrewen; äwer so wat finnt sick oftmals. Ick heww en gauden Fründ, wenn den einer nahenanner twei Daler affördert, denn giwwt hei s', äwer bi twei Swevelsticken makt hei en bedenklich Gesicht. An den Morgen von den Dag, von den ick vertellen dauh, gung hei in 'ne korte Jack, de hei sick von sinen Nahwer, den Snider, ut en ollen Rock hadd upbugen laten, un 'ne lange Pip in sine Stuw up un dal. En Slaprock smeten sine Inkünften nich af. - »Süh«, säd hei tau sick, »sörre den Harwstmark heww ick üm dese Tid kein Pip Toback tau roken kregen. 't is doch nüdlich, wenn de Minsch mal ut den ollen däglichen Sälen rutekümmt. - Ferien sünd doch Ferien, de Minsch verpust sick doch. - Nu will ick mi äwer denn doch mal an minen elektrischen Apparat maken.« Un dorbi halt hei en flacken, bleckern Kasten rute, de inwennig mit Horz utgaten was, un en Voßswanz un allerlei Buddeln un afgebraken Buddelhäls', denn hei hadd sick, so gaud as't gahn wull, allens ahn Kosten sülwst taurecht stellt. - »So frilich is min Kram nich as den Aptheiker sine Maschin; äwer't geiht doch ok, de Minsch kann sick doch dorvon en Begriff maken.« - Hirbi wirkte hei denn nu bet Middag rümmer, treckte sick dunn sauber an un stunn nu dor in en rodbrunen Rock mit grote, goldbespunnene Knöp, mit breide Upsläg' an de Ärmel, 'ne swarte sanftmanschesterne korte Hos', slohwitte Strümp, blankgewichste Schauh mit sülwerne Snallen un rep äwer Dürten Holzen, dat sei em den breiden Horbüdel anknöpen süll, et dunn mit ehr Middag, let sick en beten Füer in den Aben maken, gung dunn an't Finster, makte dat Finster up un kek nah sinen Thermometer, wat en kostbores Geschenk von den Aptheiker was, indem dat sei beiden de einzigsten wiren, de in Nigenbramborg so'n Wohrsegger in Lohn un Brod hadden. – Grad as hei sin Finster upmakte, gung in den tweiten Stock gradäwer von em ok en Finster up, un sine Nachborin in den gelen Äwerrock makte em en Diner tau un säd sihr fründlich: »Bon jour, monsieur.« - »Gun Dag ok«, was sin Antwurt, »äwer ick heww Sei all mal seggt, wenn Sei mit mi reden willen, denn reden S' dütsch.« - »Ich wünsche Ihnen vergnügte Feiertage.« - »Ick Sei ok.« Dormit makte hei so'n swacken Versäuk tau en höflichen Diner un makte sin Finster tau. - »Weit de Kukuk«, säd hei, »ick heww einmal up den Wall en por Würd' mit ehr redt, wil dat ick nich anners kunn, un nu set't sei dat Geschäft nah, wo sei mi süht. - Na, lat ehr.« - Dormit set'te hei sick in sinen leddernen Lehnstaul, den em vör Johren mal sin oll Swigervader, de nu ok all vör drei Monaten storben was, taum Wihnachten schenkt hadd, un rokte 'ne Pip. - De Stuw' was so schön warm, dat Füer bullerte in den Aben, de Lehnstaul was so bequem, buten jog de Wind mit de Sneiflocken, un üm em rüm was dat so still. - »Acht Grad Küll buten«, säd hei un läd sinen Kopp an de Back von den Lehnstaul, »woll den, de up Stun'ns 'ne warme Stuw hett. Äwer wo einsam! Wo einsam! - Dürten Holzen is 'ne gaude Perßon, äwer mit Lotting was dat doch anners! Sei was ok sporsam, äwer hüt hadd sei doch nich nahlaten, sei hadd taum wenigsten Päpernät backt. Dürten seggt: ‚Sei eten s' doch nich', seggt sei, ‚un üm minetwegen bruken kein backt tau warden, dat Geld känen wi sporen', seggt sei. - Recht hett sei; äwer Lotting was ok sporsam, un Päpernät hett sei doch backt.« - De Gedanken an vergahene Tiden togen an em vöräwer, un männig stille Süfzer gaww ehr dat Geleit; äwer taurüggraupen kunn hei dat nich, wat för ümmer verswunnen was. Dat was keine grelle Hartensweihdag', de in em towte, ne, em was tau Sinn, as wir hei up 'ne unbewahnte Insel midden in dat wide Weltmeer utset't worden,

un hei kek in de blage Firn äwer de See, un kein Schipp was tau seihn, wat tau em Minschen bröchte, un de Bülgen slogen an dat Äuwer ümmer mit einerlei Ton, as wiren sei dat dagdägliche Lewen, un dorvon würd hei so mäud, un em föllen in Würklichkeit ok de Ogen dorbi tau, un de Pip sackte em ut de Mund, un hei slep sachting in - dunn slog de Stuwenklock twei, un hei rappelt sick up: »Je, denn helpt dat nich, denn... Nu, süh mal! Ick heww jo Ferien!« Un hei slep wedder in.
Un as hei nu tauletzt ut sinen Slap wedder äwer En'n kamm, dunn spunnen sick sine Gedanken wider, hei set'te sick an't Finster un kek in't Weder: »Noch geiht dat«, säd hei tau sick, »noch bün ick gesund und fäuhl mi ok noch kräftig, un dat Schaulmeisterieren holl ick noch 'ne Tidlang ut, wenn äwer dat Öller kümmt un sei pangsionieren mi mit en Botterbrod, wovon sall ick denn lewen? Taum Tausamensporen un Bisidleggen is min Gehalt nich andahn. - Noch künn ick wedder frigen, äwer't müßt 'ne Fru sin, de en por Gröschen achter sick hadd un de den Willen un dat Tüg hadd, mi in ollen Dagen fründlich an de Hand tau gahn. - Je, wo is so ein tau finnen! - De olle Jurist Cujaz hett, as hei vertellt, dreimal frigt: dat irste Mal propter opus, dat tweite Mal propter opes un dat drüdde Mal propter opem; ick müßt nu propter opes un propter opem mit *einem* Mal farig krigen. En swor Stück, wenn einer de Frugenslüd' kennt: de opes warden kein opem leisten, un de opem hewwen, kein opes.« Hei kek tau Höcht un sach noch so in'n Halfschummern sine Nachborin in den gelen Äwerrock an dat Finster stahn. - »Dor steiht s' all wedder! Je, de Lüd' seggen: opes sallst du hewwen, seggen 's, äwer nah opem sühst du mi gor nich ut, segg ick.« -
As dat düsterer würd, bröcht em Dürten Licht rinner, makte em Füer in den Aben, halte en Por grote Filzschauh vör: »Herr Konrekter, trecken S' de warmen Schauh an, dat Sei sick nich verküllen«, un

gung wedder. - »Opem kreg Dürten farig«, säd de Herr Konrekter, »wo hau't dat äwer bi ehr mit de opes ut?«
Dunn trampst sick einer buten den Snei af, un de Herr Avkat Kägebein kamm in de Stuw': »Verehrter Freund und Gönner, ich konnte doch nicht unterlassen...« - »Wat nich?« - »Sie zu besuchen; ich fühlte den heftigsten Drang in mir, Sie wiederzusehn.« - »So? Na, wennihre sünd Sei denn hir ankamen?« - »Gestern abend.« - »Na, wenn de Drang so grot west is, denn wunnert mi dat, dat Sei gistern abend nich glik kamen sünd.« - »Geschäfte, mein Gönner, unaufschiebliche Geschäfte.« - »Wat? Sei warden doch nich taum irsten Mal in Ehren Lewen en Prozeß hewwen?« -»Bewahre! Wichtige Geschäfte, viel wichtigere haben mich auf Flügeln des Zephirs gestern morgen, als man mit purpurnem Gewand am östlich hohen Himmelsrand Auroren schon verbreitet fand, von Neustrelitz nach Brandenburg entführt.« - »Ollen schönen Zephir hüt buten!« smet de Herr Konrekter dormang, äwer Kägebein let sick nich stüren: »Ich will nämlich eine collectio meiner schönsten Gedichte hier bei Korb drucken lassen, Durchlaucht, unser gnädigster Herr, hat die hohe Gnade gehabt, meine submisseste dedicatio anzunehmen, und hier sind sie.« Dormit smet hei en Packen Schriweri up den Disch. - »Dörchläuchting - Gedichte? - Na, dat hett hei denn woll ut Niglichkeit dahn, denn ick glöw, hei hett in sinen ganzen Lewen noch kein Gedicht lesen.« - »Ich habe ihm welche vorgelesen, er hat sich sehr gefreut, er hat viel Sinn und Empfängnis für die feine, hohe Poesie; und - unter uns - wie mir Rand, sein Herr Kammerdiener, sagt, ich habe eine große Exspektanz auf den Titel eines Hofpoeten.« - »Gratulier velmal tau den hogen Titel.« - »Aber die Gedichte sind auch schön, sehr schön! Sie sind im höhern Stil, ich habe Gellerten und Ramlern und Gleimen sozusagen in eins verschmolzen. Hören Sie mal!« - »So

setten S' sick doch irst dal!« - Dat ded denn de Herr Avkat un bläderte in sin Poppieren. - »Ich suche keine aus, ich nehme das erste beste zum Vortrage. - Hier dies ist mehr Gellert, es ist ein Idyllum.« - »So heit dat Ding nich, dat heit idyllium, kümmt ut den Grichschen von ειδυλλιον«- »Ach, das sind Kleinigkeiten, Nebensachen; die Hauptsache ist, so was selbst machen zu können, hören Sie:

Invitatio zur Redute an einen guten Freund

So wie Felten in den Abendstunden,
Wenn er seine Rinder eingebunden,
Auch mit sorgenden und milden Händen
In der frommen Schaf und Lämmer Bänden (Raufen)
Heu und Stroh mit Sorgfalt eingestopfet
Und den Riegel für des Schafstall's Tür geklopfet,
So wie Felten, sag ich, am Kamine,
In den Armen seiner lieben Trine
Die von Schnee und Frost ermüd'ten Beine
Ruht und wärmt an des Kamines Steine
Und entzückt an seiner Trine Busen,
Laß mich, spricht, in dieser Gegend drusen.«

»Gott bewohr uns!« rep hir de Konrekter dormang, »wat is dat? ‚Laß mich, spricht, in dieser Gegend drusen?' - Minsch, wo hewwen Sei dat her?« - »Ganz aus mir selbst«, säd Kägebein un richt'te sick äwer En'n. »Aber hören Sie weiter:

So wie Felten, sag' ich, allhier lauschet
Und die Freud' in Trinens Busen rauschet,
So und heiter, ebenso vergnüget -
Ist es Felten, der allein nur liebet?
Wollen wir uns heut erfreuen
Und den Nymphen Blumen streuen.

Liebster Freund, so laß die Bücher liegen,
Die Pandekten und den Codicem,
Wisse, mit den Jugendjahren fliegen
Auch der Jugend Triebe, komm ad locum quem.«

»En sworen Rim; äwer sihr schön!« föll de Konrekter in, un Kägebein las wider:

»Es erwarten dich mit offnen Armen
Unter der Trompeten Schall und Klang der Darmen
Dorimen und Synceren und das Chor der Grazien,
Besser noch, doch eben so als vormals alle
Schönen Griechenlands und Traciens.«

»Nu hollen S' Pust!« rep de Konrekter un slog em sine Poppieren tausam, »dor hett jo einer grot acht Dag' an tau dauhn, ihre hei dat begripen deiht. - Un dit, meinen Sei, wir mihr so in de Ort von Gellerten.« - »Ja«, säd Kägebein un kek em ganz unschüllig an, »und hier habe ich ein Stück, welches mehr Gleim ist. Sie wissen - Freundschaft; ich habe es für meinen Freund Horn gemacht, als ihm sein Sohn geboren wurde:

Ich hab heut den Arzt im Magen,
Solches hab ich dir zu sagen,
Dies ist, daß ich heut nicht komme,
Wünsch dir Zephir und die Sonne.

Doch halb achte könnt's geschehen,
Daß wir uns einander sehen,
Auch chenier dich nicht nach mir,
Bleib ich doch ein Freund von dir.

Grüße deine liebe Lotte,
Grüß den schönen Schlummergotte,

Grüß ihn millionenmalen:
Sei geneigt, ihm zu bezahlen
Das Gelübd', so du ihm tatest,
Da du knieend um ihn batest,
Voll von Liebe, Dank und Pflicht
Falle auf dein Angesicht.«

Hir sprung de Konrekter up: »Nemen S' nich äwel, dat höllt de Minsch nich ut, mi is ganz swindlich worden; ick möt en beten up un dal gahn.« - Kägebein richt'te sick wat höger up: »Das hat Sie wohl übernommen?« - Ja, 't hett mi äwernamen. ‚Klang der Darmen' - dor meinen Sei woll 'ne Vigelin mit?« - »Ja, es ist poetisch.« - »Ja, un ‚grüß den schönen Schlummergotte' is ok woll poetisch för en Wickelkind?« - »Ja, in diesen poetischen Ausdrücken habe ich, wie mir schon viele gesagt haben, meine besondere Force. - Ich habe hier noch ein größeres Heldengedicht, welches den Titel führt: ‚Die auf den Backofen geschobene Schöne oder der Sprung durch den Schlehdorn'; das will ich aber noch nicht drucken lassen, denn...« - »Dat's recht, dat is dat Verstännigste, wat Sei dauhn känen. Nonum prematur in annum - geben S' 't jo nich in den Druck, an dese Gedichten hewwen de Lüd' all naug tau knusen. - Nu seggen S' mal, hewwen Sei all lang' dicht't?« - »Ih, ja! Doch wohl schon en Jahrener fünfzehn bis zwanzig.« - »Denn laten S' 't nu wesen, denn hewwen Sei Ehr Schülligkeit vullkamen dahn.« - »Je, mein Gönner, das sagen Sie; wenn mich aber der Geist treibt, denn meine Natur ist eine poetische, denn...« - »Dat is 'ne verfluchte Natur un en infamen Geist. - Seggen Sei mal, hewwen Sei dat Bauk lesen von Götzen von Berlichingen? Mi hett dat Hofrat Altmann mal leihnt, denn ick kann mi so wat nich anschaffen.« - Hir treckte Kägebein de Schullern tau Höcht un wiwakte mit den Kopp hen un her un säd: »Ja, aber das ist ja roh und ungeschliffen, da ist ja nicht für einen

Dreiling feine Poesie darin.« - »Möt ok nich! Sall ok nich!« rep de Konrekter hastig, »Wohrheit sall dor in sin un Natürlichkeit. - Kiken S' doch den Homer an, wo is denn dor feine Poesie? - Dor baukstafieren un stamern sei up de Schaulen den Homer tausamen, un keiner hett ein hallweg Verständnis dorvon, von sine Schönheit, von sine Natürlichkeit un von sine Wohrheit. - Ja, einen Schäuler heww ick hir hatt, was en dummen Buerjung', as hei hir herkamm, heit Jehann Hinrich Voß, de hadd en Sinn dorför.« - »Ja, mein Gönner, Homer hat aber doch nichts Feines, er lebte ja auch in einem höchst ungebildeten Zeitalter.« - »Na, un *wi* woll in en recht gebild'tes? - Sei glöwen woll, wil dat Sei de Frugenslüd' in Ehre Gedichten mit allerlei abellsche Namen anreden, derentwegen schriwen Sei fein; de unserein Mariken un Dürten un Fiken näumt, de näumen Sei Dorimene, Syncerene, Fatime un wat't för olle, apsche Namen noch mihr giwwt. Ick will Sei blot seggen, för all Ehre Iphigenen un Philomelen un Dorimenen gew ick min oll ihrlich Dürten Holzen noch lang' nich weg. - Dat kümmt all von de verfluchten Franzosen her, de hewwen uns' dütsches Wesen verdorben un uns' dütsche Sprak dortau. - Seihn S', dor is en Kirl«, dormit wis'te hei up en Bild von Lessing, dat an de Wand hung, »heww noch mit em in Leipzig studiert, is en Dutzbrauder von mi, de hett't verstahn, un wenn wi em folgen wullen, denn kemen wi woll up den rechten Weg. - Und hir«, dormit halte hei en ollen Smöker ut sin Bäukerregal, »dit's en Landsmann von Sei, de makt hir de ollnmodischen Poeten schön taurecht, hüren S' mal; ick will't äwer ut de olle Sprak in de jitzige äwersetten un will blot den Sluß nemen, denn dat irste is för de jitzige fine Tid en beten tau stripig:

So'ne hocherlüchtete Red', seggt'e, de is nu upgekamen, seggt'e,
Bringet den nigen Poeten einen ewigen Namen.

Dat is nu lächerlich, schriwen, dat jedermann,
Ja ok en Schauster, seggt'e, oder 'n oll Wiw vernemen kann,
Ein möt sine Fedder hoch äwer de Luft upswingen
Un mit poetischen Stil dörch de Wulken dringen,
Dat is nu de Manier, seggt'e - und so weiter, und so weiter - seggt'e.«

»Aber, bester Gönner, das ist ja unser gewöhnliches Plattdeutsch!« - »Na, un worüm nich?« - »Ja, ich weiß das wohl, daß Sie - und es wird von Ihren vielen Freunden sehr bedauert - sich gleichsam in die gemeine, plattdeutsche Sprache verliebt haben und ihr den Vorzug für die gebildete hochdeutsche geben.« - »So? Na, denn seggen Sei man mine vele Frün'n, dorüm süllen sei sick man kein grise Hor wassen laten, segg ick, dor hadd ick minen Grund dortau, hadd ick seggt. - Glöwen Sei denn nich, dat, wenn ick as en Sachs hir ankamen bün un hadd kein Pladdütsch lihrt, dat mine Schäulers nich up pladdütsch allerlei verfluchten Spijök mit mi drewen hadden? - Un denn, möt ick Sei seggen, is dat Pladdütsch mi vel leiwer as dat fine Hochdütsch, wat *Sei* schriwen, 't is doch taum wenigsten noch nich von de Franzosen verfuscht un verdorben.« - »Es ist eine gemeine Sprache«, rep Kägebein, de nu ok hitzig würd - de oll Konrekter was't all lang' -, »es läßt sich in ihr kein einziger feiner poetischer Gedanke ausdrücken.« - »Dat sall sei ok nich«, rep de Konrekter un slog up den Disch, »dortau is sei tau ihrlich. - Sei seggen, ick heww mi in de pladdütsche Sprak verleiwt, un denn seggen Sei von mine Leiwste, dat sei gemein is? - Wat? - Herr, seihn S' tau Ehren Würden! - Wat würden *Sei* seggen, wenn *ick* von Ehre Leiwsten, von Dorimenen un Zephiren un Chloen, un wo dat Takeltüg all heiten deiht, seggen ded, dat dat gemeine Frugensminscher wiren?« - »Wir kommen heute abend nicht überein«, säd Kägebein, kramte sine

Schriften tausam un makte Anstalt aftaugahn. - As de oll Herr Konrekter dit sach, dunn kamm dat Gefäuhl äwer em, dat hei doch woll en beten groww gegen sinen Besäuk worden was, hei wull 't as ihrliche Mann up sine Ort wedder gaud maken, slog äwer dorbi irst recht dat Kalw in't Og! - Hei gung nämlich recht tautrulich an sinen Gast ran un gaww em de Hand: »Ick bün öller as Sei, Kägebein, un kann Sei woll en gauden Rat gewen: gewen S' de ßackermentschen Gedichte nich rute.« - De Dichter tuckte tausam, kek den Konrekter scharp in de Ogen, un dat müggt em jo woll so vörkamen, as wenn de blasse Neid dorut herutelücht'te, hei lächelte so'n beten vörnem von baben dal un säd, as hei ut de Dör gahn wull: »Gewiß gut gemeint, und manchem mögen meine Gedichte auch wohl nicht gefallen; aber Durchlaucht, unser gnädigster, regierender Herr, haben geruht, die dedicatio anzunehmen, und so müssen sie denn gedruckt werden. - Guten Abend!« - De Konrekter begleit'te em up de Del un säd: »Gun Abend ok, lewen S' recht woll, ick wünsch Sei vel Glück dormit; äwer, nemen S' 't nich äwel, Sei sünd en groten Klas!« - Kägebein gung ut de Husdör un rep noch taurügg: »Gönnerchen, das wird sich finden, wird sich finden; sehn Sie's erst gedruckt, im Druck nimmt sich das ganz anders aus.« - Hei gung un gung nah den Ratskeller. De Herr Konrekter brummte vör sick hen: »Heww ick üm den Klas minen schönen heiligen Abend verluren!« - Un as wi seihn hewwen, gung hei nah en beten achter Kägebeinen her, ok en beten nah den Ratskeller.

KAPITEL 4

Kägebein les't wedder sin Gedichten vör. - Wat de Konrekter dortau seggt. - Wat de Ratskellermeister Kunst von de Kunzerten höllt, un woans hei duwwelte Pacht gewen will. - Wo Dokter Hempel den Lin'nwewer singt, Kägebein dicht't un de Konrekter sick argert. - Wo Zephiren ehre Gesundheit up Hofrat Altmannen sine West tau sitten kümmt. - Hofrat Fischer höllt 'ne Red', de hellschen vernünftig is un mit en Strid utlöppt. - Kunst sleiht mit en Stock de irdnen Pipen intwei, de Konrekter geiht in vullen Zorn af un will in de heilige Nacht den Lin'nwewer up de Vigelin spelen, wotau hei äwer nich kümmt, indem hei tau Bedd bröcht ward.

As de Herr Konrekter üm Kopmann Buttermannen sinen Hus' nah den Mark herupbögte, kek hei so in den Vörbigahn nah den tweiten Stock herup un säd tau sick: »Wat de Prinzeß Christel woll wedder äwer Sommer hirher trecken ward? - Hm, hm! - Dor föllt mi in, sei möt noch en Cicero de officiis von mi hewwen. 't is doch en markwürdig Frugenstimmer, geiht in ehre Stuw' in 'ne buckledderne Hos', in Kanonen un 'ne korte Husorenjack, rokt 'ne korte Pip un drinkt Portwin dortau, un dorbi les't sei den Cicero un, wat noch mihr is, versteiht ok, wat sei les't, denn dumm is sei den Deuwel.« - Mit dese halwluden Gedanken kamm hei bi sinen Swager Kunsten in de Ratskellerstuw' rinne, prallte äwer binah wedder nah de Del t'rügg, denn in de Stuw' satt sin Fründ Kägebein wedder in vuller Arbeit, hadd sin Manuskript rutehalt un las sine Gedichten vör:

»Einst ging 'ne Henn' mit mütterlichen
Sorgen,
Für sich und ihre jungen Küchen
Sich Maden und Gewürm zu süchen.«

Äwer up de Städ' snappte hei af, as hei den Konrekter rinnekamen sach, un obschonst en beten rod un verlegen, namm hei doch 'ne wat vörneme Min' an un säd, up en annermal wull hei wider lesen. - »Bi dit christlich Vörnemen erholl Sei de leiw' Gott«, säd de Konrekter un tred nu vull in de Stuw'. »Küchen, seggt hei, sich Maden un Gewürm zu süchen, seggt hei.« - »Na, is Sei dat noch nich gaud naug?« frog de Hofrat Altmann de in 'ne sihr feine Kledag' mit güllen Tressen achter den Disch satt un noch mal so'n staatschen Horbüdel sick anknöpt hadd, as den Konrekter sine Achtersid upwisen kunn, »hett uns' taukünftige Hofpoet - denn dat ward hei, ick heww in Strelitz all so'n Vägelken singen hürt - nich dat mäglichste mäglich makt un de hochdütsche un de pladdütsche Sprak, so tau seggen, mit dat Wurd ‚Küchen' in en gewissermaßenes Kunzert bröcht?« - »Dauhn S' mi den Gefallen«, rep hir de Kellerwirt Kunst, en lütten rodgesichtigen Mann, de de Gewohnheit hadd, de ganze Welt von unnen up antauseihn un as en Parpendikel in de Stuwenklock, de Dumen in de Westenlöcker hakt, in sin Gaststuw' up un dal tau lopen, »dorvon swigen S' still; mit de Kunzerten, dat's ok wedder so'ne verdreihte Mod', de dorup rutekümmt, dat de Lüd', de süs noch en Glas Win vertehrten, sick nu mit Frugenslüd' in en Saal hensetten, de Ogen verkihren, mit den Kopp hen un her wiwaken, mit de Beinen den Takt dortau pedden un den annern Dag as de Dreihörgeln up de Strat herümmerlopen un allerlei französche Melodien vör sick henbrummen.« - »Dor hest du ditmal recht, Kunst«, säd de Konrekter, »wi hewwen so vele schöne, dütsche Melodien, dat wi de französchen Kunzerten gor nich bruken.« - »Dormit stimm ick nich äwerein«, säd de Herr Rat Fischer. »Herr Ratskellermeister, wat hewwen Sei sick äwerall üm Kunzerten tau kümmern? - Hir, schenken S' mi leiwerst mal en frisch Glas in, bet de Punsch kümmt, un denn sorgen S' för 'ne warm Stuw', denn hir is't verflucht kolt.« - »Dat's Ehr Sak, Herr Rat. Meinen

Sei, ick kann so'ne olle grote Schündel von Stuw' warm krigen? Ick heww so oft all bi den wohllöblichen Magistrat vörstellig makt, dat hei mi hir 'ne Wand trecken laten un ut de ein Stuw' twei maken laten sall; äwer is dat woll tau krigen? Ick heww mi jo sogor all dortau anbaden, dat ick denn de duwwelte Pacht betahlen will.« -»Dat is aller Ihren wirt«, säd de Herr Rat, »un ick ward dat up de nächstmal in de Sitzung taum Vördrag bringen.« -»Ja, denn möten Sei dat woll wohrnemen, wenn de Kämmerer nich dorbi is, denn de is mi woll hauptsächlich dorin tauwedder.« - »Herr Hofrat«, säd Kägebein, »oh, auf ein Wort«, un gung mit den Hofrat in ein Eck. »Also Sie meinen, daß mir der Titel Hofpoet nicht entgehen kann?« - »Ick glöw gewiß, dat Sei't warden, un wat *ick* dortau dauhn kann - Sei weiten, ick heww 'ne fründschaftliche Stellung bi Dörchläuchten...« - »Ach, Sie können alles.« - »Ja, Rand äwer ok.« - »Swager, oh, up ein Wurd«, säd de Konrekter tau Kunsten un ledd't em in 'ne anner Eck. »Du seggst, du willst de duwwelte Pacht betahlen, du giwwst jo gor kein Pacht.« - »Holt din Mul, dat weit ick, un de einzigste, de dat uter uns beiden noch weit, dat is de Kämmerer, denn de annern Herrn bekümmern sick en Quark dorüm, un wenn ick sei dortau krig, dat sei min Gebott annemen, süh, denn is't noch all so, as't west is.« - »Hüren Sei mal, Kägebein«, säd de Hofrat un rew sick vör den Kopp,»duwwelt höllt beter un dreiduwwelt dreimal. Wenn Sei *mi* ok hewwen un *Randten*, un Sei hewwen de *Prinzeß Christel* nich up Ehre Sid, denn is't doch noch so wat. - In Ehre Städ' würd ick ehr ok so'n Band Gedichte dedizieren, denn wenn Dörchläuchten ok nicks up Frugenslüd' giwwt, in so'ne Angelegenheiten fröggt hei doch ümmer vor allen sin Christelswester üm Rat.« - »Ich habe noch ein großes Heldengedicht liegen«, flusterte Kägebein, »,*die auf den Backofen geschobene Schöne oder der Sprung durch den Schlehdorn*'.« -

»Dat is schön, dat dedizieren S' ehr, denn hett dat mit den Hofpoeten kein Nod.« - »Mine Herrn«, rep de Doktor Hempel von den Disch her, »nu kamen S' äwer ok her, de Punsch is hir; Sei känen sick en annermal dat Hexen lihren.«
As sei nu all wedder seten, frog de Hofrat Altmann: »Dokter, seggen S' mal, is dat wohr, dat den ollen Schauster Grabow'n sin tweite Sähn verrückt worden is?« - »Ja, dat is wohr; en markwürdigen Fall.« - »Ja«, säd de Rat Fischer, »un dat is so slimm, dat wi gistern all Bendsnidern von Magistrats wegen as Wach henschickt hewwen. - Oh, hei hett't all mal so hatt, dat schint so tourenwis bi den jungen Mann tau kamen.« - »Wovon mag hei dat woll hewwen?« frog de Konrekter. - »Je, wer weit't«, säd de Dokter, »sin oll Mutter meint jo, hei hett sick 'ne Leiw' tau 'ne vörneme Dam tau Gemäud treckt.« - »Dorvon ward keiner verrückt«, säd Kunst. - »Ja«, säd de Hofrat, »Sei warden't woll nich warden, Sei känen lachen, Sei hewwen 'ne hübsche Fru un weiten vel, wo trübselig so'n ollen Junggesellen oder Witmann tau Maud' is. - Nich wohr, Konrekter?« - »Mit Ehr Trübsal is't woll nich wid her«, säd de Konrekter so'n beten äwer de Schuller weg, »dreimal hewwen S' nu all frigt, un ick wedd 'ne Bowle Punsch, äwer'n Johr hewwen S' de virte Fru.« - »Dat künn woll Rat warden, wenn sick't so paßte», säd de Hofrat. - »Wat seggt denn äwer Dörchläuchten?« frog de Rat Fischer. - »Ih, wat!« säd de Hofrat, »lat em seggen, wat hei will; ick ward mi in so'ne Angelegenheit vel üm Dörchläuchten kümmern. - Dörchläuchten brukt *mi* mihr, as ick *em* bruk«. - »Ja«, säd de Konrekter, »Sei meinen wegen de Gröschens. Äwer as Sei sick dat letzte Mal verfrigt hadden, dunn wohrt dat doch 'ne lange Tid, bet Sei sick wedder an em rannersléngelt hadden.« - »Na, Konrekter, 't kümmt eigentlich ganz äwereins herut: *mi* brukt Dörchläuchten wegen de Gröschens un *Sei* wegen sine Angst vör dat Gewitter. Missen kann hei uns beid'

nich, un dorüm känen Sei ok ümmer wedder frigen. - Sei willen 'ne Bowl Punsch wedden, dat ick äwer't Johr de virte Fru heww; ick wedd ok 'ne Bowl, dat Sei äwer'n Johr de tweite hewwen.« - »Dat 's recht«, föll Kunst in, »Kinnings, vertehrt wat! De Wirt will ok lewen. Des', de up den Disch steiht, schriw ick nu vörlöpig up den Hofrat sin Reknung un de tweit up minen Swager sin.« - »Holt!« rep de Konrekter, »nimm di nicks vör, denn sleiht di nicks fehl, un wat nahkümmt, bitt de Wulf; schriw s' ok man glik up den Hofrat sine Reknung, betahlen möt hei 's doch.« - »Ehr Wurd is 'ne Brügg, wo'ck nich äwergahn müggt«, was den Hofrat sine Antwurt. - »Na, hett de Konrekter denn all so'n fründlichen Gegenstand, wo hei'n lütten Kiker up hett?« frog de Rat Fischer. - »Ih, woll«, lachte de Hofrat, »wenn hei ut sin Finster kickt, denn kickt hei ümmer in dat Finster von sinen Schatz.« - »Haha!« lachte Kägebein, bi den de Punsch all en beten wirken ded, indem dat hei en Dichter was,

»So will sein Geist zu Synceren,
Um wiederum ihr Bild zu sehn.«

»Kägebein«, rep de Konrekter un höll sick de Uhren tau, »nu laten S' sin, wi weiten, Sei känen. - Äwer«, wennte hei sick an den Hofrat, »Sei meinen doch nich, dat ick en Og' up de olle gele, französche Perßon heww, de gradäwer von mi tautreckt is?« - »Gele, französche Perßon?« föll hir Dokter Hempel in, »de is so wenig ut Frankrik as Sei un ick. Ut Förstenbarg is sei, ehr Vader was de oll Stüerinnemer Soltmann, un de oll Mann hett ehr as sine einzigste Dochter ut tweite Eh' en schönen Geldbüdel hinnerlaten. Sei is lange Johren Kammerfru bi de Prinzeß Christel west, as de in Förstenbarg residierte, un is denn ok mit ehr dortaumalen nah Paris west, un dor hett sei denn dat beten Französch upsnappt.« - »Un gel?« frog de Hofrat, »sei is as 'ne witte Duw, blot dat sei in't Gesicht en por Sommersprutten hett; äwer dat is jo doch en richtiges Teiken, dat sei en feinen Teint hett.« - »Teint?« frog de Konrekter, »dat sall woll wedder en beten wat Vörnemeres sin för Hut? Dat hewwen Sei woll wedder bi Dörchläuchten sine ollen utrangierten Hofdamen upsnappt?« - »Hoho?« föll hir de Rat Fischer in, »hei will uns schappieren, hei will de Red' up wat anners bringen. - Holt, hir! Wo is't mit de gele, französche Fru Nachborin?« - »Swager, Swager!« rep Kunst un höll mit sinen Parpendikelgang för'n Ogenblick in, »wat möt ick an di erlewen, ick möt woll mal eins bi di revidieren, du kümmst mi woll ganz up Afweg'?« - Hir föll Kägebein in un kek dorbi an den Bähn, as stünnen sin Gedichten baben anschrewen:

»Sein Tun, das geht auf lauter Frevel,
Betrug und List ist seine Kunst,
Sein Rühm'n ist lauter Dunst und Nebel,
Bei Damen steht er nicht in Gunst.«

»Hüren S' mal, Kägebein«, säd de Konrekter, drunk sin Glas ut un lachte so'n beten vör sick hen, »ick heww hüt nu all naug von Ehre Gedichten profentiert, un ick möt mi dat so gaud as jeder anner gefallen laten; wenn Sei *mi äwer sülwst* mit Ehre Leier ansingen willen, denn verklag ick Sei. Hir, Rat Fischer un Dokter Hempel sünd mine Tügen, dat ick Sei warnt heww.« - Äwer dat is vel tau vel von einen Dichter verlangt, de grad' in den Swung is. Kägebein was dor nu midden in, un hei sung förfötsch wider:

»Bei Damen bist du nicht gelitten,
Sie nehmen dich nicht in den Schutz,
Sie mögen stehen, liegen, sitzen
Im Negligé, im Gala-Putz.
Doch viele Lieb' will ich dir wünschen,
Heut abend aber mit dir pünschen.«

»Hett recht, hett recht«, rep Hofrat Altmann, »pünschen – dat willen wi! Un de Hofpoet Kägebein sall tauirst hoch lewen!« - »Ja, Konrekter«, rep Rat Fischer, »un Sei möten tauirst mit em anstöten.« - »Will ick ok«, säd de Herr Konrekter un stödd mit den Dichter an, »Sei sälen noch lang' lewen, äwer't Dichten angewen!« - »Haha!« rep de Hofrat, »nu fängt de ok an! Wider, Konrekter, wider! Wi Bramborger warden uns doch nich von so'n Strelitzer in de Dichtkunst vörbijagen laten?« - »Sei sünd so'n ollen heimlichen Uphitzer, Hofrat, un dat lihren Sei bi unsern Dörchläuchten sinen Hofkram, denn dor...« Un hadd hei hir wider redt, hadd hei wohrschinlich 'ne Majestätsbeleidigung seggt, hei würd äwer tau sinen groten Glücken tau rechter Tid unnerbraken. De Dokter Hempel hadd nämlich wil den ganzen Diskurs ümmer stiw in sin Glas rinnerseihn, un wenn hei sach, dat dat vull was, denn hadd hei't utdrunken, un wenn hei sach, dat dat leddig was, denn hadd hei't vull schenkt, un so was hei denn nu allmählich in den Gesundheitstaustand kamen, wo sine Natur dat Singen verlangte, hei kek also stiw in sin Glas herin, drunk't in mäglichste Rauh un Besinnung ut un stimmte mit einen fürchterlichen Baß an:

»Die Leineweber haben eine saubere Zunft...« -

»Nahwer«, rep de Rat Fischer dortüschen, »sünd Sei denn all wedder so wid, sünd Sei all wedder bi de Lin'nwewers ankamen?« - »Korl«, rep Kunst den Jungen tau, »bring' de anner Bowl herin, wi sünd bi de Lin'nwewers«, un dorbi swenkte hei den Stock von den Hofrat Altmann äwer sinen Kopp, denn hei hadd de Gewohnheit, up sine Parpendikelgäng' ümmer en frischen Stock von sine Gäst spazieren gahn tau laten. - Dokter Hempel let sick äwer dörch all dit Wesen in sinen Gesang nich stüren, hei sung:

»Die Leineweber haben eine saubere Zunft,
Harum, ditscharum –
Mittfasten halten sie Zusammenkunft,
Harum, ditscharum –
Aschegraue, dunkelblaue,
Mir ein Viertel, dir ein Viertel,
Fein oder grob, Geld gibt's doch,
Aschegraue, dunkelblaue...«

Rums! Rums! föll nu de ganze Gesellschaft mit ehre Beinen as Chorus in.
»Korl«, rep Kunst den Jungen tau, »lop nah mine Fru, sei sall uns en por Päpernät un Appeln schikken!« -

»Die Leineweber haben sich ein Haus gebaut,
Harum, ditscharum –
Von Buttermilch und Sauerkraut,
Harum, ditscharum« –

sung Dokter Hempel wider. - »Ne, Dokter«, föll hir de Rat Fischer in, »nu is't naug. Wenn wi den ganzen Lin'nwewer dörcharbeiten willen, denn künn uns morgen früh de Sünn in den Punschpott rinneschinen. - Will'n leiwerst mal Rundgesang singen.« - »Korl«, rep Kunst, »lop mal in mine Stuw' un hal mi mal dat grote Deckelglas tau den Rundgesang her!« - Kägebein kek wedder an den Bähn, äwer wat unrauhig was hei all worden. - »Gott in den hogen Himmel!« flusterte de Konrekter den Dokter Hempel tau, »nu dicht't hei all wedder.«

»Die Leineweber schlachten alle Jahr zwei Schwein«,

stimmte Dokter Heinpel wedder an. - »Ruhig!« rep Hofrat Altmann, »hir is Kunsten sin grot Glas, nu geiht 't los!

Rund-, Rund-, Rundgesang...«

»Korl«, rep Kunst dormang, »hal minen Swager Konrekter minen Lehnstaul ut dat Kontur, hei möt as Präses sin; un unner den einen korten Bein legg en Stück Dackstein. Wegen't Wackeln«, säd hei tau sinen Swager. - »Na nu äwer ok!« rep de Hofrat Altmann, un alle föllen in:

»Rund-, Rund-, Rundgesang und Rebensaft
Lieben wir ja alle;
Darum trinkt mit Mut und Kraft
Schäumende Pokale!
Bruder, deine Schönste heißt?« –

Un alle Ogen wendten sick up Kägebeinen, de nu mit so'n Nolens-volens-Ruck tau Höchten fohrte un ut den sin Gesicht Dichterfüer, sachtmäudige Leiw' un blauddöstige Ridderlichkeit herutestrahlte, as wenn em ut dat *ein* Og' de Sünn, ut dat *anner* de Man schinte un up de Näs' dortüschen noch taum Äwerfluß Pickfackeln anstickt wiren. Mit de ein Hand höll hei sick wegen de Säkerheit an de Lehn von den Konrekter sinen Staul wiß, mit de anner deklamierte hei:

»Punsch und Bischof müßt ihr nicht vergessen,
Alles nach der Etikett abmessen,
Auch aufs Wohlsein eurer Schönen trinken,
Mit den Herzen freundlich ihr zuwinken;
Also trink' ich hier auf der Zephire Namen
Und - und - und...«

»Un wi annern alltausamen«, föll de Konrekter in. - »Und aufs Wohlsein aller Damen«, rep Kägebein, so dull hei kunn, un smet up den Konrekter en Blick, as hadd hei em grad' dorbi bedrapen, dat hei em de schönsten Lurbeerbläder ut sinen Kranz plückt hadd. - »Up Zephire un Zemire drink ick nich«, brummte de Dokter Hempel in den deipsten Baß, »dat sünd Hun'nnamen. - Min Swigermutter hett einen, de heit Zemire, un min Nahwersch, Bäcker Schultsch, hett einen, de heit Zephire.

Die Leineweber machen eine zarte Musik...«

Äwer hirmit kamm hei schön an. Kägebein hadd de rechte Hand von den Konrekter sine Lehn loslaten, de em Säkerheit gaww, hadd den Pokal tau faten kregen un wull eben in vullen Swung' up Zephire drinken, as em de snöden Würd' von den Dokter unner de Näs' hollen würden. Dat was grad', as wenn em midden in'n Vers en Snurrer in de Dör kamm, as wenn em un sine Zephire in den schönsten Manschin en Glas koll Water äwer den Kopp gaten un em in de vulle Utäuwung von Ridderlichkeit in den Arm follen würd. - Na, wenn einen so in den vullsten Swung' in den Arm follen ward un hei hett denn en vull Glas in de Hand, denn schülpert dat äwer, un so denn ok hir; all Zephiren ehren Punsch un de ganze Gesundheit satt up einen Mal up den Hofrat Altmannen sine sanftene Tressenwest, de den Deuwel nah Zephiren fragte. - »Prrrr!« pruste de Herr Hofrat, denn sin Gesicht hadd dorbi ok en lütten Kuß von Zephiren afkregen, »plagt Sei de Deuwel?« - »Korl, hal en Wischdauk!« rep de Ratskellermeister, »un dauh den Herrn Hofrat Rendlichkeit an!« - Kägebein stunn 'ne Tidlang ganz verdutzt un verstummt dor; dörch sin Verfiren kamm hei würklich en beten tau Besinnung, un hei säd ganz vernünftig: »Herr Hofrat, Herr Hofrat, ik kunn dor nich för. Dat de Dokter Hempel Zephire för en Hun'nnamen estimieren ded, is mi in't Ellbagengelenk schaten.«
Aäwer as hei nu Korlen dor wischen seihn ded, brok de Dichtkunst wedder bi em dörch, un hei deklamierte:

»Das ist 'ne schlimme, üble Weise;
Doch sieh! der Sklave eilt ans Bad
Und trocknet knieend sanft und leise
Vom Punsch den Herrn Hofrat ab.«

Un dorbi wendte hei sick nu an den Dokter Hempel, de upstahn was un bi dat Finster in de Eck stunn, un rep mit forsche Stimm, indem dat hei up Korlen sin Stück Arbeit wis'te:

»Und hab' ich dieses mir betrachtet,
Dein Reden ist nicht echter Weis',
Du hast Zephiren mir verachtet,
Dafür geziemt dich Besenreis.«

Taum Glücken hürte Dokter Hempel nicks von de Utsichten, de em de Dichter makte; sei hadden em ümmer sinen Leiwlingsgesang afsneden, un de Lin'nwewer hadd sick bi em verset't, hei nützte also de Tid, üm em los tau warden, hei sung also mit forschen Baß den Lin'nwewer in de Eck herinne. - »Ad locus!« rep Kunst, »sub praeclusione, dat heit, wer sick nich dal set't, giwwt 'ne Bowl Punsch«. - »So setten S' sick doch dal!« rep de Konrekter un treckte den Dichter an de Rockslippen up sinen Staul, »Sei begeiten mi wohrhaftig ok noch.« - Äwer dese babylonische Sprakverbisterung sull noch nich uphüren, denn wenn ok de Punsch den Fehler an sick hett, dat hei de meisten vernünftigen Lüd' en beten dreihköppig makt, so hett hei doch ok dat Gaude an sick, dat hei weck Lüd', de för gewöhnlich nich mit all tau vel Verstand plagt sünd, mit einem Mal hellisch verstännig makt. Tau dese Ort hürte de Rat Fischer. Hei stunn also up un höll 'ne Red', as de Konrekter nahsten säd: de verstännigste, de hei äwerall seindag' hollen hadd. Hei fung dormit an tau versäkern, dat hei för sine Perßon ganz nüchtern wir - dorgegen hadd keiner wat intauwennen, blot de Konrekter brummte so vör sick hen: »Is hei ümmer!« -, dorup säd hei un kek dorbi Kägebeinen an: einer ut de Gesellschaft wir stark andrunken, müßt hei äwer ok, denn wo süllen süs sine schönen Gedanken herkamen - hir wull Kägebein protestieren un 'ne Gegenred' hollen, de Konrekter törnte em äwer insowid, dat hei blot mit en korten Vers tau Rum kamm:

»Nun, so laßt's euch wohl bekommen,
Eßt und trinkt mit froher Lust,
Lebt in segensvollen Wonnen,
Immer blühe eure Brust!«

»Sihr schön!« säd de Konrekter un wendte sick an den Rat Fischer: »So, nu man wider!« - Rat Fischer snow sick hir de Näs' ut, üm wedder in en verstännigen Ton tau kamen, un säd: Hofrat Altmann künn ganz ruhig sin, so vel, as hei wüßte, gew de Punsch keine Placken. - »Känen S' denn nich seihn?« frog de Horat dortüschen. – Na, un wenn de Punsch ok placken ded, säd de Redner wider, so schadte em dat ok nich, denn dese West hadd de Hofrat von Dörchläuchting taum Present kregen, un Dörchläuchting hadd noch gor tau vele Sanftwesten. Sei wiren hir äwrigens tausamenkamen, üm sick in Rauh un Freden tau verlustieren, un wenn Dokter Hempel dat ok mit den Lin'nwewer en beten äwerdriwen ded, so hadd dat sinen gauden Grund dorin, dat Dokter Hempeln sin Grotvader, as hei man hürt hadd, en Lin'nwewer west wir, un hei müßte den Dokter Hempel dat hoch anreken, dat hei sinen ollen Grotvader so tau Ihren bröchte. - Dat wir en dummen Snack, rep de Dokter dortüschen, sin Grotvader wir kein Lin'nwewer west, sin Grotvader hadd 'ne Staatsanstellung hatt, hei wir Durschriwer in Woldegk west, grad tau de Tid, as Rat Fischern sin Grotvader dor Polizeideiner west wir. - »Min Grotvader...«, fung Hofrat Altmann an. - »Was en Breiwdräger bi de Post«, rep Kunst dormang. »Korl! - Ne, lat man! Ick heww nicks; wull blot man seihn, wat du up den Posten wirst.« - »Min Grotvader...«, fung nu ok Kägebein an. -»Was en Tüffelmaker«, brüllte de Konrekter dormang. »Pfui! Schämt jug wat! Dorin wat tau säuken, dat de ein Grotvader vörnemer west is as de anner. Wi süllen alltausamen Gott danken, dat uns' Ollen ihrliche, brave Lüd' west sünd, de uns so wid bröcht hewwen, dat wi dat worden sünd, wat wi nu sünd.« - »Hest recht, Swager!« rep Kunst, »denn min Grotvader...« - »Dorvon hewwen wi nu naug! Nu also:

Rund-, Rund-, Rundgesang
Und Rebensaft...«

»Korl schenk de Gläser vull!« rep Kunst, gung in de Eck un halte sick en nigen Stock, stellte sick hen un slog äwer den Kopp von de Gesellschaft den Takt tau dat Lid. – »Bruder, deine Schöne heißt?« frog Kägebein den Konrekter. - »Ick heww kein«, was de korte Antwurt von den ollen Herrn. - »Rut dormit! Rut dormit! Hei möt ein hewwen!« repen sin Zechkameraden; äwer Kägebein wüßte Rat, hei stimmte an: »Nihila, die soll leben! Nihila, die soll leben!« - Kunst was wil sine Lewenstid eigentlich up en Krückstock anlihrt, in desen Ogenblick hadd hei einen Stock mit en Knop in de Hand, un de flog em nu bi sin forsches Taktslagen weg, slog den Hofrat Altmann un den Dokter Hempel ehre irdenen Pipen intwei un fohrte up den Konrekter los. - »Korl!« rep Kunst, »frische Pipen för de beiden Herrn!« - »Swager«, rep de Konrekter, »wo kannst du minen Stock so schändlich hensmiten, de gollen Knop kriggt jo Bulen« - »Dat is *din* Stock?« Dormit ret de Ratskellermeister em den Stock ut de Hän'n, »dat is jo *minen* Swigervader sinen Stock.« - »Ja, un minen Swigervader sinen Stock is dat ok.« - »Min Swigervader hett mi den Stock up den Dodenbedd vermakt.« - »Un mi ok«, rep de Konrekter un ret em den Stock ut de Hand rute, »un, Swager, mark di dat: beatus possessor.« - »Beati possidentes«, säd Rat Fischer vör sick hen. - »Un desen Stock...«, rep de Ratskellermeister. - »Un desen Stock«, rep de Konrekter, »hett mi uns' Swigervader up sinen Dodenbedd vermakt, hei säd dorbi: en Mann as ick in Amt un Würden müßt en Ruhrstock mit en gollen Knop hewwen.« - »Korl!« rep de Hofrat Ratskellermeister, »rit em den Stock weg! Äwer betahlen möt hei irst. - Wat Vadder, wat Fründ! Wer nich betahlt, bliw mi von den Wagen!« - »Betahlt heww ick«, rep de Konrekter un knöpte sick de Hosentaschen tau, sprung up, smet sick sine Schanilg' äwer un gung in den mäglichsten Glanz ut de Dör. - »Sei hewwen recht«, rep de Rat Fischer un lep achter em her. - »Bravo!« rep de Hofrat Altmann un folgte, »wenn de Ratskellermeister mit en Ruhrstock un en gollen Knop herümmergahn wull, dat wir jo grad, as wenn en Swinskopp mit 'ne Zitron in'n Mul up den Disch stellt würd.«

As de Konrekter unner den Swibbagen von dat Rathus kamm, wo Kunst tau de Fier von desen Abend 'ne Stallücht mit 'ne Tranlamp rinnehängt hadd, fohrte en Windstot up em los; hei acht'te äwer nich dorup, mit de *ein* Hand höll hei sine Schanilg' wiß, de nich tauknöpt was un as en terreten Segel achter em herweihte, in de anner höll hei sinen Stock vör sick hen un rep: »*Minen Stock*!« - »Wo? - Sei seihn jo ut as en fleigen Merkur up de holländschen Tobackspaketen«, säd de Hofrat. - »Mit en caduceus«, lachte de Rat Fischer. - »*Minen Stock*!« rep de Konrekter, acht'te nich up de Witzen, bögte in sine Strat rinner, gung in sin Hus un rep up de Del: »*Minen Stock*!« - »Mein Gott«, rep Dürten, as sei em entgegengung, »wat is los? - Mein Gott, wat fehlt Sei? Kamen S' irst in de Stuw' herin.« -»Un Kunst will mi minen Stock nemen!« - »Wat? Kunst will Sei Ehren Stock nemen!« - »Kunst will mi minen Stock nehmen!« - »Wo? Kunst is jo woll ganz ungesund in sinen Kopp? - Kamen S', Herr Konrekter, Sei hewwen sick argert, drinken S' en Glas Water un gahn S' tau Bedd. - Morgen is't beter.« - »Kunst... Holt! - Anna Maria Dorothea Holzen, älteste Tochter des Böttchermeister Holz hieselbst, ick glöw, du büst en grundihrlich Mäten, *di* gew ick desen minen Stock in Verwohrsam. *Du steihst mi dorvör in!*« - »Gewen S' her, Herr Konrekter; ick slut en in min Lad', un Gott gnad' den, de...« - »Kunst kann en Äwerfall maken, wenn ick in de Schaul bün.« - »Je, ick will em bi Äwerfallen!« rep Dürten un makte mit den Stock so'n por Manövers in de Luft. »Äwer nu gahn S' tau Bedd.« - »Rat Fischer seggt ok: Beati possidentes, seggt hei.« - »Ick verstah't nich«, säd Dürten, »äwer't möt recht wat Dämlichs sin, wenn't Rat Fischer seggt hett, denn sörre dat hei minen ollen Vader den Goren verköfft hett...« - »Rat Fischer? - Dokter Hempel? - Dokter Hempel is en Lin'nwewer. - Die Leineweber haben eine saubere Zunft«, sung hei un halte sick sine Vigelin von den Nagel un wull nu in de heilige Nacht von den 24sten up den 25sten Dezember den Lin'nwewer upspelen. Äwer Dürten Holzen was fixer, sei ret em den Fidelbagen ut de Hand: »Na, dit wir 'ne Anstalt! - Ick smer Sei, der Deuwel hal! den Fidelbagen mit en Talglicht in. - Wo? - Sei sälen morgen as Kanter in de Kirch singen un wullen hir in de Nacht den Lin'nwewer anstimmen? - Wat säden de Lüd'? - Wat säden de Nahwers? - Wat würd de oll Gel gradäwer woll seggen? - Ne, Sei gahn tau Bedd, un den Fidelbagen un den Stock nem ick mit, un wenn Sei tau Bedd gahn sünd, denn kam ick wedder un mak dat Licht ut, dat kein Schaden geschüht.« Dormit gung sei, un hei gung tau Bedd. -- Nah en beten, as sei em vernemlich un utdrücklich snorken hürte, gung sei rinner, halte dat Licht un säd vör sick hen: »Hüt is't woll en beten scharp hergahn, denn so is hei süs gor nich; äwer hei is dat nich gewennt un kann nicks verdragen, un denn hett hei sick äwer Kun-

sten argert. – Na, dat schadt em nich, dat is em gaud; hei lihrt doch en Unnerscheid kennen. - Morgen hett hei Koppweihdag' un bliwwt tau Hus, un dat is ok gaud, ick kann denn mit Stining un Halsbandten tau Is' gahn un en beten Obacht gewen, denn't is nich gaud, wenn en por junge Lüd' so allein tausamen sünd.« –
Nah en beten was allens düster in den Konrekter sinen Hus', wenn äwer einer hadd in den Düstern seihn kunnt un hadd in Dürten Holzen ehre Slapkammer rinneseihn, denn hadd hei gewohr worden, dat sei sachten inslapen was, de Hän'n inenanner folgt. - Blot unschüllige Kinnerhän'n un flitige Arbeitshän'n, de rein sünd von unrecht Gaud un unrecht Dauhn, dragen dat Abendgebett in den stillen, seligen Drom heräwer.

KAPITEL 5

Dürten ward ehr Wihnachtspresent bekiken un utmeten. - De gele Perßon mit en gelen Kauken. - Wo stolz Dürten up Kirschii cornucopiae un den Homer is. - Kunst makt en Äwerfall un verswört sick mit de gele Perßon. - De Herr Konrekter finnt en witten Bagen Poppier un hett Koppweihdag' von wegen gistern abend. - Dürten un Stining gahn tau Is' un Halsband äuwt Sledenrecht ut. - Kunst makt Dürten scheußliche Andräg' mit en Glas Punsch. - Dürten höllt äwer Stining Gerichtsdag, un Kunst gratuliert sinen Swager tau de gele Perßon.

Den annern Morgen satt de Herr Konrekter as Kanter in de Kirch un spelte de Ördel un sung nah Kräften, wat dat Tüg hollen wull un sine Koppweihdag' verstatten deden; Dürten Holzen stunn wildeß up de Del un hadd ehr Wihnachtspresent an den Nagel hängt, so dat sick dat up dat Schönste presentieren ded. De Sünn schinte hell dörch dat Delenfinster, un en schönen, witten Wihnachts- un Winterdag lücht'te äwer de Vödderstadt Nigenbramborg un so wider. Dat grusige Weder von gistern abend hadd sick leggt, un de jungen Lüd' in de Stadt halten de Schritschauh un de Slädens rute un säden: »Hüt ward't 'ne Lust up den Is'; denn de Wind hett den Snei von de Bahn fegt.« Dürten Holzen hadd en Hasselstock in de Hand un 'ne Böst, sei rögte sick äwer nich dormit tau de Arbeit, sei dreihte ehren taukünftigen Schatz nah rechtsch un nah linksch, nah hinnen un nah vör un let den Sanftmanschester in de Sünn spelen. »Noch güng dat«, säd sei nahdenklich för sick hen, »äwer bet Pingsten! Wat schurrt hei nich in de lange Tid up de ollen Schaulbänken af! - Ja, wenn hei ruhig un still sitten ded un läd sick en Küssen up den Kantheder; äwer dat deiht hei jo nich. - Na, mit dat Küssen will ick dat doch noch mal versäuken.« - Sei gung in ehr Stuw' un kamm mit en Spenstermunster wedder rute, paßte dat Rüggbladd von dat Munster hir un dor an de Hos', äwer't wull so räwer un anners räwer nich stimmen. - »Na«, säd sei, »wo dor en Spenster rute sall, dat mag hei sülwst am besten weiten; dor möt Stining dran helpen.« - As sei so in ehre deipen Gedanken was, gung de Dör up - Dürten let de Böst fallen un hadd binah üm Hülp schri't, denn ehr was tau Maud, as wir 'ne ganze Röwerban'n nah den Herrn Konrekter sine Del rinbraken un sei süll nu knewelt warden -, de Nachborin von gradäwer stunn vör ehr in den gelen Äwerrock un mit en safrangelen Kauken up en Teller. - De Schreck von Dürten was irst grot; äwer so'ne dägte Perßonen, as sei ein was, verwinnen dat bald, un denn schämen sei sick un argern sick äwer sick sülwst un geraden in 'ne gerechte Zornigkeit. - »Bon jour, mademoiselle«, säd de Nachborin un makte en sihr zirlichen Knicks. - Bi Dürten Holzen blösen sick de Näs'löcker so'n beten up, sei zupfte so'n beten mit den Kopp taurügg un stek de Hän'n hellschen resolviert unner de Latzenschört, so dat de Hasselstock, den sei in de Hand behollen hadd, ehr as en Degen an de Sid dalhung. »Wenn Sei mit Ehr Mamsell *mi* meinen«, säd sei sihr kolt, äwer dorbi sihr hitzig, »denn möt ick Sei man seggen, dat ick von so'n Stand un Würden keinen Gebruk maken kann, denn ick bün blot den Herrn Konrekter sin Wirtschafterin.« - »Pardon, ma chère, weit entfernt, die stille Zufriedenheit eines so ämabeln Haushalts zu stören, wie er sich unter den Fittichen der zurückgezogenen Gelehrsamkeit ausgebildet hat, komme ich en qualité einer dienstwilligen Nachbarin, ein bescheidenes Scherflein zur fröhlichen Begehung des heutigen Festtags dem Herrn Konrektor und Ihnen zu Füßen zu legen. - Chose là ist von der boulangère, madame Schulz, die mir zugleich verraten hat, daß Sie nicht zum Feste gebacken haben.« - So, Dürten Holzen, wat nu? Zornig kannst du minentwegen ümmer bliwen, äwer groww darfst du doch nich warden, denn wenn einen mit so'ne feine Redensorten un mit en safrangelen Kauken unner de Ogen gahn ward, möt hei doch ok wisen, dat hei Lewensort hett. Zornig kannst du äwer bliwen, Dürten! - Un dat blew sei ok. - »Wat!« rep sei, »Schultsch, Bäcker Schultsch? De bringt uns in den Mund von frömde Lüd', wil dat wi nich backt hewwen? - Wi hadden ebenso gaud backen künnt as anner Lüd', wi *wullen* äwer nich backen; un dor monkiert sick *Schultsch* äwer?« - Dat hadd sei grad nich dahn, monkiert hadd sei sick nich, säd Mamsell Soltmann un makte wedder de feinsten Redensorten un höll Dürten ümmer den Teller hen, so dat Dürten nich anners kunn as wedder höflich sin, un wenn de Mamsell ok teihn gele Äwerrock anhatt hadd, ümmer einen äwer den annern. - Up de Del kunn sei unmäglich ehren Gast affarigen, in ehr Stuw' was noch nich inbött, denn sei was hellschen sporsam mit Holt, sei let also ehren Stockdegen fallen, treckte de Hän'n ut de Latzenschört, namm den Teller in de ein Hand un makte mit de anner den Herrn Konrekter sin Stuwendör up un nödigte de französche Perßon herinner. - Noch was sei ümmer zornig, äwer mit einem Mal schot so'n Strahl von hellen Stolz ehr dörch dat Hart, as sei gewohr würd, dat dat utländsche Frugensminsch ordentlich mit Zagen äwer den Süll von den Herrn Konrekter sine Studierstuw' tred. - Un't was ok würklich so. - De arme, gele Perßon hadd sick dat ganz licht dacht, den Herrn Konrekter taum Fest en lütten Kauken tau schenken; äwer as sei nu herintred in dese allerheiligste Studierstuw', dunn würd ehr so tau Maud' as so'n jungen Studenten, wenn hei as Voß taum irsten Mal in den Hürsaal von so'n Baas von Professor rinnekümmt, wo einen de Gelihrsamkeit so as mit Füll-Lepeln ingaten un as mit Schüppen ut de Dör ruteschüppt ward un de Luft von de grote Mass' un dat lange Aflagern von de Gelihrsamkeit en ordentlich muchlichen Geruch annamen hett. - Dürten stellte den Teller up den Disch, schow den Herrn Konrekter sinen Lehnstaul bisid, stellte en annern Staul hen, de gaud naug för den Besäuk was, un säd: »Setten S' sick. Hei is nich tau Hus, hei is in de Kirch.« - Äwer de Gast stunn ganz verdutzt vör den Herrn Konrekter sin Bäukerregal un kek sick so'n Stückener föftig olle swinsledderne Trösters von de Rüggsid an. »Und das hat er alles durchgelesen?« rep de Mamsell. - Un wedder schot en groten Strahl von Stolz dörch Dürten ehren Harten, för ehr was de Luft nich muchlich, sei was doran gewennt. - »Dörchlesen?« frog sei un lachte, as wenn wi äwer'n Kind lachen, »dörchlesen? - Ne! Dörchstudieren, seggen Sei! - Seihn Sei hir«, dormit halte sei en ollen Smöker rute, »dit's Kirschii, de liggt vör gewöhnlich hir, den bruken wi ümmer, wenn wi weck von de jungen Lüd' in de Provat hewwen. Des' sös, de gahn ümmer ümschichtig mit em in de Schaul, dor lihrt hei ehr denn ut. Weck kamen bet desen, ick denk mi, dat ward woll so as bi uns de Katekismus sin, weck kamen äwer ok hir rinne«, dormit halte sei en hellsch afgegrepenes Exemplar von den Homer herut, »dit ward denn nu so as uns' Bibel sin, denn de Herr Konrekter lest dor alle Abend in, männigmal sacht, männigmal äwer ok lud, un denn hürd sick dat so schön an, as wenn in de Kirch sungen ward. Verstahn kann natürlich keiner wat; 't is grad', as wenn einer in de Judenschaul sitt. - Un kiken S' man blot, wo dat hir binnen in utsüht«, dormit höll sei de Mamsell de grichschen Baukstawen vör de Näs'. –

Eben wull nu de los wunnerwarken, as de Husdör klingelte un de Ratskellermeister Kunst in de Stuw' herinnekamm: »Morgen! - Min Swager Konrekter noch nich ut de Kirch?« - »Ditmal noch nich«, säd Dürten, un de ganze Zornigkeit kamm wedder äwer ehr, denn sei würd noch bilöpig gewohr, dat Kunst mit sine Ogen alle Ecken dörchfuscherte, wat sei blot up den Ruhrstock mit den gollen Knop utdüden kunn. - »Ah, so!« säd hei un nörrickte por Mal, dat sin Stimm en beten glatter würd, makte de Mamsell 'ne verdreitliche Ort von Diner tau, kek sei sick so'n beten spansch von de Sid an un säd tauletzt mit so'n heimlich Grifflachen: »Also ok en beten hir? Na, ick gratulier ok velmal.« - »Pourquoi?« frog sei un wir binah rod worden. - »Worüm? - Dorüm! Oder, will ick seggen, tau dat heilige Wihnachtsfest. Sei känen sick't ok all glik up Nijohr anreken, denn tau Nijohr heww ick so vel Nijohrswünsch uttaustellen, dat ick Sei dorbi vergeten künn. Un dorbi hakte hei sine Dumen in de Ärmellöcker von de West un fung an, up un dal tau gahn. - »Dürten, wennihr kümmt hei?« - »Wenn de Kirch ut is.« - »Hm! Hm! - Korl! - Je, so. - Will woll noch annere Gäng' in de Stadt afmaken, denn ick seih sinen Stock jo nich.« - »Sünd Sei üm en Stock benödigt, denn will ick Sei ut de Nod helpen«, säd Dürten un gung mit so'n Glanz ut de Dör rute, as hadd sei so vele Spazierstöck in ehren Vörrat, dat sei alle Fulenzers von Nigenbramborg dormit utrüsten kunn. - »Hir!« säd sei un höll den Ratskellermeister den Stock vör de Ogen, mit den sei eben ehre Sanftmanschesternen bearbeit't hadd. - »Hm! Hm! - Sei willen mi schawernacken. - Na, 't is gaud, willen't uns marken, willen't up den ollen Schalm ansniden.« - »Ich will mich Ihnen bestens empfehlen«, säd de Nachborin, de nahgradens marken ded, dat hir wat in de Luft späuken ded, »adieu!« - »Täuwen S', täuwen S'!« säd de Ratskellermeister, »ick heww noch en beten mit Sei tau reden, ick kam mit Sei. - Sei besäuken minen Swager woll öfters - na, 't schadt em nich! - Na, Dürten, ick hadd denn hir woll nicks wider tau säuken.« - »Dat dücht mi ok«, platzte Dürten achterher, as de beiden ut de Dör rutegungen. - »Wohrhaftig!« rep sei un set'te den Arm in de Siden un kek ehr äwer de Strat nah, »hei geiht mit ehr nah ehren Hus'. - Dit is en richtiges Kumplott gegen den Herrn Konrekter, dor lat ick mi dod up slagen. - Hei will den Stock, un wat *sei* will...«, dorbi schudderte ehr dat ordentlich dörch de Knaken.

De Herr Konrekter hadd tau En'n von de Kirch up sine Ördel en por Sebastian-Bachsche Fugen spelt, worin äwer ganz düdlich sine Koppweihdag' tau hüren wiren, hadd tauletzt slaten mit »Unsern Eingang segne Gott, unsern Ausgang gleichermaßen« un kamm nu tau Hus un sach up sinen Delendisch en grotes Stück wittes Poppier liggen, wat Dürten ehr Munster tau dat Rüggbladd was. »Hm«, säd hei, »'t is doch tau dull, wo mit dat leiwe Poppier ümgahn ward!« läd dat Poppier tausamen un stek dat in de Tasch. Hei wull Dürten schellen, kamm äwer von sin Vörnemen af, denn as hei in de Stuw' kamm, sach hei de Bescherung von de Mamsell Soltmann up den Disch stahn. - »Wat is dit?« frog hei. - »Oh, 't is von ehr«, säd Dürten, wis'te nah gradäwer un sach so einerlei ut, as hadd de Herr Konrekter sick all sid Johren bi de gele Perßon in de Kost gewen. »Kunst is ok hir west.« - »Wegen den

Stock?« frog de Konrekter hastig. - »Na, worüm denn süs? Ick heww em äwer schön utlücht't.« - »Dat is recht«, säd de Konrekter, säd äwer wider gor nicks un smet sick in sinen Lehnstaul. - »Nu sitt hei mit ehr gradäwer tausam«, säd Dürten un kek ehren Brodherrn mit so'n mitleidigen Blick an, as wull sei seggen: »Unglückselige Minsch, du wandelst blind an den Afgrund. Worüm fröggst du mi nich? Ick würd di woll Antwurt gewen.« - Äwer *hei* frog nich, dunn frog *sei*: »Herr Konrekter, gahn Sei hüt nahmiddag ut? *Nah* de Kirch; mein ick?« - »Ne! - Worüm?« -» »Je, denn wull ick woll en beten mit min Stineswesting un Halsbandten tau Is' gahn.« - »Kannst du dauhn«, säd hei, fot sick an den Kopp, »nu lat mi, ick will vör Middageten noch en beten slapen.« - »As en unmünnig Kind!« säd Dürten, as sei ut de Dör gung, »hei ahnt sick nicks.«

An den Nahmiddag nah de Kirch was up den Is' en lustig Lewen, de Stormwind hadd den Snei von gistern abend äwer dat blanke Is wegjagt un hadd grote Schanzen an de Burd von den groten, schönen See, de Tollens', tausamenweiht; de Sünn slek sick dicht äwer de Bäuken von dat Brodasche Holt un Dörchläuchten sin niges Lusthus, wat hei Belvedere, de Nigenbramborger un Rand äwer Bellmandür näumten, un de See speigelte ehre letzten Strahlen taurügg, as wir't en Stahlspeigel. Un up dat blitzblanke Is, dor swewte un wewte dat von lustige junge Mannslüd' up Schritschauh un von junge Frugenslüd', de dat Schlitschen un Glandern versöchten un upjuchten un upkrischten, wenn sei binah follen wiren. Un dortüschen schöwen sick de Staulsledens, un de jungen Lüd' schöwen, un de jungen Mätens leten sick schuwen, un de Sleuers un de Feddern weihten in de Luft, un de Backen gläuhten hell up in prächtige Winterlust, un de Backen von de jungen Lüd' un de jungen Mätens wiren dicht anenanner un de Lippen ok, un as en Wind wiren sei ut Sicht von nigliche Taukikers, un

wat denn passierte...? Na, 't was äwer 'ne ihrliche Sak, 't was 'ne Gerechtigkeit, 't was de Sledengerechtigkeit. - Oh, Winterlust, helle Winterlust, de den Minschen dörchgläuhen lett vör Kraft un Behagen trotz Winterküll un Wihnachtsfrost un en hart smädt tau Isen un Stahl, di kennt blot de in dine vulle Herrlichkeit, de in den Nurden buren un tagen un in Nurd- un Ostseewater döfft is!
Un up den Is' was 'ne Baud upslagen, in de handtierte mit en Punschpott den Ratskellermeister sin Korl herümmer, denn för ein sülwen was dat nich paßlich, hei smet blot männigmal en Og' up sin Geschäft un rep denn af un an mal: »Korl!« Un denn rep allens ok: »Korl!« un höll de leddigen Gläser hen. - Un mang desen ganzen Trubel schot as en Blitz hen un wedder en jungen Kirl dörch, breit in de Schullern un rank in de Hüften, smidig as en Ruhrhalm, wenn hei in den Wind weiht, un alle Lüd' keken up em, wenn hei sick so up den einen Bein weigte un en Zirkel schrew un 'ne Acht, un Jochen Tiemann säd tau Krischan Biemann: »Paß up, Krischan, dat kann'ck ok!«, un - swabb! lagg hei dor up sine vir Baukstawen un reckte de Beinen in de Luft; un de junge Kirl sus'te an em vörbi an dat Äuwer ranner un rep: »Na, endlich is nich ewig! Endlich sünd ji doch vor. - So, Stining, so Dürten, nu kamt; irst möt ji en Glas Punsch drinken.« - »Herre Gott doch, Halsband!« säd Dürten; hei was äwer all vörup: »Korl! Drei Gläs' Punsch, Korl!« - Un de beiden Frugenslüd' kemen mit korte Tritten un denn un wenn en beten Schlitschen nah, un as sei an de Baud' kemen, reckte ehr Halsband jede en Glas heiten Punsch hen, un as Dürten den irsten Sluck ded, kek sei sick üm, wat de Lüd' woll dortau säden, dat sei sick hir in 'ne Zech gew, un as sei den tweiten ded, dacht sei, wat de Herr Konrekter woll dortau säd, wenn hei dit seihn würd, un as sei dat Glas utdrunken hadd, was ehr tau Sinn, as wir sei in den besten Tog, ehren ollen Vader sin beten

Habseligkeiten vullends tau vertehren, un ehr würd ordentlich swart vör de Ogen, un de Sünn gung nah ehre Meinung ganz verkihrt, sei müßt anners rümmergahn. - Un grad' in desen Ogenblick kamm en jungen Herr mit 'ne junge Dam up den Sleden antaufuhrwarken, un as de junge Dam utstigen wull, bed sick de junge Herr sin Sledenrecht ut un küßte sei grad' up den Mund. Halsband höll ok all mit sinen Sleden parat: »So, Stining, nu...« - »Holt!« rep Dürten un wis'te up de Dam, »dit sall woll just so gahn? Min Stineswesting sall sick hir nich up apenboren See von Sei küssen laten, denn will ick leiwerst...« Un dormit set'te sei sick preißlich in den Sleden. – Wat süll nu de arme Kirl dauhn? Hei müßt nu - der Kukuk hal! - Dürten spazieren führen, un Stining tüffelte mit Trippeln un Schlitschen achterher. - Dürten hadd dat schöne Gefäuhl, sei hadd 'ne gaude, gerechte Sak dahn, de annern beiden äwer was tau Sinn, as wir ehr wat in de Supp rinneregent. - De Sünn was in'n Ünnergahn, dunn makte Halsband 'ne Swenkung tau den Rüggweg un liwerte Dürten bi Stining wedder af. - »So«, säd Dürten, »de Sünn geiht unner, nu künnen wi ok woll nah Hus' gahn.« - »Ne«, säd Halsband, »so is de Sak nich meint. Irst min Sledenrecht!« -»Dorbi kreg hei Dürten bi den Kopp un küßte sei herzhaft af. »Un nu«, säd hei, »wat de *ein* Swester recht is, möt de *anner* ok recht sin. Stining, nu settst du di rin.« - »'t ward tau späd«, rep Dürten. - »Dürten«, säd Stining un kek ehr Swester so biddwis' in de Ogen, »hei is jo eigens von Nigenstrelitz hir herkamen, dat hei mi up den Sleden führen will.« - Halsband hadd sei äwer all tau faten, set'te sei up den Sleden, un weg gung't äwer den blitzblanken Speigel. »Äwer dat Sledenrecht, dat verfluchte Küssen!« rep Dürten achterher. - De beiden hewwen't nich hürt, blot en por Schausterjungs hürten't un segen Dürten an dat Äuwer rannerkräpeln. Un furt gung de Fohrt äwer dat Is, wo jog dat! wo flog dat! Hir an 'ne Eck

Ruhr vörbi, dor an 'ne Eck Holt! Stining höll sick an de Lehn von den Sleden wiß, ehr was binah swindlich, un wenn *hei't* nich west wir, Halsband, sei hadd nah Hülp schrigt. Un ümmer einsamer würd ehr Weg, ümmer stiller, ümmer fierlicher würd dat üm ehr herüm; de leiwe Sünn was gahn un hadd ehren letzten Gruß mit rosenrode Schrift för de Ird an den gragen Hewen schrewen, un up de anner Sid nah den Morgen tau gung äwer dat Nemerowsche Holt de Man up, grot un rod, as wir't en köppern Ketelbodden. –
Männigein ward dat lesen un kennt dat gor nich, wo schön dat is, wenn de Man sick up dat Is un in de Schritschauh speigelt; äwer Korl Nahmaker in Güstrow weit't un min Vetter August in Tessin, un de beiden weiten ok, wat dat för Künst kosten ded, uns denn nah Hus' tau krigen. - Ach, denn würd de Lust jo irst recht! –
Un ok hir würd de Lust irst recht, äwer sei blew ok gerecht un was unschüllig as bi uns Jung's in unsere Jugendtiden. - Wid hinnen in de Seebucht, wo de groten Bäuken stahn, stemmte Wilhelm Halsband de Schritschauh in dat Is un bückte sick dal un küßte sin Stining up de weike Back. - 't was kein Sledenrecht, 't was en anner Recht, en Recht, wat *ein* Minschenhart an dat *anner* hett. - »Oh, Wilhelm«, bed Stining. - »Stining, ick heww di hirher führt, ick möt di wat seggen. - Mi will't dat Hart afdrücken. - Ick möt von desen verfluchten Löperposten los. - Mit Gauden lett Dörchläuchten mi nich gahn, ick möt en dull Stück upführen, dat hei mi wegjagt.« - »Üm Gottes willen, Wilhelm!« rep Stining un stunn ut den Sleden up un fot em üm. - »Stining, Stining! Dat ward nich anners, dat geiht nich anners! - Süh, du büst so flitig un so tru«, un hei drückte sei an sick un küßte sei, »un ick will arbeiten von Morgen bet in de Nacht. Wenn wi äwer länger täuwen, denn warden wi olt und kolt bi unsere beste, tru'ste, heitste Leiw'. Un wat weit so'n Mann

as Dörchläuchten dorvon; de taxiert mi blot nah min Beinen, nich nah min Hart.« - »Ach, Wilhelm, Wilhelm», säd sei un läd em de Hand up den Arm, »mak nicks, wat uns noch unglücklicher maken kann!« Äwer mit en mal kamm in dese stille, weike Seel so'n gewaltigen Trotz; sei tred en Schritt taurügg un rep: »Äwer wenn hei di nich anners taxieren will... - Wat? Sünd wi nich ok Minschen?« - »So is't recht, Stining«, rep de junge, warme Kirl un fot sei in den Arm un küßte sei, »wi hewwen uns ümmer drapen, wenn wi uns söcht hewwen.« - »Nu kumm!« säd Stining un set'te sick in den Sleden, »nu is't naug; wi sünd einig. - Ach Gott, wat ward Dürten seggen!« - »Ih, Dürten...« - »Halsband«, rep Stining, »ick heww wenig Insichten; äwer so vel weit ick, wenn uns einer helpen kann un helpen will, denn is dat *Dürten.*« -

Un Dürten? De lep nu wildeß an de Burd von den See herümmer as 'ne Kluck, de Ahnteneier utseten un nu ehre unnatürliche Nahkamenschaft tau Water gahn seihn hett un weit nich, wo sei s' wedder runnerkrigt; Dürten was wütend, un ehr früren de Fäut. - »Gun Abend, Dürten«, säd de Ratskellermeister, »is hei ok hir? Minen Swager mein ick.« -»Is nich hir«, säd Dürten so recht snöd af. - »Korl!« rep de Ratskellermeister nah de Baud räwer, »bring' mal en rechtes, heites Glas Punsch för Dürten Holzen räwer!« - »Ick dank Sei velmal, glöwen Sei, dat ick 'ne Judassen bün, dat ick minen Herrn für en Glas Punsch verköp? - Nich wohr, den Stock wull'n Sei woll girn hewwen? - Seihn S', hir stah ick an den apenboren See, hir känen S' mi den Hals afsniden; äwer den Stock krigen S' doch nich. - Oh, Sei sünd jo hüt middag woll noch mit Mamsell Soltmann tausam west un hewwen jo woll noch weisen Rat hollen!« - »Korl!« rep Kunst, »bring' keinen Punsch; sei will nich. - Äwer den Stock, den krig ick doch, dor bruk ick Sei nich den Hals üm aftausniden. Horken S' tau Nijohr en beten nah. - Un

denn de Mamsell Soltmann? - Na, sei is jo woll all mit minen Swager gaud bekannt, sei was jo in sin Stuw', un gistern abend heww ick jo dor all en Vägelken von singen hürt – seihn S' mal, wenn hei de nem, denn hadd hei noch lang' nich den slichtsten Handel makt, sei is 'ne saubre Perßon, un Geld hett sei ok...« - »Un *gel* is sei«, rep Dürten, »un gel bliwwt sei«, un lep von em furt.
Nu kamm äwer Halsband mit Stining an de Baud. - »Süh, dor sünd wi«, säd Stining. - »So«, säd Dürten falsch, »denn is't jo woll all richtig besorgt.« - »Dürten«, säd Stining, »büst du mi bös?« - »Bös?« frog Dürten taurügg un trampste up den Irdbodden herüm, as wull sei dörch annerthalben Faut Frost dörchpedden, »bös bün ick nich, äwer mi friren de Fäut, un argert heww ick mi äwer den Kirl dor«, un wis'te up den Ratskellermeister, de Gläser un Geschirr von Korlen inpacken let. - »Na, nu gaht man nah Hus'«, säd Halsband,»ick will blot man den Sleden afliwern, un denn kam ick ok.« - »Halsband«, säd Dürten, un sei säd't en beten bestimmter, as dat nah Stining ehre Meinung grad' nödig was, »dat is hüt *nich* anbröcht. Uns' Vader spelt hüt abend mit Snider Bohnsacken Scherwenzel, un ick möt nah den Herrn Konrekter seihn; Stining geiht mit mi.« - »Na, denn kam ick ok.« - »Dorin heww ick nicks tau seggen; dat kümmt up den Herrn Konrekter an, wat em dat ok mit is, wenn sick taum Fest 'ne ganze Gesellschaft in sin Hus inleggt.« - »Ih, dor frag ick em sülwst nah; ick kenn em jo gaud naug, ick heww em jo oft bi'n Gewitter nah Dörchläuchten raupen müßt.« - »Halsband«, rep Dürten, de sick argern ded, dat sei nu wider kein Utflücht mihr hadd, »Sei sind ebenso drist un utverschamt as all de annern ollen Mannskirls. - Kumm Stining!« Dormit treckte sei ehre Swester achter sick her. – Halsband lachte. –
As de beiden Swestern nah Hus' gungen, frog Dürten: »Stining, segg de Wohrheit, hett hei di küßt?« -

»Ih, Dürten«, säd Stining un treckte ehren Arm ut Dürten ehren Arm. – »Stining, segg de Wohrheit, *hett hei di küßt?*« - »Ja«, säd Stining hastig und kortweg, »wenn du't denn doch weiten möst: hei hett mi küßt.« - »Hett hei di *sihr* küßt?« frog Dürten. - »Du wardst ganz wunderlich bi dinen ollen Konrekter«, säd Stining, un so'n lütten allerleiwsten Jumferntrotz bömte sick bi ehr up. »Ja, hei hett mi *sihr* küßt.« - »Wovel Küß hett hei di woll gewen?« frog Dürten, as wir sei de Stadtrichter von Nigenbramborg un frog einen Spitzbauwen, wovel Schepel Weiten hei ut de Schün stahlen hadd. - »De Ort ward nich tellt«, säd Stining scharp un spitz. - »Stining, Stining! Wenn dat uns' selig Mutter hadd erlewen süllt – du wirst ümmer ehr Leiwling - wat hadd de woll seggt?« - »Nicks hadd sei seggt«, was de Antwurt, un de Trotz von vördem was nich mihr dörchtauhüren, denn dat Andenken an ehr Mutter makte sei weikmäudig, »sei hadd sick freut, dat sei mal so'n braven Swigersähn krigen würd.« - »Ach, du leiwer Gott! Dat hett lang' Bein.« - »Ne, Dürten, hei will mi, hei will mi abslut hewwen, un eben hett hei mi seggt, hei will en groten dummen Streich maken, dat Dörchläuchten em wegjagen möt.« - »So? Dat will hei? - Na, dumme Streich hett hei all naug makt, un dorup is hei all orndlich läufig, un farig kriggt hei't. - Äwer dit gaude Vörnemen freut mi doch an em; 't wir schön, wenn hei Dörchläuchten so recht mal argern künn.« - Un hir möt ick leider seggen, dat Dürten Holzen von Rechts wegen wegen Majestätsbeleidigung tau twei Johr Tuchthus hadd verurtelt warden müßt, denn sei set'te hentau: »Dörchläuchten is en ollen wohren Ekel, dat hei uns Frugenslüd' so slicht taxieren deiht.« -

So wiren sei bet an dat Treptowsche Dur kamen - Kunst gung dicht achter ehr. - As sei dor rinnegahn wullen, wer kamm äwer den Wall tau gahn? - de Herr Konrekter; un wer gung mit em? - de gele

Perßon. - »Kumm!« rep Dürten, as sei sach, dat Stining still stunn. - »Ne«, säd Stining, »ick bidd em sülwst wegen Halsbandten.« - »Du wardst doch nich!« - Äwer Stining stunn all vör den Herrn Konrekter: »Gun Abend.« - »Gun Abend, Stining.« - »Oh, Herr Konrekter, ick wull Sei bidden - ick sall hüt abend nah Dürten kamen - ob Sei woll nich verlöwen wullen, dat Halsband dor ok en beten henkamen darw, wi wullen dor en beten tausamensitten.« - »Jawoll, min oll lütt Stining, jawoll! Un Dürten kann jug jo en Koffe kaken oder süs wat Warms.« - »Gratulier velmal!« rep Kunst un treckte sinen Haut deip af, as hei vörbigung. - »Wotau?« frog de Konrekter hastig. - »Oh, doch man so«, was de verstännige Antwurt, un Kunst gung in't Dur; Stining makte en Knicks un gung achter em her.

»Herre Gott doch!« rep Dürten un wrung de Hän'n, as wenn ehr en Kind in't Water follen wir, »wo kümmt hei mit ehr tausam? Wo kümmt hei mit ehr tausam?« - »Wohrschinlich hewwen sei sick up den Wall drapen«, säd Stining sihr ruhig. - Un so was dat ok. De Herr Konrekter was spazieren gahn, Mamsell Soltmann was em begegent, hei hadd sick för den Kauken bedankt; Mamsell Soltmann was mit em ümkihrt un argerte em nu gegen ehren Willen dordörch, dat sei in ehre Red' Französch mit rinnebröckelte.

KAPITEL 6

Worüm de Mamsell bi den Herrn Konrekter taum Besäuk kümmt un worüm sei sick nahsten mit den Herrn Konrekter äwer den Faut spannt. - Worüm Korl Siemßen nah Sekunda kümmt un wat em dot för schöne Utsichten begrüßen. - Wo den Herrn Konrekter Dürten ehr Küssen an den Kopp flüggt un hei sine Wisheit von Dürten ehr Rüggbladd aflest. - Ut dat Küssen ward en Küssen, un de Ratskellermeister Kunst set't den Herrn Konrekter 'ne Klemm up. - Dürten smitt sick as Avkat vör ehren

Herrn up un will abslut nich betahlen. - De Konrekter geiht an sin Geschäften un malt niderträchtige rode Anmarkungen in de Schaulbäuker.

Mitdewil was Nijohr in't Land kamen, de Ferien gungen tau En'n, un den annern Dag süll de Schaul angahn. De Herr Konrekter was parat dortau; äwer de Herr Rekter Dankwart hadd sick dat wil de Festdag' tau schön smecken laten, lagg nu tau Bedd un hadd all sine Ihren un Würden as öbberste Schaulmeister up den Herrn Konrekter äwerdragen; äwer tauglik ok de Geschäften.
De Herr Konrekter satt den Dag vör Anfang von de Schaul in sine Stuw', Dürten handtierte up de Del herüm, dunn gung de Dör up, un Mamsell Soltmann kamm herin, grüßte Dürten so'n beten sihr von firn, gung driwens up den Konrekter sine Stuw' los un kloppte an. - »Herein!« rep dat, un dat Frugensminsch gung wohrhaftig richtig rin. - »Wohrhaftig!« rep Dürten in ehr Harten, »sei deiht't. Dat hett nich Scham un Gram! - Wat will sei von em?« - Un nu kamm 'ne hellsche Niglichkeit äwer ehr, ehr halwes Lewen hadd sei drüm gewen, wenn sei wüßt hadd, wat dor binnen los wir. Drei Schritt hadd sei all gegen de Dör tau makt, dunn höll sei an. »Wat? Horken? Minen Herrn behorken? - Ne!« rep sei un lep ut de Achterdör nah den Hof. Hir stunn sei nu un frür. »Dat's nu ok grad nich nödig«, säd sei un gung wedder up de Del. - »Hir heww ick stahn, as sei rinnekamm, hir kann ick mi wedder henstellen, un wenn ick hir en Wurd hür, sleiht mi kein Gewissen.« - Äwer sei hürte nicks, un't wohrte nich lang', dunn kamm de Mamsell ut de Dör, de Konrekter gaww ehr bet an de Husdör dat Geleit un säd: »Also hüt nahmiddag hentau drei. - Dürten«, säd hei, as hei in sine Stuw' taurüggung, »ihre ick dat vergeten dauh - hüt nahmiddag möst du 'ne Taß Koffe mihr maken, ick krig Besäuk.« Dormit gung hei in sine Stuw'. - »So?« säd Dürten, »kriggt

Besäuk! - Geiht mit ehr up den Wall spazieren! - Knapp is einer ut den Bedd, kümmt s' all antaudrawen, des Nahmiddags kümmt s' tau'n Koffe. - Na, denn kann't jo woll nu losgahn, denn kann'ck ehr jo woll nahgradens all en Bedd upslagen.« -

Den Nahmiddag Klock drei kamm denn nu Mamsell Soltmann richtig angetagen un bröchte noch en jungen Minschen von en Johrener föfteihn mit in en Schanzloper, wat sei upstun'ns en Jagdsnipel näumen, mit en langen Swanenhals, de äwer gel utsach, un hellschen grote Hän'n, de ut de Ärmel rute bammelten un in den Ogenblick ok nich wüßten, wo sei ehren stännigen Upentholt nemen süllen; indessen doch vörher prophenzeiten, dat de jung' Minsch mal en hellsch groten Kirl warden würd, dat heit - verstah mi einer hir recht! -, wenn dat, wat för de Hun'n gelt, ok för de Jungs gelt; denn min Fründ, de Uhrkenmaker Zachäus, seggt: »Sehn Sie, nach seine Knochen und Poten zu urteilen, müßte der Hund größer sein.« - Na, wat nich is, kann noch warden. - Dit was nu en Swestersähn von de Soltmannen, en Preisterkind von den Lan'n, dat as en gesun'n, äwer ungoren Deig in den Gymnasial-Backaben rinneschaben warden süll; un de Konrekter süll em hüt taxieren, wat hei as Growwbrod nah Tertia oder as fin Brod nah Sekunda oder gor as Stuten nah Prima verset't warden künn. - Dat Examen gung denn nu ok los, de Konrekter rokte Toback, de jung' Minsch sweit'te, un de Soltmannen drunk Koffe dortau. - Dürten satt nebenan in ehre Stuw' un grämte sick un neihte an en weikes Küssen, sei wüßt't ok nich, was't wegen den Herrn Konrekter oder was't wegen de Hosen. –

Tau de dunnmaligen Tiden verstun'n de Herrn Pasturen up den Lan'n hellschen vel Latin, ok en gauden Strämel Grichsch wegen dat Nige Testament, mit den äwrigen wissenschaftlichen Bihaspel, as Mathematik un Französch un so wider, was dat äwerst man swack mit ehr bestellt. - Korl Siemßen sin leiw' Vader hadd denn nu ok äwer den Kopp von sinen Sähn den gelihrten grichschen un latinschen Pott so utgaten, dat, wenn ok wat dorvon in de Hor drögt was, dat meiste denn doch bet up den Bregen kamen was. - De Jung' wüßt hellischen Bescheid, hei las dat Nige Testament weg, as wenn hei bi Paulussen up sine Reisen nah Korinth un Ephesus Lopjung west wir. - Mit den Homer gung dat nich so; de Konrekter makte dat Bauk tau un säd fründlich: »Min Sähning, dat kümmt noch! Nu mal en beten Latinsch.« - Je ja, je ja! De Jung' las sinen Cicero as Water; de Konrekter kamm em en beten neger up 't Liw mit de oratio obliqua ut den Livius, dat hülp em nich; hei rückte mit ümmer gräweres Geschütz an, mit Virgilen un Horazen un Tacitussen, hülp em all nich; Korl slog all de ollen Herrn ut den Felln. - »Schad! Schad!« säd de Konrekter tau sick, »de Jung' kümmt nah Prima; *den* kriggt de Rekter; *den* hadd'ck för min Lewen girn in Sekunda behollen.« - Nu kamm de Mathematik - hir de magister matheseos - Korl wüßt Gott in der Welt nicks dorvon. - »Schadt nich, min Sähn, schadt nich!« säd de Konrekter, un dat Hart lachte em in'n Liw', de Jung' müßt am En'n doch nah Sekunda verset't warden. - Nu kamm dat Französche. - »Herr Konrekter«, säd Korl, »Französisch hab' ich noch gar nicht gehabt.« - »Nich? Na 't schadt nich, min Sähn. - Non omnia possumus omnes. - Französch is de jämmerlichste, erbärmlichste Sprak, de up de Welt existieren deiht; is eigentlich wider nicks as en verdorbenes Latinsch.« - Mamsell Soltmann horkte hoch up. - »Segg mi mal, min Sähn, wo heit woll up latinsch de Minsch?« - »Homo.« - »Wo heit hei nu woll up französch?« - »Ich weiß es nicht«, säd Korl un würd ümmer bedräuwter wegen sine Unkenntnissen, un grad dessentwegen würd de Konrekter ümmer lustiger un fideler: hei bröchte den Jungen am En'n doch noch so wid herunner, dat hei nah Sekunda müßt. - »Na, besinn di, min Sähn, wo heit hei nu woll up französch?« - »Ich weiß es nicht«, säd Korl. - »Süh! Nu nimmst du hin'n von homo dat o weg un settst vörn den Artikel mit den Apostroph, denn heit dat l'homme, un so heit de Minsch up französch. - Wo heit dat Finster up latinsch?« - »Fenestra.« - »Schön! Un wo heit dat nu up französch?« - »Ich weiß es nicht«, säd Korl. - »Is jo ganz licht, min Sähn; süh! hinnen smittst du dat a weg un settst en stummes e an, in de Midd smittst du dat s rut un makst stats dessen en lütten Haut äwer dat e, denn heit dat fenêtre. - Wo heit nu woll de Dag up latinsch?« - »Dies.« - »Wo heit hei denn nu woll up französch?« - »Ich weiß es nicht«, säd Korl. - »Na, besinn di, min Sähn, besinn di! Wat kann nu woll lichter sin. - Weitst noch nich? - Na, le dit heit hei, le dit!« - »Aber so heißt er ja nicht«, fohrte Mamsell Soltmann nu tau Höcht, »er heißt ja le jour.« - »Le jour? - Bon jour«, rep de Konrekter un sprung von den Staul up un lep in de Stuw' herüm. »Wenn Sei't beter weiten, worüm examinieren Sei Ehren Swestersähn nich sülwst?« - »Aber es ist doch falsch«, säd de Mamsell en beten scharp un stunn ok up. - »Wat hir falsch!« rep de Konrekter, »hei kümmt nah Sekunda.« - »Aber sein Papa hat doch die größte Hoffnung, daß er nach Prima kommen soll.« - »Papa? - Papa? - Wat is *dat* för en Ding?« frog de Konrekter un wull sick dormit ut de französche Verlegenheit riten. - »Papa? - Nun, sein Vater.« - »Un tau sinen rechtmäßigen Vader seggen Sei: Papa?« - »Es ist doch feiner.« - »Ja! feiner! - Papa un Mama is feiner as Vader un Mutter; un wenn de lütten, unschülligen Gören leiwlich mit ehr Ollen reden willen, denn möten s' stats Vatting un Mutting, Papa-ing un Mama-ing, oder Pa-pa-king un Ma-ma-king seggen, grad as wenn s' mang de Chinesen mit en Zopp up de Welt kamen wiren. - Ne, de Jung' kümmt nah Sekunda. - Wat? - Hei versteiht jo gor kein Französch.« - »Aber Sie, Herr Konrekter...« - »Äwer Sei, Mamsell...« - Un nu würd de Strid heftiger. - Dürten horkte in ehre Stuw' hoch up, sei hadd allens mit anhürt, sei folgte ehre Hän'n tausam un säd ganz andächtig: »Gott sei Dank! Nu vertüren sei sick. - Oh, du büst jo doch en geles Gössel!« rep sei, »dat beter weiten tau willen as de Herr Konrekter sülwst!« - »Dat is min Sak! - Dat is min Sak!« hürte sei den Herrn Konrekter up de Del seggen, »min Sähn, du kümmst nah Sekunda, nah min Klass', morgen Klock acht, un wenn't nah minen Willen geiht, denn sallst du 'n düchtigen Kirl warden.« –

Den annern Morgen kamm denn nu ok Korl Siemßen in Sekunda herinne tau stahn, midden mang dat junge, lustige Volk, wat sick en Dagener twölw so recht in den säuten Festhawer utfreten hadd un nu von em steken würd un vör Wehldag' nich wüßt, wat dat all upstellen wull. - »Hir is en Nigen!« rep de ein. - »Wo Deuwel, midden in't Semester!« rep de anner. - »Wo heitst du?« frog de drüdd. - »Karl Siemßen«, was de Antwurt. - »Wo, du willst hir am En'n noch nige Moden upbringen«, rep de irst, »hir ward kein Hochdütsch redt, hir ward Plattdütsch redt. - Will'n wi'n nich glik mal en beten inweihen un äwerleggen?« - »Holt!« rep einer un kamm von achter ut de Bänk rute, »lat't em in Fred', ick kenn em, hei 's en gauden Jung'. Hüt lat't em tau Freden. - Gun Dag, Korl, dat is schön, dat du hir büst. - Hüt sünd nu doch din Stutenwochen, morgen geiht't mit din Inspringelgeld los, denn wardst du irst äwer'n Disch leggt, un denn bearbeiten wi di mit de Lexikons von achter, un denn wardst du führt, dat heit, du wardst up de List von de Dischkant set't, un mit den Disch scharwackeln wi di denn recht schön unner den Liw', wat 'ne angenehme Upregung för di sin ward, un nahsten smiten wi di. Dat ward so makt: söß Por faten sick äwer't Krüz an de Hän'n, as wenn sei mit schöne Damen 'ne Ekkossäß danzen wullen, du wardst verlangs dorup leggt, un denn smiten wi di - eins - zwei -

drei! - bet an den Bähn; du föllst wedder runner, un wi smiten di nochmal un nochmal un nochmal, so lang' as din Knaken un uns' Knaken dat uthollen.« - »Aber wenn ihr mich nun fallen laßt.« - »Sprek Plattdütsch, Korl! Hochdütsch verslimmert din Sak sihr. - Ja, dat Fallenlaten kümmt ok vör, äwer ick weit doch nich, dat wider en grot Unglück gescheihn wir, as dat sick Langnickel mal en Arm dorbi intweibraken hett, un doran wiren wi eigentlich gor nich schuld, dat möten wi up den Konrekter sinen Schalm sniden, denn hei kamm grad in de Dör herinne, un wi lepen weg, un Langnickel föll up de Ird. Dor kunn keiner vör.« - 'ne tröstliche Utsicht för dat arme Preisterkind!
»Hir is ok wat Nigs!« rep Korl Wendt un halte von den Herrn Konrekter sinen Kantheder en schönes, weikes Küssen herut. - »Wis' mal!« säd Pagel Zarnewitz. - »Ih, lat mi doch irst!« säd Korl. - »Ih, so wis' doch mal!« - »Da hest't«, rep Korl un smet em dat Küssen an den Kopp. De smet wedder, un nu gung dat Küssen in de Klass' herüm, as wir't en Ball taum Spelen; un *de* smet *den*, un *de* smet den annern, un as Pagel Zarnewitz Korl Siemßen dor recht mit bedenken wull, smet hei vörbi un smet den Herrn Konrekter, de grad in de Dör kamm, baff! in de Ogen. - Allens stört'te nu achter de Bänken up sinen Platz, so! Wer hadd't nu dahn?
Wir nu de Herr Konrekter so'n jungen Schaulmeister west, de unner allen Ümständen sine Ihren un Würden glöwte uprecht erhollen tau möten un in sinen Prezepterstolz noch ümmer Schaulhus un Tuchthus un Schaultucht un Tuchtstraf verwesselte, denn hadd hei nu en groten Gerichtsdag anstellt, un wenn hei den Bösewicht herutekregen hadd, de dese Attendaht an em utäuwt hadd, denn hadd hei woll en gottserbärmlich Gericht äwer em ergahn laten; so äwer säd hei nicks as: »Nemt jug doch en beten in acht! Dit hett wider nicks tau bedüden, dit's en weikes Küssen, wenn't nu äwerst

en Stein west wir?« Denn hei hadd dat in't Gefäuhl, dat hei sick vel vergewen würd, wenn hei sick so hadd, as glöwte hei, de Jung's hadden dat mit Flit dahn. Hei langte dorbi dal un namm dat Kissen up un gung de Schaulbänken lang un kek sick de Gesellschaft an un las in de Gesichter, denn dat verstunn hei ut den Grun'n. Pagel Zarnewitz satt denn nu dor, rew sick unner'n Disch de Hän'n, ret de Ogen wid up un kek den Konrekter - »jo nicks marken laten!« - stiw in't Gesicht. - Hirut markte de Konrekter äwer grad wat, un dormit Pagel marken süll, dat hei wat markt hadd, säd hei: »Ne, Pagel, wer't dahn hett, will ick nich weiten. Kann Hei mi äwer nich seggen, Musche Pagel, wer dat Küssen hir in de Klass' bröcht hett?« - »Nein, Herr Konrekter«, stamerte Pagel, denn hei was en Stamerbuck, »das weiß ich nicht«; un würd noch mal so ihrlich utseihn. - »Weit dat keiner?« frog hei wider. – Ne, 't wüßt keiner. - »Na, denn ward ick't woll weiten.« - Un de Lekschon gung los. Nu hadd äwer de Konrekter de Mod' an sick, dat hei sick tau sine Schaulstunnen up allerlei Poppierfinzels un Denkzettels Anmarkungen upschrew, un wil hei nu as en flitigen un sorgsamen Mann, wildeß hei Ferien hatt hadd, sick wat up den Vörweg vörarbeit't hadd, so hadd hei sick dat grötste Stück von sine Poppierflicken utsöcht un hadd dat up de ein Sid drang' vull schrewen. Dit halte hei nu herute un folgte dat utenanner un fung nu an, de Jung's tau lihren. - Äwer mit einem Mal brok in sine Klass' en ludes Lachen los. Hei kek up, wütig up: »Wer...?« - Je, alle sine leiwen Schaulkinner seten dor mit breide, rode Gesichter un wullen sick dodlachen. - »Wer lacht hir?« frog de Konrekter nochmals. »Wat lacht ji? Dummheit lacht«, rep hei, läd sin Bäuker up den Kantheder un gung grad' up den Primus los: »Wat lacht Hei hir, Musche Hundsvott?« De Primus verkrop sick so gaud, as't gung, achter Pagel Zarnewitzen sinen Puckel un kek stiw in sin Bauk herin mit

de irnsthafteste Min von de Welt; äwer Pagel, de vör em satt un sin Hägen nich törnen kunn, lachte den Konrekter grad' in't Gesicht. - »Wat lacht Hei, Pagel?« dunnerte de Konrekter nu in helle Wut up em los. - »Wegen dat Spen-Spen-Spen-, wegen dat Jack-Jack-Jack-, wegen dat Mun-Mun-Mun-... Süh-süh-süh - ick kann't nich rutkrigen.« - Nu was den Konrekter sine Geduld äwer glik tau En'n; dunn rep 'ne Stimm von de hindelste Bänk: »Wegen Dürten Holzen ehr Jackenmunster.« - »Haha! Musche Korl Wendt! - Haha, Musche Hundsvott! - Dor is Hei jo wedder! - Nu kam Hei mal achter rute! - Hir vör't Bredd!« - Korl Wendt, wat en rechten, driftigen Slüngel was, müßte vörkamen, un hei ded't; stats sick äwer vör den Konrekter tau 'ne Exkutschon hentaustellen, sprung hei an den Kantheder ranner, halte den Konrekter sin Schriwwtstück runner, folgte dat utenanner un höll dat den ollen Herrn entgegen. - De Konrekter kek irst Korl Wendten ganz verdutzt wegen sine Dristigkeit an, dunn de sonderbore Fassong, de sin Schriwwtstück annamen hadd, un tauletzt las hei noch taum Äwerfluß dwars äwer den Puckel: »Jackenmunster for Dorothea Holzen.« - »Wat...? Wat...? Gott bewohr mi! Wo kümmt dat mang mine Poppieren? - Un doräwer hewwt ji lacht?« - »Ja - ja - ja!« gung dat en beten tägerig dörch de Klass'. - »Hm, hm!« säd de Konrekter för sick hen, »Dürten Holzen, irst makt sei mi dat mit dat Küssen, nu mit dat Munster, hm, hm! - Wi sünd vör Wihnachten kamen bet tau dat 27ste Kapitel. Wat steiht Hei hir noch, Musche Korl, un külpt mi an? Dor sett Hei sick un fang Hei an.« Un nu gung de Lekschon würklich los.
As de Klock twölw slahn hadd, namm de Herr Konrekter sine Trösters för den Kopp, de Bäuker, unner den einen Arm un sinen Tröster för dat Sittfleisch, dat Küssen, unner den annern Arm un gung nah Hus. As hei sin Husdör upmaken wull, gung dat man slicht, indem dat hei unner jeden Arm wat tau

hollen hadd, un de Bäuker schoten em ut un föllen in den Snei. Hei smet nu hellsch argerlich dat Küssen up de Del rup, sammelte sin Bäuker wedder up, slog de Husdör mit Gewalt tau un knallte ok in etwas mit de Stuwendör.

Dürten Holzen was vermorrntau de glücklichste Perßon in ganz Nigenbramborg, un bi ehren Glück spelten de Hasen von de Nigenbrambörgsche Feldmark de irste Vigelin mit. - De Hasen hadden nämlich bi den hogen Snei all den gräunen Kohl ut de Gorens freten, kein Brambörger Stadtkind kreg äwer Johr gräunen Kohl tau eten, blot Dürten Holzen hadd ut Vörsicht en lütten Posten Kohl in den Husgoren plant't, un dor wagten sick de Hasen doch nich hen. 't was man en lütt Gericht, äwer't was doch en Gericht un den Herrn Konrekter sin Leibgericht. Dit wull sei hüt spendieren, denn't Hart was ehr vull Freuden, de gele Mamsell hadd em gistern argert, un hei hadd sick mit ehr äwer den Faut spannt, sei in den Gegendeil hadd em för sine harten Schaulstunnen 'ne weike Unnerlag' uppulstert, un nu satt hei dorup, un sin armes afstrapziertes Fleisch bläuhte dorup in Warmnis un in Weiknis; un vör ehr up den Hird smörte de Kohl in glückseligen Behagen sachten furt ahn den min'nsten Versäuk antaubrennen, un de Bradtüften prätelten in de Pann, un de Lungwust un dat rökerte Rindfleisch kakten so verstännig, as wiren sei dor all Johre lang up inäuwt worden. - Nu slog de Klock twölw. - Allens was farig! - Upgewen! Denn de Herr Konrekter höll up den Klockenslag. - Nu knallten de Dören - dat was de Togwind; un Dürten tred mit 'ne slohwitte Latzenschört un 'ne slohwitte Kapp mit ehre Gerichten up de Del. - Dor lagg ehr Küssen in de Sneitraden! –

En unbedarwtes Frugenstimmer hadd hir de Gerichten fallen laten, sei begrep sick äwer noch; hadd mäglicherwis' de Hän'n tausamenslagen, wenn sei den Kohl un de Wust nich hadd wohren müßt, säd in ehren Harten: »So! dat is de Dank!« un drog de Schötteln in de Stuw un set'te sei up den Disch, set'te sick ok un kek stiw up ehren leddigen Teller. - De Herr Konrekter satt all, hei sach sihr verdreitlich ut, de Kohlgeruch frischte em woll en beten up, un üm sine Lippen spelte woll so'n lütten Schin von Behagen, äwer de Verdreitlichkeit was doch de Haupttog in sin Gesicht. – Dürten sach gor nich verdreitlich ut, sei sach still un eben för sick dal. Mit ehr was in wat 'ne Verännerung intreden; vör en por Wochen noch hadd sei woll dat grote Register antreckt un hadd den Herrn so'n snurrigen Choral un so'ne dägte Moral vörsungen, dat em de Uhren schön hadden klingen süllt; nu satt sei äwer dor, un eten würd sei nich. – Dit Geschäft besorgte de Herr Konrekter nu sihr gaud, un Dürten gaww jeden von sine nigen Angriffen up den Kohl mit en verhollenen Süfzer dat Geleit. - As hei sick all schön verdort hadd, würd hei ehre besondern Anstalten gewohr, läd Metzer un Gawel dal un frog: »Worüm ettst du nich?« - »Oh, mi is dat so vör de Bost bestahn blewen«, was de Antwurt, un Dürten kek dorbi bisid ut dat Finster rut. - »Hm!« säd de Herr, »denn möst du 'n lütten Druppen von den Magenbittern drinken; äwer din Kohl is sihr schön!» Un hei namm em wedder in Angriff un dachte dorbi: »För opem keine betere as Dürten, blot mit dat olle ßackermentsche Küssen! - Wat hest du di«, set'te hei lud hentau, »äwer eigentlich mit dat oll Küssen dacht?« - »Ick heww mi nicks as Gauds dorbi dacht«, säd Dürten sacht un eben. - »Wat Slimms hewwen sick de dummen Jung's ok nich dorbi dacht, as sei mi dat Ding in de Ogen smeten. Ick heww di dat doch all vördem verbaden, du süllst mi nich so'n ollen Trand dor hinleggen; ick wüßt jo, wo't kamen würd.« - Dürten hadd't all in den Mun'n un wull all seggen: dat wir en schönen Konrekter, de nich mal en por dumme Jung's in Ordnung hollen künn, sei verbet sick dat äwer, un as dat Mid-

dageten vörbi was, deckte sei af un drog dat Geschirr nah de Käk un säd up de Del tau dat Küssen: »Ligg du man, vör minentwegen kannst du lang' liggen.« - De Herr Konrekter läd sick in sinen Lehnstaul un wull en por Ogen vull nemen.
As Dürten Holzen in ehr Stuw' kamm, set'te sei sick up ehren harten Brettstaul, deckte sick de Schört äwer de Ogen un fung bitterlich an tau weinen. - »Ja, ja!« rep sei, »ick heww't gaud meint, ick heww't würklich gaud meint! Ick was vermorrn so fröhlich in minen Harten, dat ick em 'ne Freud' makt hadd, de em gaud dauhn süll, dat ick em Kohl up den Disch setten künn, un nu? - Ih, ja, den Kohl hett hei eten, äwer dat Küssen? Dor liggt dat buten up de Del in den Sneislamm. - Wat kann dat unschüllige Küssen dorför? - Oh! ligg du man!« Un sei weinte düller un snuckte un sluckte recht ut Hartensgrun'n. - »Oh, ick heww mi so vel Mäuh gewen, dat dat en beten wonah utseihn süll, an alle vir Timpen 'ne lütte Troddel, Stining sülwst säd, 't wir schön utfollen, un dat möt nu so verkamen in den Schmutz. - Ne«, rep sei un sprung up, »wat kann dat Küssen dorför, dat hei en ollen Borbor is?« - Dormit gung sei up de Del un halte dat Küssen rin. - »Ne, wenn 'ck't liggen let, wir't ut Trotz, un worüm bruk ick trotzig tau sin in mine Unschuld? - Hei hett mi nich dankt, hei hett dor gor nich up seten, hei hett dat gor nich mal probiert, wo sacht em dat ankamen würd. - Ja, as de Mamsell von gradäwer em den Kauken bröchte, dunn müßt hei'n jo probieren, ja, dunn müßt hei jo sick nahsten bedanken un müßt mit ehr üm den Wall rümspazieren. - Oh, dat känen wi jo ball krigen! - Wenn hei de Wolldaht nich hewwen will, worüm sall ick 's nich geneiten?« - Un de Tranen wiren weg, un sei smet dat Küssen up ehren Brettstaul un set'te sick - baff - dorup in helle Zornigkeit un satt so stiw dor, as satt sei up den Richtstaul, un de Scharprichter hadd ehr beden, sei süll den Hals gaud utrecken, dat hei beter anka-

men künn. - Äwer ümmer lütter würd sei wedder, un ümmer deiper sackte ehr Kopp un de Zornigkeit mit em, un sei sprung up un rep: »Oh, wo deip bün ick sunken; dat sünd jo luter Lägen, de ut mi ruterohren! Dürten! Dürten, besinn di! Hest du dat Küssen blot üm den Herrn Konrekter sine Bequemlichkeit neiht? - Was't nich üm dinen jämmerlichen Vurtel? - Was't nich üm de Afnutzung von de Hosen?« -

De Herr Konrekter hadd, wildeß Dürten sick in ehrt Stuw' afquälte un afängst'te, in gaude Rauh en beten nickköppt, hadd tweimal sihr unbescheiden lud hujahnt un dachte nu an den Koffe, de Gedank an den Koffe bröchte em up Dürten, von Dürten kamm hei up dat Munster un dat Küssen, bi dat Küssen föll em in, dat hei sick sihr doräwer hadd argern müßt un dat dat Dürten vör de Bost bestahn blewen wir, doräwer fung em an dat Gewissen tau slahn, dat hei so buh! un bah! gegen Dürten west wir, denn sei hadd't doch gaud meint un hadd em jo ok gräunen Kohl updischt, un hei wull't wedder gaud maken un wull ehr sülwst en lütten Magenbittern rümbringen.

As hei bi ehr in de Dör kamm, satt Dürten wedder achter de Schört un was in deipste Weihdag' äwer ehre eigene Slichtigkeit. - »Dürten«, säd de Herr Konrekter. - Keine Antwurt. - »Dürten«, fot hei noch mal nah, »ick was argerlich, dorüm bün ick di nich gerecht worden.« - »Herr, ick bün mi sülwen nich gerecht worden«, snuckte Dürten achter de Schört herute. - »Dürten, ick heww di hir en lütten Bittern mitbröcht.« - »Ick heww all Bitterkeiten naug in minen Liw'.« - »Dürten, lat't man gaud wesen. - Vergeben un vergeten. - Du hest dat jo gaud meint.« Un dormit treckte hei mit de ein Hand ehr de Schört von dat Gesicht, in de anner höll hei den Bittern. - »Ne, Herr«, rep Dürten, »dat verdein ick nich«, un kek em mit de dickweinten Ogen an, »oh, Herr, ick bün 'ne slichte Perßon, ick wull mit dat oll Küs-

sen... ick wull blot... ick wull...« - »Wat wullst du?« frog hei recht weikmäudig. - »Ick wull blot - ick wull blot de Hosen dormit schonen.« - Un dormit fung sei wedder an, bitterlich tau rohren, un slog sick vör Schimp wedder de Schört vör't Gesicht. - Dese Uprichtigkeit rührte den Herrn Konrekter denn nu ganz gewaltig. - »Du büst dat ihrlichste Mäten up de Welt«, säd hei un wull de Schört wedder wegtrecken, 't wull äwer mit de *ein* Hand nich gahn, en Disch stunn grad nich in de Neg', dat hei den Bittern bisid setten kunn, hei drunk also kort resolviert den Bittern ut, dat hei nich äwerschülpern ded, slog den Arm dunn üm dat olle, gaude Mäten, tog sei von den Staul tau Höchten, strakte ehr mit de anner Hand de Hor ut de Ogen un küßte sei utdrücklich tweimal up de Stirn. -
As hei dit Stück utäuwt hadd, verfirte sick Dürten, let de Schört von de Ogen sacken un kek den Herrn Konrekter ganz beängstlich an, de Herr Konrekter verfirte sick ok un kek Dürten ok ganz beängstlich an. Un so keken sei sick an as en por Kinner, de Kirschen von den Teller eten hewwen, den Vatting ehr utdrücklich verbaden hett, un nu mit Schrekken gewohr warden, dat sei all up de Hälft von den Teller ankamen sünd.
Dürten verhalte sick tauirst, sei wis'te up dat Küssen un säd: »Dor liggt't. - Willen Sei't nu hewwen?« - »Ne, Dürten, in de Klass' geiht dat nich. Dat liggt jo ok dor sihr schön, wo't up Stun'ns liggt. - Willst du äwer nich en Bittern drinken?« - »Ne, ick dank, mi is nu all beter.« - De Herr Konrekter gung, kek äwer noch mal wedder in de Stuw'. »Dürten, verlat di dorup, ick ward de Hosen nah Kräften schonen.« - Dormit gung hei in sine Stuw', was äwer en beten sihr ut den Hüschen. - »Ja, ja!« rep hei ut, »ihrlich is sei dörch un dörch. - Wegen de Hosen, seggt sei, nich üm minentwillen hett sei't dahn, seggt sei. - Wir ick woll in so'ne Umstän'n so ihrlich west? - Kanter Äpinus, Konrekter Äpinus, ick glöw, du haddst

di woll up en ful Pird bedrapen laten! - Un nu, nu sitt ick irst recht up en ful Pird. - Wat? Ick, de Konrekter Äpinus, ick küß as Brodherr min Wirtschafterin? - Un was't ok man up de Stirn, un was't ok in alle Gaudheit un in allen Ihren; Küssen is Küssen, un ut pure Bosheit küßt keiner, 't müßt denn ein Judas sin. - Wat würd Hofrat Altmann seggen, wenn hei dit wüßt?« - Un hei gung up un dal un rew sick den Kopp: »Ut dat ßackermentsche Küssen is nu en würkliches *Küssen* worden! - Ick, de Konrekter Äpinus, de *oll* Konrekter Äpinus, mak hir Streich as en Leipziger Student. - Wo sall ick mine Ihr un Würdigkeit uprecht hollen as Deinstherr un Husvader nah dem, wat hüt passiert is?« - Nu slog de Klock twei, hei söchte sine Bäuker tausam un gung in groten Bedenken ut de Dör.

Dor kamm em grad sinen Swager Kunsten sin Korl entgegen: »'ne Empfehlung von Herr Kunsten, un hei schickte dit.« - »Wat?« - »Desen Breiw.« - »Schön«, säd de Herr Konrekter un las de Upschrift: »An meinen lieben Schwager als Neujahrswunsch.«

De Konrekter stek den Breiw in de Tasch - 't was en recht dicken Breiw - un dachte: Wat mi min Swager woll äwerall tau schriwen hett? - Wegen den Stock? - Dor kannst du lang' schriwen. - In de Schaul slog hei den Virgil up un säd: »Na, Musche Korl Siemßen, denn man tau! Äwersett Hei mal.« - Korl fung an, un't gung ganz glatt weg. De Herr Konrekter nickköppte denn ok dortau; äwer hei was tau niglich up sinen Breiw, hei brok em up un las. - »Wat's dit?« frog hei vör sick hen; Korl Siemßen kek in de Höcht un höll an. - »Man wider!« winkte em de Konrekter tau; Korl fung wedder an. - »Dat is jo dummes Tüg!« rep de Konrekter; Korl kek em ganz verstürt an un fung densülwigen Satz von vören an, äwer't kamm ganz ebenso rut, un hei kek den Herrn Konrekter noch en ganzen Schepel verdutzter an. - »Ick segg: man wider!« säd de Konrekter; Korl was ogenschinlich ut de Kuntenanz, hei fung nu an tau stamern. - »Dat is jo schändlich! Dat is jo niderträchtig!« rep de Konrekter un slog up den Kantheder ümmer ein Foliosid nah de anner üm; nu stunn Korlen de Verstand rein still, un hei *sweg* ok still. - »Dat nenn ick, sick up 'ne Sak ordentlich präparieren, sick Johre lang präparieren; äwer täuw Hei man, Musche Hundsvott!« - »Ja, Herr Konrektor, ich hab' mich präpariert, aber erst gestern abend«, säd Korl, un't was, as wenn de Tranen glik achterher kamen süllen. - »Man wider!« rep de Konrekter in helle Wut, knautschte sine Poppieren tausam, proppte sei in de Rocktasch un kek Korlen an, as wir de schüllig an den saubern Nijohrswunsch. - As hei nu äwer Korlen sin leidig Gesicht tau seihn kreg, müggt em jo woll infallen, dat hei sin Anmarkungen tau den Breiw mäglich lud von sick gewen hadd, un hei säd ganz fründlich: »Hei hett Sin Sak gaud makt. Em mein ick nich, ick mein blot minen Swager up den Keller.« - Äwer hei was doch dörch den infamen Breiw ganz ut de Richt kamen, hei halte em af un an wedder rute ut de Tasch un las en Strämel un würd dorbi füerrod in't Gesicht, un för desen Nahmiddag was sine Andacht taum Schaulhollen rein in de Wicken. - Ok in de negste Stun'n, de Sing- un Vigelin- un Paukenstun'n, bröllte hei hellschen dwaslings in den Gesang mit mang, vernutzte vel Kofojum un gnidelte up de Saiten, as wiren sei ut Kunsten sine Ingeweiden tausamdreiht, un slog up de Pauken, as wenn sin leiw Swager dorin satt. -

As de Konrekter nah de Schaul tau Hus kamen was, smet hei wedder mit de Dören, treckte sine Poppieren ut de Tasch, las, smet sei up den Disch un schimpte un schandierte. Äwer den Breiw, den snöden Breiw, hadd hei nu heil un deil allens vergeten: wat den Middag tüschen em un Dürten passiert was; ut de Schanierlichkeit was hei rut, äwer nu hadd hei en ordentliches Janken dornah, sick unner de Ogen von 'ne annere Perßon, un wir't ok man sin Dürten, recht gehörig uttautowen. - Dat möten weck Lüd', un't sünd noch lang' nich de legsten; sei sünd taum wenigsten beter as de, de ehren Grimm in sick freten un doran Dage un Wochen un Johre rümmergnagen. - De Herr Konrekter rep sin Dürten: »Nu denk di mal, Dürten, mit minen Swager, mit Kunsten! Desen Breiw schriwwt hei mi.« - »Hei will woll unsen Stock hewwen?« frog Dürten un set'te sick ok soglik in den Stand, den Stock un ehren Herrn tau deffendieren. - »Dat will hei; äwer wo fängt hei't an? - 'ne Reknung schriwwt hei mi, 'ne Reknung von acht Johr her - hir!« - dormit smet hei ümmer einen Bagen nah den annern vör Dürten up den Disch - »hir! hir! - 'ne Reknung von 64 Daler 18 Gr., von acht Johr her för all de lütten Gläser Madera un de Botterbröd, de ick sörre de Tid an alle Sünn- un Festdag' nah de Kirchtid bi em vertehrt heww, un ok de Johrmarke hett hei mitrekent. - Ne! Wo is't mäglich! Womit hei mi traktiert hett - ‚Korl! för minen Swager; Korl! en Glas Madera; Korl! En Butterbrod för minen Swager, Korl!' - Dat schriwwt hei mi nu in 'ne Reknung, un wenn' ck em minen Stock nich schick, denn sall ick s' betahlen. - Virunsößtig Daler, achteihn Gröschen!« - »Gott bewohr uns!« säd Dürten, »dat is jo grad, as wenn de Krabaten einen in't Hus fallen, dat is jo düller as in Tillyn-Tiden. - Herr Konrekter, laten S' mi hen nah em, ick will em...« - »Un wenn ick't mi noch föddert hadd; äwer ne! ganz von sülwst, ut sin eigen Geheit - ‚Korl! Minen Swager...' - Wo? En anner Minsch hadd seggt: ‚Nemen S' nich äwel, Herr Konrekter, äwer dat hett sick en beten upsummt', un hadd alle Nijohr de Reknung schickt - äwer acht Johr dormit täuwen, un den...« - »Betahlen dauhn wi dat nich!« rep Dürten, »wo? Dat wir jo 'ne Schan'n!« - »Un doch möt wi't betahlen!« rep de Konrekter, »denn de Stock gew ick nich rute, dat kann ick nich! Dat würd jo so utseihn, as wenn ick mi dit Arwstück up 'ne unrechtfarige Wis' aneigent hadd, as hadd ick dat mus't, wat mi schenkt worden is.« - »Herr«, rep Dürten mit einmal, as wir ehr en Licht upgahn, »wat meinen Sei mit en Avkaten? - Dägen deiht de Ort nich, un't is grad so mit ehr as mit de Dokters, de weiten't ok nich, äwer de Minsch hett doch bi de beiden as so'n Anholt, hei kann doch mit ehr reden, un wenn sei einen ok nich helpen känen, sei begäuschen einen doch un helpen einen doch mit allerlei Utsichten äwer de irsten Weihdag' weg. - Na, mit de Dokters heww ick - Gott sei Dank! - meindag' nich wat tau dauhn hatt, desto mihr äwer mit de Avkaten, als ick dunntaumalen nah min Mutters Dod' minen Ollen sin Sak führen müßt un den Ollen sin Handwark in't Achtergeleg' kamen was un uns' Hus un Goren verköfft würd. - Ick rad' tau'n Avkaten.« - »Hm, hm!« säd de Konrekter bedenklich, »ick heww meindag' noch keinen Prozeß hatt, un ick bün nich dorför, vör allen nich in so nege Fründschaft; äwer ick will doch mal mit den Rat Fischer reden.« - »Üm Gottes willen nich mit *den*, *de* is doran schuld, dat wi unsen Goren verlustig gungen. - Äwer, nemen S' nich äwel, Herr Konrekter, hett Kunst Ehre Vertehrung woll alle Dag' in sine Stuwenklock oder in sin Schapp oder an de Dör anschrewen?« - »Ne, dat hett hei seindag' nich dahn.« - »Na, denn hett heit 't ok nich in sin Bauk anschrewen, denn hett hei blot ut Hader un Neid wegen den Stock in de letzten Dagen dese Reknung upstellt, dat hei Sei dormit zwiweln will. - Un nu gewen S' mi mal Kunsten sine Reknung mit, ick kann klennern, un all de ollen Klenners heg' ick mi up, un nu will ick doch mal nahseihn, wat dat Datum ok mit de Sünn- un Festdag' un vör allen mit de Johrmarkte stimmen ward, un denn weiten S' noch vör fiw Johren üm Martini ut, dunn sünd Sei in 4 Wochen nich ut de Stuw' west wegen den bösen Haust - wenn hei dunn de Sünndag' ok mit anschrewen hett, denn hewwen wi em, denn is de Reknung nich richtig, denn betahlen wi

keinen Gröschen.« »Je«, säd de Konrekter, as Dürten mit de Schriften ut de Dör gung, »dat ward ok vel helpen! - Virunsößtig Daler un achteihn Gröschen - dat Glas Madera drei Gröschen, dat Botterbrod einen -, wo sälen de herkamen? Un wat Dürten ok seggt, ick kann jo den Prozeß verlieren, un denn kamen de Kosten noch dortau. - Ick künn Geld up min Hus nemen, äwer wer giwwt mi wat? Dor steiht all naug up indragen. - Dörchläuchten ded't woll wegen de Gewitterangst; äwer hett hei ok wat? - Prinzeß Christel? - Hett ok nicks, is Kunsten sülwst noch en hübschen Posten för Portwin un Pontak schüllig. - Je, wer hett Geld? - Hofrat Altmann hett wat; äwer de Intressen, de *Dörchläuchten* betahlt, kann *ick* nich lasten. - Sei«, säd hei un kek nah sin Nahwersch liktau räwer, »sei sall wat hewwen; äwer würd sei't dauhn? - Ja, wenn sei mi frigen wull un wull sick de Gäudergemeinschaft gefallen laten un wir fründlich gegen mi un let mi schalten un walten mit dat Ehrige, ja denn, denn güng' dat. - Ick möt frigen, ick möt wedder frigen, ick möt propter opes frigen; wat helpt *mi* up Stun'ns opem? Ick heww sei jo noch gor nich nödig; äwer de opes! De opes!« - Un hei versunk in deipe Gedanken un satt in den Schummern dor un ängst'te sick vör den Prozeß un hoffte up de opes. -
»Äwer den Stock gew ick nich wedder rute!« rep hei, as grad' Dürten rinnekamm. - »Un dat sälen Sei ok nich, Herr Konrekter; de ganze Reknung is falsch: twei Johr hendörch sünd all de Sünndag' falsch angewen, de meisten Festdag' sünd nich richtig, un de Markdag' binah all verkihrt, un de Tid äwer, wo Sei den slimmen Haust hadden, hett hei Sei ümmer ankrid't. - Dat bruk wi nich tau betahlen.« - »Je, Dürten, dat seggst du woll, äwer ick heww dat doch all kregen.« - »Wat kregen! Hewwen hir nich bi uns gaude Frün'n ok wat kregen? De würden schön lachen, wenn Sei ehr nu 'ne Reknung doräwer

schicken wullen. - Ne, ut de Sak help ick Sei rute, wenn Sei mi blot folgen willen; un en Prozeß hewwen wi noch lang' nich, dat is jo pure Kinneri von Kunsten. Un hir is Licht, Herr Konrekter«, säd sei un stickte em dat Licht an, »un nu maken S' sick as süs an Ehre Geschäften.« -
De Konrekter satt nu dor un malte mit rode Dint in de Schäulers ehre Bäuker rümmer, un männig Fehler, de süs Gnad' vör sinen Ogen funnen hadd, de würd dick anstreken, un wenn hei unnen de Summ henschriwen ded, stippte hei ümmer irst frisch in dat rode Dintenfatt, dat sei recht fett rutekamen süll, un schrew allerlei nichtswürdige Anmarkungen dorunner.

KAPITEL 7

Woans de Dichter Kägebein de Mamsell Soltmannen 'ne Kußhand up den Puckel smitt un de Herr Konrekter in sinen Bregen afstömen un utuhlen deiht. - Wo Dorchläuchten mit de Swälken tauglik in Nigenbramborg ankümmt. - Wo Wilhelm Halsband einen gripen will un sülwsten grepen ward. - Von den klauken Hans un den dummen Hans. - Wo twei Monarchen up den Mark tau Nigenbramborg spazieren gahn un sick Krig erklären. - Wer woll winnt? - Halsband un Dürten Holzen sälen in ein abscheuliches, düsteren Lock smeten warden. - Rand smirt den Pottpurripott intwei. Dörchläuchten höllt sine Leweh, kriggt äwer keinen Tweiback, un em ward de nervus rerum gerendarum intweisneden.

So vergung denn nu de Tid, Is un Snei wiren mitdewil ok vergahn, tau Fastelabend wiren de leiwen Nigenbrambörger Kinner vör Dau un Dag' in de Straten rümmer- un in de Hüser rinnerlopen un hadden ihrsame Börgers un dugendsame Husfrugens ut de Bedden rutestüpt, un ok de Herr Konrekter hadd sick mit Heitweckens losköpen müßt von de blankupputztzten Barkenrauden, mit de em 'ne ganze Ban'n von lütte, driftige Quintaners

un Quartaners de Flöh von den Rüggen jagen wull. Dürten Holzen hadd sick gegen dese wille Jagd upsmiten wullt, hadd äwer sülwst in den Düstern en por Rapps up de Del afkregen un hadd't nich hinnern kunnt, dat de Gesellschaft bet in de Slapstuw' von den Herrn Konrekter rinnebraken was.
Nu satt de Herr hüt bi dat Middageten un hadd den Kopp in de Hand stüt't, un de schönen Heitwecken legen mit Botter un Zucker un Kaneilsbork - nich rög' an! - vör em in de säute Melk, un hei süfzte: »Dat is en verdreitlichen Morgen för mi west, Dürten.« - »Je, Herr«, säd Dürten, »äwer ick heww dor nich an dacht, dat de Jung's so unbescheiden sin würden, sick an Sei tau vergripen. Mi hewwen s' äwer ok mit en por schöne Strimen äwer de nakten Armen bedacht.« - »Ih, dat mein ick nich. - Jung's sünd Jung's un willen ehr Vergnäugen hewwen; äwer wenn oll Lüd' tau Jung's warden, denn ward dat slimm. Denk' di, Kunst hett mi würklich verklagt, un ick sall mi in Nigenstrelitz stellen un vör min Sak upkamen.« - »Dat dauhn wi nich!« rep Dürten, »ne, dreimal is recht, dat virte Mal en Schinnerknecht; dreimal möten sei uns kamen, un *denn* antwurten wi irst, un dat is sowid ok ganz gaud, dorbi kann de Minsch sick doch irst ordentlich besinnen. - Äwer nu reden S' nich mihr von de Sak, dor kümmt Ehr Fründ, de Herr Avkat ut Nigenstrelitz, grad' up de Husdör los.« -
»Guten Tag, guten Tag«, kamm Kägebein nah de Stuw' herinner, »ah, beim Mittagessen! - Aber ich will nicht stören.

Störe niemals bei dem Mahle
Auch dem besten Freunde nicht,
Weil er sonst nur kalte, schmale
Und getalgte Happen kriegt.

Ich werde mich hier ans Fenster setzen.« - »Dauhn Sei dat«, säd de Konrekter un et. »Nemen S' mi dat nich äwel; äwer unsereinen is de Tid knapp taumäten, un nödigen kann ick Sei ok nich, denn wi hewwen hüt nich mal Fleisch up den Disch.« - De ganze Red' schinte äwer för Kägebeinen ümsüs hollen tau sin, denn hei kek stramm grad äwer nah Mamsell Soltmannen ehr Finster un bedrew dorbi sonderbore Anstalten, hei dinerte un nickköppte un plinkte un smet Kußhän'n äwer de Strat räwer un sach so glückselig ut as en ollen Esel, wenn em de Krüww vull Hawern schüddt is. Dürten schüddelte mit den Kopp, de Konrekter et wider. Kägebein breidte de Arm ut un hadd sick so, as wenn wat ut de Soltmannen ehr Finster dwas äwer de Strat fleigen würd un hei süll dat in sine Arm upfangen. Dürten schüddköppte düller, de Konrekter et unverzagt in de Heitwecken wider. - Tauletzt kamm äwer bi Kägebeinen de feine Poesie taum Dörchbreken, dat was, as wenn sick allens, Hart un Lung' un Lewer, bi em ümkihrte, hei drückte de ein Hand up dat Hart, as müßte hei sin arm Ingeweid' daldrücken, dat em dat nich ganz ut den ollen Verfat kem, un hei stöhnte ut de deipste Mag' herute:

»Oh, welch Entzücken,
Dich zu erblicken!
Oh, Dorimen',
Dich wiedersehn,
Das bringt mich in die ärgste Pein.
Mit deinem schwarzen Augenschein,
Ich bitte dich, halt ein! halt ein!«

De Konrekter was upsprungen un kek äwer Kägebeinen sine Schuller un kau'te mit vulle Backen de Würd' dörch de Heitwecken rute: »De Soltmannen!« - Dürten was ok upsprungen un kek äwer den Konrekter sin Schuller un säd mit en gewissen Ingrimm vör sick hen: »De olle Gel!« - »Oh, Dorimen'...«, fung Kägebein wedder an. - »So heit sei nich, sei heit Korlin«, rep Dürten dormang. - »Kennen Sei de Mamsell?« frog de Konrekter un wis'te mit de Hand äwer Kägebeinen sine Schuller, so dat de Nachborin dat för gaud höll, von't Finster afsid tau gahn, denn ehr müggten woll för 'ne anstännige Leiwesgeschicht tau vele Taukikers sin. - »Kennen, sagen Sie? Kennen, mein Gönner?« rep Kägebein un smet ehr, as sei weggung, noch 'ne Kußhand up den Puckel, »anbeten, adorieren müssen Sie sagen. - Oh, Dorimene!« rep hei un drückte mit de Hand an sinen Dichterkopp rümme, as wir't 'ne Zitron un hei müßte dorute recht wat Sures un Sarwes rutedrücken un in sin säutes Dichterlewen rinnedrüppeln laten, dormit dat de Lüd', de sine Gedichte lesen, doch ok en Vörsmack von de Weihdag' kregen, unner de hei sine Kinner in de Welt set't hadd. »Kennen? Oh, Dorimene! - Sie ist ja drei volle Jahre lang meine Muse gewesen, meine *undankbare Muse*, als sie noch Kammerjungfer bei der Prinzeß Christel war.« - »Na, denn ward sei nu jo woll dankbor naug wesen«, säd Dürten un gung mit de äwrigen Heitwecken ut de Dör. - »Hm!« säd de Konrekter, »also neger sünd Sei ehr nich kamen, blot dat Sei ehr ansungen hewwen?« - »Freundchen, Gönnerchen, wie sollte ich?! - Ihre hohe Stellung als Kammerjungfer bei der Prinzeß, und dann der feine Hofton in Neustrelitz.« - »Na, de ward sick doch ok hollen laten, denn wat ick so von Dörchläuchten un de Prinzeß Christel seihn un hürt heww...« - »Gönnerchen, das kennen Sie nicht«, föll hir Kägebein in, »um so etwas zu verstehen, muß der Mensch ein fein überzogenes Saiteninstrument sein, auf dem in zarten Stunden die Musen und Gratien spielen. - Hören Sie!« Un hei halte en Korrekturbogen ut de Tasch. »Dies ist der dritte Korrekturbogen, ich gehe immer die drei Meilen hin und zurück und hole ihn selbst aus der Druckerei, er könnte mir ja verloren gehn. - Hören Sie! Hier ist ein Gedicht an Dorimene, welches meine betreffenden Gefühle ausdrückt:

Oh, Dorimen', nur in Gedichten und
in Reimen
Wagt die Empfindsamkeit zu dir zu
keimen,
Die andern Wege sind mir streng' ver-
schlossen,
Die ich so gern an deiner Brust genossen.
Ich...«

»Ne, ne!« rep de Konrekter, »nemen S' nich äwel, ick heww kein Tid, ick möt in de Schaul. Also« - un hei sammelte sick sine Bäuker tausam - »wider as bet taum Ansingen sünd Sei mit de Mamsell nich kamen? - Wo känen Sei dat denn wagen, ehr von hir Kußhän'n tautausmiten?« - »Lieber Gönner, das steht uns Dichtern frei, darin unterscheiden wir uns von den sterblichen Menschen. Wenn uns Rücksichten und Verhältnisse entgegentreten, so schwingen wir uns darüber hinweg.« - »Dat heit, in desen Fall hewwen Sei sick mit Ehre Küß äwer de Strat wegswungen. Ut de Neg' hewwen Sei sick also *nich* küßt.« - »Freundchen, wie wäre das möglich! Da ginge ja jede feine, poetische Empfindsamkeit verloren.« - »Na«, säd de Konrekter un makte de Husdör up, »dor sünd nu annere Lüd' annere Meinung. Na, ick gah hir linksch dal«, un hei kek sick nah Kägebeinen üm, äwer de stunn all wedder un dinerte nah de Soltmannen ehr Finster räwer un wull ehr 'ne Kußhand tausmiten, dunn dreihte sick sine undankbore Mus' snubbs üm, un de Poet stunn dor as Botter an de Sünn. - »Minsch«, rep de Konrekter, »Sei seihn jo ut as en verunglückten Sünnenpruhst. - Na, adjüs, ick möt maken, dat ick henkam. - Hm!« säd hei, as hei sine Weg' gung, »dat geföllt mi von de Nachborin, dat sei em bet up Stun'ns noch nich küßt hett un dat sei sine poetische Utverschamtheit den Rüggen taukihren würd. 't möt doch en recht bescheidenes Frugenstimmer sin.« - »'t möt doch en recht utverschamtes Frugensminsch sin«, säd Dürten un ret in ehre Stuw' argerlich un hastig an 'ne tausamwirte Fitz Gorn rümmer, »mit den hett sei sick ok all inlaten.« - »So was ok Ostern kamen, un de Herr Konrekter hadd ganz richtig prophenzeit, hei hadd würklich sin tau Ostern fällig Gehalt nich kregen, un dorüm kunn Dürten ok noch nich ehr Wihnachtsgeschenk krigen. Äwer so is dat einmal in de Welt: wat einer will, dat kriggt hei nich, un wat hei kriggt, dat will hei nich; de Herr Konrekter wull sinen rechtmäßigen Gehalt hewwen, un hei kreg de unrechtmäßigsten Ladungen vör't Hofgericht tau Nigenstrelitz. Hei was indes doch all en beten dickfelliger in de Sak worden, Dürten säd em alle Dag': ‚bang' maken gelt nich!' un: ‚hollen Sei man de Uhren stiw'. Un dat Frühjohr was kamen un hadd in sinen Däts en beten utlüft't un de dicken Winterdünsten verjagt un hadd de Spennweben, de de Sorgen üm sinen gelihrten Bregen spunnen hadden, sauber utkihrt un utuhlt, un de Sünnenschin fung an, all wedder Äwerhand bi em tau krigen; blot wenn em sin Swager Kunst einmal unverseihns in de Möt kamm un em so von unnen up angludern ded mit so'n spöttschen Schin üm de Lippen, denn sprüt'ten un spölterten all de lütten Gläs' Madera von acht Johren her in sinen Kopp herümmer, un all de leiwen Botterbröd smerten sick up sine Seel fast, dat ut sin rendlich Babenstüwken un ut sin sauber Hartenskämmerlein en smuddlig un smerig Huswesen würd, worin dat Frühjohr un Dürten vergews Rendlichkeit tau bringen dachten. - Mit dat Frühjohr un dat irste Gewitter un de irsten Swälken treckte denn nu ok Dörchläuchten in Nigenbramborg in. Lütte Mätens mit witte Kleder un Rosenkräns' un Gedichten wiren dunntaumalen noch nich Mod' in Meckelnborg, äwer 'ne annere lütte Ort was stark begäng' un sall jo all tau den hochseligen Niklotten sine Tiden in Mod' west sin: de lütten Stratenjung's; dese lütte Ort lep nu mit de beiden Löpers vör Dörchläuchten un Prinzeß Christel ehre

Kutsche vörup un drawte mit Jochen Bähnhasen sinen spattlahmen Brunen tau Strid' un bröllte achter de drei Lakaien, de an de Kutsch hackten, ‚vivat hoch!' achterher; un de Schausterfrugens un de Bäckerfrugens un de Frugens von de Tüffelmakers un de annern Frugens bunnen sick de blaggedrückten Schörten af un weihten dormit ut dat Finster rut un repen: »Willkam ok, Dörchläuchting!« un: »Gun Dag ok, Dörchläuchting!« Un as nu de Wagens mit de Hofstaaten kemen, säden sei so äwer de Schullern weg: »Na, de lat't man, dat sünd blot de annern.« - So höll denn also Dörchläuchten mit sine Christelswester drei Dag' vör Himmelfohrt sinen Intog un treckte ganz glücklich un taufreden in sine Paleh, indem dat de Hewen ganz klor was un Gewitterwulken sick nich seihn leten. Prinzeß Christel treckte bi Buttermannen up den Bähn. - An den Himmelfohrtsmorgen so hentau säben stunnen drei Lüd' vör den ollen Böttcher Holzen sine Dör, dat ein was Stining, dat anner Dürten mit 'ne Schöttel in de Hand, un de drüdde was de Löper Halsband. - »Ne«, säd des', »*hüt* kann ick *nich* kamen, dor is noch vel tau besorgen bi uns, dat wi in Rauh kamen, un denn möt ick mi vermorrntau en beten up't Lopen äuwen.« - »Wat?« frog Dürten scharp, »känen S' dat *noch* nich? Mi dücht, nahgradens künnen S' dat oll Rönnen doch woll unnerwegs laten.« - »Dürten, dat kennen Sei nich. - Seihn S', Fleischfreter löppt binah all so fix as ick, un hei hett sick de Sak in de letzte Tid hellschen annamen. - Ne, so lang' ick den ßackermentschen Posten verwachten sall, will ick ok de Öbberst dorin sin. - Den Winter äwer sitt einer sick stiw, un in'n Frühjohr is dat tau natt, nu is dat drög, nu möt einer de Beinen smidig maken.« - »Wilhelm, ick mein«, föll Stining hir in, »du wullst dat ganze Geschäft upgewen.« - »Dat will ick ok, Stining; äwer ick möt de Tid afpassen, dat ick mit Dörchläuchten in'n gauden oder in'n bösen utenanner kam. - Mor-

gen kam ick wedder in Vadern sine Warkstädt'.« - »Mi wohrt dat vel tau lang'«, föll Dürten in, »worüm lopen Sei nich äwer de preußsch Grenz? Lopen känen Sei jo doch.« - »So? - Dat künn ick woll. - Wo blew äwer Stining un Vader?« - »Ick...«, fung Stining an. - »Du bliwwst hir«, föll Dürten hastig in, »wo? Ji wardt doch ok nich dat Lopen krigen. Ne!« rep sei un wull noch en rechten Trumpf upsetten, würd äwer unnerbraken.
Es wird bekannt gemacht«, rep de städtsche Utrauper Stamer, »der die den das in den Kopf habenden Sohn des Schustermeisters Grabow betreffenden, richtigen Nachweise über seinen augenblicklichen Aufenthalt liefert oder den Kranken selbst einfängt, erhält von dem das diesmal ein für allemal auslobenden Vater fünf Taler Belohnung. - 't sünd Plötz up den Mark, ok Bückling', föfteihn för en Schilling.«
»Gott bewohr uns, Stamer«, rep Dürten den Utrauper an, un in densülwigen Ogenblick klüngen ok alle Finstern in de Nahwerschaft, un herute keken ebenso vele Wiwerköpp mit Nachtmützen un ahn Nachtmützen un repen ebenso as Dürten: »Gott bewohr uns, Stamer, wat's dit? Wer süll so wat denken! Schauster Grabow'n sin Sähn! Wo is hei denn henlopen?« - »Vaddersch, büst nich klauk, so tau fragen! Dat weiten sei jo eben nich.« - »Ne«, säd Stamer, »dat weiten sei nich, un wi von den Magistrat weiten't ok nich; äwer vör den Treptowschen Dur säden sei, wenn hei dat west wir, den sei dor seihn hadden, un hei wir nich annerswo hengahn, denn wir hei nah Broda hentau gahn. - Na, gun Morrn! Ick möt wider.« - »Dat heww ick mi woll dacht«, säd Schauster Knirken sin Fru, »dat hei nah Broda hentau gahn is.« - »Ja, nah Broda is hei«, säd de Daglöhnerfru Rühringsch, »Jochen Mahnk, as hei de Gäus' stahlen hadd, de lep dunn ok in't Brodasche Holt.« - »Ja, nah Broda is hei, wo süll hei süs ok henwesen?« repen s' alltausamen, un Dürten wink-

te Stining un Halsbandten nah ehr Vaders Husdel rinner. - »Wer is nah Broda?« frog en dicken, utverschamt klauk utseihend Mann, den't so let, as hadd hei't fustendick achter de Uhren, un de up 'ne bunte Fahlenstaut de Strat langs kamen was. - »Ih, Herr Wendhals«, fungen denn nu de Wiwer an tau vertellen, »weiten S' denn nich... ?« Un nu vertellten sei de Geschicht. »Un nah Broda is hei un hett sick in den Kopp set't, hei is ein von Dörchläuchten sin Hofdeinsten un de Prinzeß Christel will em frigen.« - Un Hans *Wendhals,* de dunntaumalen Dörchläuchten sin Kammerpächter up dat Brodasche Holt was - jo nich tau verwesseln mit Hans *Wendtlandten,* de dor up Stun'ns Kammerpächter is -, red langsam de Strat hendalen un äwerläd sick de Sak un kamm tau den Sluß, wenn em so vermorrntau noch fiw Daler in den Weg felen, so wir dat 'ne schöne Sak - worut einer all seihn kann, dat ick von Wendhalsen un nich von Wendlandten un von ollen un nich von nigen Tiden red', denn up Stun'ns würd sick en Kammerpächter vel üm fiw Daler scheren.

Un Dürten makte up de Del ok en Plan up de fiw Daler: »Halsband«, säd sei, »Sei känen lopen, un Sei willen jo ok vermorrntau lopen, wo wir dat, wenn Sei den unglücklichen jungen Minschen so wedder grepen?« - »Ih, Gott, Dürten, wo süll ick den grad' finnen? Denn von Broda, dat's doch man en ollen Wiwersnack.« - »Sei is't doch ganz egal, wo Sei lopen«, säd Dürten, »un einer kann dat doch nich vörher weiten. Sei känen jo Glück hewwen.« - »Ih, ja«, säd Halsband, »wenn'ck kein Glück heww, so heww'ck't doch nödig, un ick kann jo dor ok hengahn, mi is't egal; äwer üm de fiw Daler dauh'ck't nich; wenn ick't dauh, denn dauh ick't üm den armen Minschen. Na, adjüs ok!« - »Dat's recht, Wilhelm«, rep em Stining nah, »wat mägen sick sin ollen Öllern ängsten.« - »Stining«, säd Dürten, »dat is 'ne unverstännige Red', wenn hei em gripen deiht, denn hüren em de fiw Daler.« - »Dürten, wer

denkt bi so'n Unglück an dat Geld?« - »So? - So bliww man bi, denn wardst du wid kamen. - Ja, wenn Schauster Grabow en armen Mann wir, äwer hei hett't jo. - Ne, in so'ne Saken möt einer Vernunft bruken. - Un ick süll s' ok bruken un süll mi Plötz von den Mark halen. - Na, gun Morrn.« -
As Halsband ut dat Treptowsche Dur gung, namm hei sinen Haut af un treckte sinen Rock ut, dat hei sick lichter maken wull, un läd beide Deil in den Durschriwer sine Stuw', un as hei ut den Dur was, set'te hei sick in en lütten Zuckeldraww un drawte mang de Gorens dörch up dat Brodasche Amt tau. - Kein Minsch was wegen den Festdag in de Gorens, kein Minsch was up den Fell'n tau seihn, den hei nah den jungen Minschen fragen kunn, hei lep also förfötsch wider un kamm ümmer düller in den Swung; dat Weder was so schön un de Morgenstun'n noch nich tau heit; 'ne Mäuh was em dat Lopen nich, hei was't gewennt, un as hei an Hans Wendhalsen sinen ollen Dreisch kamm, lep hei den Slag dal un wedder taurügg, de Lust brok bi em dörch, as bi uns in jungen Johren, wenn wi bi gauden Weder un starken Schritt 'ne Fautreis' makten, denn bi en richtigen Löper is dat Lopen datsülwige, wat bi annere Lüd' en starken Schritt is. - Hei verget denn ok bi sine Lust Schauster Grabow'n sinen Sähn un de fiw Daler, hei lep. –
De Kammerpächter, Herr Hans Wendhals, red noch irst bi'n Kopmann vör un betahlte 'ne Reknung, denn dat Reknungbetahlen was sine starke Sid, red äwer den Mark, un as hei up den Fischwagen en groten, frischen Aal sach, handelte hei sick den an un proppte sick den in de Tasch, denn hei was en rechten praktischen unner de dunnmaligen Ökonomikers un höll sick grote Taschen, wat recht von em was, denn keiner kann weiten, wotau de nich mal nütt sünd. - Ditmal wiren sei nu för den Aal wat nütt, denn hei kunn dor bequem rutekrupen. En pormal was hei denn ok all up den besten Weg,

adjüs tau seggen; äwer Hans attrappierte em ümmer noch tau rechter Tid, müßt äwer von nu an den ganzen Weg de Tasch tauhollen un kunn dessentwegen man sacht riden. Dorbi was em de Schaustersähn un de fiw Daler ganz ut den Gedächtnis kamen; äwer as hei up sinen Dreisch Halsbandten dor ümmer hen un her lopen sach, schot em dat Blatt: Ja, dat is de Verrückte! - Hei stangelte nu mit Arm un Bein up de oll Fahlenstaut herümmer, dat hei sei in't Lopen bröchte, denn hei wull Mannschaften taum Gripen halen, un doräwer verget hei nu den Aal. - Hei jog up sinen Hof, rep äwer de Knechts, halte de Daglöhners tauhop, un wil hei en glupsch klauken Mann was, ok äwerall keine olle Bang'büx un vele geistige Gegenwart besatt, dachte hei gor nich an sinen Aal un stellte sine Lüd' hellschen praktisch an: »Ji säben slikt jug den Räustergraben entlang, un wi annern acht sliken uns achter den Äuwer rüm, un wenn wi em denn in de Midd hewwen un ick Hurra raup, denn von alle Siden drup los! Hewwen möt wi 'n!«

Dat geschah denn nu ok grad', as Herr Hans Wendhals dat seggt hadd. - »Hurra!« - Halsband stunn still. - »Fat't em! - Wiß hollen!« Un as hei't sick dacht hadd, so geschach't, sei hadden em un höllen em wiß. - »Hir!« Un hei langte in de Tasch un wull en Sacksband rutesäuken. - »Wo, Deuwel, is min Aal? - Schadt nich!« Hei dachte an de fiw Daler. – »Hir!« - De Sacksband würd rutehalt, un nu süll Halsband bunnen warden. - »Herre Gott! So laten S' mi doch! - Wat is los? Wat sall ick«, rep de, »ick bün jo de Löper Halsband, Dörchläuchten sin Löper.« - »Ja, 't is all richtig, min Sähn, un de Prinzeß Christel will di frigen. - So, nu bin'nt em man de Hän'n up den Puckel!« - »Herr«, säd Hans Wendhalsen sin Stathöller, de binah ebenso klauk was as Hans sülwen, »verwurrn is hei, wenn hei sinen Klauk hadd, denn lep hei hir nich in'n Horen ahn Rock an den Himmelfohrtsmorgen up unsen Dreisch

rümmer.« - »Schapskopp!« rep de Löper, un - swabb! - hadd de klauke Stathöller einen an den Bregen, un Klauk-Hans hadd woll den tweiten kregen, äwer de Äwermacht was tau grot, Halsband würd bunnen, un de ganze Gesellschaft gaww em nu dat Geleit nah Nigenbramborg rinne. -
Wenn dit Stück up Stun'ns passiert wir, denn wir Hans woll nich wid mit sinen Vagelbunten in de Stadt rinnerkamen, ahn dat em 'ne Latern äwer sin Verseihn anstickt wir, denn up Stun'ns, dor lewt un wewt dat tau Nigenbramborg in de Treptowsche Strat un in de annern Straten von Minschengewäuhl, as wenn dor ümmer Johrmark is as tau Berlin in de Königsstrat, un sörre dat sei de Iserbahn kregen hewwen, sall jo dat noch düller uthaugen; äwer dunntaumalen was dat Stratenlewen vel swacker as dat Kirchenlewen, wat nu in den Gegendeil steiht. - As nämlich Halsband dörch de Strat leddt würd, was allens in de Kirch, un blot de lütten, sünden- un gottlosen Stratenjungs nammen sick siner an, äwer von't verkihrte En'n, sei schregen achter den armen Löper her: »Ho! Kikt! Ho! - Sei hewwen Halsbandten grepen. Halsband hett stahlen!« un gewen em dat Geleit bet taum Rathus', denn dor müßte jo Klauk-Hans sinen Fats afliwern wegen de Wichtigkeit un wegen de Richtigkeit. -
Äwer twei Perßonen hadd Klauk-Hans nich in sine Fiw-Daler-Reknung mit inrekent, de in dese Sak en düdlich Wurd intaureden hadden un ok mit inreden wullen, de ein was Dürten Holzen, un de anner was Dörchläuchten. - Dürten makte grad' rein in ehren Herrn sine Stuw', wil dat hei in de Kirch was; de Finster stunnen apen, un as Halsband up den Mark bröcht würd, hürte sei in ehre Strat den Larm von de lütten Stratenjungs, sei kek ut, denn, obschonst sei nich niglich was, müggt sei doch girn allens weiten, sach äwer nicks as en Hümpel Lüd'. - »Wat is dor los, Krischäning Birndt?« frog sei einen lütten Stratenjungen, de dor vörbilep. - »Sei hew-

wen Halsbandten de Arm up den Puckel bunnen, Halsband hett stahlen.« - »Mein Gott!« rep Dürten, »wat is dit? - Wat is dit?« un stört'te up de Strat rute, denn sei was en kortresolviertes Mäten. - Dörchläuchten was den Morgen en beten tidiger upstahn as för gewöhnlich un gung nu in 'ne rode, sidene Hos', witte, sidene Strümp un Schauh mit blanke Snallen en beten vör sine Paleh up un dal; in de ein Hand hadd hei en Ruhrstock mit en demantenen Knop un hadd sei hinnenwarts up sinen vigeletten Sanftrock leggt, de dick mit gollen Tressen beset't was, hinnen in den Nacken lagg em en breiden Horbüdel, un up den Kopp satt em en lütten, verdeuwelten Dreimaster, de de sworen Regierungssorgen insowid verdecken würd, dat dor blot en por rechtsch un linksch verluren rutekiken kunnen; twei Lakaien gungen acht Schritt langs achter em, un Kammerdeiner Rand stunn in de Dör un kek tau, indem dat hei sick ogenschinlich äwer sinen Herrn freu'n ded. – »Gun Morrn, Dörchläuchting!« säd oll Böttcher Holz, de tau Kirchen gung. - »Gun Morrn ok!« säd Dörchläuchten gnedigst wedder. - »Gun Morrn ok, Dörchläuchting«, säd Slachter Jürndtsch, de grad' en por Karmenadenstücken nah den Herrn Hofrat Altmannen sinen Hus' dragen wull, denn de Herr Hofrat et ümmer girn en beten wat Apartes, un Karmenaden wiren dunntaumalen för de Nigenbrambörger noch ganz wat Apartes, »gun Morrn ok, Dörchläuchting; na, ok wedder en beten hir? Ja, 't is hir äwer ok gor tau schön bi uns, un't Weder is ok so schön, un denn hewwen wi ok up Stun'ns so'n schönes Hamelfleisch, un...« - »Gun Morrn ok«, säd Dörchläuchten un gung gnedigst wider. - »Gun Morrn, Dörchläuchting«, pust'te Bäcker Schultsch heranne, de so vullkamen utsach in ehren gräunen, breiden Rock un brunsidenen Dauk un witte Sünndagskapp, as wenn sei ut dreiduwwelte Sträng' tausamdrellt wir; un dat was sei ok, denn irstens was sei Dörchläuchten sine Nahwersch liktau von sine Paleh, tweitens was sei Dörchläuchten sine Stutenliwerantin, un drüddens was sei den gnedigsten Herrn sine Mitkollegin in't Regieren; denn wat Dörchläuchten för't ganze Land, was Schultsch för ehr ganzes Hus, un ehre Unnerdahnen säden, sei regierte in'n ganzen noch en gauden Schepel forscher als Dörchläuchten sülwst. As nu dese beiden regierenden Monarchen up den Mark tau Nigenbramborg tausamendropen, was dat för alle Nigenbramborger, de taufällig ut dat Finster keken, hellschen fierlich antauseihn, wo sei sick de gegensidigen Ihren erwisen deden, indem dat jeder wat von sine eigene Würd' nahgaww, üm den annern tau Ihren tau bringen. - De regierende Bäckerfru als lüttere Potentat - dat heit, nah de Unnerdahnen berekent - fung drei sösteihnfäutsche Raud rhinländsch Mat von Dörchläuchten af dormit an, de Hannürs tau maken, dat sei dor en lütten Knicks makte, as sei süs woll för en gauden Kunden in ehren Vörrat hadd; dorup rückte sei twei Raud vör, de Hän'n in de Siden un mit Pusten - äwer blot wegen ehre Vülligkeit, nich ut Stolz -, un makte en Knicks, as hei sick ungefihr för den irsten Burmeister paßte, gung dunn neger, stek de Hän'n unner de Schört un folgte sei äwer de Mag' un dükerte nu dicht vör Dörchläuchten unner un schot in'n Dutt tausamen, as wenn ein von ehr Virschepelssäck mit Weiten unnenwarts en Ret kregen un utlopen wir, un säd, as sei wedder tau Höchten un tau Aten kamen was: »Gun Morrn, Dörchläuchting.« - De regierende Herr as grötere Potentat makte sine Mitkollegin 'ne lütte Wennung halw linksch tau, läd sine linke Hand an den Degengriff, grep mit de rechte an den Dreimaster, äwer blot üm sick dorvon tau äwertügen, wat hei ok fast naug sitten ded, dat hei sine högeren Ihren un Würden jo nicks vergew. - »Gun Morrn ok, Schultsch. Wat will Sei?« frog hei. – Schultsch wull nu vel: irstens wull sei an desen gesegenten Himmelfohrtsdag, wenn sei wegen ihre irdische Vülligkeit un Kumplettigkeit ok nich grademang gen Himmel fohren kunn, doch as regierende Bäckerfru Schulten in de Ogen von de »Groten an den Mark« tau Nigenbramborg so hoch stiegen, as ehr Gewicht taulet, un wull derentwegen ehre Ledder an Dörchläuchten sine Hoheit anleggen un doran tau Höchten klaspern; un tweitens wull sei - *Geld.* Dörchläuchten hadd nämlich in den Sommerfeldtog von verleden Johr allen Mundvörrat vör sick un sine Armee von Hofdeinsten un Lakaien ut de Gegend requiriert, wo hei sin Standquartier upslagen hadd, un hadd doräwer Schatzbongs utstellt; dat heit mit annern Würden, hei hadd tau Nigenbramborg an den Mark un Ümgegend sinen Unnerholt tausamenpumpt un hadd verspraken, hei wull taukamen Johr betahlen: den Ratskellermeister Kunsten den Win, den Slachter Christlieben dat Fleisch un Bäcker Schulten dat Brod un den Stuten. Nu hadd sick Schultsch dat vörnamen, desen Staatsverdrag tüschen Dörchläuchten, Paciscenten up de eine Sid, un tüschen ehren Eheherrn Krischan Schulten, Paciscenten up de annere Sid, up diplomatischen Wegen in Richtigkeit tau bringen. Sei gung nu also, as ehr Dörchläuchten de Frag': »Wat wull Sei?« so – baff! – in den Bort smet - denn sei hadd en beten von Bortwarks -, gor nich drup in un säd, indem sei mit Dörchläuchten anfung up un dal tau gahn un sick üm den hogen Herrn sin dörchläuchtigstes Achterdeil herümmerwölterte, dat sei em de ihrfurchtsvulle rechte Sid äwerlet: »Je, Dörchläuchting, dat seggen Sei woll. Seihn S', ick bün up Fastelabend nu ok all dreiunsöstig worden, un wat min Krischan is - Sei kennen em jo, hei was jo dat, de dunntaumalen, as de Börgerschaft Sei wegen de nige Paleh tau Pird von den Dannenkraug afhalen ded, dat Mallür hadd, dat em de Stigbägel ret un hei von't Pird föll, wobi Sei noch de hoge Gnad' hadden tau seggen, de Swinegel wir woll besapen; wat hei äwer nich was, denn - Snaps? -

Nich rög' an! Äwer Bir - ja, dat drinkt hei - wi hewwen äwer ok schön Bir - duwwelt un einfach, wat de slichten Minschen ut Schawernack ‚Lüttjedünn‘ nennen. - Nu frag' ick Sei, Dörchläuchten, is dat Lüttjedünn, wovon sös Butteln en Kirl ümsmiten?« - Hir was Schultsch ehr Pust tau En'n un Dörchläuchten sin Paleh, hei dreihte also üm un säd, dat hei so'n Bir sülben nich för Lüttjedünn estemieren künn. - Schultsch makte wedder ehre Wennung achter em rüm un säd: »Dat segg ick, Dörchläuchten, un de Herr Konrekter drinkt ok ümmer dorvon, dat heit Alldags, Festdags drinkt hei Duwwelbir. - Äwer wat ick seggen wull - mit Krischanen - ick segg, Dörchläuchting, hei ett tau unrimschen un denn so fett! Seihn S', dor kam ick nilich äwer tau, dor hett hei sick en Stück Ledderkes' afsneden rund üm den Kes' un hett sick dor Botter upsmeert, un dat ett hei ahn Brod - dat hett hei blot von den Kirl, den Zirzowschen Hollänner, lihrt, un dorin is hei grad' as en Kind. ‚Ne‘ segg ick, ‚Krischan, Kinnermat un Kalwermat möten oll Lüd' weiten. Süh', segg ick, ‚kik mi an, ick heww - Gott sei Dank! - ok en gauden Apptit, un't helpt mi jo ok; äwer du äwerdriwwst dat, du geihst jo up as en Weitendeig, un de Herr Konrekter seggt dat ok‘, denn hei kümmt männigmal bi uns vör un set't sick bi Krischanen up de Bänk, indem dat hei Krischanen girn liden mag, un denn set't hei sick ümmer up Krischanen sine fründliche Sid, denn Sei weiten jo, Dörchläuchting, Krischanen hett vör en Johr de Slag rührt, un up de ein Sid trant em dat Og, un hei süht von de Sid ut, as wenn hei ludhals' rohren deiht, wat äwer nich is, denn hei is ümmer lustig, un dorüm set't sick de Herr Konrekter ümmer up sine lächerliche Sid, un Krischan vertellt denn allerlei Spaß, denn hei is hellschen putzig in't Vertellen.« - Hir was de Pust un't Paleh wedder tau En'n, un Schultsch makte wedder ehren Ümswang. - »Wat makt denn de Konrekter?« frog

Dörchläuchting. – »Oh, ick dank velmal. Dat geiht jo noch ümmer mit em so lala, hei is jo ok noch in sine besten Johren, un de Lüd' seggen jo, hei will wedder frigen.« - »Wat?« fohrte Dörchläuchting up, denn em schot mit einem Mal dörch den Kopp, dat hei för dat Woll von sine Unnerdahnen upkamen müßt. »*Was* will er?« - »Herre Gott, Dörchläuchting«, rep Schultsch un verfirte sick dägern, »is denn dat so wat Gefährlichs, wenn Lüd' sick frigen? Wi Bramborger frigen all, wenn wi känen, un Magistrat un Börgerschaft...« - »Dummer Schnack!« rep Dörchläuchten, »welche Person will er heiraten? Wir wollen das wissen.« Un dorbi kek hei Schultsch dörch all ehr Fett bet in dat Gewissen rin; denn kiken kunn hei hellschen. - Schultsch fäuhlte denn ok den forschen Blick von sine Ogen un fäuhlte, dat en gewaltigen Herr ehre Niren prüfte; Utflücht wiren nich tau maken, sei stamerte also: »Je, Dörchläuchting, de Lüd' seggen jo, dat sall de Soltmannen sin, de vakante Kammerjumfer von de hochgnedige Prinzeß; ick segg man, wat de Lüd' seggen; äwer ick...« - »Dat sünd Kabalen«, schreg Dörchläuchting, »dor steckt min leiw' Christelswester achter. Äwer ick will kein verfrigtes Volk üm mi rümmer hewwen, un de Konrekter sall nich frigen, denn ick kann em nich missen. Dat sünd Wiwerkabalen!« - Hm, dachte Schultsch, wenn hei so bibliwwt mit Towen, denn kriggst du kein Geld, du möst em wedder en beten begäuschen. »Dörchläuchting«, säd sei lud, »dat mägen nu Kanebalen sin oder nich, äwer wat de Lüd' seggen, is nich; *de* nimmt hei nich, un ick heww all ümmer tau Krischanen seggt, ‚du sallst seihn', säd ick, ‚wenn hei ein nimmt, denn nimmt hei Dürten Holzen.'« - »Wer is dat?« frog Dörchläuchten. – »Je, Dörchläuchting«, säd Schultsch un bögte sick recht tautrulich an den hogen Herrn ranne, »kennen Sei Dürten Holzen nich? Dat is jo den Herrn Konrekter sine Wirtschafterin. De gnedigste Herr stunn bi de Nahricht von dese Mesallianz ganz starr, Schultsch höll dit in ehren Unverstand för idel Sanftmäudigkeit un redte wider: »Un sei is jo all fiw Johr bi em west, un't is en orndlich un en flitig un en anseihnlich Frugensminsch, un dorbi is jo ok wider nicks nich tau seggen, un ick bün jo ok Wirtschafterin west, as Krischan mi frigen ded - na, dunn let mi dat ok noch en beten beter as up Stun'ns -, un sei is jo de Swester von Stining Holzen, de Ehr Löper Halsband frigen will, un as Hofrat Altmann gistern bi uns säd: Sei leden't nich, Dörchläuchting, dunn brummte Krischan wat in den Bort un makte de Dör von de Stuwenklock up un satt fiw klockenige Stun'n vör de Dör un schrew up dit Poppier de Reknung af, de von verleden Johr dor noch von Sei in steiht. - Un hir...« Dormit wull sei em in ehren vullen Vertrugen de Reknung in de Hand steken, äwer wo prallte sei taurügg! - »Vadderschíng«, säd sei nah Johren noch ümmer tau de Smädfru Swartkoppen, wenn sei dit Stück vertellte, »hei süht jo för gewöhnlich man so geistlich un blassing von Gesicht ut, äwer ditmal was dat doch grad', as wenn ick up Krischanen sine nige schörlakene West kik, un de oll lütt Haut gung em up den Kopp von sülwen ümmer up un dal, un sin Horbüdel hadd sick pil in En'n reckt, un sine armen Beinen bewerten ordentlich vör Wut, as hadd hei stats en por Waden en por Kläterbüssen in de sidenen Strümp steken.« - Un sei hett dit nich äwerdrewen, denn Dörchläuchten bewerte vör Wut an den ganzen Liw'. »Impertinentes Frauensmensch!« rep hei un stödd ehr de Reknung ut de Hand, dat Krischan Schulten sine sure, fiwstünnige schriftliche Arbeit so licht äwer den Mark henflog, as wir't 'ne blote Schauljungsarbeit. - »Rand!« rep hei, »wo ist der Esel?« - Wenn hei desen Titel brukte, denn wüßte Rand ümmer, dat Holland in Nod was un hei verlangt würd. Hei stört'te sick also ahn Besinnen in den diplomatischen Strid un söchte de Differenzen tüschen de beiden hogen Paciscenten tau vermiddeln, un dortau was hei, as wenn hei dortau eigens anstellt wir, denn wenn Dörchläuchten ok sin Herr was, so was Schultsch wegen ehr Duwwelbir sine leiwste Fründin. - »Mein Gott doch, Dörchläuchting, wat iwern Sei sick? Wo känen Sei sick äwer Schultschen argern? - Mein Gott doch, Fru Schulten, so laten S' doch de Arm ut de Sid! - Paßt sick dat? - Dor möt Dörchläuchten sick jo äwer argern!« Denn Schultsch hadd in ehre gerechte Sak de Arm in de Siden stemmt. De beiden Lakaien wiren ok tausprungen, un Dörchläuchten winkte blot mit de Hand, un de Lakaien verstunnen dat ok glik un drewen Schultsch af, un Dörchläuchten winkte noch mal, un sei schücherten mit Schultsch äwer den Mark räwer. - »Rand!« rep Dörchläuchten, as de Luft halwweg' rein was, un halte deip Aten, »de Konrekter will frigen, Halsband will frigen« - hir lachte hei hell up - »dat Bäckerwiw giwwt mi 'ne Reknung«, hir ballte hei achter Schultsch de Fust äwer den ganzen Mark räwer, »wat? Bün ick noch regierende Herr?« -

»Wenn einer wegen dese Geschicht glöwen süll, dat de Bäckerfru Schulten tau Nigenbramborg 'ne Oppositionskannedatin un 'ne Rebellerin wir, wil dat sei Dörchläuchten mit verdreitlichen Frigeratschonen un Reknungen unner de Ogen gung, denn ritt hei up den Holtweg; mit de Frigeratschonen wull sei Dörchläuchten blot en beten gnedig ketteln, denn sei wüßt von vördem, dat hei hellschen niglich was un girn snacken müggt, un 'ne Reknung höll sei för 'ne börgerliche Gerechtigkeit. Un wenn einer ut dese Geschicht herutelesen süll, dat Dörchläuchten en Trann oder gekrönten Bösewicht west wir, denn red hei woll sogor in'n Düstern up en Knüppeldamm. Dörchläuchten was de sachtmäudigste Potentat unner de Sünn, äwer keiner dürwt em an den Wagen führen, 't müßt all nah sinen Willen gahn. Hei müggt ok girn von Frigeratschonen hüren un snacken; äwer dorbi dürwten keine Lüd' in't Spill kamen, de üm sine Perßon wiren; un 'ne Reknung von sine eigenen Unnerdahnen höll hei für 'ne grote Ungerechtigkeit. - Sall *ick* nu seggen, wer hir recht hett in desen slimmen un bedräuwten Handel, so möt ick mi, ahn en Vurtel dorin tau säuken, up Dörchläuchten sine Sid stellen, denn irstens was hei regierende Herr, un dat seggt vel; tweitens hadd Schultsch em ketteln wullt un hadd em knepen, un dat seggt noch mihr; un drüddens brukt keiner en gekröntes Haupt tau sin, üm intauseihn, dat 'ne Reknung en fatales Stück is, un dat seggt am meisten, un *ick* för min Perßon segg dat ok.

Ungefihr datsülwige säd Rand ok tau Dörchläuchten, un hei hadd em jo ok woll wedder in en ruhigen Verfat bröcht, wenn de Düwel nich vermorrntau sin Spill mit den Herrn Kammerpächter Hans Wendhalsen tau Broda hatt hadd. Grad' as Schultsch von de beiden Lakaien von de ein Sid äwer den Mark drewen würd, drew Hans von de anner Sid mit Halsbandten ruppe.

Dörchläuchten sin Zorn was grot, äwer sine Niglichkeit un sine angeburne Furcht, dat em mal sin Rik afhannen kamen künn, was gröter. As hei de Brodaschen Daglöhnerlüd' mit all de velen, lütten Bramborgschen Stratenjungs up den Mark un up sick taukamen sach, dachte hei natürlich as en verstännigen un vörsichtigen Regent an Upruhr. Un nebenbi möt ick hir bemarken för de, de dit lesen, dat Dörchläuchten abslutemang en grotes Schenie in't Regieren west sin möt, denn dat Mark- un Afteiken von en richtig Schenie is, dat dat ut den bloten Schatten, den de Taukunft vör sick hersmiten deiht, allens uttaudüden weit, wat passieren ward. Dörchläuchten verfirte sick äwer den Schatten, den de Daglöhners un de Stratenjungs up den Brambörgschen Mark smiten deden, un sall densülwigen Abend noch tau Randten as regierendes Schenie seggt hewwen: »Rand, wir stehen am Vorabende großer Ereignisse«, un wil Hans Wendhalsen sin

Upruhr von Westen tau up em taukamen was, sall hei dortauset't hewwen: »Rand, du sallst seihn, in den Westen treckt en Swark up, in Frankrik breckt 'ne Revolutschon los.« - Rand was tauirst ok de Meinung, dat sick en lütten Upruhr upsmiten künn, äwer as hei sach, dat sine Fründin, de Bäckerfru Schulten, sick dor ganz unschüllig rinnemenglieren ded, säd hei: »Dörchläuchten, 't is nicks. Wo ward sick 'ne Brambörgsche Börgerfru mit en Stratenspektakel bemengen!« Un as sick de beiden Lakaien in den Hümpel rinnedrängten un en beten Platz vör sick schafften, dat einer dorinner seihn kunn, rep hei: »Na, so wat krüppt nich up den bäwelsten Bähn! Dörchläuchten, dat is jo uns' Halsband! - Un dat is jo uns' Brodasche Kammerpächter! - Dörchläuchten, sei bringen Halsbandten gebun'n gebröcht!« - »Halsbandten? - Na, täuw! Den will ick ...!« rep Dörchläuchten. - »Ne«, rep Rand dortüschen, »Dörchläuchten, dat geiht nich! - In Gegenwart von alle Lüd'? - Wo? Sei rungenieren jo den deipen Respekt vör Ehre Hofschargen! Hei geiht so all bi lütten fläuten.« - Dit sach Dörchläuchten in, hei begrep sick also un gung in ruhigen, fürstlichen Schritt, nich in Zorn, blot ut Niglichkeit up den Hümpel los. Klauk-Hans hadd all in de Treptowsche Strat so'n düsteres Vörgefäul, dat, wenn sin Gefangene würklich Halsband heiten ded, as de lütten Stratenjungs repen, hei unmäglich Grabow heiten künn, un dat em de Lüd' wegen dit Stück von desen Morgen mal *Dumm-Hans* näumen künnen, un as Bäcker Schultsch em ok Halsband heiten un de beiden Lakaien em as Mitkollegen begrüßen würden, dunn würd em dat ümmer düdlicher, dat hei 'ne Anwartschaft up desen letzten Titel hadd; dat Hart schot em in de Hosen, un hei drückte sick achter den einen Rathuspiler, sin Stathöller, de binah ebenso klauk was as hei sülwen, krop achter den annern, un as de ollen Daglöhners sick ahn alle Führung un Dörchläuchten in sinen fürstlichen Glanz up sick losstrahlen segen, stöwten sei as grage Regenwulken vör de upgahnde Sünn utenanner, de Stratenjungs folgten als Newelwulken, un Dörchläuchten stunn mit Randten un de beiden Lakaien vör den Arrestanten. - Schultsch hadd sick ok in etwas taurüggtagen.

»Welcher Halunke hat meinen Läufer arretiert?« rep Dörchläuchten, de wedder in hellen Zorn kamm, as hei Halsbandten bunnen sach - em nich tau verdenken! Denn sine fürstliche Ihr was smählich in sinen Provatlöper angrepen. – Dörch sin blotes Uptreden hadd Serenissimus den ganzen Upruhr dämpt, un dörch dese por Würd' slog hei Hansen un den Stathöller in de Flucht, denn as Klauk-Hans oder as hei von nu an woll heiten möt - Dumm-Hans dese anzügliche Red' hürte, ritschte hei achter den Rathuspiler rute un rönnte, as hadd hei Füer in de Büx, dwars äwer den Mark nah de gollne Kugel un söchte sick dor en heimliches Flag, sin Stathöller folgte em tru. - »Wer hat dich gebunden? Was hast du verbrochen? Wo hast du deine Liwreh? Wo hast du deinen Hut?« prust'te de hoge Herr ut sin gnedigstes Mulwark herute. - Halsband was en gaudmäudigen, fröhlichen Minschen, de kein Kind wat tau leden dauhn kunn, äwer wenn en Minsch sick irst mit en ungeheuer klauken Kammerpächter un all sin Daglöhners rümmerslagen möt, wenn hei wegen en beten Henunherlopen bunnen un dörch 'ne anständige Stadt, as Nigenbramborg is, as Spitzbauw un Röwer leddt un von de lütte, gebildte Jugend begrüßt ward, un wenn denn tauletzt de Zorn von en regierenden Herrn as Sauß äwer desen ganzen Klumpen Unglück utgaten ward, denn et der Deuwel dit Gericht mit lachenden Mun'n ut. - Halsband brus'te also ok tau Höcht: »Verrückte Minschen hewwen mi bunnen! Verbraken heww ick nicks! Un min Liwreh un min Haut liggen bi den Durschriwer.« - Dat was jo 'ne scheußliche Antwurt up Dörchläuchten sine Fragen, de gnedige Herr rep

also ok in helle Wut: »Wie kannst du dich unterstehen, mir in Hemdärmeln vor die Augen zu kommen?« - Dor müßt Dörchläuchten de Minschen nah fragen, de em mit Gewalt in desen Taustand bröcht hadden, was Halsbandten sine impertinente Antwurt. - Dit was tau dull! Wo, so'n Kirl as en Löper, de wull Dörchläuchten, den regierenden Herrn äwer dat ganze Land, Vörschriften maken, wat hei dauhn süll. Dörchläuchten bewerte denn ok vör Wut an den ganzen Liw' un rep: »Ich jag' dich weg, Halunke, ich jag' dich weg!« - De Folgen von desen Zorn künnen denn nu würklich schrecklich warden, dit fäuhlten de beiden Lakaien un treckten sick fiw Schritt achter Dörchläuchten sinen Puckel tauhop, un sülwst Rand, de süs vele Krasch' vör Dörchläuchten hadd, sach sick in sorgsamen Gedanken mit dalslahne Ogen den gnedigen Herrn sinen Horbüdel von achter an; blot Wilhelm Halsband kek Dörchläuchten frech in de Ogen un säd mit 'ne ruhige Bestimmtheit, de blot ut einen grundverdorbenen Harten stammen kunn: »So! Dörchläuchten hewwen dat eben seggt, un ick nem de Entlatung an. Löper kann ick so as so nich länger bliwen, denn de Schimp, de mi andahn is, künn up de annern Hofbedeinten fallen.»- Eben wull Dörchläuchten mit den Utraup »Du Schurke, nun sollst du grade nicht weg!« mit sinen Ruhrstock sine hoge fürstliche Willensmeinung up Halsbandten sinen Pukckel unnerschriwen, as sin forsche Drift un Drang, tau regieren un sine Unnerdahnen glücklich tau maken, mit einem Mal ganz ut de Richt kamm. Dürten Holzen schow sick mit ehre dägte Perßon tüschen den hogen Herrn sinen Zorn un Halsbandten sinen Trotz. »Wo?« rep sei, » dit wir jo doch snurrig.
Wecker dägte Kirl sleiht up en Minschen los, den de Hän'n up den Puckel bunnen sünd?« Un dormit fung sei an, in alle Gemächlichkeit den Sacksband lostaubin'n, den Klauk-, wull ick seggen: Dumm-

Hans den Löper üm de Arm tüdert hadd.
An einen regierenden Fürsten warden up Stun'ns swore Ansprüchen makt, un vördem was dat nich minner de Fall; äwer all de, de dunntaumalen Dörchläuchten sine hoge Zornigkeit mit anseihn hewwen, wiren de Meinung, hei hadd dat mäglichste in desen Hinsichten farig kregen un mihr wir in desen Artikel nich wider von em tau verlangen, höger let sick de Sak nich driwen, nu müßt - as sei dat nu näumen - 'ne »Reaktion« intreden, entweder mit Krämpfen oder Ahnmachten oder so wat Gauds. Sowid was nu allens wenigstens ganz natürlich taugahn; äwer as de Herr Dürten Holzen tau seihn kreg, ehre Reden hürte un ehr Hantieren gewohr würd, dunn brok bi em ein von sine äwernatürlichen Grugels ut, ditmal wohrschinlich de Frugenstimmergrugel; sin Stock sackte dal, hei gung drei Schritt t'rügg, reckte de Hän'n nah vör un stamerte: »Rand! Rand! Wat is dit? Wer is dit?« - »'t is Dürten Holzen, gnedigste Herr«, säd Rand un grep von achter den Herrn unner de Arm, »'t is de Swester von Halsbandten sine Brud.« - »Brud? Brud? De Kirl will frigen? - Täuw! Dor will ick di helpen! - De Kirl sall glik in en abscheuliches, düsteres Lock smeten warden.« - Halsband wull wat seggen, äwer Dürten Holzen sned em dat Wurd af: »Dörchläuchten«, säd sei un stunn steidel ahn Furcht un ahn Tadel vör den hogen Herrn, »Sei sünd uns' Herr, un as so'n möten wi Sei ok estimieren. Awer worüm sall Halsband insmeten warden? Wat hett hei verbraken? Worüm willen Sei den jungen Minschen unglücklich maken? Worüm willen Sei up dat unschüllige Hart von mine Swester un up de witten Hor von minen ollen Vader so'ne Weihdag' leggen?« - »Sei sall ok insmeten warden, sei sall ok in ein abscheuliches, düsteres...«, rep Dörchläuchten, äwer mit einem Mal snappte hei af, denn hei sach nu ok noch Bäcker Schultsch mit de Reknung in de Hand bi Dürten stahn, un em würd dat vör de Ogen

flirren, as wenn all de Frugenslüd' von ganz Nigenbramborg up den Mark hen un her danzten, un all sine unbetahlten Reknungen danzten mit, un Klokken klüngen em in de Uhren, as wenn dat de Brudklocken wiren för all de Frugenslüd', un de hoge Herr sackte in Ahnmacht un kreg - as Schultsch säd - dat Swinhäuden, un Rand un de beiden Lakaien müßten em un den Ruhrstock in de Paleh taurüggbringen. -

Sowid was dat nu all in Richtigkeit; äwer as Dörchläuchten mit sine drei Hülfstruppen furt was von den Mark, wiren wider keine Mannschaften dor, de Halsbandten un Dürten Holzen in dat düstere Lock smiten kunnen, un Dürten säd ganz richtig: dat beste wir, sei güng nu nah Hus'; »un Sei, Halsband«, säd sei, »deden am besten, sick Ehre Mondierung tau halen, oder willen Sei hier taum Spektakel för alle Lüd', wenn sei ut de Kirch kamen, an den Himmelsfohrtsmorgen in Hemdsmaugen rümmergahn? - Mi dücht, Sei sünd vermorrntau all naug taum Spektakel worden. - Leiwer Gott, wat ward min armes Stining seggen!« - »Ja, Dürten«, säd Bäcker Schultsch, »dat best is't; äwer wat *ick* dauh, dat weit *ick*. - Täuw! -,Impertinentes Frugensminsch' säd hei. Täuw! - Un wenn de olle lurige Hund, de olle Rand, wedder kümmt un will mit Krischan Duwwelbir drinken, denn segg ick: Essig!«

Wildeß lagg Dörchläuchten up 'ne Ort von Lodderbedd, un Rand handtierte hellschen unsachten üm em rüm un ret un stödd mit Küssens un Decken un höll ein Gläs' un Buddeln unner de dörchläuchtigste Näs', un wenn Dörchläuchten nah de forschen Druppen dat Prusten kreg, verget hei so wid den Respekt, dat hei nich mal »Prost!« säd; denn Rand was en *ollen* Deiner, un dat is 'ne snurrige Ort. Wenn Dörchläuchten sin Wederglas hoch stunn un hei makte Spaß un regierte, denn stunn Randten sin sid un hei was ganz lütting, un wenn Dörchläuchten sin Wederglas sid stunn un hei lagg up den Rüggen un stähnte, denn was Rand baben up, denn makte hei de ungesetzlichsten Redensorten un ded, as wenn Dörchläuchten em dat brennte Hartled andahn hadd. - So denn ok hüt morrn: »Dat segg ick man! - So möt't kamen, seggt Hofrat Altmann! - Gott bewohr uns! Wo sall dat denn mal hen? - Is dit en Wirken un Dauhn!« - »Rand«, frog Dörchläuchten dortüschen un stähnte dorbi, »is Halsband insmeten?« - »Je, Dörchläuchten, wat weit *ick*? - Ick heww em nich insmeten; *ick* hadd jo alle Hän'n vull mit Sei tau dauhn. - Mit uns geiht jo dat äwer de Böm. Wi nemen jo gor keinen Resong mihr an. - Wi klemmen uns jo allentwegen de Fingern.« - »Rand, is dat desülwige Dürten Holzen, de de Konrekter frigen will?« - »Je, Dörchläuchten, wat gelt uns dat an? Wenn wi in desen Hinsichten ok noch regieren willen, denn sleiht uns jo de Sak äwer den Kopp tausam. - Ne, dorup seihn, dat de Inkünften richtig inkamen, dat segg ick, dat möt sin, denn wovon sälen wi lewen! Äwer dat anner? - Wo? Wi krigen jo alle Ogenblick so'ne Ahnmachten, wi regieren uns jo paddendod.« - »Rand, wat sall dat Reden? Lat mi leiwer den Hofrat Altmannen en beten herkamen.« - »Je, wat sall *de* nu woll? - Dor will'n Sei nu en Trost in säuken, un weiten S', wat de Lüd' seggen? - De will nu ok wedder frigen.« - »Wat? - Drei Frugens dod, un...« - »Je, un nu will hei de virt nemen. Is denn dat nu woll so wat Gefährlichs? - Wi möten jo doch ok wider denken. Wo sälen denn de Soldaten herkamen un de Deinstmätens un de Schaustergesellen un de Murergesellen un all de annern, un wer sall denn tauletzt de Afgawen gewen? - Ne, Dörchläuchten, wi möten wider seihn, so taum Exempel hüt morrn mit Bäkker Schultsch - wi säden tau ehr ‚impertinentes Frugensminsch', un dat kann sick 'ne Börgerfru, noch dortau ein, de 'ne Reknung betahlt hewwen will, nich gefallen laten; dat kann uns hellschen in'n Schaden sin, dat kann uns 'ne hellsche Kus' uttrecken.« - »Dummer Schnack!« fohrte Dörchläuchten för sine Verhältnissen stark up. - »Ja, minentwegen! Ick kann jo ok dat Mull hollen, wat gelt mi dat an? - Äwer wat wi dorin säuken, dat wi den ollen langschinkigen un dünnriwwigen Bengel, den Halsband, nich lopen laten un em nich frigen laten willen, dat is minen Ogen verborgen.« - »Denn will ick di 't seggen. - Süh, du wardst olt, un wenn du dinen Posten nich recht mihr verwachten kannst, denn sall hei in den Posten, denn hei is willig un bequem.« - »So? - Na, denn weit ick't jo. - Denn kann ick jo woll nu bald afkamen. - Ih, worüm ok nich?« säd Rand un fung gefährlich an, up en Nachtdisch aftauwischen, »dat kann jo ok ümmer sin, uns' oll Wallach is jo nu ok ut dat Kutschgespann stött un geiht vör'n Meßwagen« - bautz föll wat dal. - »Was schmeißt du da nieder?« frog Dörchläuchten. - »Ih, 't is de oll Pottpurrihpott, hett jo ok all en Sprung, kann jo ok afkamen.« - »Mach, daß du rauskommst, alter Esel!« - »Ja woll, ja woll!« rep Rand un gung, äwer as hei in de Dür was, dreihte hei sick giftig üm un frog: »Na, Dörchläuchten, wenn Sei nahsten klingeln, wer sall denn kamen, Halsband oder ick?« Dormit makte hei de Dör tau, un weg was hei, ihre em Dörchläuchten sin fürstliches Mißvergnäugen kundgewen kunn. -

Rand was jo man gegen Dörchläuchten rekent en ganz dummen Kirl, äwer in *ein* Sak hadd hei recht, Dörchläuchten hadd Schultsch nich so hart anfohren un utgäudern müßt, denn wenn hei ok recht hadd, dat 'ne Stutenreknung von 'ne Nigenbrambörgsche Bäckerfru man slicht mit einen fürstlichen Herrn von Gottes Gnaden stimmte, so hadd hei doch bedenken müßt, dat bi Schultsch ehren autokratischen Charakter de Sak slimm warden künn, un dat twei harte Stein slicht tausamen mahlen. Dat Unglück kunn nich utbliwen, un dat kamm ok. -

Den annern Morgen nah desen Himmelfohrtsdag,

de för Dörchläuchten en wohren Höllenfohrtsdag worden was, höll hei gegen Klock nägen sinen Leweh af. Dese Staatsakschon was akkerat nah dat Munster von den König Lurwig den Virteihnsten von Frankrik inricht. Hofbedeinten hülpen den hogen Herrn in sine Kledaschen, un frömde Gesandten un Unnerdahnen hadden de Ihr, dorbi tautaukiken. - Twölf Lakaien stunnen in eine Reih, de irste mit en Hemd, de tweite mit en Por Strümp, de drüdde mit wat anners, un so wider, un de Kammerjunker von Knüppelsdörp hadd dat Kommando äwer dat Ganze, blot nich äwer Randten, denn de hadd, wil dat hei üm de Perßon von Dörchläuchten perßönlich rümmer was, ok man perßönlich von Dörchläuchten sine Perßon sine Befehlen in Enfang tau nemen. Frömde Gesandten wiren desen Morgen nich begäng', un von de Unnerdahnen was ok man Hofrat Altmannen sin lütte fiwjöhrige Jung' dor, de en grotes Preh bi den regierenden Herrn hadd un desen Morgen all 'ne Stun'n bi sin Bedd rümmerspelt hadd, indem dat Dörchläuchten girn mit lütte Kinner vernünftig reden müggt. - As Rand den hogen Herrn äwer En'n richt't hadd, kek dat Kind de Anstalten mit groten Ogen an un denn wedder Dörchläuchten un brok tauletzt mit de Frag' rut: »Dörchläuchten, wat sälen *de* all?« - »De sälen mi antrecken.« - »Wat? All de Kirls sälen di antrecken? Mi treckt min Fiken allein an, un min anner Mutter seggt, dat sall ok nich lang' mihr wohren, denn sall ick sülwst mi ganz allein antrecken.« - Bi den Anfang von dese kindische Red' lachte Dörchläuchten gnedigst äwer den Unverstand von sinen lütten Unnerdahnen, äwer as dat Kind von sin anner Mutter anfung, steg de Niglichkeit in em up, oder as de taukünftige Hofpoet Kägebein sick utdrücken ded:

Den Anteil, den du nimmst am Wohl der Untertanen,

An ihrem Freudenfest, an ihren Schmerzenstranen.

»Wecke Mutter?« frog Dörchläuchten, »du hest jo kein Mutter, din Mutter is jo dod.« - »Ja, min Mutting is dod, äwer dit is min anner Mutter, un de giwwt uns denn ümmer Kauken.« - »Wo heit denn din anner Mutter?« - »Je, min anner Mutter...« Un wat Dörchläuchten ok fragen würd, 'ne annere Antwurt kreg hei nich, sovel wüßt hei äwer, dat Hofrat Altmann wedder frigen wull, Hofrat Altmann, de sotauseggen ok ümmer üm sine Perßon was, indem hei sine Geldgeschäften besorgen, d. h. pumpen müßt. - Hei argerte sick denn mit Recht hiräwer un gaww den Kammerjunker von Knüppelsdörp den Befehl uttaukundschaften, wo de Perßon heiten ded, de taum virten Mal dat mit den Hofrat riskieren wull, un beföhl dorbi, dat den Hofrat sülwen ogenblicks de Hof verbaden warden süll. Rand schüddelte dortau den Kopp, Dörchläuchten let sick verdreitlich antrecken, un dat Kind spelte lustig ümher, un as Dörchläuchten sick de Strümp antrecken let, sung dit unverstännige Kind en Rimels, wat dat up de Strat upsammelt hadd:

> »Dörchläuchten is von Gottes Gnaden,
> Hett drei Por Strümp un doch kein Waden.«

Der Kammerjunker von Knüppelsdörp let vör Schreck de dörchläuchtigste Hos' fallen, de Lakaien paßten nich mihr up ehren Deinst, de ganze Leweh gung ut den Lim, blot Dörchläuchten behöll sine Geistesgegenwart, beslot, desen Fall nich as Majestätsbeleidigung antauseihn, un befohl blot einfach, äwer streng', den Jung'n rutetaubringen. - Rand säd gor nicks. -
Dat sine Leweh so'ne Endschaft namm, dat so'ne Saken dorbi vörkamen künnen, müßte natürlicherwis' Dörchläuchten sin landesväterliches Hart verdüstern, un as Dörchläuchten in en gräunen, sanf-

tenen Slaprock in sinen roden, sanftenen Lehnstaul mit de herzogliche Kron satt, was hei dörchut nich in 'ne rosenrode Stimmung. - »Meinen Kaffee!« rep hei. Rand säd nicks un stellte den Koffe vör em hen. »Wo sind die Zwiebacken?« frog Dörchläuchten streng'. Rand säd nicks, treckte äwer mit de Schullern. - »Wo sind dic Zwiebacken?« - »'t giwwt hüt kein«, säd Rand. - »Was soll das heißen, du Esel?« - »Je, Dörchläuchten, heww ick't nich seggt, *so* würd't kamen? Schultsch will uns nich mihr borgen, un de annern Bäckers hewwen kein.« - »Was? Was!« schreg Dörchläuchten un sprung pil in En'n, »in unserm eigenen Lande? - Was? Haben wir nicht unsere Schatulle?« - »Je, Dörchläuchten, de hewwen wi, dor steiht s', äwer de is so leddig as en Ei, wat vör drei Wochen utpust't is. De Ümtog von Strelitz nah hir hett uns rottenkahl makt, un drei Wochen möt wi noch gaud krumm liggen, ihre wi up uns' Inkünften reken känen.« -
De Weihdag', de in desen Ogenblick dörch den hogen Herrn sin Hart treckte, versteiht blot en düt-scher Student, den drei Wochen vör Ankunft von sinen Wessel de Pump up de Kneip kündigt ward, un woll den, de sick in so'ne Lag' tau helpen weit! - Ick heww mal einen von dese jungen Burßen kennt, binah so gaud as mi sülwst, de verstunn dat: hei hadd dat besondere Glück hatt, dat hei mal mit en falschen preußschen Daler anführt was, dese falsche Daler würd sin hülprike Engel. De junge Minsch et allentwegen rümmer, un wil hei en ihrlich Minsch was, betahlte hei ok, äwer mit den falschen Daler; un wil hei en ihrlich Minsch was, säd hei jedesmal, hei glöwte, de Daler wir falsch, un de Lüd' freuten sick, dat sei mit so'n ihrlichen Minschen tau dauhn hadden, un gewen em den Daler wedder taurügg un schrewen't an, un de junge Minsch set'te sin Geschäft furt, bet sin Wessel ankamen was, un dunn betahlte hei mit richtige preußsche Dalers un smet den falschen bi Jena in

de Saal. Worüm? Wil hei en ihrlich Minsch was. - Dörchläuchten was ok en ihrlichen Minsch; äwer hei hadd nich dat Glück, en falschen preußschen Daler tau hewwen, hei sackte also ganz matt in sinen Lehnstaul, den Kopp gegen de herzogliche Kron, taurügg un säd: »Hofrat Altmann sall kamen.« »Je, Dörchläuchten«, säd Rand, »dat geiht woll nich; denn de Kammerjunker - as ick man seihn heww - is glik nah de Leweh nah em räwergahn un ward dor woll sine Bestellung wegen dat Hofverbeiden utricht't hewwen.« So! Nu wiren Dörchläuchten alle Nerven dörchsneden, ok de nervus rerum gerendarum. - Dörchläuchten kreg an desen Morgen *keinen* Tweiback, un de halwe Stadt knackte un knasperte in Bäcker Schulten sinen Tweiback, un sei, wat sei sülwen was, Bäcker Schultsch, satt so preißiich vör ehr Stutenschapp, as regierte sei vermorrntau dat ganze Herzogtum Meckelnborg-Strelitz.

KAPITEL 8

Stining kriggt 'ne slichte Nahricht mit Snellposten un Telegraphen. - Sei is in Truern un ward von Dürten tau en sonderbor Gebett anstift. - Woher sick de Wederstangen up de Nigenbrambörgsche Paleh stammen, un worüm de Herr Konrekter den Herrn Kammerdeiner Randten an de Näs' knipsen ded. - De Konrekter un Dürten säuken sick un känen sick nich finnen, bet Dürten tauletzt still steiht. - Pagel Zarnewitz un Korl Bentwisch prügeln sick en beten. - Wecke Wurd heit hir woll: Spickgaus. - De Konrekter prophenzeit säben Gewitter an einen Dag un stiggt säbenmal so hoch in Dörchläuchten sine Achtung.

Densülwigen Morgen, as Dörchläuchten sick den Tweiback entseggen müßt, satt Stining Holzen in ehr lütt Kamer, un ehr was tau Maud', as müßt sei sick för ümmer ehr ganzes Lewensglück entseggen. Den Dag vörher glik tauirst hadd sei de Nahricht von Halsbandten sin Unglück dörch de dunnmalige

Snellpost un dörch de dunnmaligen Telegraphen kregen; de Snellpost nämlich würd in jenen Tiden dörch de lütten Stratenjungs besorgt, un de ollen Wiwer an de Stratenecken, wenn sei de Hän'n äwer den Kopp tausamenslogen un mit den Kopp hen un her wiwakten, deden dunn de Telegraphendeinsten. Äwer dese Niglichkeitsbeamten wiren in jenen Tiden ebenso untauverlässig as up Stun'ns de Tidingen, un wenn wi uns up Stun'ns bi allen Furtschritt in de Welt dat gefallen laten möten, dat dat transatlantische Kabeltau Dummheiten makt un dämlich Tüg redt, worüm süllen wi uns denn wunnern, wenn dunnmals de lütten Stratenjungs-Posten Dummheiten makten un de ollen Wiwer-Telegraphen dämlich Tüg redten: »Stining, verfir di nich! Halsband hett stahlen.«
Dit was för Stining frilich nu ebenso unverständlich, as wenn dat Kabeltau ut Amerika berichten würd: de Presendent von Amerika wir up Blondin sinen Puckel nah den Rathustorm von New York ruppereden. So'ne Dummheit kunn sei nich glöwen; äwer achter dese apenbore Dummheit kek dat Späuk mit en Sleuer äwer den Kopp rute, wat wi Minschen Ungewißheit nennen, un wenn de Sleuer föll, wat kunn denn taum Vörschin kamen? - Un de Sleuer föll, Dürten ret em mit starke Hand runner un vertellte Halsbandten sine Sak, de sei sick von einen Brodaschen Daglöhner neger befragt hadd. - 't was jo nicks, 't was en reinen Unverstand, an den keiner weniger schuld hadd as Stining ehr Wilhelm sülwst; äwer de dunnmaligen Tiden wiren schu, jeder hadd 'ne heimliche Angst, dat von em wat up apenbore Strat redt warden künn, un de Schuld nich so sihr as dat Bekanntwarden von en Schimp, glik gaud, wat einer dor schüllig oder unschüllig dran was, makten den Leumund. Un en Schimp was ehren Wilhelm worden, sin Leumund hadd en Lack kregen, un de Angst kamm dortau, wat em derentwegen ok woll för ümmer de Intritt in 'ne

Zunft verwehrt warden künn, un de Vörwurf steg in ehr bitter tau Höchten, dat *sei* em tau sin Vörnemen mit anstift hadd. - De Seel, de ganz un gänzlich in 'ne annere Seel upgahn is, söcht ängstlich nah Qualen för sick sülwst, un sei fin'nt ümmer en Stachel, denn den Schutz, den de annern Minschen üm sick rümmer hewwen as en isernen Panzer, de Eigenleiw', hett sei afsmeten, dormit dat sei lichter un heller in ehren Himmel upstigen kann. -
Ok Dürten makte sick Vorwürw', sei wiren äwer denn doch uttauhollen, denn dat stolze Gefäuhl, dat sei Dörchläuchten up apenboren Mark Trotz baden hadd un dat sei mit Rat un Daht ehre Swester un Halsbandten bistahn wull, drängten sick bet nah vör; äwer as sei gegen Abend ehre arme Swester, de all in deipen Trübsal satt, noch de Nahricht bringen müßt, dat Halsband nu doch würklich up Dörchläuchten sinen Befehl wegen Respektswidrigkeit insteken was, un sei vergews sick nah Hülp termaudbast'te, dunn kemen ehr de eklichen Gedanken, sei mit ehre Lust an de utlawten fiw Daler wir an den ganzen Handel schuld.
Stining lagg de Nacht ahn Slap up ehr Lager un dachte an ehren Wilhelm, wo hei woll ahn Rauh dor liggen ded, un Dürten lagg ok ahn Slap un dachte doran, wo sei den Löper woll wedder up de Bein bringen künn, denn hei süll acht Dag' sitten, ein üm den annern bi Water un Brod; »dormit du noch lichtfäutiger wardst«, hadd Rand giftig seggt, as hei em sin Urtel ankünnigt hadd.
Fiw Stun'n vörher, as Dörchläuchten an den annern Morgen sine Leweh höll, höllen de beiden Swestern ok ehre Leweh, un Stining taum wenigstens mit sworen Harten. Ach, wat was sei süs so fröhlich an ehre Arbeit gahn, wo fix hadd sei de Nadel infädelt, wo wiren de Stichen achter enanner up dat witte Lin'n henslagen, as wiren 't lichte Fauttritten von en lustigen Wanderburßen, un wo girn hadd sei en Blick ut dat Finster smeten, wenn sei den Twirn

dörch dat Waß treckte, un hadd sick freut äwer de Morgensünn, de för de Welt schinte, wenn ehr Kamer ok düster was! Un wenn denn de lütten Vägel in den ollen Lindenbom gradäwer ehr Morgenlid anstimmten, den jungen Dag tau grüßen, denn hadd sei ok ehr Morgenlid sungen, äwer lising, ganz lising, dat sei ehren ollen Vader de Rauh nich stürte, de bian slep. So was 't alle Morgen west, un wenn ehr des Abends ok mal dat Hart swor west was von Sorgen un Sehnen, in de stille, düstere Nacht was de Engel an ehr Lager treden, de 'ne Botschaft bestellt von unsen Herrgott an de mäuden Hän'n un de gauden Harten, un hadd ehr sachten de Ogen taudrückt un hadd frische Hoffnung in ehr Hart gaten, de ehr des Morgens ut de hellen Ogen lücht'te. Äwer dese Nacht was de Engel nich kamen un hadd ehr de Ogen taudrückt, sei wiren trüw un trurig von Waken un Weinen, sei kunnen dat Nadelühr nich finnen, un de lustige Wanderburß slek trurig dorhen un müßt anhollen wegen den Regen, de up sinen witten Fautstig dalföll.

Dürten hadd frilich ok nich slapen, sei was äwer tau 'ne Ort Sluß kamen mit ehre Gedanken, un wenn de Sluß ok noch nicht so fast was, dat sick nich hir un dor allerlei wedderhorig Tüg rinnerdrängen kunn, so hadd sei doch dat säkere Gefäuhl, dat sei sick up den Hauptrigel in ehren Sluß fast verlaten kunn - dat heit, wenn hei sick schuwen laten wull -, un dat was de Herr Konrekter. Un schuwen müßt hei sick laten, sei hadd em jo all so oft schawen, dat hei nich inrustern kunn, un wenn sei em nu noch en beten inölen ded, denn... –

»Gun Morrn, Stining«, säd sei, as sei gegen halw teihn bi ehr Swester in de Dör kam, »tidiger kunn ick nich kamen, denn ick müßt irst allens tau Schick maken; nu is hei äwer in de Schaul.« - »Ach, Dürten, mi is gor tau trurig tau Maud'!« - »Dat glöw ick di sacht, mi is sülwen ok nich recht, ick heww de Nacht ok nich recht slapen; äwer ick bün eben en beten äwer'n Wall gahn, dor is mi doch glik ganz anners tau Sinn worden.« - »Ach ja, dat glöw ick, dor is't hüt morgen woll sihr schön.« - »Ja, äwer derentwegen bün ick dor nich räwergahn, ick wull blot en beten in't Weder kiken.« - »In't Weder? Wat hest du in't Weder tau kiken?« - »Vel, Stining, vel! Un wenn du wat dortau dauhn willst, denn bidd unsen Herrgott, dat hei uns hüt en recht grugliches Gewitter schickt un Blitz un Dunner nich sport.« - »Mein Gott, Dürten, wat sall en Gewitter?« - »Dat sall Halsbandten fri maken.« - »Ach, Dürten, wat redst du? Wat redst du? Wat hett Halsband mit en Gewitter tau dauhn?« - »Hei sall kein maken, un't sall em ok nich in de Finstern slahn. - Ne, 't is blot, dat Dörchläuchten doch mal tau weiten kriggt, wo en bangen Minschen tau Maud' is. Wo? Hei glöwt jo woll, dat hei dat Ganze kummandiert? Ne, sowid sünd wi noch lang' nich! Dat Wedermaken hett sick uns' Herrgott noch vör de hogen Herrn vörweg behollen, un so as mi dat ansüht, lett dat noch gor nich so, as wenn hei dit Geschäft afgewen will.« - »Je, Dürten, äwer Halsband... ?« - »Lat mi utreden, Stining, dat kümmt all noch. - Süh, wenn en Weder in de Luft is, denn schütt dat Dörchläuchten in't Liw' un in de Knaken un hei lihrt dat erkennen, dat Gotts Hand bawen is, un denn ward hei hellschen gnedig, un wegen sine Angst schickt hei denn nah den Herrn Konrekter, indem hei den för den Kläuksten in de Stadt taxiert, taum wenigsten in Wedersaken - in Geldsaken sall't jo Hofrat Altmann sin -, un denn sälen sei jo dor allerlei wunderlich Tüg tausam bedriwen, indem dat Dörchläuchten Trost dorin söcht, un denn is hei wegen sine Angst nich in'n Stan'n, den Herrn Konrekter wat aftauslagen - wi hewwen jo derentwegen ok de beiden Faden bäuken Blankholt kregen -, un wenn hei nu för Halsbandten bidden deiht, denn...« - »Ach, Dürten, deiht hei dat woll?« - »Hei möt, Stining; ick heww em all tau sworere Ding' bröcht, un dat is min Sak; din

Sak is, dat du en rechtes swores Weder ruppe bedst; ahn Angst deiht Dörchläuchten nicks. Dormit gung sei, kek äwer noch mal in't Finster: »De Sünn un de Fleigen steken hellschen, 't is ok swaul naug dortau, un in'n Westen swulkt dat all bi lütten tau Höcht, ick glöw, wi krigen ein; äwer bed du man likerst, schaden kann jo dat nich!« -
Wat Dürten Holzen 'ne Förbed' von den Herrn Konrekter för Halsbandten tau Weg' bringen kunn, was ehr Sak, un dorüm bruken wi uns hir nich tau kümmern; de Tid ward dat jo lihren; äwer dat sei mit Dürchläuchten sinen Wederkram Bescheid weiten müßt, lagg up de Hand, denn wo oft hadd sei in de letzten Johren den Herrn Konrekter bi en Gewitter nah de Paleh gahn seihn, männigmal woll en beten verdreitlich; äwer taurügg was hei ümmer mit Lachen un Hägen kamen.
Dörchläuchten was Herzog von Gottes Gnaden; dat verstunn hei äwer nich so, as wenn hei dörch de Gnaden Gottes taum Herzog makt wir, ne, hei was des Winters äwer, wenn kein Gewitter in de Luft wiren, oder bi hellen Sünnenschin in'n Sommer ungefihr de Meinung, dat sine herzoglichen Gnaden ebenso vel up sick hadden un bedüden deden as unsern Herrgott sine Gnaden sülwst - in Gripswold hadd hei dat nich lihrt, woll äwer in Frankrik. Hei betrachte sick also, wenn de Luft rein was, so halw un halw as 'ne lütte göttliche Perßon, de up en lütten Rum allmächtig was. Uns' Herrgott äwer stürt de Böm, dat sei nich in den Hewen wassen, un hadd dat so inricht't, dat Dörchläuchten männigmal tau 'ne Erkenntnis kamm, einmal, wenn de Kass' leddig was un Schultsch keinen Tweiback gewen wull, un denn, wenn en Gewitter in de Luft was un't anfung, em in den Liw tau regieren. - Wenn dat irst nu de Fall was, würd de Herr Hofrat Altmann raupen, was dat tweite de Fall, denn gung de Herr Konrekter mit sinen Pick- un Horzkasten unner den Arm un den Voßswanz in de Hand äwer

den Mark, de Lakai, de em raupen hadd, folgte em mit en por Buddeln, un Dürten drog dat annere nodwennige Geschirr in'n Korf achteran. - In Dörchläuchten sin Allerheiligstes, in sin Provatkabinett, würden nu Vörstellungen gewen, un't würd all natürlich utdüdt: de Herr Konrekter let lütte Kugeln von Flederpaddik sick afstöten un antrecken, let lütte Poppierpoppen in sinen Pick- un Horzkasten danzen, set'te Randten up en Hüker, de unnen up Buddelhäls' stunn, un lod em kanonenvull von 'ne Materi, de kein Minsch tau seihen kreg, bet em de Hor as Swinsbösten tau Höchten stunnen un hei von Gesicht as en richtigen Swinegel utsach. Denn gung hei an Randten ranne un kamm em mit en krummen Finger an de Näs', wobi Rand de Näs' krüs'te, un denn kamm Dörchläuchten un makte dat ebenso un lachte äwer Randten sin Utseihn. Un einmal hadd Dörchläuchten den Befehl utgahn laten, dat den Aptheiker sin Maschin räwerbröcht warden süll, un de Konrekter hadd 'ne Buddel dormit laden un hadd Dörchläuchten fragt, wat hei en lütten Blitz - en ganzen lütten - in de Stuw' seihn wull, un Dörchläuchten hadd dummerwis' ja seggt un hadd en Slag kregen un hadd nahsten binah dat Rohren kregen un hadd Befehl gewen, dat Ding seindag' nich wedder em vör Ogen tau bringen. - Von dese Saken begrep Dörchläuchten Gott in der Welt gor nicks - de Konrekter säd tau sick: wegen sine natürlichen Anlagen, Rand säd: wegen sine natürliche Angst -, un hei befohl den Konrekter in sine Eigenschaft as regierende Herr, hei süll dorför sorgen, dat kein Gewitter mihr upkamen künn. As de Konrekter säd, dat künn hei nich, verlangte hei, hei süll em gegen dat Weder schütten. – Ja, säd de Konrekter, dat einzigste dorgegen wiren Wederstangen, un as hei em dat gründlich utdüdt hadd, würden an alle Schorsteins un alle Ecken von de Paleh Wederstangen anbröcht, de hüt noch dor in de Luft kiken un ok hulpen hewwen, denn

sörre de Tid is de Blitz in Bäcker Schulten sinen Swinkaben fohrt, un de is bet up de Grund dalbrennt, de Paleh steiht äwer ümmer noch. -
In de irst fäuhlte Dörchläuchten bi dese Inrichtung en beten Rauh; äwer mit de Tid stegen in em allerlei Bedenklichkeiten up, wat ok dordörch woll sine Perßon naug gegen Gefohr schüt't wir, denn hei hadd dat in sin fürstlich Gefäuhl, dat hei vör allen irst in den Drögen bröcht warden müßt. Hei frog also den Konrekter üm Rat; äwer de wüßt dat ok nich, wo dit antaustellen wir, hei wüßt woll, säd hei, dat Isen un anner Metall den Blitz antrecken ded un dat Glas un Sigellack un Sid' den Blitz afstödd, äwer 'ne Nutzanwennung von dese Saken för de dörchläuchtigste Person wüßt hei nich tau maken. »Also«, frog Dörchläuchten, »Er meint, daß, wenn ein Mensch in einer Glaskugel säße, er nicht vom Blitz getroffen werden könnte?« - Ja, säd de Konrekter, dat wir mäglich, äwer sticken würd hei gewiß. Dat was also nicks för den gnedigen Herrn, verglasen kunn hei sick nich laten; äwer mit Sigellack? - Wo wir dat? – Je, dat wir ok man noch so! - Hei kunn sick allerdings sin Liw' rod lackieren laten - swart gung nich wegen dat Utseihn - äwer dat würd sick afnutzen, un sick alle Morgen frisch lackieren un drögen laten, was doch ok gor tau ümständlich. - Also Sid'! - Äwer de drog hei jo all bet up de Schauh; wenn de schütten ded, denn wir jo sine ganze Angst vergews west. - Hei drog sick mit so'ne Gedanken lang' rüm, un den letzten Winter tau Nigenstrelitz was hei taum Sluß kamen un hadd wat erfunnen, hadd sine Erfindung mitbröcht un wull den Konrekter dormit äwerraschen. Dit gelung em denn an den hütigen Dag ok vullstännig. -
Dürten Holzen hadd vermorrntau ok wat mit den Herrn Konrekter in den Sinn; äwer an 'ne Äwerraschung dachte ehre Seel nich, sei wull in'n Gegendeil an den Herrn Konrekter so ganz ut de Firn un

von achter rümmer kamen, dat sei em so ganz bi lütten, un ahn dat hei't marken ded, in ehr Fohrwater rinnerbröchte. Dit hadd sei nu äwer mal recht leg afpaßt, denn as de Herr an sinen Middagsdisch satt, sach sei so buh un bah ut un kek so wid äwer de Gerichten un Dürten sülwst dörch dat Finster weg, as wir dor achter wat Besonderes tau seihn. Dürten dachte tauirst an de Soltmannen, sei kek sick üm; ne, de was't nich, de was nich tau seihn. - »'t is hüt recht heites Weder«, säd sei. - »Hm«, antwurt'te de Konrekter. - »Ja, un de ollen Fleigen steken ok so.« - »Hm«, was de Antwurt. »Sünnabend - Sünndag...« - »Ne, hüt is Fridag, dat heit för den, de kein Släg' kriggt; äwer ick glöw, wi krigen hüt woll noch wat, wi krigen woll en Gewitter.« - »Sünnabend - Sünndag«, blew de Herr ruhig bi, »den sösteihnsten, dat wir jo den Dingstag äwer acht Dag', dat wir jo den Dingstag nah Pingsten.« - »Ne«, säd Dürten, »so lang' wohrt dat denn doch nich; hüt äwer acht Dag' is de Tid üm. So hett jo dat Dörchläuchten nu einmal fastset't.« - »Dürten«, säd de Konrekter, »wat redst du? Wat hett Dörchläuchten in de Sak tau seggen? Dat bestimmt jo de Kanzlei.« - »De Kanzlei? - Denn möt de Kanzlei en Minschen äwerst irst ordentlich verhüren, dat einer sick verdeffendieren kann, un ein nahsten irst insteken.« - »Dat will sei jo ok; äwer insteken? Insteken? - Na, so dull scheiten de Preußen denn doch woll noch nich.« - »Herr Konrekter, wat...?« - »Je, Dürten, nu helpt dat nich wider. Den tweiten Festdag möt ick reisen.« - »Reisen?« rep Dürten un let de Gawel fallen, denn dit Wurd was in de fiw Johr, de sei bi den Herrn Konrekter west was, nich follen, ok hadd kein Nahwer seindag' nich dorvon vertellt, dat de Konrekter up Reisen gahn was. - »Ne, Herr«, rep sei, »un wenn Halsband bet drei Dag' nah den Jüngsten Dag sitten sall, Sei sälen darüm nich in Reis'ungelegenheiten kamen. Ne, ick dacht so, wenn hüt so'n Gewitter kem...« - »Ih, wat hett en Gewitter, wat hüt kümmt, mit min Reis' tau dauhn, wenn ick den Dingstag äwer acht Dag' nah Strelitz führ, un wat mengst du Halsbandten in mine Botterbrod-un Madera-Sak?« - »Ach, so rüm!« säd Dürten un vertellte nu gradtau ehr Sak. - »Ach, so meinst du?« säd de Konrekter un vertellte nu, dat hei taum letzten Termin up den Dingstag nah Pfingsten laden wir. -

So geiht dat, wenn twei sick säuken un jeder geiht sinen eigenen Weg, denn finnen sei sick gewiß nich, bet einer up den Infall kümmt, still stahn tau bliwen. - Dit ded nu Dürten. - »Herr Konrekter«, säd sei, »ick bün 'ne rechte dumme un dortau 'ne rechte slichte Perßon, ick bün Sei mit allerlei Winkeltäg' unner de Ogen gahn, ick wull Sei up Ümwegen tau 'ne gaude Daht anstiften, as wenn dat bi en Mann nödig wir, de so vull Dugend sitt un vull Gaudheit as de Esel vull grise Hor un so vull Klaukheit as en dänsch Pird, dat drei Dag' vör den Regen tau Hus kümmt. - Herr, redden S' min arm Swester vör Unglück un minen ollen Vadder, denn seihn Sei, wenn dat utkümmt, dat Halsband seten hett, un Dörchläuchten spreckt em nich ganz fri von alle Schuld, denn nemen sei em nich in dat Böttcheramt up, wenn hei mal ut den Löperdeinst loskümmt. - Un wat sall denn ut min Stining warden? - Ach, un sei weit noch gor nich recht, wo slimm dat warden kann.« - Sei hadd de Hän'n folgt un kek den Herrn so recht trurig un truhartig in de Ogen, un in ehre eigenen Ogen blänkerten de Tranen. - Mein Gott, dachte de Konrekter, wo smuck süht Dürten hüt ut, un wat för en schönen Schin liggt ehr up dat Gesicht! - »Ih, Dürten«, säd hei un läd sin Hand up ehre Hän'n un drückte sei sachten, »dat krigen wi woll. - Wenn en Gewitter kümmt, ward Dörchläuchten ümmer hellschen gnedig. Loslaten ward hei Halsbandten woll in sinen Gnaden; äwer wat hei em von alle Schuld frispreken ward, dat..., denn up de Ort müßt hei jo de Schuld up sick sülwen nemen, un dat - dat dauhn de hogen Herrn man unnod.« - »Je, hei hett äwer doch schuld. Wat kann de arm Minsch dorför, dat em de Brodasche Pächter für en Verrückten ansüht.« - »All wohr! Dürten, all wohr!« säd de Konrekter un stunn up un läd ehr de Hand up den Kopp. »Na, will'n seihn, wat sick maken lett.«

Dürten satt noch en Ogenblick mit de folgten Hän'n still dor, stunn sachten up un gung mit en deipen Hartenssüfzer ut de Dör. -

»Markwürdig!« säd de Konrekter tau sick, as hei sick in den Lehnstaul set'te, »sihr markwürdig! Sei is nu doch all fiw Johr üm mi rüm, un sei was jo dunn noch fiw Johr jünger, äwer so schön hett dat ehr in de ganze Tid nich laten. – Hm, dat kümmt doch woll dorvon, dat sei so biddwis' mi ankek - sei hett meindag' süs noch nich wat von mi beden - sei hett jo ok ditmal blot für ehr Swester beden - ick glöw, sei kann gruglich vel von en Minschen hollen. - Hm, hm, ick glöw, in Dürten steckt wat, in ehr steckt noch wat Besonderes.« -

As de Herr Konrekter nah sin Schaul gung, was hei recht upvermüntert, un sine Schäulers hadden woll en gauden Dag hatt, wenn em Kunst nich unnerwegs begegent wir, de mit lächerlichen Gesicht un en besondern Ruck den Haut vör em afnamm, em von unnen up ankek un so vör sick hensäd: »Also den Dingstag äwer acht Dag' in Nigenstrelitz.« -

Hir möt nu keiner glöwen, dat Kunst en dreimal destellierten Hallunk was oder en rachsüchtigen Raffkater, de den Hals nich vull naug krigen kunn, un dessentwegen up den gollen Knop von den Konrekter sinen Stock giprich was - o ne! Kunst was blot en Spaßmaker von *de* Ort, as dat bi uns in jede lütte Stadt einen oder en por giwwt, de ehren Spaß en beten stramm uptömen un so lang' dorup herümmerriden, bet sei em dat Krüz intwei reden hewwen. Kunsten sin Hauptspaß was nu, Lüd' bang' tau maken un in Unrauh tau bringen, un as nu an den

heiligen Abend de Stock em dortau Gelegenheit gaww, set'te hei sick denn up sin Ridpird un red sin Fahlen krüzlahm. De Konrekter kennte sinen Swager sine Anstalten recht gaud, un so lang' hei nich sülwst, blot anner Lüd' in't Spill kemen, hadd hei nich besonders wat dorin funnen un hadd ok woll, wenn't nich tau stripig kamm, doräwer lacht; äwer nu, as't em sülwst an't Mager kamm, dachte hei gor nich an en Spaß, hei höll Kunsten sine Anstalten für 'ne niderträchtige Hinnerlist un sinen Gruß un sine Würd' desen Nahmiddag för dat gelbunte Lachen, wat Satan utstött, wenn hei glöwt, 'ne arme Seel all bi den Kanthaken fat't tau hewwen. -
Sine upvermünterten Minen wiren weg, de Ingrimm hadd sick em up Mund un Näs' set't un schot mit so'n Tucken dürch sin oll fründlich Gesicht, as wenn em in sinen Nahmiddagsslap de verdreitlichsten Fleigen doräwer krawwelten; un as hei up de Del von't Schaulhaus kamm, was dat Bild, wat hei dor tau seihn kreg, ok man so so un grad ok nich dortau andahn, sinen Zorn wedder in't Geleg' tau bringen. - Pagel Zarnewitz hadd Wust un Spickgaus von Hus' kregen un hadd sinen Fründ Korl Bentwischen nicks dorvon afgewen. De hadd dorup spitzt; äwer ut Ticktacken ward Burrjacken, un nu lagg Korl Bentwisch unnen, un Pagel Zarnewitz lagg baben un döschte up Korl Bentwischen sin Gesicht, as güng't för Geld, un Korl Bentwisch hadd von unnentau Pagel Zarnewitzen sin Näs' un Ümgegend in de vulle Göps fat't un kned'te doran herümmer as en Bäckergesell, de Deig utkned't, un rep: »Du meinst, du hest den Tiger, äwer de Tiger hett di!« - »Un nu hett hei jug beid'!« rep de Konrekter un richt'te sei mit en por uterwählte Mulschellen äwer En'n. - Äwer as hei in de Schaulstuw' kamm, hadd hei de freudige Äwerraschung, vör sick en vullstännig römisch Kavallerigefecht tau seihn, wat sine leiwe Klass' den ollen Livius tau Ihren un em wohrschinlich tau 'ne Freud' upführen un dorbi so'n

natürlichen Larm maken ded, as wiren't würkliche römische Ritter un würkliche Pird'.
Dit was nu sowid recht gaud utdacht von de Jungs; äwer tau de Rauh, de sick för 'ne Schaulstuw' schickt, un tau 'ne Berauhigung för en Schaulmeister, de all up de Strat Ingrimm in sick freten un up de Schauldel em aderkau't hett, deint so wat grad' ok nich. De Herr Konrekter set'te sick also up den Kantheder, slog den Homer up, un as de Larm sick en beten leggt hadd, fung hei den hellschen falsch an: »Nu hürt mal, Musche Hundsvötter! Ick denk mi, ji hewwt mi 'ne Vörstellung gewen wullt, woans dat in den Trojanischen Krig un in den Strid üm de Muren von Ilion hergahn is, un dat wir jo denn ok recht gaud, wenn ji blot nich tau dumm dortau wirt. - Wat? Sall dit Getrampel villicht den Strid üm de Schäp bedüden? Denn lat't jug seggen, dat Pird dor äwerall nich anners dorbi wiren as so'n vör'n Stridwagen, un wenn Korl Bentwisch un Pagel Zarnewitz wohrschinlich glöwen, sick för Hektorn un Achilleussen utgewen tau känen, denn will ick ehr man seggen, dat sick de beiden nich Hos' un Jack intwei reten un sick in de Gesichter rümmerkratzt hewwen - nu kik mal einer, wo de Swinegel blött! Ne, en beten anners gung't noch tau. - Irst lihrt wat, Hundsvötter, nahst känt ji Helden spelen! - Wi sünd kamen bet an de schöne Städ, wo Hektor tau sine leiwe Fru Andromache adjüs seggt un sei em vermahnt: Δαιμονιε, seggt sei, φϑισει σε το σον μενοζ, ουδ ελεαιρειζ, seggt sei - äwer ji sid gor nich wirt, so wat Schön's tau lesen! - παιδατε νηπιαχον, seggt sei, χαι εμ αμμοϖον, η ταχα χηϖη, seggt sei - Korl Wendt, Musche Hundsvott, lett Hei dat Snacken nich, denn stell ick Em wedder bi minen Kantheder, un denn snack *ick* mit Em - σευ εσομαι; seggt sei, ταχα γαρ σε χαταχτανεουσιν Αχαιοι, παυτεζ εφοζμηϑεντεζ, seggt sei, εμοδε χε χερδιον ειη δευ αφα– μαρτουση un so wider, seggt sei. - Langnickel, fang' Hei mal an!«

Un Langnickel nörrickte en por Mal un stödd mit de Ellbagen rechtsch un linksch üm sick, wat ungefihr heiten süll: Kinnings helpt mi, ick bün hellschen in Verlegenheit! »Na«, säd de Konrekter, »ward dat bald wat? - Δαιμουιε - wat heit dat?« - »Oh, du Ungetüm!« säd Langnickel un kek den Herrn Konrekter sihr ungewiß an, wat de woll dortau seggen würd. - »Ick glöw, Hei is sülwst en Ungetüm. Folgende wider!« säd de Konrekter un wis'te up Korl Siemßen. »Na, Korl! - Ja, licht is dat Wurd nich; äwer wo nennen wi woll en Kirl, de mihr utrichten kann as en gewöhnlichen Minsch? Einen D..., einen D..., D...« - »Einen Dausendßaßa«, säd Korl. - »Na, ick hadd bald wat seggt. - Dat seggen wi woll in'n Spaß; äwer meint Hei, dat Hektorn sine Fru hir spaßig tau Maud is? - Ne, sei schellt em: Du Düweiskirl! seggt sei, törn dinen Maud! seggt sei. Hest du kein Erbarmen mit dinen lütten Jungen- dor meint sei ehren lütten Astyanax mit, den sei up den Arm hedd - un mit mi Unglücksworm, seggt sei, de bald Witfru von di sin ward? Denn wo lang' ward dat wohren? seggt sei, denn störmen de Achaier all up di los un maken di kolt, un wat heww ick dorvon anners als idel Weihdag', wenn ick ahn di dor sitt? seggt sei. - Na, ick glöw, ick äwersett jug noch den ganzen Homer vör. Wider, Korl Siemßen!« rep hei, dunn gung de Dör up un ein von Dörchläuchten sine Lakaien kamm rinne: »Herr Konrekter, Dörchläuchten lett fragen, wat wi hüt woll noch en Gewitter kregen?« - Nu was den Konrekter sine Geduld äwer mitdewil tau En'n, hei dreihte sick hellschen giftig nah den Minschen üm un rep: »Ja! Seggen S' Dörchläuchten man, wi kregen noch säben.« - »Noch säben?« frog de Lakai ganz verdutzt un gung ut de Dör, un de Konrekter rep em noch nah: »Ja, säben! Wi krigen noch säben!«
Hir möt ick en ollen schönen Vers wedder upfrischen:

Stürzt im Fallen auf die Uhr
Und zerbricht zwo Reihen Zähne,
Blinder Eifer schadet nur.

De Herr Konrekter was in so'n blinnen Iwer, hei verget Dürten ehr Anliggen un wull Dörchläuchten mit de säben Gewittern so vör den Kopp stöten, dat hei em nah dissen in Rauh laten süll; äwer Unglück slöppt nich, hei hadd de Reknung ahn Wirt makt: dat kemen an desen Abend würklich säben Gewitter ruppe, ümmer ein achter't anner, un hei steg dörch sin Prophenzeihn un sine Kenntnis in Wedersaken bi Dörchläuchten so hoch, dat hei bi de velen Gewitter, de äwer Johr ruppekemen, Dörchläuchten so nödig würd as dat dägliche Brod un ümmer bi Dörchläuchten sitten müßt, as wir hei em antrugt, un em den Grugel verdriwen müßt as en Rottenfänger de Rotten. - Also: blinder Eifer schadet nur! -
De irste Stun'n was tau En'n, un de tweite was anfungen; dat was 'ne latinsche; dor würden de »Bucolica« von Virgil äwerset't.
De Herr Konrekter hadd in de Tüschenstun'n in't Weder keken un wüßt nu gewiß, dat en Gewitter tau Höchten kamen würd; sine Schäulers hadden in sin Gesicht keken un wüßten ok för gewiß, dat en Gewitter upgahn würd, sei wüßten blot noch nich gewiß, bi wen't inslagen würd. - Allens was musingstill in de Klass', jeder hadd en heimlichen Grugel un was in desen Hinsichten as en lütten Dörchläuchten antauseihn, Pagel Zarnewitz sogor as en duwwelten, denn hei hadd ok en groten Grugel vör de Arbeit; 't was äwerall sin Mod' nich, sick tau präparieren, un hei verlet sick in bedrängten Umstän'n ümmer up sinen Fründ Korl Bentwisch, de achter em satt un em tauflusterte. Dit Stück gung süs sihr gaud, denn Pagel hadd dat Glück, dat hei von Natur en Stamerbuck was, un so kunn dat nich upfallen, wenn dat bi dat Äwersetten ok en beten hackte un man druppwis' rutekamm;

nu äwer hadd hei sick mit sinen gauden Engel prügelt, un de gaude Engel was en nahdrägschen Racker, un as hei nu würklich taum Äwersetten upraupen würd un sick so lang as mäglich - un dat was en schön En'n, denn hei was in den Konrekter sine Klass' propter barbam et staturam verset't - achteräwer läd, wat en Teiken sin süll, dat hei in Nod was; dunn schot dat dörch Korl Bentwischen sinen Kopp, nu künn hei sick för de Släg' schön räken.
»Na, will'n wi denn noch en beten?« rep de Konrekter, un Pagel stamerte los:

»Pastores edera crescentem ornate poetam
Arcades, invidia rumpantur ut ilia Codro.«

»Skandier Hei mal«, säd de Konrekter, »villicht geiht't denn glatter!« - Pagel skandierte also. - Na, wenn en Stamerbuck dat Skandieren kriggt, denn gerött dat ok man so so; Pagel kamm äwer denn doch mit en beten Angstsweit dörch mit sine Sak. - »So, nu äwersett Hei!« - Ja, dat was't man; dor satt't. Pagel fung indessen an, un de Anfang was man licht: »Pastores - die Pastoren; edera - edere, essen, aßen«, gung dat dörch sinen Kopp; »die Pastoren aßen«, säd hei lud. - De Konrekter kek hoch up un säd: »Na, man tau! - So man wider!« - Crescentem - ih, dat findt sick nahsten, dachte Pagel; ornatus - verziert, poeta - der Dichter; »bei dem verzierten Dichter«, säd hei lud. De Konrekter steg von den Kantheder. - Nu was äwer Pageln sin Latin vullstännig tau En'n, hei reckte sick noch länger achteräwer, un de Racker, de Korl Bentwisch, flusterte em tau: »Die rundliche Wurst.« - »Die rundliche Wurst«, säd Pagel lud; de Konrekter knep de Lippen tausam un kek Pageln an, as wir hei en Wunnerdirt un hei hadd Intrittsgeld för em betahlt. - »Dazu auch die duftende Spickgans«, flusterte Korl. »Dazu auch die duftende Spickgans«, säd Pagel lud, un as nu allens üm em rümmer heimlich lachte, wüßt hei mit enmal bestimmt, dat hei mit 'ne grote Dummheit tau Platz kamen was, un doch! - Wust un Spickgaus hürten tausam, un't was en schön Gericht. - De Konrekter lachte ok, äwer't was en eigenes Lachen, 't kamm ümmer so stotwis', ümmer so von unnen up stotwis', un treckte em in den rechten Arm, dat sick de tau Höchten böhrte mit dat Bauk. »Nu segg Hei einmal, Musche Hundsvott, wecke Wurd heit hir nu woll Spickgaus?«

Je, wenn't de Konrekter nich mal wüßt, Pagel wüßt't gewiß nich; hei treckte de Stirn vull Schrumpeln un sach halw trotzig, halw ängstlich den Konrekter an, as wull hei seggen: Wat willst du eigentlich von mi? - Spickgaus? - Is di dat noch nich gaud naug? - Un hei lep dörch sinen Gedankenvörrat un bekek sick in alle Geswindigkeit alle rökerten Saken, de dorin wiren, as wir sin Kopp en Rökerbähn, wat hei nich noch wat Schöneres för den Herrn Konrekter utfünnig maken künn as Spickgaus; äwer de Arm böhrte sick ümmer höger bi den Konrekter, un dat Gewitter hadd gewiß bi Pageln inslagen, wenn nich Dörchläuchten grad' nu wedder sinen Lakaien schickt hadd. - De kamm nämlich wedder in de Dör: »Herr Konrekter, Dörchläuchten let Sei seggen, Sei müßten nah em henkamen, dat Weder kem ganz hellschen forsch ruppe.« - »Seggen S' Dörchläuchten«, rep de Konrekter falsch un wull wider seggen: hei süll Großmutter grüßen, begrep sick äwer un säd: »Ick müßt irst min Schaul afhollen, nahst wull ick kamen.« -

Hei höll also sine Schaul ut, un as hei verdreitlich nah Hus' kamm un Dürten tau em säd: »Herr, Dörchläuchten hett schickt...«, smet hei argerlich sine Bäuker up den Disch: »Ick weit't, dat is jo doch grad', as wenn ick dortau set't bün, alle ollen Wiwer in ganz Nigenbramborg in ehren Ängsten bitaustahn.« - »Herr Konrekter!« säd Dürten un kek em so zag un schu von de Sid an un let den Kopp sacken. - »Wat? - Ne, Dürten, ne! - Wo künn ick di woll meinen? Du büst jo kein oll Wiw, du büst jo en junges, düchtiges Mäten. - Ne, ick mein Dörchläuchten.« - »Ach, Herr, gahn S' man nah em hen. Min arm Stining...« - »Ick will jo ok. - Ick heww man so velen Arger hatt mit de ollen Jungs un mit Kunsten, un de Prozeß liggt mi in den Kopp, un wo dat nach ward...?« - »Herr Konrekter, dat ward ganz gaud. Helpen S' mi mit Halsbandten dörch, ick help Sei mit den Prozeß dörch. Kein Deuwel un kein Kunst sall Sei wat dauhn; ick heww mi dat so unner de Hand befragt - Namen heww ick nich nennt - Kunst sall sick woll gewen. Dauhn Sei man, wat ick Sei heit.« - Un nu redte sei em in en annern Verfat herinner, nich swalterig, ne, mit Irnst un Verstand, un hei let sick sinen Pick- un Horzkasten un den Voßswanz un dat annere Geschirr von ehr tausamensäuken un säd: »Is dat nu nich lächerlich, dat ick ümmer dese Scharteken mitslepen möt, as wenn dor Hexeri bi wir, un't is doch man 'ne ganze einfache, natürliche Sak.« - Un Dürten wull dat nich recht glöwen, un de Konrekter düdte ehr dat ut un wis'te ehr ok en por von sine Stückschen, un Dürten paßte hellschen nipp up un makte em wat nah, un den Herrn Konrekter sine olle ihrliche Schaulmeisterseel würd so fröhlich äwer ehr verstännig Schaulkind, dat hei nah en por Stun'n mit Lachen un Hägen bi den irsten Dunnerslag nah Dörchläuchten gung. Ditmal drog Dürten den Pickkasten un den Voßswanz, denn sei verstunn sick jo nu all up de Sak. -

KAPITEL 9

Dörchläuchten in dusend Ängsten. - Dörchläuchten as Karnalljenvagel in en Burken, de Konrekter as Zauberer, de em vewunschen hett. Worüm de Konrekter bös ward un mit Dörchläuchten en irnstlich Wurd redt. - Worüm Dörchläuchten nicks von Bäcker Schultsch weiten will un den Löper lopen lett. -

De Soltmannen bringt Stining un Dürten in grote Unrauh, ward äwer dorför von Dürten schimplich ut den Hus' wis't. - Bäcker Schultsch bringt 'ne fröhliche Nahricht, kümmt äwer dormit nich prat. - De Konrekter tröst't Stining un küßt Stining. - Dürten drömt von't Küssen; Bäcker Schultsch von Dörchläuchten, wo hei bet an de Knei in Kringel un Tweiback danzt un Krischan de Ördel dortau spelt.

In de Paleh was dat all 'ne Tidlang snurrig taugahn, Dörchläuchten gung dörch sine Apartemangs bleik herümmer, as wir hei de wandelnde Geist von den seligen Heindrich von Dreieiken; de Lakaien stunnen in de Ecken un an de Wän'n entlang still un ängstlich as de Kemedianten, wenn de Macbethen ümgeiht un sick de Hän'n wascht; de Kammerjunker von Knüppelsdorp rigelte eigenhändig alle Finstern un Dören tau, un Rand sülwen gung up de Tehnen rüm un sach ut, as hadd em einer en Knuppen vör't Mul slagen. - »Rand«, rep Dörchläuchten halwlud, »de Rok treckt den Blitz an, is dat Füer allentwegen ut?« - »Ja, Dörchläuchting, blot in de Käk - wi hewwen jo noch kein Middag eten.« - »Wir speisen nicht zu Mittag, das Feuer soll ausgegossen werden.« - »Je, Dörchläuchting...«, fung Rand an, denn hei was nich sihr för en Fastdag, sülwst bi'n Gewitter nich. - »Es soll!« rep Dörchläuchten so hastig, dat hei sick äwer sick sülwst verfirte. »Es sollen auch keine Klingeln gezogen werden, der Schall zieht an«, set'te hei liser hentau. - »De Schall, Dörchläuchting?« - »Esel! - Ich - ich sage aber! Er *kann* doch anziehen!« flusterte Dörchläuchting argerlich. - »Hm«, säd Rand vör sick un kek mit dat ein Og' ut dat Finster, »noch sünd wi groww, noch is dat Weder nich ruppe, nahsten warden wi denn wedder höflicher.« - »Mein Gott«, säd Dörchläuchten ängstlich, »wo bleibt der Konrekter?« - »Je, wat sall de Konrekter?« - »Je, wat sall de Konrekter? De kann ok nich...« - »Er soll aber können, er soll! Lös' mir die Schuhschnallen ab. - Metall zieht an. - Ist in meinem Kabinett alles in Ordnung?« - »Ja«, brummte Rand up den Irdbodden dal, as hei de Snallen aflös'te, »wi hewwen de ganze Muschpok dor upstellt, un Discher Hartwig säd, 't let as en Vagelburken.« - »Mein Gott, wo - hörst du? Hörst du? - Da ist's schon! - Wo bleibt der Konrekter? - Ich geh' in mein Kabinet. - Schick nach dem Konrekter! - So lauf doch nicht so! So lauf doch nicht so! Der Blitz wird ja angezogen. Ach, du lieber Gott!« säd hei ganz krank, »und ich rufe auch so laut!« -

De Lakai drop den Konrekter all up den Mark, de Dör würd' nah de Vörschriften von Dörchläuchten knapp upmakt, dormit kein Togwind kem, un de Konrekter klemmte sick mit sinen Voßswanz un so wider rinner. Hei würd' nu in Dörchläuchten sin Kabinett leddt un kreg dor wat tau seihn, wat em tauirst ganz un gänzlich ut de Kuntenanz bröchte. Einen Ogenblick stunn hei stiw un starr in de Dör un kek in dat Kabinett herinner, äwer mit en Mal brok bi em en ungeheures, deipes Lachen rut: »Wat, Deuwel, wat is dit? - Nemen S' nich äwel, Dörchläuchting! - Nemen S' nich äwel! Äwer wat is dit?« - Un Rand lachte ok mit un säd: »Je, dat seggen S' man mal!«

Ick weit nich, wat ick nich ok allen Respekt vergeten hadd, wenn ick dat tau seihn krigen würd, wat de Konrekter sach. - Midden in de Stuw' stunn en Tritt up Buddelhäls', dorup 'ne Ort von Lusthus, von Finstern, de bet up de Ird reckten, rundüm tau un baben taustülpt mit en hellblagen sidenen Baldachin, de as en Regenschirm för föfteihn Mann utsach, un in dese Anstalt satt Dörchläuchten in sine unschüllige Angst up en Lehnstaul in en gelsidenen Slaprock, mit 'ne gräunsidene Slapmütz up den Kopp un mit en por Schauh an sine Beinen, de mit roden Sigellack lackiert wiren. Em let't liksterweit as en schönen Karnalljenvagel mit 'ne gräune Kapp, den sick einer in't Burken set't hett, dat hei singen sall; un hei kunn jo nu ok ümmer anfangen tau singen, wenn em man beter tau Maud' west wir. - Un doch würd hei as regierende Herr den Konrekter en schön Stück wegen sin Lachen vörsungen hewwen, denn de hadd ahndem noch en Schinken bi em in't Solt von wegen sine Frigeratschon mit de Soltmannen oder Dürten Holzen oder 'ne annere angenehme Nigenbrambörgerin, wenn nich en Blitz sinen dörchläuchtigen Singsang unnerbraken hadd. - »Wat is dat för en dummes...?« - nu kamm de Lüchtung, un hei slog sick en sidenes Taschendauk för de Ogen - »ach, du leiwer Gott!« - un hei kek achter dat Dauk herute un lurte up den Dunner, un as de kamm, höll hei sick de Uhren tau un rep wedder: »Ach, du leiwer Gott!« - De Konrekter hadd dat Lachen instellt un bekek sick dat Burken hin'n un vör, un Dörchläuchten sach em hellschen ungewiß an un frog tauletzt: »Na, wat meint Hei? - Is dat woll so? - Glas, Sid'«, un hei böhrte den Bein in de Höcht, »un hir is ok Sigellack; un allens, wat Metall heit, heww ick rutebringen laten.« - »Je«, säd de Konrekter, »'t wir woll so, Dörchläuchting, wat de Minsch dauhn kann, hewwen Sei dahn; äwer nemen S' nich äwel, de goll'ne herzogliche Kron baben up Ehren Thronsessel, wo Sei up sitten, de hewwen Sei vergeten!« - »Segg ick dat nich! Segg ick dat nich! De Esel, de Rand ach, du leiwer Gott!« - denn 't gaww wedder 'ne Lüchtung - »Schapskopp! Bring en annern Staul her! Ick will gor keine herzoglichen Ihren, denn ick bün bi so'n swores Weder ok man en gewöhnlich Minsch - ach, du leiwer Gott!« - un hei höll sick wegen den Dunner de Uhren tau - »nich wohr, Konrekter?« - De Konrekter säd, dat glöwte hei ok; äwer de Thronsessel mit de Kron künn jo ümmer bliwen, de Kron künn jo 'ne Tidlang in en siden Dauk wickelt warden, un as dit geschach, hadd hei sine besondern Betrachtungen doräwer, wo sogor goldene un schinende herzogliche Ihren vör Gottes Dunnerwürd' sick verhüllen

un demäudig bisid leggt warden. - »Rand, geh 'raus un kuck ins Wetter!« befohl Dörchläuchten.
Un Rand ded't un kamm wedder: »Dit is voräwer; äwer't steiht all wedder ein parat, un dat süht gefährlich naug ut.« - »Rand, bring för den Konrekter en Staul in minen Wedertempel!« - »Oh, Dörchläuchten«, säd de Konrekter, »dat is jo nich nödig.« - »Ja, 't is nödig, *mi* is't nödig; äwer *so* kann Hei nich rinne, *so* treckt Hei mi den Blitz rinne. - Rand, en annern sidenen Slaprock un Slapmütz un de roden lackierten Schauh!« - De Konrekter müggt sick wehren, sovel as hei wull, 't hülp em nicks, un nah 'ne Wil stunn hei dor mit 'ne swarte Slapmütz un en füerroden Slaprock un füerrode Schauh, un hei stunn dor as en Zauberer ut ollen Tiden, de en unglücklichen Prinzen in en Karnalljenvagel verwunschen un in en Glaskasten bannt hett, un dat let so, as wenn hei dor för ewige Tiden rinneset't wir, denn blot dörch 'ne schöne Fee un en säuten Kuß up sinen Snabel kunn hei erlös't warden, un vör't Küssen hadd Dörchläuchten einen abscheulichen Grugel, un 'ne schöne Fee was nich dor, denn Rand, de uter den Zauberer noch üm ein begäng' was, kunn sick unmäglich för 'ne schöne Fee utgewen. -
As de oll Zauberer bi sin verwunschenes Opfer satt, jagte Dörchläuchten Rand rute, wil de Utdünstung von vele Minschen den Blitz antrecken süll, befohl em äwer an, af un an den Kopp dörch de Dör tau stecken un Bericht tau maken, woans dat mit dat Wedder stunn, un dat ded Rand nu girn, denn hei lep nah Bäcker Schulten räwer un drunk dor Duwwelbir. - »Wat meint Hei, Konrekter, is dat so woll säker?« frog Dörchläuchten. - Je, nah minen Verstand...« - »Is dat ok woll *ganz* säker?« - »Je, Dörchläuchten, wat einer dauhn kann, is jo dahn, äwer wat is Minschenwark gegen unsern Herrgott sinen Willen?« - »Dat segg ick«, rep Dörchläuchten, »de dummen Kirls, de Discher un de Glaser, süllen't

ganz rund maken, un sei hewwen't eckig makt, Ecken trecken ümmer an.« - »Je, wat känen *de* Lüd' dorför? - Wenn uns' Herrgott will, denn pust't hei in en Ogenblick ganz Bramborg weg. Denken S' doch an Sodom un Gomorrha!« - »Ach, du leiwer Gott! - Ja, ick weit't, ick...« - Hir stek Rand den Kopp in de Dör: »Dat kümmt wedder up't frisch ruppe, un Bäcker Schultsch seggt...« - »Schapskopp, ick will gor nich weiten, wat dat impertinente Frugensminsch seggt.« - Rand trock sick taurügg. - »Dat Frugensminsch seggt vel, dat seggt ok - ach, du leiwer Gott -, Hei will frigen, Konrekter.« - »So? - Süh! - Na, un wen denn?« - »Je, sei seggt jo, de Prinzeß Christel ehre Kammerjumfer oder - ach, du leiwer Gott! - Sin Wirtschafterin. - Äwer ick verbeid' Em dat. - Hei kümmt mi nich wedder vör de Ogen! - Ick wull Em ok all den Hof verbeiden laten as Hofrat Altmannen, de will jo nu de virte Fru nemen - ach, du leiwer Gott!« - »Dörchläuchten«, säd de Konrekter ruhig un stunn up, »ick estemier Sei as minen Landesherrn; äwer wat ick frigen will oder nich frigen, dat möt Sei egal sin, dorin lat ick keinen Minschen mit inreden. - Un wenn Sei mi derentwegen den Hof verbeiden willen, denn känen Sei dat dauhn, dat steiht in Ehre Macht; äwer ick kann ok gahn, dat steiht in mine Macht, denn ick bün von den Magistrat tau Nigenbramborg anstellt. - Ick empfehl mi Sei tau Gnaden.« - »Ach, du leiwer Gott! - So bliw Hei doch hir, ick heww jo minen Trost an Em - ach, du leiwer Gott!« - Hir stek Rand den Kopp in de Dör: »Dörchläuchten, dit ward sihr slimm, dat Gewitter kann nich äwer den See kamen, un Schultsch seggt...« - »Du Schapskopp, ick will nich weiten, wat Schultsch seggt, slut de Dör tau, rigel von buten tau, dat hei nich rute kann!« - »Ja, Dörchläuchten«, säd de Konrekter un treckte sine Zauberermondierung af un sinen ihrlichen Rock wedder an, »mit Gewalt känen Sei mi hollen... - Dat was en harten Slag!« - »Ach, du leiwer Gott! - Ja, dat was dat. Kam Hei doch wedder hirher!« - »Ne, Dörchläuchten, ick stah hir ebenso gaud in Gochts Hand as dor, un wat wi Minschen utsinnen, is all dumm Tüg vör Gott.« - »Fürcht't Hei sick denn gor nich?« - »Ne, Dörchläuchten, vör den Blitz nich«, säd de olle stramme Mann un sach den regierenden Herrn ruhig in't Gesicht, »vör Gott as minen Richter fürcht ick mi, denn ick weit, ick ward as en Hundsvott vör em bestahn; äwer vör Gott as minen Vader fürcht ick mi nich, denn hei weit, wat mi gaud is, un wenn hei mi mit en Dunnerslag ahn alle Krankheit tau sick raupen will, denn weit ick, dat hei dat in sinen Gnaden beslaten hett, un ick dank em dorför.« - »Ja, äwer dod? Dod?« - »Je, Dörchläuchten, dat is doch einmal nich anners! - Starwen möt wi all, un ick kann mi't woll denken, dat dat männigen Minschen sihr swor ward, wenn hei scheiden sall un wenn üm sin letzt Lager Fru un Kinner stahn, de hei leiw hett; äwer för so en por olle Einsidlers, as wi beiden sünd, dor möt dat lichter gahn.« - »Ne!« rep Dörchläuchten - »ach, du leiwer Gott! - Hei mag dat woll glöwen; äwer wo kann Hei sick gegen *mi* uprecken? - Ick bün doch en regierende Herr - ach, du leiwer Gott!« - »Ja, un hewwen Ehre Unnerdahnen, un de heww ick ok, dat sünd mine Schäulers, un seihn S', dorin stimmen wi wedder tausam, denn up 'ne Handvull mihr oder weniger kümmt dat vör Gott nich an. Un wenn wi för de sorgen nah unsen Kräften...« - »Ach, du leiwer Gott!« rep Dörchläuchten dortüschen. - »Un ehr bistahn in ehren Nöten un uns vör Ungerechtigkeit gegen sei häuden...« - Un en furchtboren Slag föll, Blitz un Dunner tausam, un Dörchläuchten schreg lud up: »Dat will ick jo ok, dat dauh ick jo ok - Konrekter, bidd Hei sick 'ne Gnad' ut!« - Den Konrekter müggte woll für den Ogenblick de Gedank dörch den Kopp scheiten, nu wir't Tid, för sick tau bidden, dormit dat hei von den Prozeß loskem - un wi känen jo nicks vör so'ne bösen Gedanken un beden jo ok dorgegen -, äwer dat was man en Ogenbiick, as wenn de Swälk de Flücht in't Water stippt, Faut kann sei dor nich faten, un't äwergot em füerrod vör Schimp, as hadd hei in de Slacht den Erzfind den Rüggen taukihrt, un Blitz un Dunner was för em as de Trumpet in de Slacht, un hei stunn wedder düchtig dor un säd: »Ick bruk blot unsern Herrgott sine Gnad', ick bruk keine Gnad' von Minschen, un wenn't ok en Fürst wir. De Fürstengnad' is de Krück, woran de lahme Gerechtigkeit rümmerhinkt, un wenn Fürsten gnedig warden, willen sei entweder oll Unrecht gaud maken un dorför noch Dank austen, oder sei begahn niges Unrecht, taum wenigsten an *de*, gegen de sei *nich* gnedig sünd. - Wenn einer richtige Gnaden utdeilen will, denn möt hei allwissend sin un allmächtig, denn möt hei uns' Herrgott sülwst sin, un dat is kein Fürst.« - »Hei ward hir unbescheiden! Ick ward Em mal marken laten, wat fürstliche Ungnaden sünd!« rep Dörchläuchten wütend, denn't hadd lang' nich dunnert, »ick will em...« - Dunn stek Rand wedder den Kopp in de Dör: »Dörchläuchten, eben hett't inslagen, Schultsch seggt, up den Wall in 'ne Pöppel; äwer't geiht glik wedder los, Schultsch seggt...« - »Dat will ick nich weiten, du Esel! Un Hei, Konrekter...! - Ne, bliw Hei hir! Sinn Hei wat ut, wat uns helpen kann! - Hett all inslagen !« - »Je, Dörchläuchten, wat sall ick utsinnen? In so'ne Lagen, wo uns uns Herrgott neger kümmt as för gewöhnlich, is dat beste för den Minschen, dat hei sick mal irnstlich examiniert, wat hei woll nich gegen sine Nebenminschen en Unrecht begahn hett, un wenn hei denn dat befindt, un hei fat't den fasten Vörsatz, dat Unrecht wedder gaud tau maken, denn findt hei ok Trost un Maud.« - »Ick dauh keinen Minschen unrecht«, rep Dörchläuchten hastig, äwer dat Gewitter meldte sick wedder, un hei slog den Dauk wedder äwer sin Gesicht: »Ach, du leiwer Gott!« - »Na, Dörchläuchten, dat is mit Sei ok woll nich anners as mit uns alltausamen; oder is dat nich unrecht, wenn Sei Ehren Löper Halsbandten inspunnen laten, wil anner Lüd' Dummheiten makt hewwen?« - »Minen Löper? Dat is min Bedeinter, wo kann en Fürst - ach, du leiwer Gott! -, wo kann en Fürst gegen sinen Deiner unrecht hewwen? - Hett de Kirl mi nich Trotz baden? Hett hei dich Redensorten makt?« - »Na, süll denn nu woll nich en jungen, kräsigen Kirl wild warden, wenn hei« - hir blitzte un dunnerte dat wedder stark, Dörchläuchten schot tauhop - »wenn hei as en Röwer traktiert ward, süll hei woll nich, wenn de Schimp äwer em kümmt, en por driste Redensorten maken känen?« - Un wedder blitzte dat, un Dörchläuchten dükerte wedder achter sinen Dauk: »Ach, du leiwer Gott! Lat't em lopen! Lat't den Kirl lopen!« - »Ja, Dörchläuchten, dat is recht schön, dat Sei em de Straf afnehmen, äwer Sei möten em ok den Schimp afnemen.« - »Ach, du leiwer Gott!« rep Dörchläuchten un höll sick wegen den Dunner de Uhren tau, »ick sall em am En'n noch üm Vergewung bidden. Ne! Ne! De Kirl...« - Rand kek wedder rinne: »Dit ward wedder sihr swor, un...« - »Ick will nicks von Schultschen weiten. - Lop hen un lat Halsbandten ut dat Lock!« rep Dörchläuchten. - »Un, Herr Kammerdeiner«, säd de Konrekter, »mi gewen S' mal Tint un Fedder un Poppier.« - »Fedder un Poppier, dat is hir; äwer uns' Tint is indrögt, wi sünd nich sihr för't Schriwen, blot wenn de Hofrat Altmann hir is, denn schriwen wi.« - »Dat is wohr«, säd Dörchläuchten, »ach, du leiwer Gott! - Glik schaff Tint an!« Denn hei hadd de Hoffnung, dat de Konrekter, as süs weck Lüd' dat Fewer, nu dat Gewitter afschriwen wull. De Tint kamm, un de Konrekter schrew. - Mein Gott, dachte Dörchläuchten, wo kann de Kirl bi so'n Weder schriwen! – As de Konrekter de Schriwwt farig hadd, las hei: Halsband wir ganz unschüllig dörch en blotes Verseihn un in Äwereilung (wer de makt hadd, stunn nich dorbi) bestraft worden; nu, nahdem sine Unschuld bi negere Unnersäukung an den Dag kamen, wir hei ogenblicks ut den Arrest entlaten, un jeden würden de härtesten Strafen andrauht, de em bi jichtens 'ne Gelegenheit dit vörhollen un taum Schimp anreken würd. - »So«, säd de Konrekter, »Dörchläuchting, nu unnerschriwen S' sick.« - Dörchläuchten wull nich, hei unnerschrew sick äwerall sihr ungirn, un blot mit nauer Nod kreg em männigmal Hofrat Altmann dortau, un nu noch bi so'n Weder! - Äwer uns' Herrgott redte en por Mal drist in den Konrekter sine Vörstellungen mit rinner, un hei ded't. - »Is Sei nu nich vel lichter, Dörchläuchten, nah dese gaude Handlung?« - »Ne, gor nich«, säd Dörchläuchten, »dat Gewitter möt irst vöräwer sin.« - Un hei log nich, hei säd de Wohrheit, denn't giwwt würklich Minschen, de allmählich so deip in Eigensük versackt sünd, dat sei sick nich mal doräwer freuen känen un in ehren Harten Glück finnen, wenn Sei mal taufällig ehren Nebenminschen Hülp taukamen laten känen. -

Dat Gewitter was voräwer, Rand stek den Kopp wedder in de Dör: »Nu is 't vörbi, Schultsch seggt, 't sünd säben Stück west.« - De Konrekter gung un namm de Schriwwt mit, Dörchläuchten atente deip up un säd vör sick hen: »Säben Stück! - Un dat hett hei vörher wüßt! - Dat is en ollen utverschamten Kirl, mit sine verdammten Redensorten. - Wo bleibt da die Ehrfurcht, die mir der Untertan schuldig ist? - Äwer ick kann em nich missen, hei weit tau gaud mit dat Weder Bescheid. - Un frigen will hei doch! Äwer täuw!« -

Un de Konrekter gung äwer den Mark nah Hus' un säd vör sick hen: »Wo? Ick ward jo woll meindag' nich klauk? Ick bliw so'n ollen Esel, as ick ümmer west bün. Wat heww ick min Näs' in anner Lüd' ehren Kohl tau steken? - Holl dor Dörchläuchten 'ne ordentliche Predigt! Gott bewohr uns - wat 'ne Dummheit! - Ja, wenn't noch en rechten slichten

Kirl wir, de unrecht deiht un sick denn vör'n Deuwel nich fürcht't, den mal so recht bi 'ne grote Gelegenheit frisch von de Lewer weg in't Gewissen reden, un wenn hei teihnmal en Fürst wir - äwer 'ne olle Bang'büx, de sick för en Gewitter fürcht't -, leddig Stroh döschen un en Kirl bekihren willen, de taum Gauden as taum Slichten tau swack is?! - Kanter Äpinus! Konrekter Äpinus! Wenn dit de Lüd' wüßten, wenn Hofrat Altmann dit wüßt, wat würd de lachen? – Na, lat sei! - Ick hadd't kläuker maken künnt; äwer ick heww doch kregen, wat ick wull, wenn ick ok tau vel Pulver dorbi verschaten heww. - Ick kann doch hüt drei Harten recht fröhlich maken. - Diem non perdidi.« - Dormit tred hei in sin Hus, un't kamm grad tau Paß, dat hei wat bi sick hadd, Harten fröhlich tau maken, denn in de Achterstuw von sinen Hus' was de Nod mal wedder recht grot. -

Wenn en Gewitter an den Hewen steiht, denn trekken sick de Husinwahners in eine Stuw' tausamen as 'ne Haud in 'ne Hürd', wenn buten de Löw' bröllt, sei säuken Anholt anenanner un weiten doch recht gaud, dat keiner den annern helpen kann. - Ok Nahwerslüd', wenn sei einsam wahnen, gahn tau Nahwerslüd', un wenn't up de Nacht kümmt, denn kaken de Frugenslüd' Koffe, dat sei sick in ehre Angst dormit trösten willen, wat denn ok meist gelingt, wenn't Weder voräwer is. - Hüt hadd nu de Soltmannen sick ok in ehren einsamen Jumferntaustand sihr allein fäuhlt, un wil dat ehre Huslüd' verreist wiren, hadd sei bi Dürten Holzen Schutz söcht. - Gemeinschaftliche Gefohr bringt Lüd' tausamen, de sick süs nich recht rüken känen, un makt de hartsten Harten weik, un so hadd Dürten denn ok in ehr eigenes bedürftiges Gefäuhl de Soltmannen de Ümstän'n nah recht fründlich upnamen un hadd sei in de säkerste Eck, wid von't Finster af, up ehr weikes Unglücksskissen dalnödigt. Äwer sei hadd de Slang' warmt in ehren eigenen Bussen; de

snödste Dank för ehre Gaudheit blew nich ut. -
As de gewöhnlichsten Höflichkeits- und Wederredensorten verschaten wiren, rückte de Soltmannen mit de stadtkünnige Geschicht von Halsbandten sinen Prisong rute, un as sei allens verteilt hadd, wat sei dorvon wüßte, süfzte sei un säd, dat wir schändlich. - »Ja woll«, säd Dürten, »is dat schändlich, un wenn de Minsch noch wat dorför künn!« - »Nichts«, säd de Soltmannen, »kann er dafür, c'est son père et sa mère et, si vous voulez, monsieur le duc.« - »Wat Sei tauletzt säden, heww ick nich verstahn«, säd Dürten, de hirin de Wohrheit säd, denn sei verstunn würklich kein Wurd Französch, »äwer dat dat schändlich is, dat is wohr, denn de arme jung' Minsch is doch blot dörch de Dummheit von anner Lüd' tau den Schimp kamen.« - »Zu dem Schimpf und zu dem Schaden an seiner Gesundheit«, säd de Mamsell. - »Ih«, säd Dürten, »von Postpoppier is hei doch ok nich; wat sin Gesundheit dorvon för groten Schaden liden süll, dat süll mi doch wunnern.« - »Ja, wundern Sie sich meinetwegen; alle Leute wundern sich auch, daß en ce cas Ihre Schwester, mademoiselle Stining, in eine liaison gewilligt hat.« - »Stining? - Wat hett min Swester Stining mit den Schimp tau dauhn, den sei Halsbandten andahn hewwen?« - »Mit dem Schimpf nichts, aber viel mit dem Schaden; oder ist das nicht ein Schaden, wenn ein Mensch, den man heiraten will, ein Krüppel in seinen Eingeweiden ist, un monstre.« -
»Wat? - Halsband wir en Kräpel in sine Ingeweiden?« rep Dürten un kek de Kammerjumfer an, wat dat ok bi ehr rappeln ded. - »Ja«, säd de ganz ruhig, »und das wissen Sie nicht? - Jedem Läufer wird ja als Kind die Milz ausgeschnitten, und so ihm auch; sein Vater und seine Mutter haben ihre Zustimmung gegeben, und Durchlaucht haben es befohlen.« - »Halsbandten is de Milt utsneden?« rep Dürten, »wat? Hei hett sine richtigen Ingeweiden nich?«

- »Und das wissen Sie nicht? Das weiß ja jedermann.« - »Dorvon is hei so'n Löper, so'n Dänzer, so'n Hasenfaut, so'n Hansvörallenhägen! Em fehlt wat tau'n richtigen Kirl, un de will min Stining frigen?« rep Dürten un towte unner Donner un Blitz in de Stuw' rüm. »Du kumm mi man! Du kumm mi man!« - Halsband kamm nu zworsten nich, äwer Stining kamm in de Dör rinne, as ehr Swester ehren Brüjam so inständig inventieren ded. - »Mein Gott, Dürten, wat is di?« frog sei un blew in de Dör bestahn. - Dürten müßt sick irst faten - desen Ogenblick namm de Soltmannen wohr un fung an: »Oh, ich erzählte nur eben, daß man Halsbandten...« - »Hollen S' doch Ehr Mul!« rep Dürten dortüschen. - Äwer de Mamsell was in'n Tog: »die Milz ausgeschnitten hat.« - »Mein Gott!« rep Stining, »wat is *dit* wedder?« - »Dat will ick di seggen«, säd Dürten, de nich Tid hatt hadd, ehren Zorn tau dämpen, äwer doch Tid naug, för em en annern Gegenstand uptaufinnen, »dat will ick di seggen, dat is en leges Frugensminsch, de blot dormit ümgeiht, annere Lüd' in Unrauh tau bringen un von anner Lüd' Slichtigkeiten tau berichten.« - »Wenn Sie mich meinen... ?« frog de Soltmannen un stunn von dat weike Küssen up. - »Ja, *Sei* mein ick, *Sei grad!*« rep Dürten un ret dat Küssen an sick, as wir't entheiligt worden un sei müßte dorför upkamen, dat dor nich mihr Basiliskeneier up utbrött würden. - »Denn empfehl ich mich Ihnen«, säd de Kammerjumfer stolz un gung ut de Dör. - »Ja, denn empfehl ich mich Ihnen!« rep Dürten achter ehr her, sackte äwer glik up en Staul tausamen, slog sick de Hän'n vör't Gesicht un rep in den düllsten Arger: »Heww ick di dat nich ümmer seggt? Säd ick nich ümmer: ‚Stining, de Kirl bringt uns Unglück in't Hus, lat doch von den Kirl!' Un nu is't so kamen, as ick dacht heww. Nu is't gor keinen ordentlichen Kirl, nu fehlt em wat taum vullstännigen Minschen, nu hett hei kein Milt.« - »Ih wo?

Dürten...«, säd Stining ok en beten stark verstutzt. - »Je, ick wull jo nich, dat du dat weiten süllst; äwer de olle Kläterkathrin kann jo nich dicht hollen, de möt jo allentwegen ehren Schawernack spelen, un nu weitst du't jo. - Noch is't Tid, lat den Löper lopen, wat deihst du mit en inwendigen Kräpel, mit en Kirl ahn Milt?« - »Dürten, Dürten«, säd Stining in deipen Gram, un de hellen Tranen stunnen in ehre blagen Ogen, »du weitst jo doch, wovel ick von em holl, un wenn't würklich wohr wir, wat kann hei dorför?« - »Ne, hei kann dor nich för, hei is en unmünnig Kind west; äwer sin Vader un sin Mauder in de Ird, dat sei dat leden hewwen! Un dese olle knickebeinigte Dörchläuchten, dese olle Ekel, de dit anstift't hett, von den kümmt all uns' Elend!« rep Dürten in weinerliche Wut. - »Dürten, 't is nich wohr!« säd Stining, un de Tranen lepen ehr dennoch äwer de Backen, »hei is jo so gesund; un wenn't wohr wir, denn hadd hei't mi sülwen all lang' seggt.« - »Stining«, säd Dürten indringlich un stunn up un stellte sick vör ehre Swester, »dat kennst du nich. Dat is jo all jeden Minschen schanierlich, wenn ein wat von sine butwennigen Glidmaßen fehlt, wo möt äwer woll einen irst tau Maud' sin, den wat von sin richtig Ingeweid afhannen kamen is. - Süh, dor was Snider Schlundten sin öllst Sähn, de hadd man 'ne halw Lung'. Jedermann wüßt't, un de Dokter hadd't ok seggt; äwer meinst du, dat hei süiwen dat glöwen wull un dat hei dorvon redte? - Ne, de arm Minsch kräpelte sick so hen, bet't nahsten mit einem Mal all was.« - »Ne, Dürten, so is't nich mit Wilhelmen«, säd Stining in säuten Vertrugen un wischte sick de Ogen af un kek so fründlich ehre Swester an: »Un wenn sei em Lung' un Lewer utsneden hadden, un sei hadden em man sin Hart laten, denn wull ick't doch mit em wagen. De Milt makt den Minschen nich, dat Hart makt em, un dat is bi em so richtig, so gesund un so tru! - Ne, wenn wi em man irst ut

dat Fängnis rute hewwen, denn lat uns wider nich sorgen, denn ward dat all wedder gaud. - Äwer, ach Gott, nu liggt hei bi dit Unweder allein in dat düstere Lock!« - »Dorin giww di nu man taufreden«, säd Dürten ruhiger, denn dat Vertrugen stickt ebenso licht an as de Angst, un Stining hadd ehr Vertrugen vull in Dürten ehr Seel utgaten, »min Herr is nah Dörchläuchten raupen, un de ward den ollen Miltensnider - Gott vergew mi de Sün'n! - schön inbäuten. - Dat so'n ollen Kirl so vel Elend anrichten kann! - Denn mit de Milt, dat glöw ick doch, dat Frugensminsch säd dat tau bestimmt, un sei is bi Hof west un kann dat weiten.«
So gung de Red' bi de beiden Swestern hen un her, un wenn Dunner un Blitz ok männigmal en beten unsacht dortüschen fohrten, ehr Hart was tau vull Trübsal, as dat sei dat in'n ganzen estimiert hadden. - 't was lang' all Nacht worden, un sei seten noch ümmer tausamen un lurten mit Angst un Bangen up den Herrn Konrekter. - Nah dese Richtung hen hadd Dürten nu wedder mihr Krasch' as ehr Swester, denn sei trugte den Herrn Konrekter tau, dat hei, wenn hei blot wull, ganz Meckelnborg-Strelitz up den Kopp stellen künn, »un wenn hei dat Regiment hadd«, set'te sei hentau, »denn stünn't ganz anners in de Welt, denn würden keine Löpers mihr insteken un keine Milten mihr utsneden.« - Dunn würd buten an't Finster kloppt, Dürten gung hen un sach tau, wer dor wir: Bäcker Schultsch stunn buten un hadd ehren Rock äwer den Kopp namen - denn dat wiren, ok bi de riksten Börgerfrugens, de dunnmaligen Paraßols un Paraplühs. - »Dürten«, säd sei,« - ne, lat man, ick kam rinne, denn dat regent, as wenn' t up Buren regent. - Dürten«, säd sei, as sei binnen was, »un süh dor, ok Stining! Na, för Sei ward dat ok 'ne grote Freud' sin. - Wat hei is, de Konrekter, is jo hüt ok wedder dor bi den Ollen, un nu ward jo woll wedder dor allerlei unheilig Wesen bedrewen, denn Ick heww Sei woll

seihn, Dürten, dat Sei dor wedder mit den ollen Voßswanz äwer den Mark drawt sünd.« - »Unheilig Wesen?« frog Dürten scharp, »un de Herr Konrekter, de as Kanter alle Sünndag' in de Kirch singen möt?« - »Ih, laten S' man! Kirch un Paleh sünd *tweierlei*. - ‚Krischan', säd ick, ‚wat de beiden dor bedriwen, dor hett uns' Herrgott ok woll keinen Deil an.' - ‚Du redst di noch üm Ihr un Reputatschon', säd hei. - ‚Du swig ganz still', säd ick, du kümmerst di vel üm min Ihr un Reputatschon', säd ick, ‚för dinentwegen kann mi jo Dörchläuchten up apenbore Strat ein impertinentes Frugensmensch titulieren.' - Un dat hett hei dahn; äwer taum Vurtel is em dat ok nich west. ‚Tweiback!' kamm de Lakai vermorrntau. - ‚Ja', säd ick, ‚Kuchen! - Backt jug sülwen weck, en impertinentes Frugensmensch hett keinen Tweiback.' - Na, hüt abend kamm nu Rand, den hadden s' jo rutesmeten ut de Stuw', wo s ehren ollen Düwelskram bedriwen. - Un wo leidig was hei; ja, dacht ick, wegen't Duwwelbir, un ‚Fru Schulten', säd hei - süs seggt hei Schultsch - ‚wat hewwen Sei uns för en Elend makt', säd hei, ‚mit de Tweibacken? Dörchläuchten würd so falsch up mi un wull mi wegjagen', säd hei, ‚un de Löper Halsband süll Kammerdeiner warden' - freu'n Sei sick nich, Stining?« - »Ne«, säd Dürten, »dor kann sei sick nich äwer freu'n, dat's Mis as Mus.« - »Dat säd ick ok; ‚Rand', säd ick, 't wir gaud, wenn mal en anner Regiment an den Hof kem as Ehr, denn würden doch nich ordentliche Börgerfrugens, de 'ne ihrliche Reknung tau föddern hewwen, up den apenboren Mark utgäudert warden', säd ick un gung ut de Dör. - Un richtig! As ick wedder rinnerkamm, hadd dat olle schulsche Dirt Krischanen wedder de weike Sid afgewunnen un satt dor un drunk Duwwelbir. ‚Schöne Wirtschaft!' säd ick un gung trotzig wedder rute, un hei lep nu ümmer af un tau räwer nah de Paleh un drog Wederrapporten un frog mi ümmer, wat ick dortau meinte, dormit wull hei mi jo woll wedder

gaud maken. Äwer Tweiback kriggt hei derentwegen morgen doch nich.« - »Äwer«, föll Dürten ehr hir in de Red', »Sei wullen uns jo wat seggen, wat för Stining 'ne grote Freud' sin süll.« - »Je, nu kik mal! - Heww ick denn dat noch nich seggt? - Je, eben kamm hei nu wedder räwer, hei müßt den Stadtdeiner raupen, säd hei, denn Dörchläuchten hadd anbefahlen, säd hei...«
Hir würd sei dörch de Klingel an de Husdör unnerbraken, un de Herr Konrekter kamm in de Dör rinner: »Dürten, Stining, jug Halsband is frilaten, un...« - »Gotts ein Dunner!« rep Schulten, »ji lat't einen ok gor nich tau Wurd kamen! Dat wull ick jug jo grad' seggen.« - »Ih«, säd Dürten, »Tid naug hadden S' dortau woll hatt. - Äwer't schadt nich; ick wüßt doch, dat't so kamen würd, wenn sick de Herr dormit bemengen würd.« - Un Stining stunn vör den Konrekter un hadd ehre lichte Hand up sinen Arm leggt un kek em mit de blagen Ogen so äwerglücklich in't Gesicht un säd mit ehre weike Stimm: »Ach, Herr, womit sälen wi Sei *dat* vergellen?« - »Dat sall di so sur nich warden, min lütt Stining«, säd de Konrekter un kreg sei unner den Kinn tau faten un böhrte ehr den Kopp tau Höcht un küßte sei drist up den fründlichen, roden Mund. Un de rode Mund let sick küssen, äwer de Backen würden nu ok rod, wohrschinlich ut Afgunst gegen den Mund, dat hei wegen sine schöne Farw so'n Vörtog kreg. - »Huching!« rep Schultsch, »de ollen Herrn laten doch dat Spaßen nich, min oll Krischan...« - is just so, wull sei seggen; äwer sei kamm nich dortau, denn Dürten drängte sick vör: »Stining, bedank di doch !« - »Ick heww mi jo all bedankt«, säd Stining en beten in Verlegenheit. - »Ja, wegen Halsbandten«, säd Dürten, »äwer doch noch nich wegen den Kuß. - Sei is noch tau jung, Herr Konrekter, Sei dörben ehr dat nich anreken.« - »Ih, wo!« säd de Konrekter un sach so ut, as wir hei 'ne olle Witfru, de dat Geschäft mit en smucken Gesellen furtsetten

wull, un wenn hei ok noch so jung wir, »äwer«, säd hei un halte de Schriwwt rute, »hir is de Hauptsak. Dörchläuchten hett't sülwst unnerschrewen, dat de jung' Minsch ganz unschüllig seten hett un dat em keiner dat taum Schimp anreken darw. - So, nu gun Nacht.« - Dormit wull hei nah sine Stuw'; äwer Stining hadd sick en Hart fat't, sei höll em up: »Herr Konrekter, Dürten seggt, Sei weiten allens«, un sei kek em so ängstlich an un stamerte in ehre Verlegenheit rute: »Hett Halsband - hett hei 'ne Milt?« - »Wat?« frog de Konrekter, »wat süll hei hewwen?« - »Herr«, säd Dürten, » dat olle gele Frugensminsch von gradäwer is hir west un hett uns vertellt, dat de Löpers in kindlichen Johren de Milt utsneden ward.« - »Un dat ward dat ok, Dürten«, säd Schultsch, »un min Krischan seggt, Halsbandten sin oll Vader - ick heww den ollen Mann noch recht gaud kennt, sei säden ümmer ‚sprickern Herrgott' tau em, indem dat hei so dünndarwig was...« - »Dummes Tüg!« föll ehr hir de Konrekter in de Red', »din Halsband hett ebenso gaud 'ne Milt as du un ick, un wenn em wat fehlen deiht, denn, glöw ick, is dat de Gall, un dor dank du Gott vör, denn hei is ümmer fröhlich un lustig, un dat giwwt en fründlichen Ehmann.« - Un as hei hirmit wedder Stining ehre Backen rod farwt hadd, lachte hei un gung ok fröhlich un lustig in sine Stuw'. - »Gott bewohr uns!« rep Dürten, »wat heww ick doch för 'ne niderträchtige Natur! - Ich bün doch en ganz leges Frugensminsch! Dor schimp ick hir up unsen ollen gauden Dörchläuchten, up dat olle unschüllige Worm, un sinn em allerlei Schanddahten an, un hei deiht wildeß mine Swester den groten Gefallen un lett den Löper fri! - Ne, dat is doch tau schändlich, dat ick ümmer mine slichte Natur folgen dauh!« - »Ja, Dürten«, säd Schultsch un rüst'te sick taum Gahn, »dat is min Mod' ok - leider Gotts! - mi löppt ok ümmer giik de Lus äwer de Lewer, un Krischan seggt: ‚Du kannst hunnert Johr olt warden, du wardst doch nich anners‘, seggt hei. - ‚Worüm süll ick nich anners warden?‘ segg ick. - ‚Wil du din Mul nich törnen kannst‘, seggt hei. - Dat is en dummen Snack von em. - Mensch, bedenke das Ende! - Worüm süll ick mi nich ännern känen? - Dat will ick Krischanen morgen woll wisen! Morgen kriggt Dörchläuchten wedder Tweiback, denn hei hett hüt Gauds gegen jug dahn, un Geben ist seliger denn Nehmen. - Stining, kümmst du mit?« - Stining gung mit: »Gun Nacht, Dürten!« -

Un Dürten gung tau Bedd un höll ’ne rechte gründliche In- un Utkihr in ehren Harten un jog un schücherte dorin herümmer mit all de ollen flüchtigen Utbrüch von Zorn un Haß un set’te ehre Seel so’n rechten dägten Dämper up, bet sei sei so wid dalkreg, dat sei sogor de Nachborin von gradäwer vergewen würd, un sei in ehre Ogen ehr nich mihr gel vörkamm. Un sei bed unsen Herrgott, den Herrn Konrekter den hütigen Dag extra up sinen Schalm antausniden, un bed em, ehr Stiningswester endlich mal in Freden glücklich tau maken. Un as sei ehre Andacht beennigt hadd, kamm sei von den Konrekter un Stining up den Konrekter un Stining von hüt abend, un dat de Konrekter Stining küßt hadd, un dat hei ehr sülwen ok all küßt hadd, äwer nich up den Mund, un dat dat Küssen von dat Küssen herkamen wir, dat Küssen von dat Küssen - Küssen - Küssen - un de Gedanken verwirrten sick bi ehr, un mit Küssen - Küssen slep sei in.

Un Stining lagg noch in’t Finster un sach in de Nacht herute, wo dat Weder aftagen was un de hellen Stirn wedder ruppetogen, un ehr was’t, as wenn ’ne Stimm dalflustern ded mit Trostwürd’, un sei kek nah haben; un ehr was’t, as wenn von unnen ’ne Stimm ruppeflustern ded mit Leiwswürd’, un sei kek nah unnen: »Gun Abend ok, Stining«, flusterte dat, »ick müßt di doch gun Abend seggen, ick bün frikamen.« - »Ick weit’t, Wilhelm, ick weit’t. - Ach, wat hest du woll uthollen!« - »Ne, Stining, ick heww

an di dacht un an uns' Taukunft, un bi den Gedanken an di is mi sacht tau Maud' worden un bi den Gedanken an de Taukunft irnsthaft, un mi is vel infollen. - Sall ick ruppekamen un di't vertellen?« - »Ne, Wilhelm, morgen - morgen! - Mi is tau weikmäudig. - Gun Nacht, Wilhelm.« - »Gun Nacht, Stining!« - Un as ehr Wilhelm gahn was, gung Stining tau Bedd un dankte unsern Herrn ut ehren weiken, vullen Harten, dat hei ehren Leiwsten hadd frimakt, un bed för den Herrn Konrekter, denn de hadd den Anstot dortau gewen, un dachte gor nich mihr an den Kuß, den hei ehr ut pure Schelmenstücken gewen hadd, un höll den Herrn Konrekter för den verstännigsten un kläuksten Mann, denn hei hadd seggt, ehr Wilhelm hadd 'ne Milt. - Un sei dachte unner vele Sorgen, wo't woll hadd warden süllt, wenn Wilhelm würklich en inwennigen Kräpel west wir, un sei lachte wedder as en Kind äwer ehre Sorgen, un ehre Seel spelte sick mit so'ne bunte un kruse Gedanken in den säutsten Kinnerslap.
Un Bäcker Schultsch kamm ok tau Hus un tellte in ehre Schenkstuw' de Buddeln up den Disch un schüddte mit den Kopp un säd: »Dat segg ick man, so drad ick man den Rüggen wen'n dauh, is't Spill in'n Gang'. Krischan ward nich anners.« - Un as sei in ehre Slapstuw' gung, lagg Krischan all un sagte Sagblöck un allerlei Klabenholt, un sei stödd em an, äwer ganz in Fründlichkeit, un säd: »Krischan, ick bün hen nah ehr west.« - »Hm«, säd Krischan, und wer Krischanen nich kennte, kunn sick vel ut dese Red' entnemen, Fru Schulten wüßt äwer ganz genau, dat Krischan dormit seggen wull, 't wir em ganz parti egal. - »Ne, Krischan«, säd sei un treckte sick ut, »so glikgültig süllst du doch nich dorgegen sin, denn dat is doch wedder en gaud Stück von unsen ollen Dörchläuchten, dat hei den Löper hett frilaten.« - »Hm«, säd Krischan. - »Ick weit, wat du seggen willst, Krischan«, säd sei, »du meinst, ick bruk min Näs' nich dormang tau steken; äwer ick

will dat nu einmal. Un du meinst, ick ward mi nich ännern; nu will ick mi äwer grad' ännern, un worüm sall ick as 'ne verfrigte Bramborgsche Börgerfru mi nich ebenso gaud ännern känen as Dürten Holzen? - Ne, de Minsch sall vergewen un vergeten.« Dormit läd sei sick tau Bed; Krischan dreihte sick en beten bet nah de Wand üm. - »*Wat* seggst du, Krischan?« - »Hm«, kem't von de Wand her. - »Ne, Krischan, hüt abend bidd ick mi ut, dat du *kein* Wedderwürd' hest, denn ick weit, ick bün up den richtigen Weg, un morgen kriggt Dörchläuchten wedder sinen richtigen Tweiback. - Wat? Du seggst gor nicks? Is di dat villicht nich mit? - Slap ruhig in, Krischan, wenn ick mi wat vörnem, denn sett ick dat ok dörch. - Slap ruhig in, denn wenn ick di nich örgeln hür, kann ick nich inslapen, ick bün't all tau sihr gewennt.« - Un Krischan örgelte los, un ehr würd dorbi ganz sachten tau Maud' as en Möller, den sine Mähl in vullen Gang' is, un sei schüddte mit de Würd' »morgen kriggt hei Tweiback, hei kriggt sinen richtigen Tweiback!« noch en beten Kurn up ehren Rump, un dunn danzte dat vör ehre Ogen vull luter Kringel un Tweiback, un Dörchläuchten danzte bet an de Knei in den Tweiback, un de Stadtmuskant blos dortau von den Rathustorm, un de Herr Konrekter spelte de Ördel dortau, un as hei hacken blew, markte sei, dat dat eigentlich ehr Krischan was, de an en Knast kamen was, un sei dreihte sick üm un spelte nu ok en beten up ehr Ördel un bröchte Krischanen wedder in den Tog.

KAPITEL 10

De oll brav Rand in de Klemm. - Schultsch will mit Kringel und Tweihack in't Nemerowsch Holt un schickt ehren Krischan nah Penzlin, Rand den Löper nah Berlin. - Worüm de Nigenbramborger in idel Wollgeruch swemmten un de Herr Konrekter de

Del entlang sches'te. - Büß un Büx. - Woans Pagel Zarnewitz den Herrn Konrekter sine swarten Manschesternen in de Kirch vör Ogen bröchte. Allens vertürnt sick, äwer verdröggt sick ok wedder. - Wat einer den annern ut Mitled ok in de Backen knipen deiht? - Wo sick de Herr Konrekter dat Frigen dacht hett, un wo Dürten fleigen will; wo Schultsch ehr äwer as Klotz an den Bein bammelt. - Von dreierlei Ort von Harten.

't giwwt ganz infam schawernacksche Lagen in de Welt, wo einer nich weit, sall hei linksch, sall hei rechtsch gahn; sall hei nah den Appel langen un de Beer fohren laten, oder sall hei nah de Beer langen un den Appel fohren laten, oder sall hei't mal riskieren un mit beid' Hän'n taugrapsen up de Gefohr hen, dat hei gor nicks kriggt? - In so'ne ßackermentsche Lag' was uns' oll brav' Rand; hei hadd all sörre einige Tid in sine truge Kammerdeinerbost mit allen Flit en lütten nüdlichen Haß gegen den Löper Halsband upsögt, hadd em gröter börnt, un as Dörchläuchten nilich dorvon redt hadd, dat Halsband mit de Tid sin Nahfolger warden süll, dunn was hei mit einem Mal gewohr worden, dat sin lütt Haß all en groten Slüngel worden was, de nahgradens all wat dauhn kunn un nich nödig hadd, in alle Ecken von sine warme Bost ful herümmertauliggen, hei wull em also mal utlaten. - Up de anner Sid hadd hei nu all, so lang' hei Kammerdeiner was, sinen Vurtel trug in't Og' fat't, un wil dat nu Dörchläuchten em gor nich missen kunn, so was sin Vurtel *Dörchläuchten* sin Vurtel, un wil dat Land Dörchläuchten nich missen kunn, so was *Dörchläuchten* sin Vurtel de Vurtel von't *ganze* Land; un so is denn nu hirut düdlich tau seihn, dat dat Glück von Meckelnborg-Strelitz up Randten sinen Vurtel stunn, un de Herr Kammerdeiner was en tau gauden Meckelnbörger, as dat hei sin Vaderland unglücklich maken süll. - Hei hadd also mit sinen Vurtel tauglik dat Glück von Meckelnborg-Strelitz in't Og', un derentwegen müßt hei bet

an sin selig En'n Kammerdeiner bliwen. -
Dese Saken wiren nu so wid ganz klor, nu kümmt äwer de Klemm: wull hei sinen Haß gegen Halsbandten gründlich utlaten, denn kunn hei dat man vernünftigerwis' dordörch, dat hei den Löper sine Frigeratschon taunicht makte, un dat gung man, wenn Dörchläuchten em abslut nich ut den Deinst let, un dorüm müßt hei, Rand, den Löper ümmer lawen, dat Dörchläuchten sick ümmer mihr in den Löper verleiwen ded. - Wull hei äwer dat Glück von ganz Meckelnborg, denn müßt hei den Löper wegbiten, dat hei sülwen bet an sinen seligen Dod Kammerdeiner blew.
In dese Klemm satt nu de olle brave Mann un satt vir Dag' vör Pingsten in Schulten sine Schenkstuw' un drunk Duwwelbir, üm sick de Gedanken klor tau maken; Krischan hülp em dorbi, dat heit bi dat Duwwelbir, nich bi de Gedanken, denn Krischan was kein Fründ von vele Gedanken; Geschichten - ja! Äwer Gedanken - ne! - Dunn kamm Schultsch in de Dör un stellt sick vör ehren Eheherrn hen: »Krischan, du meinst, ick dauh't nich, ick dauh't äwer doch.« - »Dauh du't«, säd Krischan. - »Ne, *so* brukst du mi nich tau kamen! - Wenn du mi in allen tauwedder büst, denn kann minentwegen wirtschaften, wer will. - Eheleute sollen in Einigkeit miteinander leben. - Äwer du denkst jo woll, ick sall mi allens von di gefallen laten? - Ne, ick dauh't doch!« - »Wat einer nich laten kann, dat möt hei dauhn«, säd Krischan un drunk eins up sine Weisheit. - »Nich laten känen?« frog Schultsch, »meinst du dor villicht mit, dat ick di wedder tau vel reden dauh? - Du süllst di wat schämen, mi dat vörtauhollen, wenn ick taum gauden red'. - Wo? Ick sall dat von minen Finster mit anseihn, dat Kunst alle Johr den tweiten Pingstdag mit en Wagen vull Buddeln nah den Nemerower Holt ruteführt un den annern Dag mit leddige Buddeln wedderkümmt un 'ne grote Tasch vull Geld? - Wat? - Wenn bi Kunsten de Hofrat Altmann

sitt un Dokter Hempel un de annern - de Konrekter geiht nich mihr nah em hen - un drinken dor Rodwin un de vörnemen Mamsells danzen dor de Nacht dörch un eten den ollen klitschigen Kauken von den Zuckerkanditer in Strelitz un kamen den annern Morgen as de Uhlen tau Rum mit de plusigen Hor un de verhuhlwakten Ogen - worüm sall ick nich ebenso gaud för ordentlich Börgerlüd' un Börgerdöchter en Telt herrichten, dat de ok ehr Plesier doran hewwen? - Oder glöwst du, dat min Kringel un Botterpamel nich ebenso gaud sünd as den Zuckerkanditer sin oll Smerkram un min Duwwelbir nich ebenso gaud as Kunsten sin Rodwin, de as Tint smeckt, wo sick Fleigen in versöpt hewwen?« - »Mutting, drink mal!« säd Krischan un höll ehr sin Glas hen, »Lung' un Lewer möten di jo drög warden.« - »Gah mi mit dat oll Tüg von'n Liw'! - Ick weit woll, ick red' di all wedder tau vel; äwer sall ick dor nich von reden, wo alle Lüd' von reden? - Dor kam ick eben von den ollen Böttcher Holzen - von uns' Waschküben sind wedder de Bän'n runnesprungen, ick säd woll, wi wullen uns isern ümleggen laten, äwer ne! -, na, dor satt Halsband un arbeit't för den ollen Mann un säd, wenn ick dor mit 'ne Baud' rutekem, denn wull hei sick de Sak annemen, dat hei dor as Vördänzer för uns upkamen wull, denn du würdst di dor schön tau passen.« - »Ja«, lachte Krischan äwer sine ganze lächerliche Sid. - »Un dorin büst du mi nu nich tauwedder! - Un wenn du mi dorin tauwedder büst, dat ick Dürten un Stining Holzen för den Abend so up mir nichts dir nichts inladen dauh, denn..., denn will ick di man seggen, dat ick't doch dauh. - Nah de ollen Penzliner Juden, de hir Markdags mit ehr Bauden vör uns' Dör stahn un mi de Stuw' vull Smutz trampeln un nicks vertehren, dor kannst du henführen un uns de Planlakens leihnen, denn mit de ollen Kirls un ehr oll Gesnatter mag ick nicks tau dauhn hewwen.« - »Mutting, verhitz di nich, du künnst di verküllen, wenn

du buten in den Tog geihst.« - »Ih«, säd Schultsch un gung nu grad rute, »dor wardst du di vel üm quälen!«
Krischan quälte sick denn ok würklich nich vel äwer ehre Red', äwer Rand desto mihr, as hei äwer den Mark nah de Paleh gung; hei wüßt sick nich tau raden: de Löper wull Pingsten danzen, dat müßt hei Dörchläuchten so mit en lütten Ümswang bibringen, dat verstunn sick von sülwst, dorför was hei jo Kammerdeiner; äwer süll hei Dörchläuchten *vörher* oder *nahher* in Kenntnis dorvon versetten? - Säd hei't em *nahher*, denn hadd Halsband den Rohm von de sure Melk, dat Danzen, frilich vörweg; äwer't kunn sihr tau sinen eigenen un Meckelnborg-Strelitz sinen Vurtel uthaugen, denn Dörchläuchten hadd all oft verbaden, kein von sin Deinerschaften süll mit Frugenslüd' danzen, un kunn in vulle Wut Halsbandten mal würklich wegjagen; äwer denn frigte Halsband, un wo stimmte dat mit sinen gründlichen Haß? Säd hei't em *vörher*, denn fauderte hei sinen Haß frilich mit Halsbandten sinen Ärger un Stining ehre Weihdag'; äwer wo blew denn sin Vurtel un dat Glück von sin Vaderland? Denn Dörchläuchten würd den Löper dat in sine Gaudmäudigkeit vergäuden, dat hei nich taum Danzen kamen was, un bi de Gelegenheit künn hei, Rand, sülwen so ganz bi lütten üm de Eck bröcht un in den Kammerdeiner-Rauhstand verset't warden. -
Dor gaww't vel tau bedenken; äwer Rand was en groten Charakter, as dat hüt tau Dag' nennt ward, hei würd leiwerst en slichten Patriot un slog sinen eignen Vurtel in't Gesicht, as dat hei sine vörnemere Leidenschaft, sinen Haß, upgaww, hei wull't Dörchläuchten *vörher* seggen; un as hei bi sinen Herrn rinnerkamm, fung hei denn an: »Recht schönes Weder hüt den ganzen Dag, un an Gewitter nich tau denken.« - »So?« frog Dörchläuchten un kek von sine Arbeit tau Höcht, denn hei spelte grad'

en beten mit sine Fingerring'. - »Ja, un't lett so fast, as wenn't meindag' nich wedder regen warden will, un Schultsch seggt, de Stadtscheper hett seggt, up drei Wochen seggt hei gaud, hett hei seggt.« - »Ih, wenn't de Konrekter nich seggt - wat weit so'n Kirl dorvon?« - »Je, seggen Sei dat nich, Dörchläuchten, jeder Minsch hett sine besondern Markteiken för't Weder, ick heww min Gicht, Bäcker Schult hett sin ein slimm Sid, de Konrekter hett dit un dat, un de Stadtscheper hett sinen einen ollen Hamel, je nahdem de sinen Start nah den Wind richt't, je nahdem ward dat gaud oder slicht Weder.« - »So?« frog Dörchläuchten, den dat dörch den Kopp scheiten würd, wat hei sick desen Wohrsegger nich anschaffen wull. »Na, weit hei denn ok mit Gewittern Bescheid?« - »Ih, woll, dat is jo grad sin Hauptsak: wenn en Gewitter in de Luft is, denn fängt hei mit den Start so an tau wriwweln, un denn blitzt un dunnert dat ok glik los. - Äwer up Stun'ns kihrt hei sick an nicks un frett förfötsch weg as jeder anner Hamel. – Tau Pingsten krigen wi dat schönste Weder un känen jo denn ok en beten utführen.« - »Ja«, säd Dörchläuchten noch in deipen Gedanken an den nigen Propheten, »dat kann woll sin.« - »Ja, de beiden Löpers möt wi äwer denn ditmal woll tau Hus laten, mit *einen allein* kledt jo dat doch nich.« - »Was? - Esel! - Hast du mich jemals mit *einem* Läufer fahren sehn?« - »Ne, dat nich! - Äwer ick mein man, wil dat Halsband jo nich kann.« - »Was? Ist er krank?« - »Ih, wo! - Krank? - Ne, ick mein man, Dörchläuchten hewwen em dat verlöwt, dat hei den tweiten Pingstdag in den Nemerowschen Holt in Schultschen ehre Danzbaud vördanzen sall, sin Brud is jo ok dor, un Schultsch seggt...« - Wider kamm Rand nich, denn Dörchläuchten was upsprungen un towte gefährlich in de Stuw' rüm: »Was? - Sind Wir noch Herr? - Sind Wir noch regierender Herr, und Unser Läufer will tanzen? - Ich jag' den Kerl weg! - Ich jag' ihn auf der Stelle weg!« -

»Je, Dörchläuchten«, säd Rand, un so'n tückisches Lachen wis'te sick up sin oll truhartiges Kammerdeinergesicht, »denn ward hei woll irst recht danzen.« - »Nein«, rep Dörchläuchten, »er soll nicht tanzen! - Ich laß ihn nicht laufen, ich laß ihn einsperren!« - »Je«, säd Rand un treckte mit de Schullern, »dat's ok man so, Dörchläuchten; denn kümmt de oll klauk Konrekter wedder her un makt Sei wat vör, un denn laten Sei'n wedder lopen.« - »Der Konrektor? - Wir brauchen den Konrektor nicht!« - »Sei meinen, wil dat nu fast Weder is, äwer...« - »Der Konrektor will auch heiraten; aber Wir werden ihm mal zeigen, was die Ungnade des regierenden Herrn zu bedeuten hat!« - »Je, Dörchläuchten, dat's ok man so. De Konrekter steiht nich in unsen Deinsten, de is von de Stadt anstellt; äwer wenn Sei mi anhüren willen, *ick* will Sei woll en Middel seggen, wo wi 't maken möten« - Dörchläuchten set'te sick - »seihn S', dor is de Breiw, den wi an dat Hofmarschallamt in Berlin schrewen hewwen, de liggt nu all gaud virteihn Dag', indem uns dat mit en Kurier dörch dat Preußsche tau dür ward« - Dörchläuchten makte 'ne Bewegung, as wull hei upfohren - »ne, laten S' man! Wi weiten jo, worüm. - Na, de möt doch nu nahgradens mit en Expressen besorgt warden, denn wo würd uns dat kleden, wenn wi den mit de ornäre Post schicken wullen. Wenn wi den nu mit den Löper henschickten, äwermorgen, un säden em, in fiw Dag' müßt hei wedder hir sin, denn kem hei den Dingstag nah Pingsten wedder her, un denn is de Danzeri vörbi, un em ward denn ok woll nich sihr danzerig tau Maud' sin, denn't sünd twintig Mil hen un twintig Mil her, un denn de verfluchte preußsche Sand un uns' eigen tüschen Strelitz un Förstenbarg.« - Dörchläuchten würd ganz hellhürig; Randten sin Vorslag kunn em woll gefallen, denn hei was en tau weisen Regent, as dat hei grote Maßregeln anwendt hadd, wenn hei mit lütte ok tau sinen Zweck kamm. - De Sak würd af-

makt, un twei Dag' vör Pingsten würd Halsbandten de Breiw äwergewen un em bedüdt, fiw Dag' hadd hei tau de Bestellung Tid. -
Dat was denn nu en hellschen Impaß in sin Danzvergnäugen! Dit hadd hei nu äwer frilich woll licht verwun'n, wenn Stining em nich vertellt hadd, dat Schultsch ehr ok dortau inladen hadd, un dat makte sin Hart nur swor, dat *sei* dat Vergnäugen quitt gahn süll, denn dat wüßt hei, ahn em gung sei nich. - Dat dese Updrag 'ne Utgeburt von Dörchläuchten un Randten ehre Weisheit un de Breiw so'ne Ort von Uriasbreiw was, ahnte sine Seel nich; blot as Rand em den Breiw gewen hadd, hadd hei so'n gnittschäwsches Wesen ut sin Gesicht lüchten seihn, un wenn einer ok noch so unschüllig de Welt ansüht, einmal is doch dat irstemal, dat ein de Bös' ut dat Minschenangesicht ankickt un em stutzig makt, wat dor ok woll allens achter dit Gesicht in richtige Ordnung is. - Dat was en unkloren Kram in sine Gedanken, äwer as hei sick rüsten ded tau sine Reis', müßt hei sick ümmer fragen: »Süll woll...? De tweite Pingstdag...? Süll Rand dat woll weiten? - Süll Rand woll an den Breiw schuld sin? - Hm, hm! - Verstahn dauh ick't nich, äwer... Na, je later hir weg, je later dor. Vörwarts!« Dormit gung hei, äwer unnerwegs was taum wenigsten ein Sak bi em taum kloren kamen: Stining dürwt dat Vergnäugen nich missen, hei gung also fix bi ehr vör: »Stining, ick möt glik furt nah Berlin, de Lüd' mägen di woll seggen, ick kem nich taum Danzen an den tweiten Pingstdag; - ick *kam,* un *du geihst up jeden Fall hen,* Dürten ward woll mitkamen, denn sei is jo doch ümmer de Kluck von dat Küken.« - »Mein Gott, Wilhelm, wat... ?« - »Heww kein Tid! - Du *kümmst,* dat is min heiligstes Verlat.« - Dormit gung hei, un as hei dörch dat Stargardsche Dur gung, säd hei tau sick: »Ick möt för jeden Hans Narren lopen, bet mi de Tung' ut den Hals' hängt, denn ward ick doch ok woll mal för min Stining lo-

pen känen!« Un dor drawte hei hen. - So kamm denn nu de irste Pingstdag ranner. De ganze Stadt was upputzt mit Mai, ein jedes Hus hadd sine Lauw vör de Dör, un dorin satt de ihrsame Börger mit Slapmütz un Pantüffeln, en Teiken, dat Rauhdag wir; un de flitigste Husfru läd vermorrntau de Hän'n in den Schot un satt unner de gräunen Büscher un wehrte de Gören af, dat sei nich all den Pottkauken un Kringel vertehrten, un lihrte ehr, wat Ramat heit, un de Deinstmätens drogen mit Platen vull Kauken up de Straten rümmer, un ganz Nigenbramborg swemmte in idel Wollgeruch, de sick halw von unsen Herrgott sine frischen Barkenbüscher, halw von Bäcker Schultsch ehren säuten Festkringel herstammte. Ach! 't is wat Schönes üm so'n Pingstfest, wenn uns' Herrgott gnedig dorup dalkickt ut den blagen Hewen un de gräune Ird ut Gras un Krut un ut Low un Blaumen ehr Dankopfer tau em upstigen lett!

För den Herrn Konrekter was dat en düdlichen Wink, dat hei an so'n schönen Dag noch besonders danken müßt, un hei hadd dat so inricht't, dat hei alle Pingstdagmorgen bi Sünnenupgang mit sine Schäulers in dat Brodasche Holt tog un unner de groten, rumen Bäuken en geistlichen Morgengesang anstimmte, un denn treckte olt un jung em nah un stimmte mit in, un't was en schönen Anfang von dat schöne Fest.

Hüt morgen hadd hei nu ok wedder so sine Andacht afhollen, un sin Hart was wid un fröhlich, as hei tau Hus kamm, un hei begrüßte sin Dürten so munter un spaßig, as wir hei teihn Johr jünger, un Dürten säd: »Herr Konrekter, de Snider hett Sei ok Ehren nigen Habit bröcht. Dat ward Sei mal kleden!« - »So? So? - Dat kümmt mi tau Paß, denn ick will jo morgen danzen. - Dor lachst du tau? - Wat? Glöwst du, ick kann nich? - Oh, ick kann«, un dormit sches'te hei de Del entlanken nah sin Slapstuw' un treckte so fröhlich sin niges Tüg an, as wir hei ein von sine Schauljungs, de't taum Wihnachten kregen hadd. Un as hei dormit prat was, kamm hei wedder nah de Del rute un presentierte sick un frog: »Na, Dürten, wo gefall ick di denn nu?« - »Oh, Herr, prächtig!« säd Dürten, »wat Sei dat knas un stramm lett! - Sei känen sick jo mit de jüngsten Lüd' mäten.« - »Je, du Schelm, du!« säd de Konrekter un knep sin Dürten ganz drist in de Backen, dat sei rod würd, »dat seggst du doch man so baben den Harten weg; äwer täuw! - Ick hadd jo bald wat vergeten«, un dormit gung hei in sine Slapstuw' taurügg un kamm mit sine sanftmanschesterne Hos' in de Hand wedder taum Vörschin: »Da, min leiw' Dürting! - Hest lang' naug up din Wihnachtspresent täuwen müßt.« - Ja, hei was denn ok tau nett gegen Dürten! - Un as sei nu mit ehr Geschenk in ehre Stuw' satt un nu för gewiß wüßt, dat dat ehr Eigendaum was, un't noch mal kortfarig dörchmunsterte, wo't afstrapziert was un wo nich, un as de Kirchenklocken so fierlich dormang klungen, de den Herrn Konrekter up sinen Kanterposten repen, un sei sick dat so äwerdachte, wat hei doch eigentlich för en groten, gelihrten Mann wir un dat so'n groten, gelihrten Mann so fründlich tau ehr wesen künn un dat sei von nu an up ehren armen Liw' en Kleidungsstück dragen süll, wat hei johrelang tau Ihren bröcht hadd, dunn würd ehr doch ganz snurrig tau Maud'. - »Ja«, säd sei, »,da, min leiw Dürting', säd hei un knep mi in de Backen un hett mi jo all vördem..., ih, dummes Tüg! Dat ded hei jo blot ut Mitled mit mi von wegen dat Küssen. - Äwer ut Mitled knippt einer den annern doch nich in de Backen - ne, dit is..., Herregott, wat bün ick doch in mine Johren noch für en alwsches Frugensminsch!« Dormit wull sei sick de Gedanken verjagen, äwer dat wull nich un wull nich; denn't giwwt tweierlei Gedanken: de einen, de ut den Kopp kamen, sünd as de Vägel unner den Hewen, sei kamen un gahn, un de laten sick ok furtschüchern as de Vägel, äwer de annern, de ut den Harten kamen, sünd as de Planten up den Fell'n, sei stahn wiß in ehre Wörteln, un wer sei verdriwen will, de möt sei utriten ut den Harten, un dat deiht weih un makt dat Hart bläudig, un worüm süll Dürten sick de Weihdag' maken un de Planten ut ehren Harten riten, sei bläuhten jo so schön! Un wenn sei sei ok daldrücken ded, sei bläuhten ümmer wedder tau Höchten! - Ja, Dürten Holzen, mit di is wat passiert, Dürten! De Pingstdag is in dine Seel treckt un hett sick Lauwen dorinner bugt von frischen gräunen Mai, un de Gedanken sitten dorin in stille Seligkeit un Taufredenheit, as de Brambörgschen Börgers in Slapmütz un Pantüffeln un stippen Kauken in den Koffe. Äwer du mitsamt dinen Konrekter, ji hewwt hüt morgen tau tidig sungen, un den Vagel, de des Morgens tau tidig singt, frett des Abends de Katt. Wenn dat Glück von desen Morgen man blot den Dag äwer uthöllt! -

As de Herr Konrekter so recht fröhlich un fram nah sine Kirch un sine Ördel henstüren wull, begegente em in sine Husdör Stining Holzen, un wenn en hübsches, fründliches Mätensgesicht einen ollen Surpott säut maken kann, so möt dordörch so'n lustig Hart, as dat vermorrntau unner den Herrn Konrekter sinen nigen Rock hen un her hüppte, noch lustiger un höger springen warden, un as de Herr Konrekter up de Strat en halw Stig' Schaustergesellen mit Sangbäuker unner den Arm vör sick up gahn sach, würd hei noch fideler. - Worüm äwer dat? - Säkerlich freu'te hei as en christlichen Mann un Kirchenbeamte sick sihr äwer de Gottsfurcht von de Schaustergesellen; äwer dat was't doch noch nich all; an sine Freud' hackte noch en beten wat anners an. - De Sak verhöll sick nämlich so: Up't Ördelkur hürten blot de Schäulers von de grote Schaul, un wenn Handwarksgesellen, de en beten wat bedüden wullen, up desen Ihrenplatz gungen, müßten sei as Inspringelgeld jeder drei Penning in

'ne swarte, bleckerne Büß steken, un dit Geld was up ewige Tiden tau den Herrn Kanter sine Inkünften slagen. So was dat denn nu eigentlich nich blot de Gottsfurcht von dat halw Stig' frame Schaustergesellen, de den ollen Herrn noch fröhlicher makte, as velmihr dat halw Stig drei Penningstücker, de hei all in sine swarte Büß klätern hürte. - Un as hei up sin Kur kamm, dunn süll dat denn doch noch fiwmal anners kamen, dor baben was hüt an den irsten Pingstdag en ordentlichen Segen von Gesellen, un't Insammeln kunn losgahn; wo was denn nu äwer de Büß? De Büß was nich dor, Dürten hadd vergeten, sei in den Herrn sinen nigen Rock tau steken. - So spunn sick nu ut dit lütt Verseihn 'ne Verdreitlichkeit an, de en Por glückliche Harten mäglicherwis' up ewig scheiden kunn. - Un dit was Dürten ehr Verseihn. - »Pagel Zarnewitz«, säd de Herr Konrekter, »lop Hei mal nah minen Hus', Dürten süll mi mal up de Städ' mine swarte Büx schikken.« - Un dit was den Herrn Konrekter sin Verseihn; denn wenn hei ok en richtigen Mund vull Plattdütsch reden kunn, so passierte em dat doch denn un wenn, dat hei mit en lütten Swupper tau Rum kamm. - Hir hadd hei nu Büß un Büx verwesselt. -
Dürten satt in säute Seligkeit mit Stining tausam un sach tau, wo Stining mit verstännige Hand un besondern Respekt ehr lang' verhofftes Wihnachtspresent up den Disch hen un her läd un in de Läng' un in de Breid' bekek. - »Dürten«, säd Stining un kek dat Ding mit besorgliche Minen an, »en Haut geiht dorute, dat is kein Frag', äwer en Spenster... - ja, wenn sei up *dit* Flag nich so lediert wir!«, wobi sei up dat Rüggdeil von de Hos' wis'te. - »Dat hett sei ok man blot in de letzte Tid kregen«, rep Dürten un kamm all en beten ut de stille Seligkeit rute, »ick dacht mi dat glik. - Hadd hei doch dat Küssen namen! Äwer ne! - Dat is nu doch würklich recht argerlich an em, dat hei up keinen hüren deiht!« - »Je,

hei is doch so'n klauken Mann.« - »Klauken Mann? Ih, wat dauh'ck mit en klauken Mann, wenn hei nich mal sin Tüg tau schonen versteiht! - Hadd nu so'n schönen Spenster dorut krigen künnt, de mi so grot nödig deiht. Äwer nu? - Wo? Ick sall doch woll nich taum Spektakel von ganz Bramborg mit en Spenster rümmerlopen, wo de Lüd' mit de Fingern up en Flag wisen, wat hei up de Bänken afrutscht hett?« - Dürten was upsprungen un lep hellsch verdreitlich up un dal; dunn müßt dat Unglück grad Pagel Zarnewitzen in de Dör rinnerkarren. - »D - D - Dürten, D - D - Dürten«, stamerte Pagel los. - »Rut dormit!« rep Dürten, »wat sall los warden?« - Un Pagel platzte nu nah en lang' Vörspill von Stamern un Gesichtverrenken herut: »Sei sälen den Herrn Konrekter sine swarte Büx schicken.« - Dürten kek den unglückseligen Pagel tauirst an, as hadd sei jichtens wat Slimms mit em in den Sinn, mit einem Mal äwer prust'te sei los: »Wat? - Irst schenkt hei sei mi taum Wihnachten, un Pingsten krig ick s' irst, un knapp heww ick s', denn will hei s' all wedder hewwen? - Da hewwen S' dat oll Ding!« un smet den armen Pagel ahn allen Respekt de unschüllige Hos' an den Kopp. - Pagel namm de Hos' un fung an: »Ad - ad - ad...«, makte de Dör tau, un buten von de Del her kamm den ganz lud »adjüs ok!« tau Rum. -

De Herr Kanter un Konrekter satt vör sine Ördel un spelte so schön un sung ut fröhlichen, kräftigen Harten dortau, dunnn kamm dat Unglücksworm von Pagel Zarnewitz an em ranne un höll em de swarte Hos' vör de Ogen: »Hir!« - De Herr zupfte taurügg, kek Pageln, kek de Hos' an: »Wat? - Wat?« - verget Spelen un Singen; sin Schäulers, anstatt den Gesang tau hollen, kregen dat Lachen un Losprusten; de ganze Gemein kek sick üm, wat de Stillstand tau bedüden hadd, un kreg de swarte Hos' tau seihn, de Pagel in alle Unschuld preißlich tau Höchten höll. - De Konrekter fohrte von sinen

Sitz tau Höchten, ret em de Hos' ut de Hand un smet sin ihrwürdig Kledungstück an de Ird', funn ok frilich sine bekannte Kuntenanz glik wedder un set'te mit kräftig Spelen un Singen wedder in; äwer't Unglück was gescheihn, un as hei ut de Kirch gung, dunn würd dat en Fragen un en Spitzen un en heimlich Lachen üm em rümmer, dat em tau Maud' würd, as wir hei mit Nadeln prickelt, un as nu tauletzt Pagel wedder mit de Hos' antaudragen kamm un em de Frag' vörstamerte, wat hei sei wedder nah sinen Hus' dragen süll, dunn was hei mit sine Geduld dörch, hei lep in vulle Wut nah Hus', un up de Del bröcht em sin böse Engel Dürten Holzen in den Worp.

Dürten hadd sick wildeß mit ehr Stiningswester vertürnt, Stining hadd en por Würd' taum Gauden för den Herrn Konrekter wagt un hadd dat Ganze up Pagel Zarnewitzen sine Dummheit schuwen wullt, dat hadd Dürten äwer nich för ehren Vull annemen wullt, dat sei in en *ungerechten* Zorn gegen den Herrn Konrekter kamen kunn, un hadd Stining mit hastige Würd' traktiert, sei hadd in des Büxenangelegenheit gor nich tau reden, un Stining wir mit Tranen weggahn. - Un as nu de Konrekter mit de Würd' »Wat is dat för 'ne Dummheit, mi min oll Hos' nah de Kirch tau schicken?« up Dürten losfohrte, dunn kamm hei ganz an den Unrechten. - »Dummheiten?« rep Dürten, »hir sünd kein Dummheiten passiert, wenn sei passiert sünd, sünd sei annerswo passiert.« - »Wat? - Irst makst du mi tau de Uhl von de ganze Stadt, un denn giwwst du mi noch snodderige Redensorten?« - »Ei wat!« rep Dürten, »Uhlen sünd Uhlen, un as einer in't Holt röppt, so kriggt hei Antwurt.« - »So'ne Antwurten äwer bün ick nich gewennt, un wenn du mi de gewen willst, denn kannst du afkamen«, rep de Konrekter un verfirte sick binah, as hei't ruteslagen hadd. - »Un dat is mi denn ok ganz egal!« rep Dürten gegenup, »un dat kann ok glik gescheihn, un ick kann jo ok up de Städ' afkamen.« - »Reisen Lüd'«, rep de Konrekter ut sin Stuwendör äwer de Schuller weg rute, »reisen Lüd' möt keiner uphollen.« - »Ne, jo nich!« hürte hei noch, »dat kann ok glik gescheihn.« Un dunn smet hei sin Dör tau, un dunn hürte hei Dürten ehre Dör tausmiten, un dunn trampelte hei in sine Stuw' rümmer, un dunn hürte hei in Dürten ehre Stuw' rümmertrampeln, un dunn argerte sick de Herr Konrekter in sine Stuw' äwer sick sülwen, un dunn argerte sick Dürten in ehre Stuw' äwer sick sülwen, un de Konrekter was doch Herr un hadd't doch einmal seggt, un Dürten hadd doch recht un hadd't doch ok einmal seggt, un de Konrekter namm sinen Haut un sinen Stock mit den gollen Knop un gung ut de Husdör, un Dürten smet - Hulter di Pulter! ehre Habseligkeiten in ehre Lad' un gung ut de Achterdör. - Un de Rüm von dat olle Hus wiren so trostlos still un verlaten, as wiren sei en Afbild von den Herrn Konrekter un Dürten Holzen ehre Seelen, denn seindag' nich is de Minschenseel trostlos stiller un leddiger, as wenn en Gewitter von Zorn dorinne rümmertowt hett. -

De Konrekter gung nah Bäcker Schulten sine Lauw' - nah Kunsten kunn hei jo doch seindag' nich wedder gahn - un tred unner de Barkenbüsch: »Gun Morgen, Meister Schult, setten S' sick nah de anner Sid rüm, dat ick Ehr gaud' Sid krig', denn Verdreitliches heww ick hüt morgen all naug tau seihn kregen.« - »Wo so? - Wat is Sei denn passiert, Herr Nachbor?« frog Schult, denn hei rekente all de Straten, de hei von sine Husdör äwerseihn kunn, tau sine Nahwerschaft. - »So'ne Dummheit!« rep de Konrekter, »so'ne Dummheit!« Un hei vertellte nu kortfarig de Büxengeschicht. - »Nu seggen S' mi mal, Herr Nachbor«, säd Schult un wull sick dodlachen, »- ne, warden S' nich bös - nu seggen S' mi mal, säden Sei tau den jungen Minschen ‚Büx' oder ‚Büß'?« - »Büx, säd ick, Büx!« - »Hahaha«, fung Schult an, »denn hett Dürten recht, un Sei hewwen unrecht. - Hahaha! - Nemen S' nich äwel! - Mutting« - denn Schultsch kamm tau Rum - »dit is 'ne Geschicht! Dit is 'ne Geschicht !« - »Maken S' mi nich wild mit Ehre Geschichten!« rep de Konrekter. - »Ne, Krischan«, säd Schultsch, »kumm mi nich mit din ollen Geschichten, ick kenn din ollen Geschichten alltausamen.« - »Ne, Mutting, dit is jo 'ne nige, 'ne ganz nige!« - Un nu vertellte Krischan de Geschicht, un nu lachte Schultsch, un nu gung grad Dokter Hempel vörbi, un nu vertellte Schultsch de Geschicht, un nu lachte Dokter Hempel: »Hahaha! Un das ist Ihnen passiert, alter Freund?« - Un de Konrekter satt dor un argert sick, dat hei swart würd, denn dat is 'ne ekliche Geschicht, wenn von einen Geschichten vertellt warden; un dortau hadd hei nu noch dat infame Gefäuhl, dat hei in Unrecht gegen sin Dürten was; äwer sei was em doch tau stripig kamen, un hei was doch Herr. - »Fru Schulten«, säd hei tauletzt, »Sei sünd 'ne Fru, Sei verstahn sick up so wat. - Seggen Sei mal, weiten Sei nich 'ne annere Wirtschafterin för mi?« - »Ne, Herr, un dat ward ok woll so uter de Tid un up den Sturz swor hollen, un so'ne, as de Holzen-Ort is, is äwerall sihr ror, denn de Holzen-Ort is 'ne ganz uterwählte, dugendsame Ort - na, Dürten, de hett nu en beten wat Hastigs in ehren Wesen, äwer dor kann sei denn nu ok nich vör, denn wat ehr Mutter was, de was..., de oll Holz, wat *hei* is, de is dor nich an schuld, denn dat is allmeindag' en oll gelimplich Mann west, un ick segg, hei is 'ne olle Nuß... Na, äwer laten S' man, ick snack dat mit Dürten woll wedder tausam.« - »Mutting«, säd Krischan, »verlat di dor nich up; sovel as ick weit, hest du vel mihr utenanner as tausam snackt kregen, denn du kannst de Mund nich törnen.« - »De Mund nich törnen? De Mund nich törnen?« Un Schultsch wull eben den Bewis afleggen, dat sei dat ut den Grun'n verstunn, as de Konrekter ehr mit de Frag' in de Red' föll, wat sei em woll för de Tid, dat hei kein

Wirtschafterin hadd, dat Eten schicken un de Upwohrung in sinen Hus' besorgen laten künn, hüt wull hei hir bi Schultsch eten, äwer irst wull hei sin Hus tausluten, denn't künn mäglich leddig stahn. - Hei kamm tau Hus, hei gung in sine Stuw', all so as süs, äwer kein Disch was deckt, un dat hadd doch all sin müßt hei gung in Dürten ehre Stuw', allens was bisid bröcht, äwer de Lad' stunn noch dor, hei kamm an de Käk vörbi, up den Hird prätelte en Pott mit Rindfleisch, äwer't Füer was binah ut, un't was doch man schad', wenn dat verkamen süll; hei stek frisch Holt unner un puste un puste in de Kahlen, bet em de Asch in de Ogen un up sine Kledaschen satt; hei gung verdreitlich wedder in sine Stuw', halte sick 'ne Pip, halte sick 'ne Kahl ut de Käk, gung in sinen Achtergoren un set'te sick in deipe Gedanken in de Flederlauw'. - Ach, em was ok gor tau einsam, em was, as wenn hei taum tweiten Mal Witmann worden was. -
Dürten was ut de Achterdör gahn un gung dörch Achterstraten up ehr Vaders Hus tau, sei kek nich rechtsch un nich linksch, ehr was, as wenn de Lüd' ehr dat anseihn künnen, wat mit ehr passiert was, un dat sei ut den Herrn Konrekter sinen Deinst jagt was. - »Gott in den hogen Hewen!« säd sei tau ehren beklemmten Harten, »ick bün nu jo woll ganz vagelfri, wo sall ick hen, ick Worm, ick?« - Dormit gung sei äwer driwens up de Stalldör tau, de in dat Achterhus nah ehr Vaders Warkstäd' herinnerführte. - »Gott sei Dank! - 't is Pingstdag, de Warkstäd' ward woll leddig stahn. - Na, an desen Pingstdag ward ick denken, tidlewens.« - Sei kamm rinner, sei set'te sick up 'ne Togbänk, »un de Hän'n sackten in ehren Schot, de Kopp up ehre Bost, un sei kek in deipen Gedanken up en Hümpel Bandstöck in de Eck herinner. - »Mein Gott, mein Gott, wo sall dat warden? Hir kann ick jo doch nich bliwen! Wat sall ick hir? - Min Swester un minen ollen Vader dat Brod vör'n Mun'n wegeten? - Ne, ne! - Oh, ick krig

ok woll 'ne annere Städ' wedder; äwer wo? - Hir in de Stadt sünd kein för mi, un up den Lan'n? - Ih, ja, dat güng woll; äwer, du leiwer Gott, denn kann ick doch hir nich mihr taum Rechten seihn, un denn geiht jo woll allens koppäwer. - De oll Mann kann nich mihr, un Stining hett ehren Kopp vull anner Ding' un is tau gaudmäudig, dat sei seggen süll, so sall't sin un nich anners! - Ne, möt ick mit *de* mi hüt morgen nu ok noch vertüren! - Gott bewohr uns!« rep sei un slog sick de Schört vör de Ogen, »dat stört't jo woll allens up mi in!« - Un sei weinte bitterlich. - »Äwer«, rep sei, un de Schört föll dal, un sei stunn up, »ick heww recht, wat hett Stining sick mang mi un minen Herrn tau steken? - Un mit em heww ick *ok recht,* un mit *em* heww ick irst *recht recht!«* rep sei un smet en ollen Tründelband, de ehr in den Weg lagg, gegen de Wand, un de oll Tründelband prallte wedder t'rügg, un sei smet em noch mal an de Wand: »Willst, Deuwel, liggen! Ne, ok äwer allens möt einer sick argern!« - Un sei set'te sick wedder dal un sünn un sünn, un wat sei ok sinnen ded, sei kamm ümmer tau den Sluß, *sei* hadd recht un de Konrekter unrecht, un mit einem Mal sprung sei tau Höcht: »Herregott, wat heww ick vergeten, dat Eten steiht jo up den Füer, dat brennt un bradt jo woll an - ih, lat't, wat gelt't mi noch an! - Ne, dat geiht nich, dat geiht allmeindag' nich, un tau Schulden will ick mi nicks kamen laten! - Un hei sall nich seggen, dat ick em in'n Schaden west bün.« - Dormit gung sei den Weg, den sei makt hadd, taurügg un gung in de Achterdör up den Konrekter sinen Hof. - Sei gung so lising, lising, ehr was tau Maud', as brök sei heimlich in en frömd Gehöft un einer künn ehr drapen up unrechten Wegen; sei slek sick in de Käk, ehr Rindfleisch kakte sihr schön; sei namm en Gedeck un deckte in den Herrn Konrekter sine Stuw' up - »hei sall doch seihn, dat ick bet up de letzt min Schülligkeit dahn heww« -, sei drog dat Eten up, un as sei dunn äwer

de Del ut den Hus' gahn wull, sach sei dat unselige Kledungsstück, wovon de ganze Larm herkamen was un wat Pagel up den Delendisch leggt hadd, de ganze Arger von hüt morgen steg wedder in ehr up, sei ret de Hos' an sick - »so!« rep sei un knautschte de ihrwürdige Büx in en Klugen tausam un läd s' up den Disch up 'ne Schöttel un deckte 'ne Salwiett doräwer, »dor ligg! - Nich mal en ollen Spenster is ut dat olle Dirt tau maken! Hei sall doch äwer seihn, dat ick bet up de letzt up min Recht bestahn dauh! - So! Dor freu di äwer!« Dormit wull sei ut de Stuwendör - äwer...
De Herr Konrekter hadd in den Goren seten in bedräuwten Gedanken, hei hadd sick ok fragt: »Wat sall ick oll einsam Worm woll anfangen?« Em was't einmal so vörkamen, as hürte hei wat in sinen Hus'; äwer dat kunn jo nich sin. - Nu slog de Klock twölw, un sin Magen stunn ok all up densülwigen Klockenslag, hei müßte nu nah Bäcker Schulten hen, wull blot noch irst sine halw utrokte Pip in de Stuw' stellen hei gung also in sine Dör - äwer...
Dürten stunn vör em, rod vör Schimp, dat ehr dat einer anners utleggen kunn as idel Hast un Gefäuhl vör ehre Schülligkeit; sei wull an ehren Herrn vörbi; äwer de stunn dor mit utgereckte Arm un sach dat Middageten up den Disch stahn un Dürten dorbi un höll dat Ganze för idel Leiw' un Drang, ehre Schuld intaugestahn. - »Ne«, rep hei, as Dürten em unner den Arm dörch wull, un fot sei rundting üm un höll sei wiß, »ne, Dürten! - Ick weit, du hest di dat ut den Sinn slagen un hest mi 'ne Freud' maken wullt.« - »Laten S' mi los, Herr Konrekter!« - »Ne, Dürting, ick weit't - Schult hett't mi seggt - dat is en dumm es Verseihn von den Jungen, den Pagel.« - »So?« frog Dürten en beten sihr spitz, un de ganzen Anstalten von 'ne richtige Evasdochter kemen bi ehr taum Vörschin, »Sei sünd doch so'n klauken un gelihrten Mann; wer schickt en Lahmen as Bad'gänger, un wer schickt en Stamerbuck taum

Utrichten von Bestellungen?« - »Dürting«, säd de Konrekter, un hei hadd sei noch ümmer in den Arm, »*ick* heww schuld, ick säd Büx un meinte de Büß, de swarte Büß; un dat gaww en Spektakel in de Kirch, un sei hewwen mi dormit brüdt, un ick was falsch un...«, un hei strakte ehr de Backen. - »Oh, Herr Konrekter, Herr Konrekter! Ick was jo ok falsch, ick hadd mi mit Stining vertürnt - ne, Herr Konrekter, laten S' mi, ick will...« Äwer sei kamm nich taum Willen, denn de Herr Konrekter namm ehr den Willen mit en ganz richtigen Kuß von den Mun'n weg. - So, nu was't farig, nu stunnen sei dor, wat nu wider? - Eigentlich was nu an Dürten de Reih, denn de Konrekter hadd tau den vullen Verdrag sine Schülligkeit dahn; äwer Dürten ded nicks un säd nicks, denn in ehr bläuhten de Gedanken von den Morgen tau Höchten, un sei bläuhten so schön, sei kunn sei nich daldrücken, sei müßt sei plegen, un sei begot sei mit warme Tranen, de ehr ut de Ogen floten, as sei sach, wo de Konrekter en Staul für sei an den Disch rückte un hir un dor 'ne Schuwlad' upret, as wenn Metz un Gawel för gewöhnlich in sinen Schriwdisch lagg. -
Un as Dürten nu endlich satt, säd de Herr Konrekter ganz irnsthaft: »Dürten, du möst nich glöwen, dat wi *gelihrten* Lüd' ok in allen Dingen klauke Lüd' sünd«, un hei sach dorbi so ihrlich ut, als wenn't würklich wohr wir. - »Ne«, säd Dürten un lachte vör sick dal, »denn hir hewwen Sei mi staats 'ne Salwiett en Wischdauk henleggt.« - Un dat gaww nu wedder en lütten Spaß, un de Konrekter säd: »Dat sühst du nu woll, Dürting, verlaten darfst du mi nich, denn süs kem ick nich rut ut de Dummheiten. - Un hir, hir hest du mi gewiß hüt noch en besonderes Gericht tau Pingsten anricht't« - un hei wull de Salwiett von dat verdeckte Gericht tau Höcht böhren. - Ach, du leiwer Gott! In ehren Glück hadd Dürten dit Unglücksgericht ganz vergeten, sei sprung up un höll mit beide Hän'n de Salwiett dal,

un de Herr Konrekter höll natürlich dit för en prächtigen Spaß, dormit dat de Äwerraschung noch gröter warten süll, un üm den Spaß gröter tau maken, tarte hei an den einen Zippel von de Salwiett un meinte: blot mit ein Og' wull hei mal en beten dorunner kiken. - Dat dürwt nich scheihn, denn adjüs Glück un Seligkeit, Rauh un Freden! Dit swarte samtmanschesterne Gewitter hadd all so lang' an Dütten ehren Freudenhimmel stahn, un Blitz un Dunner wiren up ehr dorut herunnerfohrt, sei müßt dorför en Blitzafleiter säuken, un dorin was sei binah ebenso geschickt as min Fründ, de Herr Dokter Dolli in Treptow: wenn de in Verlegenheit kümmt, makt hei en langen Hals, kickt rasch ut dat Finster un fröggt: »Ist das nicht der Justizrat Schröder, der da vorbeigeht? - Ach, nein, ich irre mich - es ist ja wohl der Herr Superintendent?« - Dorbi möt nu einer weiten, dat de Herr Superndent noch mal so lang is as de Justizrat un de Justizrat noch mal so dick as de Herr Superndent, un wenn einer denn an't Finster löppt un ok taukickt, denn is't gewöhnlich 'ne olle Fru mit en Korf unner'n Arm, un de Herr Dokter Dolli fängt an, äwer sin swack Gesicht tau klagen, un hei is rute ut de Verlegenheit. - Binah ebenso makte Dürten dat, sei rep in ehre Angst: »Herr Konrekter, kiken S' mal! Kiken S' mal! Is dat nich de Soltmannen, de dor vörbigeiht?« - »Ih, ne!« säd de Konrekter. - »Ja«, säd Dürten, »dat is sei, sei hett blot hüt en brunen Äwerrock an.« - »Ih, Dürten, 't was jo en blagen.« - »Ne, ne, 't was en brunen, kiken S' ehr man mal nah, wenn sei bi Dokter Hempels in de Dör geiht, denn is sei't.« - »Ih, dat was jo doch en blagen«, säd de Konrekter un stunn up un kek ut't Finster. - Ratsch! hadd Dürten de Hos' unner de Salwiett rute un unner de Schört steken. - »Mein Gott, Dürten, wat hest du denn seihn? Dat was jo doch en blagen?« - »So?« säd Dürten sihr ergewen in ehren Irrtum, »ja, 't is ok mäglich, dat dat en blagen was;

mi flämert dat sürre einige Tid so brun vör de Ogen.« Dormit stunn sei up un wull ut de Dör gahn. - Äwer de Herr Konrekter was hüt ganz des Deuwels, hei was ehr fix nah un höll sei wiß: »Ne, Dürting, ne! - Hüt gahn wi noch nich so utenanner; irst möten wi tausamen dat Gericht... - Wo? - Wo, dausend? - Wo is dat verdeckte Gericht blewen? - Womit du mi 'ne Freud' maken wullst?« Un hei bückte sick dal, as wenn hei von Dürten ehren Mund sick ein ganz verbadenes Gericht nemen wull. - Äwer Dürten ret sick von em los un schow em taurügg un säd ganz irnsthaft: - »Herr Konrekter, min leiw Herr Konrekter, dat Gericht, wat hüt middag tüschen uns verdeckt stunn, möt för ümmer tüschen uns en verdecktes bliwen, denn, hoff ick, bliwwt Freud' un Rauh' tüschen uns, un späder sälen Sei't ok noch mal tau weiten krigen, wat't was. - Un, Herr Konrekter, wenn Sei 't willen, denn will ick girn Ehre Wirtschafterin bliwen un minen Posten noch beter tau verwachten säuken as vördem; äwer, Herr, ick bün en armes Mäten, ick heww nicks as minen ihrlichen Namen.« - Dormit gung sei ganz rodäwergaten ut de Dör, un ehre Hand müßte tweimal nah den Drücker gripen, ihre sei em funn.

De Konrekter stunn stiw dor un kek up dat Flag, wo sei em ut de Ogen kamen was; nah 'ne Wil dreihte hei sick üm un gung in olle Gewohnheit nah sin Pipenbrett, as wull hei sick sin Nahmiddagspip ansticken, hei ded't äwer nich un kek in de Ecke rinne, wo de ollen Pipenstaken verkrüz un verdwas äwerenanner herlegen, as wiren't sine eignen Gedanken. - Hei was, as hei sin Dürten wedder vör sick sach, so fröhlich un so lustig worden, em was bi't Middag so spaßig tau Sinn west, sin Hart was so licht; äwer Blaumen, schöne Blaumen bläuhten dor nich drin, gräun was't, äwer un äwer gräun as en schönen Brink, worup allerlei nützbor Veih fröhlich grasen kunn; hei hadd jo sin Hushöllerin wedder. - Äwer - äwer - nu, as em Dürten in sine Lustigkeit so taurüggwesen hadd, dunn was't em, as hadd sei dormit all dat Veih ut sine Koppel jagt, un dat Gras wüß höger un höger, un Blaumenknuppen wis'ten sick doran, un wenn uns Herrgott nu noch en warmen Regen un en hellen Sünnenschin schickte, worüm süll denn nich ok en *ollen* Brink an tau bläuhen fangen? - Hei verget sin Pip, hei set'te sick nich in den Lehnstaul, hei fung an, in de Stuw' up un dal tau gahn. - Mein Gott, wat hadd Dürten so ganz anners utseihn, as sei ut de Dör gahn was, as süs! So irnsthaft, still un sacht was sei gahn, was ehre Red' west; sei hadd so weik seggt: »min *leiw'* Herr, ick heww nicks as minen ihrlichen Namen«, äwer wir hei, de Konrekter Äpinus, denn en Liderjahn? Un wat hadd hei denn dahn'? - Hei hadd ehr en Kuß gewen. - Ja, 't was en dummen Streich, 't was en Jungsstreich! - Wat hadd hei tau küssen? - Hei hadd sei au all tweimal küßt, un dat letzte Mal up den Mund; dat olle dämliche Küssen kunn em noch in Ungelegenheiten bringen. - Wo kam *hei* dortau? - Ja, 't was wohr, an't Frigen hadd hei all öfter dacht; äwer hei hadd sick dat ganz anners dacht - mit Küssen gor nich - ‚hei hadd sick dat dacht as en Kumpanigeschäft up gegensidige Uthülp un grote Hochachtung, wo »unser Äpinus« de utwartsigen Angelegenheiten in de Schaul besorgen süll, un »sein Komp.« de Käk. - Äwer wo blew de grote Hochachtung bi Dürten, wenn hei sei all küssen ded? - Süll hei woll...? - Ih, bewohr uns, wo wir't mäglich! - Je, süll hei sick woll verleiwen känen? - Wat? In sine Stellung un in sine Johren un denn in sine Wirtschafterin? - 't was 'ne verfluchte Lag', un hei hadd keinen, den hei dornah fragen kunn, denn de einzigste, de em gauden Rat gewen kunn un ümmer gewen hadd, dat was sin Dürten - un dat gung doch nich. - Dunn lüdten de Klocken tau Kirchen, hei müßte hen un singen un spelen; äwer as hei vör sine Ördel satt,

dunn sach hei ümmer vör sick de swarte manschesterne Hos' von hüt morgen un dorbi wedder Dürten, as sei äwer Nahmiddag ut sine Dör gung, un wat hei spelte un sung, was ok nich grad vom Besten. -
Dürten satt wildeß in ehre Stuw', un ehre Seel was dorbi, sick de schönen witten Engelsflüchten antausnallen, un wull en beten äwer Tid un Rum wegfleigen in en schönes Land, wat in de Taukunft lagg, wo de Ird gräuner was un de Hewen blager un wo de Sünn heller lücht't. - Na, sei segelte denn ok richtig los un was ok all en gaud En'n tau Höchten; äwer einer sall nich ihre raupen »halt Fisch!«, ihre hei weck hett. - Jede Seel hett en Klotz an den Bein, de heit »dat Schicksal«, un wenn sei sick upswingen will, denn möt sei den Klotz mit tau Höchten riten, un de slackert denn verdreitlich an den Beinen rümmer, un de witten Flüchten stöten hir an un dor an un schurren an de Wän'n lang un kamen gor nich rute ut de enge Kamer un ehre dägliche Bedrängnis. - Dor sitt nu taum Bispill en jung Mäten 's Abends in'n Schummern an en Winterdag in ehre Stuw' un will sick dat utmalen, woans ehr dat woll kleden würd, wenn sei mit Fritzen oder Franzen oder Korlen, oder wo hei nu heit, des Sommers in de Gorenlauw' set un Mutting wir en beten utgahn, un - bautz! smitt en lütten Stratenjung', den dat Schicksal anstift't hett, mit en Sneiball in't Finster, dat de Schören ehr üm den Kopp klätern, un de Winterwind pust ehr in den Nacken, un vörbi is't mit dat Sitten in de schöne Sommerlauw', de Klotz ritt sei up de Ird taurügg. - Un Fritz oder Korl oder Franz, oder wo hei nu heit, sitt bi den Herrn Konrekter in de Klass', un vör em liggt de oll ihrwürdige Cicero, un hei denkt, wat sallst du di vel mit den ollen Herrn afgewen, prepariert hest du di jo doch nich, un hei will eben Mining oder Stining oder Lining sacht in den Arm nemen un mit ehr tau Höchten segeln, un de Herr Konrekter röppt sinen Na-

men un seggt: »Min Sähn, äwersett mal!« - Je, denn is de Herr Konrekter de Klotz. -

Dürten ehr Klotz würd nu Bäcker Schultsch, denn as sei sick all en schön En'n tau Höchten swungen hadd un all in de Firn en lütten nüdlichen Husstand mit en recht folgsamen Ehmann un allerlei Schötteln un Pött sach, kamm Schultsch in de Dör rinne un fung an un höll ut bet an't En'n, ahn dat Dürten antwurten kunn oder müggt: »Wat heit dat, Dürten? Du büst hir? - Ick mein, du büst weg? - Dorüm lett mi also de Konrekter mit minen Kalwerbraden up em luren un ett hir un seggt mi, hei hett di wegjagt, un ick sall't wedder in Richtigkeit bringen. - Ick stek mi mang so wat nich mang, denn hadd ick vel tau dauhn, un't is jo ok nu nich nödig, denn ick seih jo, ji sid jo all wedder schon äwerein! - Na, minentwegen! - Äwer dat segg ick di, dat anner slag di ut den Sinn - ja, ick was jo ok 'ne Wirtschafterin, as ick frigen ded, äwer dat was jo ok 'ne annere Sak, ick was en jung Mäten, un Krischan was en jungen Kirl un kein Konrekter - äwer du? - Du büst jo all in de verstännigen Johren, un hei is dor jo woll all äwer rut. - Du sollst sein Bein von seinem Bein und Fleisch von seinem Fleisch; ja, dat glöw ick, wenn hei'n Bäckergesell wir as Krischan, denn güng't, äwer so - Herr Konrekter un Dürten Holzen? - Ne! - Mensch, bedenke das Ende! - Frigen deiht hei di nich un kann hei di nich; is jo ok nich nödig, denn ji sid jo nu all wedder tausam, un dat freut mi, denn eigentlich bün *ick* dor doch man schuld an, un as Krischan säd, ick süll't sin laten, ick snackt jug utenanner, dunn säd ick: Ne, Krischan, ick snack sei tausam. - Na, un heww ick't nich? Äwer dat anner slah di ut den Sinn. - Na, adjüs! 't geiht würklich nich - 't is en tau groten Scheidunner, Dürten. - Na, adjüs!« - Dor gung sei hen, un sei was en sworen Klotz, un Dürten föll ut ehren hellen Himmel up de harte Ird taurügg, un dat Hart ded ehr weih. -

Äwer't giwwt Harten von allerhand Ort, de weck sünd hart as Marmelstein, wenn de uns' Herrgott ut ehren Hewen fallen lett, denn springen sei, oder sei bohren sick in den Stoff un den Smutz von de Ird; de weck sünd weik, as wiren s' ut Botterdeig knedt, wenn de up de Ird fallen - so! denn liggt de Quark dor; äwer't giwwt ok Harten, mit de kann en Kind lustig spelen, un 'ne Risenfust kann dorup drücken, un sei lett kein Fingermalen nah, 't is, as wiren s' ut Gummilastikum, wenn de uns' Herrgott up de Ird smitt, denn prallen sei taum Hewen wedder up, un uns' Herrgott fängt sei un behöllt sei, oder hei lett sei wedder fallen un wedder, un ehr Fall ward sachter un sachter, un sei rullen furt, bet sei in't gräune Gras liggen bliwen oder in'n gräunen Busch. - So'n Hart was Dürten ehr, un mi sall't wunnern, in wat för en Busch dat woll liggen bliwen ward - ob't woll en Rosenbusch is? -

KAPITEL 11

Se. Majestät, Ferdinand der Erste von Malzahn mit der Kette des Goldenen Vließes. - Mamsell Soltmann trett an as letzte Mann, de Konrekter steckt ehr 'ne Schumkell as Dauknadel an, Schauster Schöning wischt sinen Jöching de Näs' af. - Schultsch un Kägebein gegen einanner up. - Worüm de Dichter sin Vermägen up Kunsten sinen Schenkdisch smitt un de Herr Konrekter Schultschen de unregelmäßige grichschen Verba verhürt. - Dürten is sihr taufreden un will Stining trösten. - Wer wildeß all Stining trösten deiht. - De Tüffelmaker will nich kamen, un de Löper will nu endlich sinen dummen Streich maken. - Admiral Strasen set't Dörchläuchten - baff! - mang sin truges Volk. Hofrat Altmann makt mit Hülp von Dörchläuchten Kägebeinen taum Hofpoeten, äwer de Botter kost't ümmer noch drei Gröschen, un fiw Eier gewen s' för en Schilling. - Stining un Dürten stahn vör Dörchläuchten, un Schultsch gütt Randten en Kraus mit Duwwelbir in Strümp un Schauh. - Twei arme Mätens.

Grad so as in de äwrige Welt, so is't in Nigenbramborg ok: de tweite Pingstdag folgt dicht achter den irsten, un wenn de leiwen Nigenbramborger den irsten Pingstdag recht frisch un fram in de Kirch gahn sünd, denn slagen sei den tweiten recht fröhlich un fri achterut; un grad so as't hüt is, was't dunn ok, blot en beten anners, blot en beten swakker, wat de Middel anbedrapen deiht, un blot en beten stärker, wat de Lust angeiht; denn mit de Middel tau 'ne Fröhlichkeit un de Fröhlichkeit sülwst is dat grad so as mit den Spurn un dat Pird: je slichter dat mit dat Pird bestellt is, desto scharper möt de Spurn sin, un en rechten krähnschen jungen Hingst, de brus't von sülwen dorhen, de brukt keinen Spurn. - Ick will nu grad nich seggen, dat de Nigenbramborger up Stun'ns in ehre Fröhlichkeit up en ful Pird riden un dat sei nich ok mal as en krähnschen Hingst dat Bitt mang de Tähnen nemen un dörchgahn; äwer en beten scharperen Spurn möten sei doch all hewwen as vördem, un dorin kann ick ebenso gaud as jeder anner min Urtel afgewen, denn heww ick dat villicht nich seihn? - Bün ick nich dorbi west, wenn min oll Fründ Hagemann den Dag nah Pingsten dat Ganze bi de Schüttengill kummandierte un dat Batteljon scharp tausamnamm? - Heww ick nich dorbi stahn, wenn dat Batteljon dat Schüttenhus störmte, un heww ick nich as »tapferer Zuschauer« bi't Plünnern hulpen? - Hew ick nich villicht bi Disch gradäwer von den Herrn Schaffner Jehann Stoll seten un mit anseihn, wat hei vör Heldentaten in Hektlewern un Swinsbraden mit Plummen verricht'te? - Ja, heww ick mi nich bi den Rückmarsch an Dokter Brücknern sine Eck henstellt un heww »Seiner Majestät« seihn, »den König, Freiherrn Ferdinand den Ersten von Malzahn mit der Kette des Goldenen Vließes der Neubrandenburger Schützengilde, wie er ehrfurchtsvoll geleitet wurde von den Magistratsmitgliedern in hohen, hochroten, goldgestickten Kra-

gen«? - Un dat süll kein scharpe Spurn tau Lustigkeit sin? -
So wat Schönes, Grotes un Erhabenes hadden de dunnmaligen Nigenbrambörger noch nich utfünnig makt un hadden't - Gott sei Dank! - ok noch nich nödig, denn lustig wiren sei ehedem, un sei treckten in hellen Hupen ut dat Stargarder Dur nah dat Nemerowsche Holt - wo dunn noch nich mal Fritz Lang' was -, oder sei swemmten in allerlei Kahns un Seelenverköpers äwer den schönen See un juchten un krischten all vörher, ihre de eigentliche Lust angahn was. Un all vör den Dur un den Weg entlang seten de Stutenwiwer, wat meistendeils Schultsch ehre Unnerbeamten wiren, un verköfften Lockstuten un Stollen un Botterpamel un för de Kinner vele Semmelpoppen, un för de Ollen schenkten sei Kirch un 'ne Ort Gesöff, wat sei Bittern nennten un wonah de Mannslüd' sick schüdden un de Frugenslüd sick breken müßten; äwer't was sihr gesund. - Un wenn nu einer unner de schönen, rumen, gelpen Bäuken kamm un sach de Sünn so dörch de jungen Bläder spelen un ehren Schatten hirhen un dorhen smiten, äwer ümmer up fröhliche Gesichter; un hei sach de beiden Dreslerbauden mit lange un korte Pipen, un hei sach den Klempner sin Baud' ut de Badstüwerstrat, den Dürten nich hadd frigen wullt, un hei sach Jud' Markussen sine Baud' mit all de schönen Saken, de för nicks un gor nicks wiren, nich för de Warmnis un nich för de Küll, süll einen nich dat Hart dorbi upgahn un bi den Gedanken, dat all dese Herrlichkeiten mit en por Wörpelogen tau winnen wiren? - Von Bäcker Schultsch ehre Danzbaud' mit Duwwelbir un Botterpamel un von Kunsten sine mit Punsch un Zuckerkanditerkram heww ick nicks nich seggt, denn dat dick En'n kümmt nah.
Un as de Herr Konrekter an desen gesegenten Nahmiddag unner de Bäuken ankamm, dunn rep Dresler Swirdfeger: »Alle Mann heran! - Herr Konrekter,

nemen S' nich äwel, äwer't fehlt just noch de letzte Mann.« - Un as de Herr Konrekter einen bläudigen Gröschen ut de Tasch herutegrawwelt hadd, rep de Dresler wider: »Alle Mann heran! - Mamsell Soltmannen, nemen S' nich äwel, äwer't fehlt just noch de letzte Mann.« - Un as de Soltmannen as letzte Mann intreden was, dunn kunn't Wörpeln losgahn, un Schauster Schöning säd, sin Jöching, den hei up den Arm hadd, süll für em smiten, Unschuld bröcht Glück, un de Herr Konrekter makte en unschülligen Spaß tau de Soltmannen un frog, wo't ehr beiden denn woll kleden würd? - Un de Soltmannen namm't äwel un smet, un Jöching smet ok mit Hülp von sinen Vader un makte glike Ogen mit de Soltmannen un müßte sick mit ehr steken un gewünn, un de Soltmannen gung mit ehren Pareßoll af un rekente den Herrn Konrekter ehren Verlust för sine dumme Red' an. - Un Schauster Schöning säd: »Herr Konrekter, nemen S' nich äwel, dat Jöching Sei dat so vör de Näs' weggewunnen hett; äwer't is en hellschen Jung', un Sei sälen em ok noch mal in de Mak krigen, denn, wenn't nah minen Willen geiht, denn sall hei studieren lihren. - So, Jöching«, un hei wischte den Jungen de Snut, »giww dinen Lihrmeister en Kuß.« - Un as de Herr Konrekter an de Klempnerbaud' kamm, was't dor grad so as bi den Dresler, hei was noch wedder grad de Mann, de noch fehlen ded, un Mamsell Soltmannen smet ok wedder mit un verlür wedder, un de Konrekter gewunn 'ne missingsche Schumkell, un 'ne lustige Ridderlichkeit kamm äwer em, un hei hung de Schumkell mit ehren Haken vörn in de Soltmannen ehren Äwerrock un makte ehr en schönes Present dormit, un de Soltmannen würd rod un säd, sei nem't an as en Bewis von Inclination, un knickste dorbi, un dorbi kamm de oll Schumkell in den Swung un flog hen un her as en Parpendikel in de Stuwenklock, un Schultsch sach't von ehre Baud' ut un wull sick dodlachen un rep: »Dürten

Holzen, kik Korlin Soltmanns mal an un dinen Herrn Konrekter!« -

Dat hadd Schultsch nu gor nich nödig hatt tau seggen, denn Dürten hadd de Anstalten von de beiden all lang' seihn. - Sei hadd tauirst nich rute wullt nah den Holt desen Nahmiddag, un sei hadd mäglicherwis' nich enmal up Stining ehr veles Bidden hürt, wenn de Konrekter nich so fründlich desen Morgen seggt hadd: »Dürting, du geihst doch ok hüt en beten rute in't Holt?« - un as Dürten Inwennungen makt hadd, hadd hei seggt: »Ih, worüm nich, Dürten? - Wi gahn beid' in Bäcker Schultsch ehre Baud' un lewen lustig un eten Kalwerbraden un seihn biher so'n beten up Stining, dat sei mit den Löper nich tau hoch springt.« - Un dese Ort von Redensorten hadd sei nu dortau bröcht, dat sei mit ehr Swester rutegahn was, un nu müßt sei dat vör ehren sichtlichen Ogen erleben, dat de Herr Konrekter sick ok gor nich üm ehr un Stining kümmerte un mit de gele Perßon von Baud' tau Baud' torrte un mit ehr schön ded un ehr 'ne schöne Schumkell, de sei sülwst so schön bruken künnen, as 'ne Dauknadel an den Bussen stek; un dat Schugels von Kammerjumfer, dat schämte sick gor nich un slackerte so utverschamten mit de schöne Schumkell rümmer, as wull sei tau jeden seggen: Kikt mal! - Hett mi de Herr Konrekter schenkt! - Un sei kamm Dürten in desen Ogenblick doch äwermaten gel vör; un wat sei eigentlich von ehren Herrn denken süll, dat wüßt sei denn doch gor nich. - Wo? - Paßte sick dat, dat en Kanter un Konrekter in sine Johren vör 'ne Klempnerbaud' mang all de Lüd' mit so'ne lichtfarige Perßon spaßen un jökeln ded? -

Äwer dit süll noch fiwmal anners kamen als mit de sel Fru, denn ihre sei't sick versach, kamm de Herr Avkat Kägebein ut Nigenstrelitz mit en Paket unner'n Arm up de beiden tau, un nu gung dat mit »bon jour« hir un »bon jour« dor un mit Lachen un

Hägen los, un de Herr Konrekter bonjourte lustig mitmang, wenn ok man up Plattdütsch, äwer lachen ded hei ganz lichtfarig französch. Un de Gesellschaft gung an Schultschen ehre Baud' vörbi, un de Herr Konrekter ströpte Dürten binah an den Rock, äwer sach sei nich; un de Soltmannen sach sei recht gaud, wull sei äwer nich seihn un slog en por Mal Rad mit ehren Paraßoll, as wull sei seggen: »Du jammerst mi«, un as sei vörbi wiren, kek sei sick noch mal üm, un Dürten was't, as wir de Blick in Gift un Gall stippt, un dat was ok so, denn de Blick hadd sick deip in Dürten ehre Ingeweiden bohrt, un dor kakte dat von Gift un Gall. - Un Stining säd: »Mein Gott, Dürten, wat hett sei doch för en Por Ogen, dat is doch grad, as wenn sei in'n Düstern lüchten känen.« - »Ja«, säd Dürten, »von Pick un Swewel.« -
Un mitdewil hadd sick de Herr Avkat Kägebein mit den Puckel an de Vagelstang' henstellt un ret sin Paket utenanner un halte en Bauk taum Vörschin, dat wiren sine Gedichten, de Korb tau Pingsten farig druckt hadd, un sach ut as en begeisterten Sänger ut ollen Tiden, blot dat hei keine Leier in de Hand hadd un üm den Kopp kruse Locken un in de Locken en gräunen Kranz un an de Beinen Sandalen, denn staats Locken hadd hei 'ne Prück up un staats den Kranz en lütten dreitimpigen Haut un staats de Sandalen lange Smerstäweln, wat ok beter was, denn hei was tau Faut von Nigenstrelitz kamen. - Un hei las sine Gedichte vör, un dormang verköffte Schultsch ehren Stuten un ehr Dünnbir, un in dat grote Minschengewäuhl vör Schultschen ehren Telt slog dat nu männigmal an Dürten un Stining ehre Uhren: »Deine holde Liebe zu genießen« - »Ne, des' is weiker, nemen S' dissen« - »Stehet längst nach meinem Sinn« - »Ih, dat is Bir, nich Lütjedünn!« - »Soll ich die Seel' in deine Seele gießen, hier hast du sie! Da! Nimm sie hin!« - »Gotts Dunnerwetter! Sei geiten mi jo dat ganze Dischla-

ken vull,« - »Du bist's allein, die mir gefällt.« - »Ih, wat! - Ick nem kein preußsches Geld.« - »Du bist die Schönste in der Welt!« - »Wo sick dat Görentüg hir vör mi stellt! - Dürten, kumm her un help mi de Gören wegjagen. Wat hir! - Hand von'n Disch! - Wer kein Geld hett, bliw mi von den Wagen.« - Un so wirkten Kägebein un Schultsch in den groten Minschenverkihr, jeder in sine Ort, un Schultsch hadd grote Innam an Geld, Kägebein grote Innam an Ruhm, denn sülwst de Konrekter lachte äwer em un verböd em den Mund nich, denn hei sach, dat hei würklich begeistert was, indem dat hei all etzliche Gläs' Punsch bi Kunsten vertehrt hadd, un de Soltmannen was vullstännig weg, as de Dichter ehr säd: dese Gedichten wiren all up ehr makt un hüt wull hei sei Dörchläuchten äwergewen, un denn würd hei Hofpoet; Dörchläuchten wull hüt hir expreß dessentwegen rutekamen, dat hei em dat Bauk vör aller Ogen äwergewen süll, un dat wir gewiß - Rand hadd't seggt. -
Un de Konrekter hadd jo hüt de Mäglichkeit dahn, sick bi de Soltmannen in den Tee tau setten, äwer wat is 'ne Schumkell gegen en Band vull Leiwsgedichten? - Kägebein schow ümmer einen Stein nah den annern bi Korlin-Dorimenen in't Brett un puste den armen, ollen Konrekter einen Stein nah den annern weg, un as de Soltmannen sinen Arm annamm, dunn slog hei tau Damm, un de Konrekter hadd de Parti verluren; denn de Dichter stürte mit Korlin-Dorimene grad up Kunsten sinen Punschtempel los, un as de Konrekter säd, dor künn hei nich un wull hei nich rinnegahn, hei güng nah Schultschen, dunn kek em de vakante Kammerjumfer mit densülwigen Blick an, mit den sei Dürten ankeken hadd: Du jammerst mi! - Un Kägebein deklamierte:

»Du kannst das Niedre nicht vergessen,
Es fehlet dir der hohe Schwung!

Du gehst zu Schultschen Pamel essen
Und trinkest Bier dazu als Trunk.
Wir aber beide gehn zu Kunsten
Und sitzen da als selig Paar
Und wollen fröhlich mit uns punschen
Und essen süß Kanditerwar.«

Un Kägebein ded in Würklichkeit, wat hei as Dichter verspraken hadd - un dat känen wenig Dichter von sick seggen! Hei gung mit Dorimenen punschen, un Dorimene let't sick gefallen un satt as einsame Jungfru mit den Hofrat Altmann un den Dokter Hempel un den Rat Fischer un süs noch weck von Kunsten sine Stammgäst an den Disch un stippte ehre swarten Pickfackeln von Ogen in den Punsch, indem dat sei verschämt in dat Glas rinnekek, un Kägebein höll sin Glas stiw vör sick weg un kek nah baben taum Hewen up dörch dat Lock in Kunsten sin Planlaken, wat verleden Winter de Rotten dorin freten hadden, un keiner von de ganze Gesellschaft wüßt dat, wat för en Gefäuhl dat eigentlich was, wat dörch sine Sängerbost tog, sülwst Kunst nich, un de wüßt doch süs genau, wat sin Punsch för 'ne Wirkung hadd. - Äwer de olle pfiffige Hofrat Altmann, de ok up anner Ding' tau lopen verstunn as up Schuldschins un Obligatschonen, indem dat hei all dreimal sin truges Hart up ewig verschenkt hadd un nu taum virten Mal wedder dorbi was, kamm em achter dat Geheimnis, as hei gewohr würd, dat Korlin Soltmanns von Tid tau Tid so hochgel anlep, as würd 'ne gele Beer tau Wihnachtstiden mit Goldschum vergüllt, denn hei sach't as Nahwer, wo Kägebein de unschüllige Kammerjumfer ümmer unner den Disch de Hand drückte. - Dat kunn hei denn jo nu nich verswigen, un hei fung an tau plinken un tau winken, bet sin Kameraden alltausamen Bescheid wüßten un Kunst sick achter dat Pörken henstellte, de Dumen in de Ärmellöcker, un sei ümmer ümschichtig von

unnen up ankek. - De Dichter markte natürlich nicks, äwer Dorimene sprung up un stickte sick in ehre säute Verschämtheit rodgel an, dat dat ehr as 'ne schöne Appelsine let, un lep ut den Punschtempel - un natürlich de Dichter ok achter drin.
Un as sei nu so säut argerlich un so fründlich verdreitlich unner de schönen gräunen Bäuken vörup gung, dunn folgte de Dichter ehr so smachtig vull Hoffnung un so kläglich vull Freud', dat hei utsach as en rik beladenen Dreimaster mit terretene Segel, de up hoge Bülgen hen un her wiwakt. Un as hei sei nu äwerhalte un in de schöne Bucht von ehren weiken Arm inlep un mit sinen krummen Arm dor Anker smet un nah en beten Säuken ok tauletzt schönen Ankergrund funn, dunn was em tau Maud', as wir hei nu för ümmer in den säkern Hawen von Glück inlopen un dat ganze schrägelbeinige Schippsvolk von Dichtergefäuhlen in sinen Harten tummelte dorin sparrbeinig herümmer un allens schreg: Land! Land! - Un ok in Dorimenen ehren Harten schreg dat nah lange See- un Irrfohrt: Land! Un nah korten Besinnen, wat de Konrekter nich beter wir, entslot sei sick, wißtauhollen, wat sei hadd, un nich mihr up See tau gahn. Dor seten sei au in den schönen Schatten von dat Buschholt unnen an den See, un de Dichter hadd 'ne Brud un kreg hüt den Titel »Hofpoet«, un de Soltmannen hadd en Brüdjam un kunn nu tau den Konrekter un Dürten irst recht seggen: »Ji jammert mi !« - Dunn brus'ten de Trumpeten un Pauken von den Stadtmuskanten ut Kunsten sine Baud' ehr in de Uhren un repen sei up de Ird taurügg, un Kägebein säd, hei künn't sogor in sine wide Bost nich mihr harbargen, de Welt müßt sin Glück seihn, un Dorimene säd, sei wir't taufreden, ehr hadd - Gott sei Dank! - keiner tau befehlen, un sei hadd ehr Vermägen för sick. - Un sei gungen Arm in Arm nah Kunsten sine Baud' taurügg un strahlten an den Konrekter un Dürten in Schultschen ehre Baud' vörbi un säden nich

Swart un Witt; äwer üm ehr rümmer swemmte en stolzen Glanz, dat Dürten tau sick seggen müßt »Gott bewohr uns in allen Gnaden! - Wat is't mit *de?*« - Un as sei in Kunsten sine Baud' herinnekemen, spelte de Stadtmuskant en Hopser, un ahn sick wider lang' tau besinnen, hopsten de beiden glücklichen Brudlüd' los un hopsten un hopsten, as süll't Vergnäugen so lang' duren, bet sei in den Ehstand selig herinnerhopst wiren. - Äwer wer lang' leiwt, den ward de Leiw' olt, un wer lang' hopst, den ward de Pust kort, un as de Pust all was, tred Kägebein mit sine Brud an den Schenkdisch un smet, as lichtsinnige Dichter dauhn, sin ganzes Vermägen in swedsche Tweigröschenstücken un strelitzsche Schillings up den Schenkdisch un födderte Punsch dorför, un Kunst rep: »Korl! För den Herrn Avkaten! - Korl! För de Mamsell Soltmannen! - Korl...« Un hei gluderte so von unnen up de beiden wedder ümschüchtig an. »Hir is woll wat passiert? - Korl! Für mi ok en Glas!« - Un dat kunn nu woll gaud jeder seihn, dat hir wat passiert was, un de Stammgäst drängten sick ran, un Kägebein slog den einen Arm üm sin niges Eigendaum un böhrte mit den annern dat Glas in de Höcht un rep:

»Solches hab' ich mir errungen,
Solches war mir zugedacht!
Hoch sei jedes Glas geschwungen,
Hoch auf Dorimen' gebracht!«

»Korl! Mihr Gläser! - Korl! För Hofrat Altmann! - Korl...« Äwer wider kamm hei nich - »Hoch! Hoch!« -, un sogor in desen fierlichen Ogenblick kunn de Dichter dat Dichten nich laten, hei kihrte sick an nicks un dicht'te wider:

»Und hier selig gehn wir beiden
Froh nach der beglückten Tat,
Und der Liebe Lämmer weiden

Lustig auf der Hoffnungssaat.«

»Hoch! - Hoch! - Korl! - Korl! - Hoch! - Tusch!« So gung't nu dörchenanner, bet den Stadtmuskanten sine Trumpeten dat letzte Wurd behöllen. -
»Dat segg ick man, dat segg ick man!« rep Schultsch in ehre Baud, »de ẞackermentsche Pantüffelmaker up den Sankt-Jürrn! - Wat dauh'ck mit so'n Kirl? - Lett sick up sine Finsterluk as Schild en höltern Tüffel un 'ne Trumpet malen, taum Teiken, dat hei ok Musik maken kann, un ick nem em derentwegen ok, dat hei doch von mine Baud' ut Kunsten sinen ollen dämlichen Stadtmuskanten Gegenstand leisten sall, un nu kümmt dat nich, un nu kümmt dat nich? - Dürten Holzen, Dürten Holzen! Kik doch blot in Kunsten sine Baud'! Kik doch Korlin Soltmanns an! Kik! Wat hett s' för Anstalten! - Steiht mang all de ollen Kirls un knickst un knickst. - Gott bewohr uns! Lett sick von den ollen Swäkspohn von Strelitzer Avkaten rund ümfaten! Olle Zitteron! - Schämst di nich? Mang all de ollen Kirls allein tau stahn? - Ick wull, de ẞackermentsche Tüffelmaker wir hir, ick wull di en Vers blasen laten! - Dürten, Dürten, kik! Kik den ollen Hofrat Altmann an. Bunt as 'ne Pagelun steiht hei dor un drängt sick mit sin oll Gesöff an Korlinen ran - ick wull, hei begöt s' mit sinen Punsch von baben bet unnen, dat s' doch mal rod würd - un nu - hest hürt? - Huching! - Huching! - ‚Dem verehrten Brautpaar ein donnerndes Hoch!' - Krischan!! Krischan! - So hür doch! - Korlin Soltmanns is Brud! - Jungs, lopt räwer nah Kunsten sine Baud' un raupt Hurah! un Vivat! un Füer! un wat jug in- föllt. - Lieber Gott, wer hätt's gedacht? - Unverstand kommt über Nacht! - Na, ick segg nicks, ick segg gor nicks, äwer: vorgetan un nachgedacht hat manchen in groß Leid gebracht. - Dürten..., ach, Herre Gott, Herr Konrekter, ick heww Sei gor nich seihn; leiwer Gott, ick segg nicks, äwer wo Sei woll tau Maud'

is?« - »*Mi?* Wo *mi* tau Maud' is?« frog de Herr Konrekter dorgegen un kek Schultsch an, as verhürte hei ehr de unregelmäßigen grichschen Verba un wüßt all vörher, dat sei mit 'ne Dummheit tau Rum kamen würd. - Und dit hadd hei denn ok richtig raden, denn Schultsch stamerte rute: »Ick dacht, Sei hadden - Sei wullen - de Lüd' säden, Sei wullen de Soltmannen sülwst frigen.« - »Fru Schulten«, säd de Konrekter un stunn von Krischanen sine Sid up, wo hei seten hadd, »mi dücht, Sei hewwen hüt vullup naug mit Ehren eigenen Kram tau dauhn, bekümmern S' sick nich üm minen«; dormit set'te hei den gollen Knop von sinen Ruhrstock sick unner de Näs' un gung stiw ut de Baud'. - »So!« rep Schultsch, »dat segg ick man, nu heww ick den ok vör den Kopp stött.« - »Un ick segg«, säd Krischan, »du kannst din Mul nich törnen.« - »Dat seggst du mi wedder? Un ick segg di... - Dürten, segg mi mal...« Äwer wider säd sei nicks tau Dürten, denn dat Unglück bröchte in desen Ogenblick den Tüffelmaker mit sine musikalischen Mitkollegen in dat Telt, un nu fohrte sei up desen los un gaww em sinen richtigen Empfang un verlangte von em in ehre regierende Eigenschaft: hei süll up de Städ' in ehre Baud' eben so'n groten Spektakel maken, as in Kunsten sine Baud' los wir, un dat ded denn ok de gehursame Tüffelmaker un besorgte dat den ganzen Abend un de Nacht dörch un blos Vir-Virtel-Takt, wenn bi Kunsten drei Achtel blasen würden, un drei Achtel, wenn Kunsten mit twei Achtel utkamen wull, un ded den Stadtmuskanten Gegenstand, un Schultsch was mit em sihr taufreden un schenkte em ut ehre Duwwelbirbuddeln ümmer frischen Kunst-Schawernack gegen Kunsten in.

Na, un Dürten? - Je, üm Dürten brukte Schultsch sick nich tau kümmern, de hadd allens gaud naug mit anseihn, in ehr hadd't heit upkakt, as sei de olle gele Perßon so äwerböstig hadd rümmerstolzieren seihn, un as sei sei in Kunsten sine Baud' so frech mang all de vörnemen Herrn stahn sach, hadd sei sick nah ehren Herrn Konrekter ümkeken, wat de ok vör allen in Säkerheit wir, un as sei gewohr worden was, dat de ahn alle Gefohr bi Krischan Schulten satt, dunn hadd sei still vör sick hinseggt: »Gott sei Dank! - Mi gelt't nicks an.« - Dunn was äwer 'ne grote Niglichkeit äwer ehr kamen, wat denn woll eigentlich los warden süll, un as nu Hofrat Altmann dat Brudpor hoch lewen let, hadd sei sick vör ehr ganzes Geslecht schämt, dat ein von ehre Mitswestern sick bi 'ne Bowl Punsch un nich von 'ne Kanzel proklamieren un afkünnigen let, un as sei sick den Dichter noch mal recht nipp ankeken hadd, hadd sei tau sick seggt: »Na, lat sei! - So'n Pott, so'n Stülp.« - Un nu was 'ne grote Rauh bi ehr inkihrt, wenn ok de Tüffelmaker noch so vel Spektakel üm ehr rümmer makte, de irste Nod was kihrt, *ein* Stein was ut den Weg' rümt, an den sei sick oft stütt hadd, ehr Herr kunn un würd nu allseindag' nich de Kammerjumfer frigen, un wenn de Perßon ehr ok hüt noch so niderträchtig hochmäudig ankeken hadd, *sei* gaww ehr doch ehren Segen un säd tau sick: sei glöwte ok, so wir't am besten. - Un nu kamm ehr wedder allerlei Bedenken, wenn dit nich wir un dat nich wir un wenn sei bi den Herrn Konrekter as Wirtschafterin blew, oder wenn sei... - Gott bewohre! wo künn sei so wat denken! Denn dat beten in de Backen knipen un »leiw' Dürting« un sülwst de Kuß, de künnen't doch noch nich utmaken; un sei wir 'ne slichte Perßon, säd sei tau sick, dat sei äwerall an so wat dachte, un sei wir 'ne slichte Perßon, dat sei hüt nahmiddag wedder so'n Haß up de Soltmannen smeten hadd, un dat Mäten hadd ehr in densülwigen Ogenblick den grötsten Gefallen up de Welt dahn. - Un unsen Herrgott sine Weg' wiren doch wunnerlich, säd sei, un de Minsch süll nich glik up den Weg schellen, wenn hei ok en beten mit Distel un Durn bewussen wir, wer wüßt, wat dor achter leg. - Un sei

wull't Stining ok seggen, sei süll noch lang' nich verzagen, wenn de Löper hüt ok nich taum Danzen kem, wer wüßt, wotau dat gaud wir. - Un bi den Larm, den de Tüffelmaker makte, künn sei't ehr am besten in de Uhren flustern, dat dat heimlich tüschen ehr blew; un as sei sick nu nah ehr Swester ümkek, dunn was kein Stining tau hüren un tau seihn.
Stining stunn, wildeß ehr leiw' Swesting mal wedder in christliche Verdreitlichkeit bi sick utkihrte un afstöhmte, achter Schultsch ehr Baudenlaken in den dichten Schatten von 'ne schöne Eik, un ehr was gor nich so tau Sinn, as sick Dürten dat vermauden was, dat sei verzagen un up de Weg' schellen wull, denn de Weg' wiren sihr schön, sei hadden ehren bunten, lustigen Togvagel von Löper gesund un heil wedder taurüggbröcht, un taum Verfiren mag dat woll för en lütt Mäten sin, wenn dat so in allerlei säute Taukunftsgedanken versackt vör sick hen sitt un ward denn ganz lising mit en Finger in den witten Nacken tippt un kickt sick üm un kriggt denn dörch 'ne Schlitz von en ollen Planlaken en lustig lachend Gesicht tau seihn, wat ehr tauplinkt un ranwinkt - ja taum *Verfiren* mag dat woll sin, äwer taum *Verzagen* is dat noch lang' nich. - Un ok nu, as sei unner de gräune Eik stunn un de Löper den Arm üm ehr slagen hadd un sei küßte un wedder küßte un dat oll grise Planlaken sick tüschen ehr un de Niglichkeit von de Welt schawen hadd, as wir't en Stück Schummerabend, wat sick äwer ehre Leiw' deckte, dat sei heimlich dorunner bläuhen künn, verzagte ehre Seel nich, ne, sei juchte hoch up, dat sei ehren Wilhelm wedder hadd, dat hei Wurd hollen hadd, dat hei en Löper was, de in vir Dagen staats in fiw nah Berlin ruppe un wedder trügglopen kunn, un dat hei dat üm ehrentwillen utführt hadd. - »Nu büst du äwer ok woll sihr mäud?« frog sei. - »Gor nich, Stining, un nu sall't Danzen losgahn.« - »Ach, du möst jo doch irst

Dörchläuchten Bescheid bringen.« - »Ne, Stining, dat heww ick nich nödig, hei hett mi jo bet morgen abend Respit gewen, un - ick will di't man seggen, denn hüt möst du dat doch tau weiten krigen - de ganze Jagd nah Berlin is wider nicks as en Stück Schawernack, wat sei mi spelt hewwen.« - »Ih, Wilhelm, wo süll Dörchläuchten...? Rand hett jo doch tau Schultschen seggt, Dörchläuchten will di jo sogor tau sinen öbbersten Kammerdeiner maken.« - »So? - Will hei dat? - Na, denn lat di seggen, denn will ick nich. - Wat Dörchläuchten mi den Putzen spelt hett, weit ick nich, un wat Rand doran schüllig is, weit ick ok nich; äwer einer von de beiden hett't dahn, un wenn ick ok irst nich doran glöwen wull, ick heww mi dat nahdacht: dat is blot scheihn, dat ick hüt nich mit di danzen sall. Un nu dauh'ck't grad.« - »Mein Gott, Wilhelm, wenn Dörchläuchten dat tau weiten kriggt!« - »Hei sall't nich blot tau weiten krigen, hei sall't sülwst mit anseihn. - Süh, eben as ick äwer dat hoge Äuwer lep, kamm sin oll Kasten von Gondel ut den Kropp rute, un in 'ne Virtelstun'n is hei hir, un nu is't Tid, dat ick dat dauh, wat ick di Wihnachten up den Is' verspraken heww, dat ick em en dummen Streich grad in de Ogen rinne maken will, dat hei mi wegjagen möt.« - »Herregott! Ne, Wilhelm, Wilhelm, ick bidd di ...,« - »Ne, ne!« rep Halsband kort af, »ick danz mit di, un wenn teihn Dörchläuchtens dorümmer stahn un Füer un Fett ut de Ogen spucken! - Is hei unschüllig an den Schawernack, de mi spelt worden is, denn ward hei't gaud verdragen känen, un weit hei wat dorvon, denn ward hei falsch warden, un denn sall hei ok falsch warden. - Ut *ein* Lock möt de Voß herut, un ick will doch mal seihn, wo de Has' löppt.« - Stining bed, Stining quälte, ehr was so bang', Halsband küßte sei woll fründlich up den Mund, äwer hei tog sei ahn Erbarmen in de Baud' rinner, un mit sworen Harten un bewerige Knei müßte sei rinner in den Tüffelmaker sinen Sleifer. -

Du leiwer Gott, sei was 'ne Brud, ebenso gaud as Korlin Soltmanns, un de hopste un drunk Punsch un gläuhte as 'ne Pommeranz, un ehre Backen wullen sick nich farwen; ehr Hart würd woll düller slagen, äwer ok ümmer banger, un as Dürten nu an ehr rannekamm nah den Danz un Halsbandten gun Dag säd un sick wunnerte un frog un wedder frog, dunn wir't Tid west, dat Dürten ehr ehre Weisheit von unsen Herrgott sine wunnerlichen Weg' un von Distel un Durn un von dat, wat dorhinner liggen künn, in't Hart gaten hadd; äwer Dürten hadd't all wedder vergeten, un Stining wull rein verzagen. So sach't an desen Pingstdagnahmiddag in't Nemerowsche Holt ut, un wenn wi Stining un villicht ok den Löper utnemen - na, minentwegen ok den Herrn Konrekter, denn hei was in arge Verdreitlichkeit mit den Stockknop unner de Näs' ut Schultschen ehre Baud' gahn -, denn sach't dor idel lustig ut; äwer tau Nigenbramborg in de Paleh sach dat dorför desto argerlicher ut - wat hadd ok de Herzog Fridrich Franz von Meckelnborg-Swerin nödig hatt, an desen Pingstdag en riden Baden expreß an Dörchläuchten von Meckelnborg-Strelitz tau schicken? - Äwer wat helpt dat Reden doräwer? De Kirl was dor, Rand hadd em en Breiw afnamen, un Dörchläuchten hadd em eigenhännig upbraken un eigenhännig lesen, un as hei dormit prat was, säd hei ganz behaglich: »Rand, wi krigen morgen Besäuk. - Unser Vetter Liebden von Mecklenburg-Schwerin wird uns morgen von Berlin aus ein bißchen besuchen mit anständigem Gefolge und uns sein Komplimang machen.« - »Un dat segen Sei so, as wenn dor wider nicks bi los wir? - Un dat seggen Sei mi so unschüllig? - Ne, Dörchläuchten, dat geiht allmeindag' nich. Äwer den Besäuk känen wir up Stun'ns nich sin. - Wi möten wat von Krankheit oder Verhältnissen oder annere Regierungssaken utfünnig maken.« - »Was fällt dir ein?« frog Dörchläuchten un treckte de Stirn vull Schrumpeln, »wir werden doch unsern hohen Verwandten empfangen können?« - »Känen wi ok, Dörchläuchten, känen wi jo ok; äwer up Stun'ns man nich. - Wi hewwen jo keinen Gröschen Geld, un de Sweriner Herzog, dat is en jungen Herr, un de will lewen un lustig lewen, un de Ort, de hei uns noch mitbringt, de kenn ick.« - Rand hadd recht, Rand hadd ümmer recht, wenn hei up de Vermägensverhältnissen tau reden kamm, un Dörchläuchten wüßte dat ganz gaud, äwer ärgerlich müßt em dat doch sin, hei säd also sihr verdreitlich: »Den Besuch können wir nicht ablehnen, wir müssen Anstalten treffen, wir müssen borgen.« - »Je, Dörchläuchting«, säd Rand in deipe Bedräuwnis, »wer borgt uns? - Uns borgt kein Minsch. - Seihn S', dor is Schultsch mit den Tweiback...« - »Halt dein Maul, du Esel!« rep Dörchläuchten, nu mit Recht sihr falsch, »was kümmert uns Schultsch!« - »Ih, Dörchläuchting«, säd Rand un gaww lütt bi, »dat is jo ok man, dat ick dorvon red. - Ne«, set'te hei nah 'ne Wil hentau un dachte dorbi an de Drinkgeller, de em ut de Finger slippen künnen, »ne! Taurüggwisen känen wi Fridrich Franzen nich, denn wo würd uns *dat* kleden? Dat seg jo ut, as wenn wi power wiren. - Ick weit woll, *sei* hett wat«, un dormit wis'te hei mit den Dumen äwer de Schuller un äwer den Mark weg. - »Wer?« frog Dörchläuchten, un't was, as wenn em en ganz Deil lichter würd. - »Je, *sei* dor bi Buttermannen up den Bähn, Prinzeß Christel. - Ick heww ehr Kammerjumfer gistern morgen woll seihn, wo sei bei Kunsten mit en Korf vull Buddeln ut den Ratskeller kamm, un vermorrntau säd Kunst jo, sei hadd allens bor betahlt.« - »An unsere Christelschwester können wir uns nicht adressieren«, säd Dörchläuchten mit grote Bestimmtheit, »die Prinzeß macht uns schon so genug Reproschen, daß wir zuwenig für sie tun. - Wie wäre es mit dem Hofrat?« - »Je, heww ick dat nich ümmer seggt? - Nu kümmt dat doch so. Nu hewwen wi em den Hof verbaden. - Dörchläuchten,

wat laten wi den Kirl nich frigen? Wat gelt uns den Menschen sine Frigeri an? - Wenn wi sülwst man nich frigen sälen.« - »Na«, rep Dörchläuchten sihr bestimmt, denn hei was in Regierungssaken ümmer kort resolviert, »denn lass' ihn rufen.« - »Je, Dörchläuchten, dat is licht seggt, wo ‚rufen'? - De is hüt nahmiddag Klock twei all nah'n Nemerowschen Holt rut, un de Korrier von Meckelnborg-Swerin möt doch soglik 'ne gnedige Antwurt hewwen. - Äwer nu hören S' mi - Sei hüren mi meindag' nich - laten S' den Kammerjunker glik schriwen: sihr angenehm - grote Freud' - oder wat Sei süs infüllt, un wi führen nah den Nemerower Holt rute. - Tau Wagen geiht dat hüt frilich nich, denn uns fehlt de ein Löper, äwer wi känen jo in de Gondel führen un Strasen Bescheid seggen laten, dat hei führen sall - en Gewitter krigen wi nich - un denn ward ick mi an den Hofrat maken, dat hei uns nich in den Holt utritschen kann. Äwer dat segg ick Sei, hellschen gnedig möten wi gegen em sin, un dat känen wi jo ok, denn wat gelt uns sin Frigen an?« - Rand hadd wedder recht, Dörchläuchten gaww sick, de Korrier kreg sinen Bescheid, un Dörchläuchten führte mit Randten in de Gondel nah den Nemerower Holt. -
'ne gaude halwe Stun'n vörher, ihre de Gondel, de in de Firn so utsach, as hadd sei einer bi Noahn sinen Kasten as Jung'n beliggen laten, un jedenfalls hellschen lewensgefährlich let, Anker smet, hadden de Nigenbrambörger in dat Nemerowsche Holt all enanner tauraupen: »Dor is hei! - Dor kümmt hei! - Hei kümmt sülwst! Na, nu will'n wi em doch ok nah Kräften upnemen! - Krischan, treck di den Rock an! - Jung', du wardst di doch nich mit din Büxen in de irste Reih stellen willen?« - Schauster Schöning wischte sinen lütten Jungen de Snut wedder af, Kunst schickte den Stadtmuskanten an den See heraf un befohl em, hei süll blasen un wider nicks as blasen. - »Korl! Dat grote Glas! Dat ick Dörchlauchten dormit unner de Ogen gahn kann!« -

Schultsch kunn sick dat doch nich beiden laten, wotau hadd sei ehren Tüffelmaker? »Krischan, du rögst di nich! - Rög di doch! - Wat? - Du wardst Kunsten doch Gegenstand dauhn känen? - Wotau hewwen wi de Baud'? - Hir! un hir!« Un sei stek Krischanen in jede Hand 'ne Buddel Duwwelbir, »worüm sall Dörchläuchten nich von uns' schön Duwwelbir ebenso gaud drinken as von Kunsten sin Gesöff?« - Un Krischan rögte sick un gung an't Seeäuwer, un de Tüffelmaker blos, un de Stadtmuskant blos, un allens was up de Bein, blot de Dichter satt in Kunsten sine Baud' un sweit'te grote Druppen, denn hei makte en Gedicht tau Dörchläuchten sinen Empfang. Un noch einer satt dor, dat was de Hofrat Altmann, de säd tau sick: »Ja, gaht ji man, ick bruk Dörchläuchten nich, Dörchläuchten brukt mi.«

Nu kamm Dörchläuchten an't Land. - Sin öbberste Admiral för den Tollensensee un de Lieps, Jochen Strasen, wat den jitzigen Jehann Strasen sin Grotvader was, namm den hogen Herrn up den Arm, drog em dörch dat tücksche Element un stellte em - baff! - midden unner sin truges Volk up den Drögen, un sin Volk jubilierte, un de Muskanten blosen, un weck von de lütten Stratenjungs, de weck hadden, smeten mit de Mützen, un as Krischäning Birndten sin baben in de Bäuk behacken blew, smeten sei mit Stein un Knüppel dornah, dat de Sak binah lewensgefährlich würd, un Kunst rückte von de ein Sid mit dat grote Deckelglas vull Punsch vör, wat de Präses ümmer in de Hand hadd, wenn Rundgesang sungen würd, un von de anner Sid rückte in densülwigen Tempo Bäcker Schult mit twei Buddeln Duwwelbir vör, un de Konrekter, de von firn sick de Sak ok mit ansach, säd vör sick: »Wo? - Dit is jo binah, as wenn Dörchläuchten as en nigen Prometheus von de Gewalt un de Kraft an den Kaukasus ankedt warden sall, τηφι, χρα βιηφι, wat einer hir schön mit Punsch un Duwwelbir äwersetten künn.« - Äwer't würd nicks dorut, Appollo schow sick dormang in de Perßon von den Herrn Dichter Kägebein, de sick dörch Punsch un Duwwelbir nah vör stört'te, in de eine Hand sine bi Korben drückten, johrelang mäuhsam sammelten Gedichte, in de anner sine eben bi Kunsten sammelten Gedanken. - Utwennig kunn hei sei nich, hei las also, Korlin Soltmanns stunn achter em.

»Ich reiche hier in meines Fürsten Händen
In Ehrfurcht und devoten Sinn
Dies Werk aus Dankbarkeit *Dir* hin.
Sollt nun *Dein* Aug' sich gnädig wenden
Zu diesen Poesien hin
Und sich nur ein'ge Zeilen fänden,
Durchlauchtigster! nach *Deinem* Sinn,
Welch Glück! daß ich so glücklich bin.
Der Herr, der setze *Dich* zum Segen,
Er geb *Dir* Heil und Wohlergehn,
Geleite *Dich* auf allen Wegen,
Dein Glück muß immer grünend stehn:
Und Mecklenburg wird sich erfreu'n
Und *Dir* des Dankes Palmen streu'n.«

Dormit äwergaww hei Dörchläuchten sine gesammelten Gedichte. - Dörchläuchten was ganz still, de Sak hadd em äwernamen, hei was gerührt, em was so wat noch nich vörkamen, hei kek sick nah Randten üm, wat de woll dortau säd - Rand was weg. - Ok de Nigenbrambörger wiren ganz still, ehr hadd dat ok äwernamen, ehr was so wat ok noch nich vörkamen, äwer gerührt wiren sei nich, sei wiren falsch, dat en Nigenstrelitzer in ehr eigen Kämmeriholt ehr den Rang aflopen süll, un't wohrte nich lang', dunn gung irst en Flustern los: »Dat sälen wi uns beiden laten? - Dat sälen wi uns von en Nigenstrelitzer beiden laten?« - Un ut dat Flustern würd en Raupen: »Wo is de Konrekter? Wo is de Herr Konrekter? - Hir hett hei vör en beten noch stahn. -

Ja, Vadder, ick heww't ok seihn. - Ih, dor is hei runne, den See entlang gahn.« - De Konrekter was ok weg, twei Hauptpersonen in dit Spill fehlten, 't kunn also ok nich recht von Bedüden wider wat warden. -
Dörchläuchten gung nu dörch dat grote Minschengewäuhl gnedig wider un grüßte rechtsch un grüßte linksch, un de Unnerdahnen repen em tau: »Na, gun Dag ok, Dörchläuchting! - Dat is schön, dat Sei ok en beten hir sünd! - Ja, ick säd glik, Dörchläuchting würden woll hüt nahmiddag en beten kamen.« - »Seid ihr denn auch recht vergnügt, Leute?« frog Dörchläuchten recht fründlich. - Dank för gaude Nahfrag'! - Ih, ja! - Dat geiht woll. - Hellschen! Ümmer up twei Bein! « So gung dat dörchenanner, un so'n Putzenmaker rep dormang: »Hüt abend geiht't up *einen* Bein!« - »Je, du süllst leiwer seggen: up alle vir Beinen«, rep 'ne smucke Dirn dormang, »weitst noch von verleden Johr?« - Un Dörchläuchten lachte gnedigst mit, as alle lachten, un de Muskanten blosen, un de drei Lakaien folgten, un achter de gungen Kunst un Bäcker Schult, as wir dit en Opfertog un sei drögen dat Trankopfer, un dunn kamm de Dichter un sach nicks, sach gor nicks, sülwst sine besten Bekannten nich, un Korlin Soltmanns bammelte an sinen Arm, un hei dachte nich an sei - en richtigen Dichter denkt nich an Brud un an Fru, blot an sinen Triumph. Hei gung ok nich, hei swewte; un hei was doch irst blot in de Vörhall von all de Seligkeit, de hei sick utmalt hadd un de hüt noch in vullen Gäten äwer sin glücklich Höwt süll utgaten warden. -
As Dörchläuchten un de Dichter, ein jeder up sine Ort, so dörch dat Volk dörchtriumphierten, satt de Herr Kammerdeiner Rand ganz de- un wehmäudig in Kunsten sine Baud' bi Hofrat Altmannen un redte mit en groten Ümswang von slichten Tiden un gauden Tiden un von slichten Weder un gauden Weder un von allen mäglichen, blot nich von de

grote Verlegenheit, in de sei bi Hof seten, un Hofrat Altmann was schawernackschen naug, em sick ümmer deiper in den Drähnsnack rinnezappeln tau laten, denn wat hei wull, wüßt hei recht gaud. - Tauletzt müßt sick Rand denn nu en Hart faten un müßt in den suren Appel biten; hei fung nu also an: »Ja, un morgen krigen wi ok wedder en hogen Besäuk, Fridrich Franz von Swerin kümmt; dat ward ok wedder en schönen Gröschen kosten.« - »Ja, de Tiden sünd slicht«, säd de Hofrat, »de Botter kost't ok all wedder drei Gröschen.« - »Un wi möten denn doch Anstalten tau allerlei Festlichkeiten maken, un wat kost't dat nich?»- »Ja«, säd de Hofrat un süfzte ganz christlich dortau, as hadd hei en deipes Mitled mit de allgemeine Nod. - Dese Süfzer makte Randten nu frischen Maud, un hei set'te hentau: »Un wo sälen wi dat Geld hernemen?« - »'t is slicht in de Welt«, säd Altmann, »mihr as fiw Eier willen s' nu ok nich mihr für en Schilling gewen.« - »Ih, dorvon red' ick nich, mit Botter un Eier un anner Lewensmiddel kamen wi woll dörch, dat is man üm den boren Gröschen tau dauhn.« - »Sei hewwen recht, Rand«, säd de Hofrat un kek den Kammerdeiner an, as müßt hei sick dägern äwer sine groten Insichten verwunnern, »Sei hewwen recht, dat is dat grad: de bore Gröschen.« - »Na, so sihr slimm is dat ok noch nich, nah grot acht Dag' möten ja doch uns' Inkünften ok wedder inspringen.« - »Ne, slimm is dat nich; äwer't hürt vel tau taum minschlichen Lewen. - Ick wull eigentlich ok in de negsten virteihn Dag' Hochtid hollen, äwer - dat verdammte bore Geld!« - »Ih, wat«, säd Rand un wull stramm up sinen Zweck losgahn, »Sei hewwen't jo, un wenn *Sei* Hochtid hollen willen...« - »Je, Rand«, föll hir de Hofrat in, denn so licht wull hei sick denn doch noch nich krigen laten, »de Botter drei Gröschen, fiw Eier för'n Schilling un dortau Dörchläuchten sine Ungnad!« - »Ih, dat ward so heit nich eten, as dat upfüllt is, wenn Sei...« - »Dat Frigen sin laten, willen Sei seggen«, föll de Hofrat wedder in, »denn…« - »Ne«, rep Rand dortüschen, »ick mein, wenn Sei uns bet Jehanni en lütten Posten Geld vörscheiten, denn kem't mit de Ungnad woll wedder taurecht.« - »Ne, Rand«, rep de Hofrat, stunn up, knöpte sick den Rock fast tau un langte nah sinen Haut, as wull hei weggahn, »as ick jug Geld gaww, let ji mi in Ungnaden fallen, wenn ick jug kein gew, kam'ck mäglich wedder tau Gnaden. - Wat gelt Dörchläuchten min Frigen an?« - »Dat segg ick, dat segg ick!« rep Rand un höll em wiß, »un hei süht dat jo ok in. - Nu setten S' sick! Setten S' sick! - Hei is so gnedig gegen Sei in sinen Sinn, stellen S' em up de Prauw, ick hal em her!« Dormit lep Rand ut de Baud'. - »Ja, wegen't Geld!« rep de Hofrat achter em her. - »Ne, ne!« rep Rand taurügg, »hei deiht allens, wat Sei willen.« -

Mitdewil wiren denn nu ok Kunsten sine Gäst un de Muskanten wedder in de Baud' taurüggkamen, un dat Danzen gung wedder los, un Dichter Kägebein un Korlin-Dorimene swemmten in ehre Seligkeit äwer all de annern Danzpore baben weg, taum wenigsten Kägebein mit sine Näs', denn de höll hei pil tau Höchten, as satt sin ganze Dichterruhm fustdick dorup, un de Welt led Schaden, wenn sei'n nich seg. - Nu müßt hei äwer mal wedder Pust hollen un kamm bi den Hofrat tau stahn, hei jappte denn en por Mal deip nah Luft, un sülwst in desen bedenklichen Taustand, de süs jeden Minschen för en Ogenblick lahm leggt, kunn hei dat Dichten nich laten: »Damon«, redte hei den Hofrat an. - »Ih, wat!« lachte de, denn de Utsicht up den Verdeinst, den hei bi Dörchläuchten maken wull, hadd em lustig kettelt, »ick heit Altmann, nich Damann.« - En ordentlichen Dichter lett sick nich ut de Kuntenanz bringen: »Damon«, fung Kägebein wedder an,

»Selig ist der Tag dahin geflossen,
Punsch und Kuchen haben wir genossen,

Dorimen, die schönste Zier,
Tanzt in meinen Armen hier.

Und Durchlauchten seine Gnaden,
Als er aus dem Schiff geladen,
Nahm mein Buch in dem Empfang
Unter frohem Zimbelklang.

Aber eins fehlt zu dem Glücke,
Rand, und du hältst mein Geschicke,
Dorimene flehet mit,
Machet mich zum Hofpoet.«

»Dat is jo prächtig!« lachte Hofrat Altmann, »dat will'n wi woll krigen! - Hahaha! - Un Korlining, Sei? - Hofpoetin, wat?« - Un hei strakte Korlin-Dorimenen äwer de Backen, dat sei wedder gelrod anlepen, un Kägebein led't, denn hei was en würklichen Dichter, hei kümmerte sick den Deuwel üm de gewöhnliche Iwersük, hei hadd blot den Hofpoeten in't Og'. - Äwer nu kamm Rand mit Dörchläuchten in de Baud', un de Stadtmuskant blos »Von Pharao«, un Kunst kamm wedder mit dat Deckelglas vull Punsch, un Dörchläuchten namm't un drunk gnedigst dorvon un wendte sick an de Gesellschaft, de an de Bänken un up de Bänken entlang stunn, un säd mit düdliche Stimm: hei hoffte, sine leiwen Unnerdahnen wiren recht vergnäugt; un Kunst namm dat Wurd un rep: »Korl! För jeden Unnerdahnen en frisch Glas! - 't ward nich betahlt.« - Un hei namm sülwst en Glas tau Hand un rep: »Uns' Dörchläuchting von Meckelnborg-Strelitz, Adolf Fridrich de Virte, Hoch !« - »Hoch!« rep allens. - »Un dat hei för uns Nigenbramborger noch lang' en gnedige Herr bliwen mag! Hoch!« - »Hoch!« - »Un dat hei noch lang' as uns' gnedigste Fürst un Nahwer an unsern Mark lewen mag! - Hoch!« - »Hoch!« - Un Dörchläuchten bedankte sick mit en por Würd' un gung an de Reihen entlang un sprok hir mit den einen un dor mit den annern, ganz natürlich, as wir hei würklich ok man en gewöhnlichen, gemeinen Minsch as de annern, un as hei bi Kägebeinen kamm, steg hei so vele Stufen von sinen erhabenen Thron runner, bet hei Kägebeinen up de Schuller kloppen kunn, un säd tau em: hei hadd em hüt 'ne grote Freud' makt, un hei wull ok ümmer 's Abends bi Taubeddgahnstid in sin Bauk lesen. Un äwer Kägebeinen kamm dat wedder mit en Dichterswung, un hei wull eben sine Dorimene as sine Brud vörstellen un üm den Hofpoeten bidden, un hei grawwelte all nah de Kammerjumfer ehre Hand, as em einer von achter mit de Würd' »plagt Sei der Deuwel?« in't Krüz stödd un hei't also mit en deipen Diner bewennen let. - Un achter desen deipen Diner kek dat olle lurige Gesicht von den Hofrat rute, un Dörchläuchten kek em sihr gnedig an un säd: »Guten Tag, mein lieber Hofrat, wie geht es Ihm?« - Un de Hofrat let in deipste Verehrung den Kopp sacken un hung in ganz gehursamste Hochachtung dat Mul un säd: »Slicht, Dörchläuchten, sihr slicht. - De Botter kost't up Stun'ns wedder drei Gröschen, un mihr as fiw Eier gewen s' nich för en Schilling; un't bor Geld is so knapp, un dortau noch de allerhöchste Ungnad', in de ick verfollen bün...« - »Hm, hm«, föll Dörchläuchten gaudmäudig in, »besuch' Er uns morgen, wir wollen Ihm in Gnaden gewogen bleiben, und zum Beweise dessen: bitt' Er sich eine Gnade aus.« - Je, *de* Gnaden, üm de dat den Hofrat tau dauhn was, de kunn hei hir nich öffentlich föddern, de wiren em ok ümmer so as so gewiß, wenn hei de Tinsen infödderte, äwer bidden müßte hei wat, Dörchläuchten kek em tau gnedig an, bidden müßte hei wat, Kägebein kek em tau erbärmlich an, hei set'te also sinen Vurtel taurügg un let sine Lust an en Spaß frigen Lop: »Dörchläuchten hewwen mi mit Ehre Gnaden all so hupenwis' äwerschüddt, dat ick för mi sülwen gor nicks tau wünschen heww« - hir wull Dörchläuchten mit en gnedigen Diner weggahn, äwer Kägebein folgte so erbärmlich de Hän'n, dat de Hofrat ruteplatzte: »wenn äwer Dörchläuchten Ehre hoge Gnad' up en annern, sihr verdeihnten Unnerdahnen utstrahlen willen, denn maken Dörchläuchten hir desen Dichter taum Hofpoeten.« - Dörchläuchten kek sick en beten hastig den Dichter an - worüm nich? Hei hadd allens, wat taum Hof hürt, äwer'n Hofpoeten hadd hei noch nich, hei hadd ok noch gor nich doran dacht, dat hei so en uterwählten Vagel üm sick rümmersingen laten wull - äwer worüm denn nich? - Hei fot also mit de linke Hand an sinen Degen, mit de rechte an sinen lütten dreitimpigen Haut, taum Teiken, dat wichtige Regierungsangelegenheiten em dörch den Kopp späukten, un frog: »Wie heißt Er?« - »Kägebein, Advokat Kägebein«, stamerte de Dichter, as stünn hei vör de Himmelsdör un Petrus hadd em sinen Paß för den Himmel afföddert. Dörchläuchten set'te de einen Bein en beten nah vör, kek de anwesende Gesellschaft irnsthaft an un säd äwer Kägebeinen sinen krummen Puckel räwer: »Ich ernenne hiemit den Advokaten Kägebein zu meinem Hofpoeten.« Dormit wull hei wider gahn, äwer so gung't nich los - sülwst en Fürst hett nich blot Rechte uttauäuwen, hei hett ok Pflichten tau erfüllen -, un Dörchläuchten müßte nu »das Stammeln des Dankes« von den nigen Hofpoeten uthollen. - Kägebein was för Dörchläuchten up ein Knei dalfollen - Korlin-Dorimene was ut Brudstandsrücksichten ok achter em in en Dutt tausamschaten - un hei stamerte nu los: »Das höchste Glück hab' ich errungen...« Un nu brummte em dat dörch den Kopp: geschwungen, gelungen, gesungen, gedrungen, gebrungen, äwer hei bröchte dat nich wider, hei satt fast; sünst was sin Pegasus ümmer sadelt un packt, nu grad in desen Ogenblick, in den schönsten Ogenblick in sinen ganzen Lewen, was dat entfamtigte Dirt stetsch worden. - Un dat is markwürdig: ick heww ümmer seihn, dat all de Dichters, wenn sei dat höchste Glück errungen hewwen un Hofpoeten worden sünd, jämmerlich an tau stamern fangen - 't is trurig, äwer't is wohr. - Hei hadd woll noch 'ne Tid wider stamert, dunn läd sick äwer Rand in't Middel; dese brave Kammerdeiner bögte sick an Dörchläuchten sin Uhr un säd: »Dörchläuchten, bi Schultschen...« - »Was soll Schultsch? - Esel! - In diesem Augenblick?« - »Bi Schultschen danzt Halsband - *uns'* Halsband! Mit sine Brud!« - »Was? Was?« rep Dörchläuchten un dreihte sick hastig nah Schultsch ehre Baud' rüm, grad in den Ogenblick, as Halsband in sine bunte Löpermondierung mit sin Stining nah vör in den Kreis herümschesen ded. - Dörchläuchten hadd sinen nigen Apoll ganz vergeten un hadd sinen Markur in't Og' fat't, un wo! - De helle Zorn wir gewiß taum Utbruch kamen, hadd Rand nich heimlich seggt: »Sachten, Dörchläuchting, sachten! Nich üm den Bengel sinentwillen, ne, üm unserntwillen sülwst un denn wegen dat Volk.« - Dörchläuchten höll an sick un gung mit langsame, fürstliche Schritten up Schultschen ehre Baud' los. - »Krischan«, rep Schultsch, de dit för en fründschaftlichen Besäuk estimieren ded un sick derowegen up utgesöchte Höflichkeiten inlaten wull, »treck den Proppen von de Buddel un schenk in!« Un as Krischan, de sick nich licht 'ne Sak äwer'n Kopp wassen let, ok nich fürstliche Gnaden un Ihren, sick nich rögte, indem dat hei ut Dörchläuchten sin Wesen so'n sonderboren Irnst un so'n scharpen Blick up den Löper herutelüchten sach, sprung sei vörtau un höll Dörchläuchten en groten tinnernen Kraus mit schümig Duwwelbir entgegen: »Gott sei Dank, Dörchläuchten kamen doch ok tau uns. - Ja, wenn wi ok nich...« Äwer Rand schow sei taurügg, Dörchläuchten gung, ahn sei antauseihn, an ehr voräwer un driwens up sinen Löper los: »Haben Wir dich nicht nach Berlin geschickt?« - Wilhelm Halsband hadd den hogen Herrn sine Anstalten grad' so richtig taxiert as Bäcker Schult un las in sine Ogen, dat *em* de Besäuk gellen würd. Stining hadd Dörchläuchten anseihn, hadd ehren Wilhelm in de Ogen keken, un 'ne fürchterliche Angst was äwer ehr kamen; sei wull weg, äwer de Löper höll ehre Hand fast un flusterte ehr tau: »Stah fast! - Holl ut! - Kamen möt't doch einmal!« - »Haben Wir dich nicht nach Berlin geschickt?« frog de hoge Herr noch mal mit grötern Nachdruck, as Halsband, de mit Stining tau dauhn hadd, nich glik antwurt'te. - »Gnedigste Herr«, säd de Löper un makte 'ne deipe Reverenz, »ick bün ok dor west, heww allens besorgt un heww de Antwurd up minen Breiw hir.« - Dormit wull hei Dörchläuchten dese Antwurd äwerreiken. - Dörchläuchten stunn en Ogenblick ganz verdutzt: wat? sin Löper was in drei un en halben Dag virtig Mil lopen un hadd doch gewiß noch en Dag up de Antwurd rümmerluren müßt, binah hadd dat so'n Indruck up em makt, dat hei'n vör all dat Volk lawt hadd; äwer sin oll brav Kammerdeiner bewohrte em vör so'ne Äwerilung, indem dat hei so halwlud för sick hen säd: »Ih, dat is doch sonderboren: hett en Breiw un giwwt em nich af.»- »Ja», säd Dörchläuchten lud, »warum bist du nicht in unser Palais gekommen und hast die Antwort abgegeben?»- »Dörchläuchten hewwen mi irst tau morgen abend de Tid set't«, säd Halsband ganz bescheiden un makte wedder en Diner, höll äwer ümmer sin Stining fast, de vör Schimplichkeit hadd binah in de Ird sacken müggt. »Un denn sach ick Dörchläuchten Ehre Gondel up den See, as ick äwer dat hoge Äuwer lep, un dacht, ick künn den Breiw hir äwergewen.« - Dit was sowid ganz vernünftig; äwer't paßte nich in Randten sinen Kram, un de Kammerdeiner säd denn ok so recht höhnschen vör sick hen: »Un denn danzt hei hir.« - »Ja«, säd Dörchläuchten in Zornigkeit, »und dann tanzt du hier? Springst hier 'rum? Mit der Person? Mit der Person da? - Was ist das für 'ne Person?« - »Dörchläuchten«, säd Halsband un stunn steidel vör den hogen Herrn tau Höchten un kek em stramm in de Ogen, »dat is keine Perßon, dat is 'ne ihrliche Börgerdochter, un dat is mine Brud.« - Rand verkihrte bi dese Würd' schrecklich de Ogen un wull all en beten frisch Öl up Dörchläuchten sine Lamp geiten, äwer't ded nich nödig, Dörchläuchten bluckte ahn dit hell tau Höcht: »Brud? - Un dat seggst du mi? Dat seggst du mi?« - »Ja«, säd Halsband un slog den Arm üm Stining, dat hei sei hollen ded, denn ehr treden de Ahnmachten an, »un Dörchläuchten, ick möt üm minen Afschid bidden, ick bliw nich länger Löper.« - »Ick will di bi Brudten, ick will di bi Afschidnemen! Reißt die Person von dem Kerl los!« rep hei sine Lakaien tau, un't wir ok woll gescheihn; äwer wenn de Nod am grötsten, is de Hülp am negsten: Dürten Holzen hadd sick wil desen Spermang ümmer neger an ehr Stiningswester rannedrängt un stunn nu mit enmal tüschen ehr un de Lakaien un rep: »Rögt sei blot an! - Gnad' Gott den, de min Swester anrögt!« Un dormit namm sei ehre Swester in den Arm un wendte sick tau Dörchläuchten üm: »Un wenn de Kaiser hir vör mi stünn, so süll hei min Swester nich in Schimp bringen! - Wat hett dat Kind dahn? - Dat sei den Löper sine Brud is? - Dörchläuchten, is Ehr Mutter nich ok mal Brud west?« - »Was?« rep Dörchläuchten un was en por Schritt taurüggtreden, »das mir? - Braucht Gewalt!« - »Gewalt? Gewalt gegen en por unschüllige Frugenslüd'? - Un wenn Sei ok noch so'n groten Grimm gegen uns hewwen, is Ehr Mutter nich ok 'ne Fru west?« - »Wer ist das? - Wer ist diese Person?« frog Dörchläuchten un bewerte vör Wut an Hän'n un Fäuten. - »Oh, 't is Dürten Holzen,« säd Rand. - »Ah, das ist ja wohl die«, säd Dörchläuchten, »die den Konrekter heiraten will.« -

Ach, du leiwer Gott, dat arme Dürten! - Nu was't äwer ehr kamen, un alle Ogen keken ehr in dat Hart, wat sei so heimlich vör alle Ogen verslaten

glöwte. Wo blew ehr Maud, vör Kaiser un König tau stahn? Sei hadd nich mal den Maud, ehre Nahwerschaft in't Og tau seihn. - Dor stunn sei von gläugnigen Schimp äwergaten un hadd nich mal de Macht, ehr Swester tau hollen. - Krischan Schult sprung tau un schow sick mit sinen breiden Puckel tüschen Dörchläuchten un de Swestern, stüt'te sei un wull sei wegbringen, dunn rep 'ne fette Frugensstimm von achter ut den Minschenhümpel: »Lat't mi dörch! Ick möt hen!« - un entinnern Birkraus wackelte hen un her äwer de Köpp von de Gesellschaft, un Krischan rep nah hinnen: »Lat s' nich dörch, Nahwer! Sei kann de Mund nich törnen.« - Un Dörchläuchten dreihte sick üm un gaww Befehl, sei süllen den Löper in de Gondel bringen, un gung mit sine Hofdeinsten dörch de Minschen, stur un still, blot Rand rep en por Mal: »Auh! - Auh!«, denn Schultsch hadd em mit den Birkraus en por Püff in de korten Ribben gewen, dat em dat Duwwelbir äwer Strümp un Schauh lep, un hadd en Gesicht dortau makt, worut hei düdlich lesen kunn, dat von nu an dat Duwwelbir ümmer ihre desen Weg nemen würd as dörch sinen Hals. -
Un Dörchläuchten führte mit de Gondel äwer den See, un de Sak hadd 'ne grote Ähnlichkeit mit de Geschicht von Wilhelm Tellen, denn Wilhelm Halsband näumte sick ok Wilhelm un lagg ebenso as de anner Wilhelm hinnen in't Fohrtüg, sprung äwer nich rute, as hei an den Kropp kamm, un schow ok nich de Gondel in de willen Bülgen rinne, denn Storm un Bülgen wiren nich dor, un Dörchläuchten was kein Landvagt oder Landdrost - ne! hei was regierende Herr.
Un an den See entlang gungen twei arme Mätens, de sick schämten, de Ogen uptauslahn un de annern Lüd' up den gewöhnlichen Weg vör de Ogen tau kamen. Sei sleken heimlich dörch de Ellernbüsch an den Rand von den See, un Stining weinte still vör sick hen, un Dürten sach blaß ut un hadd

de Lippen äwerenanner knepen, un de Lippen bewerten af un an, as wir't ut Weihdag' oder as wir't ut Haß, un ehre Ogen schoten äwer den glatten Seespeigel nah Dörchläuchten sine Gondel, as wullen sei Löcker in dat Boot bohren, dat allens in den Grund sackte, wat dit Elend äwer sei bröcht hadd, un mit em Stining ehr Unglück un ehr eigene Schimp.

KAPITEL 12

Wat de Herr Konrekter tau Nigenstrelitz tau dauhn hadd. - Worüm Jochen Schlutow un Schauster Grabow'n sin Gesell irdne Pipen blansieren leten. - Tau späd! - Wer woll en dummen Jung' is. - Wat de Herr Konrekter sick mit sine Mag' vertellte. - Wenn sei mi nu nich will? - Sei will, un de Herr Konrekter spelt de Vigelin dortau. - Dörchläuchten liggt up Stining ehr Bedd un Bäcker Schultsch ehr Mund ward törnt; sei will't äwer von den Nachtwächter utraupen laten.

Den annern Morgen tidig gung Dürten Holzen mit den Herrn Konrekter sinen Mantäng äwer de Strat nah dat Posthus un wull de Post för em bestellen, denn dit was de Dag, an den hei sick wegen de Stockgeschicht tau Nigenstrelitz vernemen laten süll; un as sei an dat Posthus rannekamm, frog de Postilljon Jochen Schlutow: »Dürten, will hei mit *mi* as Buck führen, oder will hei sick ordentlich bi minen Brauder inschriwen laten?« - Den Postilljon sin Brauder was de Herr Postmeister. - »Jochen«, säd Dürten, »wo kann Hei glöwen, dat min Herr as Buck führen ward?« - »Na, wenn hei denn abslut den Dicknäsigen spelen will, mi nich tauwedder! Äwer wollfeiler wir't em doch, un worüm führt hei denn nich mit den Hofrat Altmannen un Kunsten? De hewwen sick jo vermorrntau all Extra bestellt; Krischan Ramlow führt.« - »Wenn *min* Herr Extra führen will«, säd Dürten kort, »denn kann hei för

sick sülwen Extra nemen, denn brukt hei nich up den Hofrat un Kunsten tau luren. »Dormit gung sei rinner un betahlte de Post. -
Punkt Klock söß satt de Herr Konrekter in den apenen Kasten up de höltern Britsch, de dunnmals tau 'ne richtige Postutrüstung hürten, un frog den Postmeister Schlutow, wennihre hei denn tau Nigenstrelitz wir, hei müßt tau Klock twölwen dor sin, denn hadd hei Termin. - »Känen Sei ok«, säd de Postmeister, »känen Sei bi dese Weg' ganz gaud; Klock elben sünd Sei dor. - Jochen, tau Klock elben möst du dor sin.« - »Willen tauseihn«, säd Jochen un führte los. - De Herr Konrekter satt mit sine Gedanken allein up de Post, un wenn de Gesellschaft ok grad' nich sihr angenehm was, so was hei doch taufreden, dat sei em nich up de Tehnen rümmerpeddte un in de Ribben stödd; äwer de Freud' süll nich lang' wohren, denn as sei buten den Dur kemen, stunn hir en Mäten mit 'ne Schachtel unnern Arm, en beten wider 'ne oll Fru mit en Korf, denn en jung' Minsch mit en Fellisen un en ollen Mann mit en lütten Kasten, un bi jeden höll Jochen Schlutow an: »Prr-öh! Na, stig man in.« - Un as sei an den Dannenkraug rannekemen, was de Post proppnig vull Bück, un de Bück stegen au af un deden ehre Schülligkeit gegen Jochen un traktierten em, un so gung dat Traktieren bi jeden Kraug los, un Kräug' wiren dor vel up dese Strat. -
De Konrekter satt in deipen Gedanken. - Sine Nachborin gradäwer? - Je, dat was au nicks mihr, dor was de Anker, den hei noch mal in den Ehstandsgrun'n hadd smiten wullt, utreten. - Un de Prozeß? - Hüt müßt hei dormit vör't Brett. Dürten hadd süs ümmer so wog redt von Gornichverlierenkänen un hadd em so säker makt, un hüt morgen hadd sei gor nicks tau Kop hatt, sei was so still un bedrückt west. Dat müßt doch en Grund hewwen, wat hadd denn Dürten? - Süll sei nu ok woll meinen, dat de Sak scheiw gahn künn? - Un wat denn? - Woher

dat Geld nemen? - Wer hadd Geld? - Hofrat Altmann hadd Geld, un Kunst was ok gaud in de Wehr, äwer de...! - »Tereng! tereng! tereng!« blos dat achter em, as hei sick mit dit trübselige Gedankenspill de Tid *vör* den roden Kraug verdrew, de Jochen Schlutow binnen vel plesierlicher mit sin Bück henbröchte. - Hei kek sick üm, Hofrat Altmann un Kunst führten mit Extrapost an em vörbi, Kunst gluderte un lachte em so von unnen up venynschen an, un de Hofrat rep: »Konrekter, setten S' sick nich in den roden Kraug fast, Klock twölw is de letzte Termin.« - Dor jogen s' hen.
De Konrekter argerte sick hiräwer grad' so vel, as nödig ded, üm em ut de Gedanken tau bringen, hei grep nah sine Klock: leiwer Gott! de Klock was halw elben, un sei seten irst vör den roden Kraug! - »Postilljon! - Jochen Schlutow!« - Ein Buck kek ut dat Finster: »Wat is'e los?« - »Mein Gott, de Klock is halw elben, un wi sitten hir vör den roden Kraug!« - »Ne, wi sitten binnen!« lachte de Buck un makte dat Finster tau. - »Jochen Schlutow! - Postilljon!« - Ein anner Buck lachte äwer de halw Husdör räwer: »Herr Konrekter, stigen S' run, dit ward en Spaß: Schauster Grabow'n sin Gesell un Jochen Schlutow hewwen en Pott Bramwin weddt, wer am längsten 'ne irdne Pip up de Näs' in 'ne Blansierung hollen kann.« - »Ih, dor möt jo en Dunner rinneslagen!«rep de Konrekter un sprung von den Wagen un lep in de Stuw'. Hir blansierten nu Jochen Schlutow un de Schaustergesell mit de Pipen up de Näs' hen un her, un't was nich recht düdlich tau seihn, wat dat Henunherwiwaken von Bir un Bramwin oder von de Pipen kamm. - »Wat is dat för 'ne Dummheit?« rep de Konrekter. - Klack! föll Jochen sine Pip up de Ird. - »Will'n wi denn nich nah Strelitz?« frog de Konrekter. - »Oh, wi will'n woll henkamen«, säd Jochen mit Recht falsch. - »Ja, äwer tau späd, ick möt Klock twölwen dor sin.« - »Gelt mi nicks an«, säd Jochen, »Sei sünd minen Brauder sin, un des'

annern sünd min, un de hewwen noch Tid.« - »Ick ward mi besweren«, rep de Konrekter in hellen Arger. - »Dat hewwen all vele dahn, is äwer ok noch nicks nah kamen«, säd Jochen un schregelte ut de Dor rut. »Äwer nu man rup up den Wagen mit jug!!« set'te hei hentau, un as sei all wedder seten, gung't sachten los; äwer föftig Raud bettau lenkte Jochen rechtsch af: »Prr! - Öh!« - un dor höll hei wedder - »Worüm führt Hei nich wider?« rep de Konrekter. - *Kann* ick nich, *darw* ick nich«, säd Jochen, »seihn S' em dor nich, hüren S' em nich? - Dat is hei. - Dat is de Vörrüter von den Sweriner Herzog, de kümmt hüt von Barlin heraf un führt nah Bramborg, un denn möt de Post ut den Weg' un möt tau Ihren von den Herzog still liggen.« - De Vörrüter kamm, de Herzog kamm, de Wagens mit de Hofbedeinten kemen, ümmer in tämliche Tüschenrüm, un irst as de letzte vörbi was, set'te sick de ordnäre Post wedder in Bewegung. - De Konrekter sach nah de Klock un ümmer wedder nah de Klock, ja, de Wiser wis'te em jedesmal düdlicher sin Unglück, hülp em äwer nich wider. En virtel up Ein höllen sei denn nu ok richtig vör den Posthus' tau Nigenstrelitz. -
De Konrekter smet sick den Mantäng äwer de Schuller, sprung von den Wagen un rönnte, as ob em de Kopp brennte, de Strat hendal nah dat Gerichtsgebüd' hentau. Äwer unnerwegs all kemen em de Hofrat un Kunst entgegen, un de Hofrat rep em all von firn tau: »Termin verseten! - Verurtelt! - Mit de Kosten verurtelt!« - »Un de Stock is min«, säd Kunst, as hei neger kamm, un sach sinen Swager von unnen up mit so'n sonderbores Lachen an. - De Konrekter blew as andunnert för en Ogenblick stahn, de Sak, de em lange Tid Qual makt hadd, was taum Sluß kamen un tau sinen Schaden; äwer nu wüßt hei, woran hei was, un 'ne säkere Rauh kamm äwer em, hei was ahn Schuld in de Verlegenheit kamen. - »De Stock is nich din«, säd hei kolt

un irnsthaft tau sinen Swager, »dat Geld is din, un dorför ward sick Utkunft finnen. - Adjüs ok!«, dormit wull hei furt. - »Konrekter, täuwen S' doch!« rep de Hofrat. - »Swager, hür doch!« rep Kunst un lep em in den Weg. - »Ja, Konrekter, hüren S' doch!« rep de Hofrat un kamm em von de annere Sid in de Quer, »de ganze Geschicht is jo man Spaß west.« - »Wat?« frog de Konrekter un kek Kunsten ganz isig kolt an. »Ja, 't is jo man Spaß west«, säd Kunst iwrig, »süh, den annern Morgen, den irsten Wihnachtsdag, kamm de Hofrat nah mi un wull mi dormit brüden, dat ick den Stock nich kregen hadd, un dat verdrot mi, un ick weddte mit em teihn Daler un teihn Buddel Win, dat ick di den Stock afjagen wull, un so wull ick di denn mit de Reknung en beten in de Schücheri bringen; äwer ick hadd en jo nich namen, ick hadd en di jo wedder gewen.« - »Un so hest du mi en halwes Johr in Unrauh verset't, hest mi en Prozeß up den Hals laden, dormit dat du mit dinen Kumpan äwer mi in de Fust lachen kannst?« frog de Konrekter, un sine Stimm, de bewerte, as wenn hei mit Mäuh noch an sick höll. »Dat is jo...« - »Üm Gotts willen nich!« rep de Hofrat dormang, »de Sak is jo ut de Welt; Kunst hett de Wedd verluren, un nu möt hei...« - »Ja, Swager«, föll Kunst hastig in, »wi sünd jo derentwegen mit Extra vörup führt, dat ick de Klag' taurüggnemen wull, un hir is sei«, un hei höll em en Stück Akten hen. - »Un Kunst möt de Kosten betahlen un sin Wedd, un nu kamen S', Konrekter, de Win sall uns gaud smecken, wi will'n uns en lustigen Dag maken«, säd de Hofrat un wull den Konrekter unner den Arm faten un mitnemen. Äwer in den Konrekter gärten sonderbore Gedanken up, hei hakte sinen Arm ut den Hofrat sinen un tred en por Schritt taurügg un säd: »Also *so* hewwt ji mit mi spelt? Äwer mi hewwt ji jug lustig makt, as wenn ick en dummen Jung' wir? - Un nu staht ji as de dummen Jung's hir vör mi un willt dat mit en Glas Win wedder gaud maken, wat ji unrecht an mi dahn hewwt? Mit so'ne Ort drink ick keinen Win.« - Dor gung hei hen, un as de Kläuksten stun'n de beiden grad' nicht dor, un ehr was't antauseihn, dat ut den lustigen Dag woll nich vel warden würd. -

De Konrekter gung driwens ut de Stadt rute den Weg taurügg, den hei kamen was, un de sonderboren Gedanken gärten in em furt; Arger un Schimp streden sick in em mit dat Gefäuhl, dat hei von 'ne drückende Verlegenheit loskamen was. - »Schändlich!« säd hei, »schändlich, mi taum Spektakel tau maken! - Wat gelt so'ne Kirls dat an, en ihrlichen Minschen in Ungelegenheiten tau bringen, wenn sei man ehren Spaß hewwen! - De ein is rik, de anner verdeint vel, wat kümmern sei sick dorüm, wat en anner Minsch sinen kümmerlichen, suren Verdeinst in Freden geneiten will? - Un wat hadd dorut warden künnt, wat hadd dorut warden künnt? - Mein Gott, ick bün jo de Tid äwer rein ganz ut mine Rauh un Besinnung herutkamen - dörch so'ne Lumperi. - Ne, ne! För ehr mag't ein sin, för mi is't kein Lumperi. - Wo süll ick't hernemen, up den Sturz hernemen? - Dor sall woll einer lang' up sporen! - Un wat hadd dorut warden künnt, wenn ick mi in mine Unbedächtlichkeit hadd dortau driwen laten, dat ick mi Kägebeinen sin geles Schätzschen anhandelt hadd? - Schämen süll ick mi, dat ick mi für Geld verköpen, dat ick mi in minen ollen Dagen von 'ne rike Fru utfaudern laten wull! - Leiwer Gott, ick bün jo en Hundsvott an mi sülwen worden. - Noch is Liw un Seel gesund bi mi, un is dat de Dank, den ick minen Herrgott dorför schüllig bün, dat ick mi dörch so'ne Hansbunkenstreich heil un deil ut de Richt bringen lat un den Grund verlir, up den ick min Lewen set't heww, up Arbeit un Gottvertrugen? - Nich wohr, Konrekter Äpinus, 't wir doch 'ne schöne Sak, so'ne rike Fru? - Wat? - Un du letst di denn pangsionieren un kekst den Dag äwer mit 'ne swarte Kapp un 'ne lang' Pip ut den Finster un segst din Schäulers in de Schaul gahn un haddst - Gott sei Dank! nicks mihr mit ehr tau dauhn, un du redst denn mal mit so'n armen Schelm, un du würdst denn so bi Weg'lang gewohr, dat sei bi den nigen Konrekter allens gründlich vergeten hadden, wat du ehr intrechtert haddst? - Oh, ick müggt dull warden, wenn ick doran denk, dat ick mi mit so'ne Gedanken mal dragen heww.« - So schüll un resonnierte dat in sinen Kopp un Harten hen un her, as hei mit forschen Schritten in de Middagshitt dörch den Strelitzer Sand pläugte, un't wohrte nich lang', dunn fung de Mag' ok mit an tau resonnieren, un de fung an so dull tau bleken, dat de annern beiden ganz still dat Mul hollen müßten. - »Dat weit der Deuwel!« sung dit Hauptregister von den Minschen em in de Uhren, »wat du tau so'ne Klockentid bi so'ne Hitt in Sand un Dannen rümmertaukneden hest, süs sittst du üm dese Tid ruhig in dinen Lehnstaul, un wi beiden hewwen Freud' annenanner, un keiner seggt en Wurd, un wi hewwen frame un dankbore Gedanken an Gott un an Dürten; un nu fängst du an mit de annern beiden, mit Kopp un Harten, di aftaugewen, un willst mi doräwer vergeten? - Ne, *irst* kam ick, un nah mi kümmt denn noch lang' nicks. - Ne, Herr will ick denn doch noch bliwen, un wenn du nich glik deihst, wat ick befehl, denn jag' ick di de Gall äwer de Lewer, dat du noch mihr Dummheiten anstiften möst un ut de Verdreitlichkeiten gor nich rutkümmst.« - Un dortau quarrte un gnägelte dat oll Ingeweid' so verständlich, un de Herr Konrekter säd so argerlich tau sick: »Un dor möt ick nu in mine Dämlichkeit ut dat schöne Nigenstrelitz rutelopen, wo dagdäglich so vele Dusende von Minschen ehren Middagsdisch deckt hewwen, un möt hir up de Landstrat Hunger un Döst liden, un dat blot üm de beiden Hundsvötter ehren Willen, de nu jo woll schön bi ehren Win sitten un ehren Spijök äwer mi bedriwen. - Hal der Deuwel de ganze Geschicht! -

Äwer«, set'te hei glik hentau, »Gott sei Dank! - Dor liggt de rode Kraug.«
Un as hei sick nu dor unner Bihülp von de rode Kräuger-Fru mit sine Mag' wedder verstännigt un up en gauden Faut set't un de rode Kräuger dat letzte Gnurren von den gnedigen Herrn mit en por Gläs' Rodwin taum Swigen bröcht hadd un de Herr Konrekter nu mit vel langsameren, äwer ok behaglicheren Schritt as vörher in den schönen Maidag rinnegung, dunn was em doch en ganz Deil anners tau Maud', un hei kek mit Wollgefallen äwer de gräunen Feller un snüffelte nah Wollgeruch in den Holt herüm un säd tau sick: »'t is doch schön in de Welt, un de Minsch süll Gott för allens danken, 't is eigentlich 'ne wohre Sün'n, äwerall verdreitlich tau sin. - Ih, ja! - worüm süll sick einer nich mal argern dürwen, wenn de Jung's in de Schaul dumme Streich maken oder so'n por Hundsvötter hewwen oll Lüd' taum besten oder Dürten schickt einen en por Hosen in de Kirch, äwer dat möt man nich anhollen un einen ut de Richt un up falschen Weg bringen. - Woräwer heww ick woll tau klagen? Ick bün gesund, heww mine vulle Arbeit un kann s' ok gaud lasten, gegen Langewil is gaud sorgt, satt bün ick jo noch ümmer worden, un up Wollewen steiht min Sinn nich - na, wenn't einer beter hewwen kann, Sün'n is't ok nich - äwer de Tung' is man en kort En'n, wo't gaud smeckt, seggt Sadler Fabe, un de Mann hett recht, nahsten is't ganz egal. - Äwer dat Öller! - Dat *möt* kamen un *ward* kamen, un denn so ganz allein! - Ih, so lang' Dürten noch bi mi is, so lang' geiht dat, wenn sei nu äwer... Oh, ne! Frigen deiht sei nich, dat hett sei tau oft sülwst seggt, un wer süll denn nu ok woll Dürten Holzen grot frigen? - Äwer sei kann mi ut den Deinst gahn; ihrgistern was sei jo all weg. - Je, wenn ick nu so mit ehr en Kuntrakt maken würd, dat sei sick up mine un up ehre Lewenstid bi mi fastmaken ded? - En por Daler Lohn mihr künn'ck ehr ümmer ge-

wen; äwer dat würd' ok wedder mal 'ne snurrige Ort von Kuntrakt warden, wat dor woll de Lüd' tau säden? - Ih, wat gellen mi de Lüd' an? - Wenn ick allein stah un sick keiner üm mi schert, bruk ick mi ok üm keinen tau scheren. - Äwer - hm! hm!« säd hei un föll in en forschern Schritt, as wenn hei sine Gedanken ut den Weg' gahn wull, »Konrekter Äpinus, Kanter Äpinus, du büst wedder ut de Richt, du büst wedder up en unrechten Weg. - Wat? Du höllst dat för Unrecht, dat Dörchläuchten sinen Löper nich ut den Deinst gahn laten will, un du willst 'ne witte, christliche, nigenbrambörgsche Börgerdochter traktieren, as wir sei 'ne swarte, heidnische Sklavin? - Sei sall sick an di verköpen tidlewens, sei sall di deinen mit Leiw' un Fründlichkeit, sei sall di plegen in ollen Dagen, sall dine Nücken dragen, un dorför willst du ehr Geld beiden? - 'ne witte, christliche Börgerdochter ut Nigenbramborg? - Un wo christlich is sei! - Sei hett en frames Gemäud un en dugendsamen Sinn. - Un wo witt is sei! So witt un so rod! - Wo rod würd' sei äwergaten, as sei ihrgistern middag ut de Dör rute wull un ick sei in den Arm fot un - Gott bewohr uns! möt ick mi denn hüt mit all mine Dummheiten plagen? - Ih, wat!« rep hei un ret den Mantel von de Schuller un smet em up de Grawenburd un set'te sick dorneben, »taum Sluß möt de Sak kamen! - äwer mit Bedacht un Besinnung«, set'te hei ruhiger hentau. - Un so satt hei up de Grawenburd un kek nah Nigenbramborg räwer, wat in de Abendsünn all vör em lagg, un sünn un sünn. - »Na, ick bün doch äwer kein Schaulkind mihr«, rep hei un wull upstahn, »ick kann doch dauhn un laten, wat ick will.« - Un hei blew wedder sitten un säd: »Je, äwer wil ick kein Schaulkind bün, möt ick de Sak irst nah allen Kanten äwerleggen.« - Un hei äwerläd, un wenn hei tau En'n kamen was, fung hei bi den Anfang wedder an. -

De Sünn wull all unnergahn, dunn stunn hei up un

säd tau sick: »Ick bün mit mi in'n kloren. Missen kann ick Dürten *nich* - ick heww't woll in't Gefäuhl hatt, heww't äwer bet hüt nich wüßt - sei is mi an't Hart wussen. - Ja, ja! Mit min selig Lotting was dat anners; äwer dörtig Johr un föftig maken en Unnerscheid - na, eigentlich sünd't fiwunföftig, äwer bi so'ne wichtige Sak kann't up en por Johr nich ankamen - en beten käuhler ward de Sak woll utfallen, dit ward woll mihr so sin, as sei up Stun'ns seggen, ‚auf gegenseitige Hochachtung'. - Dummen Snack! Wenn ick up gegensidige Hochachtung frigen wull, denn künn ick jo man unsen braven Paster Bollen frigen. - Ne, Dürten, min Dürten Holzen is in mine Ogen en schönes Mäten, un sei is en brav Mäten, un sei is en verstännig Mäten, de ok Gripps hett; mit wat för 'ne Lichtigkeit hett sei nich dat begrepen, wat ick ehr von de Elektrizität seggt heww! Ick kann ehr jo ok noch in vele Stücken en beten wider helpen, sei is jo noch jung taum Lihren. - Äwer wat warden de Lüd' seggen, wat ward Dörchläuchten seggen? - Na, dor ward ick mi nich vel üm kümmern; äwer heiten ward dat nu allentwegen, ‚er hat sich eine ungebildete Person geheiratet'. - Äwer nu bidd ick einen üm Gottes willen, wat is denn nu eigentlich Bildung. - Jeder, den ein dornah fröggt, giwwt 'ne anner Antwurt, as't in sinen Kram paßt. - De ein meint, sei is gebildt, wenn sei sick bunte Fahnen up den Liw' hängt, de anner, wenn sei 'ne Menewett danzen kann, de drüdd, wenn sei en beten Französch parliert, de viert, wenn sei Tee inschenken kann un stött kein Tassen üm; äwer doran denkt keiner, dat vör allen tau 'ne richtige Bildung hürt, dat de Kopp hell un klor, de Will stark un gaud un dat Hart warm un weik is. - Un dat is bi Dürten, dat is bi min Dürten Holzen. - Ja, 't is wohr, sei is männigmal en beten hastig un pultert ok männigmal en beten rute; äwer dat wenn ick ehr af, dat sall sick woll gewen. Sei deiht jo allens, wat *ick* will, sei richt't sick jo ganz nah *mi.*« -

So was hei bet an't Stargardsche Dur kamen, dunn blew hei mit en Mal stahn un kek sick dat Dur an, as wir hei de berühmte Kauh, de sick dat nige Dur ankek, un säd: »Je, wenn sei mi nu nich will? - Wat denn?« - Un hei gung in't Dur un dörch de Straten: »Wenn sei mi nu nich will?« Un hei gung in sine Husdör, un dat Hart slog em: »Wenn sei mi nu nich will?« -

Dat schummerte all, as de Herr Konrekter up sine Del kamm; Dürten makte ehre Stuwendör up: »Wer...? - Mein Gott, sünd Sei dat, Herr? Ick dacht mi, Sei würden des' Nacht irst mit de Post taurüggkamen.« - »Ne, Dürten«, säd de Herr un tred in Dürten ehre Stuw', »dat hadd mi tau lang' durt, mi hett ordentlich 'ne Unrauh pinigt, dat ick wedder herkem. De Sak mit Kunsten is ut de Welt.« - Dürten säd nicks. - »Freust du di nich doräwer? Un freust du di nich, dat ick wedder hir bün?« - Dürten säd nicks un bückte sick in ehre Lad' dal un handtierte dorin herüm. »Dürten«, frog de Herr Konrekter, »wat heit dit? - Hüt morgen, as ick furtreis'te, wirst du so still, dat du mi knapp adjüs sädst, un nu büst du wedder so un seggst knapp willkam?« - »Herr Konrekter«, säd Dürten un richt'te sick äwer En'n, kek äwer bisid weg, »ick freu mi, dat allens taum Gauden utslahn is, un ick freu mi, dei Sei gesund wedder hir sünd, äwer mi drückt wat, un seggen möt ick't doch einmal: ick möt von Sei furttrecken.« - De Konrekter stunn dor, as hadd de Blitz vör em inslagen; »wenn sei di nich will?« schallte dat dörch sine Seel, un knapp kunn hei fragen: »Wat heit dat? Dürten? - Hest du mi de harten Würd nich vergewen, de ick di ihrgistern gaww?« - »Dat is lang' vergeten«, säd Dürten mit en deipen Süfzer, »dit is wat anners, un dit kann ick *Sei* nich seggen; wenn Sei äwer hüt hir blewen wiren, würden Sei't von de Kinner up de Strat hürt hewwen.« - »Wat heit dit? Du willst mi ut den Deinst gahn, ahn alle Ursak?« - »Erbarmen Sei sick äwer mi, Herr«, säd Dürten un wendte sick nah em üm un slog de Hän'n äwer de Bost tausam, »ick kann Sei't nich seggen. Ick weit, Sei hewwen dat Recht, mi tau hollen; äwer erbarmen S' sick, laten S' mi trecken.« - Un wenn't ok all düster würd, so lücht'te doch ut ehre Ogen so'ne deipe Hartensweihdag' herute, dat den ollen Herrn ganz weikmäudig tau Maud' würd, hei gung an ehr ranne un slog den Arm üm ehr un säd: »Min leiw', leiw' Dürting, wat is di? Segg't mi, ick bün jo din beste Fründ.« - »Ja, dat sünd Sei; äwer eben deswegen«, säd Dürten un makte sick von sinen Arm los, »ick..., ick möt Licht anmaken.« - Sei schow den Herrn taurügg un makte ehre Lamp an. - De Konrekter stunn dor un rew sick den Kopp, as hadd hei de sworste Städ' ut den Grichischen tau äwersetten un wüßt sick keinen Vers dorup tau maken. »Segg mal«, frog hei tauletzt, as em de Konstruktion von sinen Satz doch tau verwickelt vörkamm, un fot Dürten wedder üm un treckte sei up en Staul neben sick dal, »segg mal, bün *ick* denn doran schuld, dat du von mi willst?« - »Ne«, säd Dürten un kek vör sick dal. - »Un du kannst mi dat nich seggen?« - »Ne, Herr Konrekter«, säd Dürten un kek em so biddwis' an, un dat helle Blaud steg ehr in't Gesicht, »ick kann't nich seggen.« - »Hm!« säd de Konrekter un stunn up un gung in de Stuw up un dal un redte mit sick en por Würd stillswigends: »Sei kann't nich seggen, seggt sei, un nu sall ick't seggen, äwer woans? - Gott in den Himmel! - Wenn sei mi nu nich will? - Ja, äwer weiten möt ick, woran ick bün«, un hei set'te sick kort entslaten wedder dal, slog den einen Bein äwer den annern, läd sick en beten achter äwer, as hei up den Kantheder tau dauhn plegte, un fung an: »Dürten Holzen, all bi de ollen Grichen un Römers, ok bi de Juden, dat heit bi de *ollen* Juden tau Daviden un Salomon sine Tiden, is dat vörkamen, dat de berühmtesten Männer... na, dat paßt nich ganz, un du versteihst dat ok woll nicht, ick möt woll anners anfangen. - De

Bibel versteihst du, un dor steiht in: es ist nicht gut, daß der Mensch allein sei, un dat gelt ebenso gaud von di as von mi, un wenn du von mi geihst, süh, denn bün ick allein, un du büst ok allein.« - »Herr, ick kann nich bliwen«, säd Dürten un wull upstahn.»- »Dürten«, säd de Konrekter un treckte sei wedder dal, »hür mi irst ut. - Süh, as ick hüt von Strelitz wedder taurüggung - na, ick hadd mi äwer de beiden dummen Kirls argert - dat vertell ick di nahsten - un ick mi wedder dat so bedachte, dat du mi ok in dese Sak wedder taum Gauden raden haddst un wat du doch för en braves un en dugendsames Mäten wirst un wat du in minen Ogen doch för en schönes Mäten wirst - ne, bliw sitten, Dürten!« rep hei un slog den Arm fast üm sei un bögte sick nah ehr Gesicht vöräwer, »dunn dacht ick so bi mi, wat du woll nich min Fru warden wullst?« - Dürten hadd sick taurüggbögt, as sick de Konrekter vöräwerläd, mit jeden Wurd ut sinen Mun'n rückte sei mit ehr Gesicht wider von em af un reckte de beiden Hän'n nah vör, as künn ehr wat Grugliches passieren; nu sprung sei up un läd de beiden Hän'n äwer de Bost un stunn dodenbleik dor un rep: »Herr, Herr, äwer mi is all so vel Schimp un Schan'n utgaten! Herr, Herr, dat heww ick nich üm Sei verdeint!« - »Dürting!« säd de Konrekter un fot ehre beiden Hän'n, de sei wedder nah vör reckte, as wull sei em von sick afwehren, in sine beiden un drückte sei, »min leiw' Dürting, ick mein't jo so gaud mit di.« - »Ne, ne!« rep sei un ret de Hän'n los un deckte sei äwer de Ogen, un de Tranen stört'ten ehr ut de Ogen, »ick bün so all in de Lüd' Mund kamen, un nu dit noch?« - »Dürten«, säd de Konrekter un richt'te sick en Deil grader, »bün ick kein ihrlich, verstännig Mann? Bün ick en jungen, unbedachtsamen Lüderjahn, de mit en brav Mäten sin Spill bedriwwt? - Ick verlang' di tau mine christliche Ehefru, dat heit«, set'te hei en beten benaut hentau, »wenn du mi äwerall willst.« -

Dürten let de Hän'n saken un kek em mit 'ne ungewisse Angst an, as wenn en schönes, trostrikes Wurd, wat dörch ehr stilles Lewen un Hoffen klungen was, nicht wohr wir un würd sick nu as 'ne Läg' utwisen. »Dat willen Sei nich, un dat känen Sei nich«, säd sei un wull sick afwennen. - Äwer de Konrekter fot sei üm un treckte sei up sinen Knei dal un küßte sei: »Dat will ick, un dat kann ick, äwer willst du, Dürting?«, un hei küßte sei widder, »willst du?« - Un sei bögte den Kopp an sine Bost raffe, un hei frog wedder: »Willst du, Dürting?« - »Ja, ja!« kamm't rut ut ehre deipste Seel, un sei sprung up un ret sick los un stört'te ut de Dör, de Trepp in de Höcht nah ehren Vörratsbähn, as wenn de Find achter ehr wir. Sei rigelte von binnen tau un smet sick up de Knei: »Führe uns nicht in Versuchung!« - Sei wull beden, sei wull danken, sei wull heit danken, un ümmer wedder schot ehr dat dörch den Kopp, dat allens en Blendwark wir, dat so wat nich sin künn, dat sei upwaken müßt ut den Drom, den sei ahn Verstand un Besinnung all so lang' drömt hadd. - Sei den Herrn Konrekter sine Fru? »Führe uns nicht in Versuchung!« - Dat kunn nich sin, dat wir nich mäglich; ehr was, as stünn de ganze Welt üm ehr rümmer un lachte ehr in't Gesicht. - Un doch! Hei hadd't ehr jo sülwen seggt, un hei was jo so brav un so ihrlich, seindag' was kein Lag' äwer sine Lippen kamen, sei hadd nah em tau Höchten keken, as stünn hei hoch baben ehr, un nu hadd hei de Hand utreckt un wull sei ruppetrecken tau sick, un sei süll deilhewwen an dat, wat hei was un wat hei hadd! - Sei kunn't nich glöwen, sei kunn't nich faten. Un doch müßt sei't glöwen, denn sei hürte em unnen up de Del hen un her gahn, wo hei Vigelin spelte, lustige Stückschen up de Vigelin spelte. - Un wer kann woll lustig up de Vigelin spelen, de mit Slichtigkeiten un Lägen ümgeiht? - Ja, sei müßt dat glöwen, un de Tranen stört'ten ehr ut de Ogen, un sei bedte un dankte ut vulle Seel, un ehr Strid von ihrgistern föll ehr in un all de lütten Scharmützel, de sei mit em hatt hadd, wenn hei nich so wull as sei, un sei bed't em af mit heite Tranen, un ännern müßt sei sick, ganz ännern! De Herr Konrekter hadd Dürten ehre Tranlamp up de Del stellt, hadd sick sine Vigelin halt un gung nu up un dal un spelte lustig, as wenn't en Wedderhall ut sine Seel was, denn hei was so fri as de Vagel up den Bom, denn hei was taum Sluß kamen, »taum *richtigen* Sluß«, säd hei tau sick. Allens, wat em drückt hadd, was von em afnamen, allens, wat düster west was, lagg nu klor vör em bet wid in de Firn in hellen Sünnenschin. - Un't was tauirst west, as wenn sine olle Vigelin sick orndlich verfiren ded äwer dat, wat von ehr verlangt würd, denn sei wüßt woll, hei was tauwilen lustig, äwer so lustig, dat was ehr noch nich vörkamen, dat kunn sei nich verstahn, un sei stamerte irst, grad as Dürten; äwer nu was hei mit ehr äwerein, grad' as mit Dürten, un nu gung dat in'n Swung' los, un't würd en Juchen un Jubilieren in den ollen Konrekterhus', as wenn hüt all Hochtid wir. -

Un as hei nu bi sin Upundalgahn wedder an de Husdör kamm, gung de Dör up, un Stining prallte taurügg vör dit lustige Wirken un Handtieren, un de Herr Konrekter stunn in de apne Dör un spelte äwer de Strat räwer - wat gung em de Welt an? - un spelte sinen Satz tau En'n un namm de Vigelin unner dat Kinn rute un lachte: »Wat? - Verfirst du di, Stining? - Kumm rinne, Kindting, wi sünd hir hellschen lustig.« - »Dat seih ick«, säd Stining, »äwer, wo 's Dürten?« - »Weit ick nich«, säd de Herr Konrekter, »ward äwer woll kamen«, un sach dorbi so säker un lustig ut, as hadd hei de ganze Welt an den Band un brukte blot tau trecken, denn müßt sei danzen. - »Herr«, säd Stining un würd ganz angst bi den Herrn Konrekter sine Anstalten, »sei is doch nich weggahn von hir?« - »Den Deutscher ok!« rep hei, »weggahn? - Ne, sei bliwwt hir, bliwwt för ümmer hir! - Äwer wat fehlt di?« säd hei un kamm allmählich beter tau Besinnung, »du sühst jo so hastig ut!« - »Herre Gott, Herr, weiten Sei denn nich...?« - »Ick weit von nicks, ick kam eben irst tau Hus; äwer wat weit ick, un dat...« - »Hewwen Sei denn nich von dat Unglück hürt?« - »Wat för en Unglück?« - »Dat Dörchläuchten so gruglich tau Schaden kamen is?« - »Wat? Wat?« rep de Konrekter in sinen deipsten Baß un fot Stining an de Schuller, »tau Schaden? - Uns' Herr?« - »Ja, äwer de Dokter seggt - Gott sei Dank! - dat is nich so slimm, de Schreck hett dat meiste dahn.« - »Wat is't?« säd de Konrekter lichter, »vertell!« - »Je, seihn S', Herr - mein Gott, wo is äwer Dürten?« - Dunn kamm Dürten ganz ruhig de Trepp hendal: »Gun Abend, Stining«, un gung in den Herrn Konrekter sine Stuw', stickte dor Licht an un set'te sick still in de Eck tüschen Aben un Wanduhr. - »Denk di mal, Dürting«, säd de Konrekter, »uns' Dörchlauchten hett en Unglück hatt.« - »Ja«, säd Stining, »'t hadd slimm warden künnt. - Hüt nahmiddag so gegen Klock twei süll jo de jung' Sweriner Herzog kamen, un Dörchläuchten was em entgegenführt bet nah den Dannenkraug. - Un as nu dor de Sweriner kümmt, dunn stiggt hei ut sinen Wagen un set't sick bi unsern ollen Herrn in, un Jochen Bähnhas', de will sick jo woll nu wat vör de Sweriner Kutschers seihn laten un kriggt dat Jagen un bädelt in dat Dur herinner, all wat dat Tüg hollen will, un Wilhelm un Fleischfreter vörup, un as hei an uns' Eck kümmt - ick stunn grad in uns' Dör -, dunn will hei jo woll so recht kort üm de Eck bögen, un de Wagen kriggt en Slag in den ollen deipen Rönnstein, un de Ass' von dat Hin'nrad breckt, un dor liggt hei. Un de jung' Sweriner Herzog schot ut de Kutsch herute up de Strat, un de drei Lakaien achterup flogen in den Rönnstein, dat ick denk, sei breken sick Arm un Bein, na, Niklas hett sick ok en Arm intweibraken, äwer de jung' Herzog was wedder fix up de Bein, un as ick nu antauspringen kamm, rep hei: ‚Seht nach dem Herzog!‘ - Leiwer Gott, uns' oll Herr lagg dodenblaß dor, un dat Blaud lep em äwer de Backen, denn hei hadd sick den Kopp arg an dat Finstersäms drüscht, un as de Herzog un ick em äwer En'n richt'ten, dunn beswimt hei uns, un de Herzog gaww Orre, hei süll in'n Hus bröcht warden, un Rand kamm nu un fot mit an un de ein Lakai un de Herzog un ick, un so drogen wi em denn in uns' Hus rinne un läden em up min Bedd.« - »Up *din* Bedd?« frog Dürten. - »Ja, Dürten«, säd Stining, »ick weit woll, hei hett uns beiden gistern arg tauset't, äwer...« - »Ih, dat mein ick nich, ick mein man, wo dat mäglich is, dat Dörchläuchten up din Bedd tau liggen kamm.« - »Je«, säd de Konrekter, »Not kennt kein Gebot.« - »Ja, so wat säd de Herzog ok un schickte nah en Dokter, un as Dokter Hempel nu kamm, let hei em ut de Ader un säd, gefährlich wir't just nich, 't wir von't Verfiren, äwer Rauh müßt hei hewwen, un sin Kopp süll mit Essig un Water utkäuhlt warden, un ick hadd taum Glücken noch Essig un käuhlte em, un nah 'ne Stun'n würd hei so swack un slep sachten in, un dunn jog de jung' Herzog allens rute, un ick satt mit em allein dor.« - »*Du* mit den jungen Herzog allein in *din* Stuw'?« frog Dürten. - »Ja, ick wull ok rute gahn, äwer hei led't nich un säd, ick süll bliwen, ick hadd so'ne lichte Hand, säd hei.« - »Stining, Stining!« säd de Konrekter un drauhte mit den Finger, »hei hett gewiß mihr seggt, hei hett gewiß seggt, du wirst so'n lüttes, hübsches Mäten.« - »Oh, Herr Konrekter«, säd Stining un stickte sick rod an. - »Na, na!« säd de Konrekter, »hei is bekannt as en lustigen Herr un mag de Frugenslüd' verdeuwelt girn liden.« - »Oh, Herr«, säd Dürten un schüddelte mit den Kopp, as müßt sei em so'ne lichtfarige Red' verwisen, »en Herzog un min Stineswester.« - »'t kümmt allens vör, Dürten. - Äwer wo würd't nu wider?« frog de Konrekter. - »Je, bet hentau halwig söß slep hei ganz ruhig, un dunn wakte hei up un was hell un klor, un Dokter Hempel säd, nu künn hei furtbröcht warden, un dunn halten sei 'ne Portsches', un dor set'ten sei em in un drogen em in't Paleh. - Ja, un as em de Herzog unner'n Arm fot un em rutebringen wull, dunn kek hei sick so wild üm in de Stuw' un frog, wo hei denn eigentlich wir. - ‚Bi dit lütt Mäten', säd de Herzog, ‚un de hett den Herrn Vedder Liebden mit rinnedragen hulpen', säd hei, ‚un hett Sei plegt as 'ne Dochter', säd hei. Un dunn kek mi Dörchläuchten 'ne ganze Tid an un säd: ‚Ick möt di all seihn hewwen. - Na', säd hei, ‚kumm morgen nah dat Paleh un bidd di 'ne Gnad' bi mi ut!« - »Mein Gott!« rep Dürten, »un dor kümmst du nu irst mit rute?« - »Ick künn jo nich ihre, denn as hei weg was, dunn kemen alle Nahwers, un ick müßt verteilen un ümmer wedder von vörn anfangen, un du weitst jo, wo uns' Vader is, för den was dit jo nu 'ne grote Ihr, un hei nödigt sick ümmer wedder up't frisch de Lüd' rinne un wis'te ehr ümmer dat Flag, wo Dörchläuchten leggen hadd, un as ick dunn tauletzt nah di gahn wull, dunn kamm Wilhelm.« - »Jh, dat mein ick jo nich«, säd Dürten, »ick mein dat mit de Gnad', denn dat is jo doch de Hauptsak, un dordörch kann jo...« - »Gun Abend«, rep 'ne Stimm von de Del her, »mein Gott, slöppst du denn all, Dürten, un de Dören stahn up.« - Dürten makte de Stuwendör up: »Wer is dor?« - »Wer anners as ick, ick bün von achter rinnerkamen, ick künn doch nich...«, un Schultsch kamm taum Vörschinn - »Herre Gott, Herr Konrekter, sünd Sei all wedder hir? - Ich denk, Sei sünd in Strelitz. - ‚Sallst seihn', säd ick tau Krischanen, ‚hei kümmt irst des' Nacht mit de Post wedder, denn mit Kunsten führt hei nich, un mäglich steken s' ein ok glik in. - ‚Ih, wat!' säd Krischan, ‚red un red!' - Un dorüm kam ick ok man so up en Sprung un, nemen S' nich äwel, mit min oll Schört. - Ick heww den ganzen Dag herümmerrackt, dat ick man irst allens wedder tau Schick hadd, un, Dürten, dorüm kam ick nu irst. - Ih, ja, dat hett jo 'n por Gröschen brücht in den Holt, äwer dor is ok gor tau vel bi tau besorgen, dat ick man irst allens wedder tau Schick hadd, un, Dürten, dorüm kam ick nu irst. - Ih, ja, dat hett jo 'n por Gröschen bröcht in den Holt, äwer dor is ok gor tau vel bi tau besorgen, dat Inpacken un dat Utpacken, und denn so vel Arger - nimm mal blot an, Dürten, gistern mit Dörchläuchten!« - »Fru Schulten«, rep Dürten in helle Angst un sprung up, »Sei warden doch nich?« - »Ih, wo ward ick, ick bün jo kein Kind; äwer ick heww mi so argert in dine Seel. - ‚Krischan', säd ick, ‚wenn ick Dürten Holzen wir, denn süllst mal seihn.' - ‚Ja', säd hei, ‚denn würd wat Schöns tau Platz kamen', säd hei, ‚hest den ollen Randten all dat Duwwelbir äwer de witten Strümp gaten', säd hei, ‚dor warden sick de Fleigen fustendick upsetten', säd hei, ‚un Dürten is vel verstänniger as du.'« - »Fru Schulten«, föll hir rasch de Konrekter in, as sei em halwweg' en beten Rum let, »wat is denn dat, wat hett Dörchläuchten mit min Dürten?« - Dürten höll fürchterliche Pin ut un wull weg; äwer Schultsch stellte sick breit vör de Dör: »Herr Konrekter, was ich nicht weiß, macht mich nicht heiß, un wenn Sei't wüßten, würden Sei heit naug warden; äwer kein Wurd! Ick red kein Wurd!« - »Dürten«, frog de Konrekter irnsthaft, denn dat schot em dörch den Sinn, dat dat mit Dürten ehren Willen, von em furttaugahn, tausamhängen künn, »wat is dor in den Holt passiert? Womit hett Dörchläuchten di argert?« - Nu sprung Stining vör: »Herr Konrekter, 't was jo wegen mi un Halsbandten«, un sei vertellte ehren Schimp, üm ehr Swester tau redden, un let Dürten weg un slot dormit, dat Halsband in den Kahn smeten wir. - »Ja«, säd Schultsch, »un Dörchläuchten hett en jo wedder in't Lock smiten laten wullt, hett't äwer nich dahn, wil dat hei em nich missen kunn wegen de Inhalung von den Sweriner Herzog - 'ne schöne Inhalung! Breken sick binah dat Gnick! - Schad', dat Rand nich en beten wat afkregen hett, denn denken S' sick, Herr Konrekter, hüt morrn, as ick mi gor nicks Böses bewußt bün un min Geschäften besorg' un in de Stuw' rinnerkam, sitt de olle Sliker von Kammerdeiner all wedder achter'n Disch bi dat Duwwelbir un michelt sick bi Krischanen an; äwer ick mein, ick heww em utlücht't: ‚Sei', säd ick, ‚mitsamt Ehren Dörchläuchten süllen sick wat schämen, dat Sei en por ordentliche Börgerdöchter so tau Platz bringen, un de ein hewwen Sei üm ehren gauden Deinst bröcht, denn de kann bi den Herrn Konrekter nu nich länger bliwen', säd ick. - Un, Dürten, bliwen kannst du hir nu nich länger.« - Dürten was woll en resolviert Mäten, äwer as all dit hir vör den Herrn Konrekter sine Ogen süll utkramt warden, würd sei ganz swack, sei würd dodenbleik un böhrte de Hän'n tau Schultschen up: »Fru Schulten, ick bidd Sei...« - »Ne, Dürten«, säd Schultsch mit grote Würdigkeit, »hir helpt kein Bidden un Beden, furt möst du. - Ick bün 'ne olle Fru, un reden dauh ick äwerall nich dorvon, äwer't weiten jo doch alle Lüd', un ick heww din sel Mutting gaud naug kennt, un wenn de hir stünn, de würd gewiß seggen: ‚Fru Schulten hett recht, Dürten möt furt, denn sei kann jo ok den Herrn Konrekter in de Lüd' ehren Mund bringen.'« - »Gotts Dausend!« rep de Konrekter un fohrte up Schultsch los, »wat is dat för en dummes Gezanzel? - Womit sall ick in de Lüd' ehren Mund kamen? Worüm sall Dürten weg?« - »Gott bewohr uns, Herr Konrekter«, rep Schultsch un tred en Schritt taurügg, »ick segg nicks, ick segg gor nicks; äwer wenn Dörchläuchten doch in mine Baud' in den Holt vör alle Lüd' seggt, Dürten will Sei abslut frigen, denn...« - »Dummen Snack!« rep de Konrekter un gung up Dürten tau, de up en Staul sackt was un de Hän'n vör't Gesicht slog, »Dürten will *mi* nich, ick will *Dürten* frigen. - Dürting, min leiw' Dürting, lat doch de Lüd' reden!

Wi bruken kein Geheimnis dorut tau maken, un wat ick dauh, dat kann allentwegen apenbor sin, un jeder kann't weiten, dat du min Brud büst un dat du min Fru warden sallst.« - Stining fung bitterlich an tau weinen, as sei dese Würd' hürte, Schultsch stunn 'ne korte Tid verbas't dor, un wat ehr Krischan ok seggen wull, ehr Mulwark was vullstännig törnt, obschonst dat apen stunn, un de Ogen gungen wild rümmer, äwer as sei sach, dat de Konrekter Dürten einen Kuß gaww, dunn glöwte sei, de Konrekter wull sick en Spaß mit ehr maken un ehr wat inbilden, sei set'te de Hän'n in de Siden, smet den Kopp taurügg un säd: »Ja, ick weit woll, Sei meinen, ick bün so dumm, Sei willen mi taum besten hewwen, äwer wenn ick ok nich so vel lihrt heww as Sei, dat weit ick doch, dat Sei mit so'n Spaßmaken Dürten blot wat in den Kopp setten. Un wat ick seggt heww, heww ick seggt, un ick segg nicks, un ick kann jo ok gahn.« - »Fru Schulten«, säd de Konrekter, »dat is vulle Irnst, un de ganze Welt kann't weiten, un Sei känen dorup nahseggen. - Dürting, is dat nich Irnst?« - Un Dürten bückte sick an em ranne: »Ja, ja, äwer ick kann't sülwst noch nich glöwen.« - Un Stining fohrte up ehr Swester tau un fot sei üm un küßte sei, un Schultsch makte den waglichen Versäuk, sick up einen Hacken rümtauküseln, kamm äwer man halw herüm un slog de Hän'n inenanner: »Un dat seggt ji mi Klock halwig elben in de Nacht, wenn allens slöppt? Wenn bi uns ut de Schenkstuw' allens furt is? - Un ick sall slapen dese Nacht mit dit Wurd up den Harten un sall dor nich äwer reden? - Herre Gott, Krischan kann mäglich noch waken. - Gun Nacht ok, ick heww kein Tid, gun Nacht ok!« - »Gun Nacht!« lachte de Konrekter achter ehr her, »Sei kä- nen't den Nachtwächter vertellen, de kann't uttuten.« -

Un as sei weg was, dunn gung dat Vertellen los un dat Fragen, un Dürten säd ümmer »Herr Konrekter«

un »Sei«, un wenn de Herr Konrekter sei denn mal mit en Kuß dorför afstrafte, dat sei em nich »du« nennte, säd sei ok woll mal »Herr Konrekter« un »du«, äwer von den »Herrn Konrekter« let sei hüt abend noch nich, denn de Respekt vör em satt ehr noch tau deip in den Harten. - Un as nu Stining nah langes Fragen mit de Sak taum Vörschin kamm, wo Dörchläuchten in den Holt Dürten ehr Hart so gruglich weih dahn hadd, stellte de Konrekter sick vör Dürten hen un säd nahdrücklich: »Hett hei di den Schimp andahn, denn sall hei 'n di ok afnemen, dorför bün ick Mann.« - Un Stining was so fröhlich in Dürten ehren Harten un makte Spaß un bögte sick an den Konrekter ran un flusterte: »Dörchläuchten hett so unrecht nich hatt; sei hett Sei all lang' in'n Harten dragen.« - Un Dürten hadd't hürt un rep gläunig rod: »Stining, Stining! Du redst as en unverstännig Kind.« - Äwer Stining lachte un säd: »Kinner un Narren reden de Wohrheit. De Narren, de nicks dorvon hewwen weiten künnt, hewwen dorvon redt, un ick, de't all lang' wüßt hett, kam dor nu mit rut.« - Un Dürten stunn up un ergaww sick in de Sak un säd: »Nu kumm, nu is't Tid tau Bedd.« - Un de Herr Konrekter wull dorgegen Insprak dauhn, äwer Dürten säd: »Ne, Herr Konrekter, Sei sünd ok...« - Un de Herr Konrekter wull ehr dorför en Strafkuß gewen; äwer Dürten flitschte em unner den Arm dörch: »Du büst ok mäud'.« - Un rute wiren sei. -

Un buten in de Achterdör säd Dürten: »Stining, du slöppst dese Nacht hir, un ick gah nah Vadern.« - »Mein Gott, Dürten...« - »Stining, de Welt hett ehr Recht; morgen reden wi wider äwer de Sak. Gun Nacht ok.«

KAPITEL 13

Hofrat Altmann kriggt Dörchläuchten tau'n dull Stück. - Dörchläuchten snirt't dörch dat Slätellock. - Wat Fridrich Franz för 'ne Ort Mann was. - Bäcker Schult makt Exküsen wegen de Backschört, un oll Böttcher Holz sitt mit Dörchläuchten up *einen* Staul - Wo de Herr Hofpoet Kägebein unsern Dörchläuchten 'ne grote Freud' makt. - Wat Fridrich Franz dortau dauhn kann, deiht hei. - De Konrekter un Dürten, un de Löper Stining maken Dörchläuchten ok 'ne grote Freud'. - En gesegenten Dag för Verlawungen. - De Welt dreiht sick, wat unnen liggt, möt baben kamen. - Oll Böttcher Holz drinkt würklichen Win, woräwer sick Dürten dägern verfirt. - Unsern Eingang segne Gott, unsern Ausgang gleichermaßen; un dat is dat En'n von de Geschicht.

As Dörchläuchten ut den Holt taurüggkamen was, hadd hei den Löper, as Schultsch all vertellt hett, in't Lock smiten laten wullt, hadd sick awer besunnen, wil hei em bi de Inhalung nich missen kunn; 't lagg em ok noch vel anneres in den Kopp, wat besorgt warden müßt, dat hei sinen vörnemen Besäuk ok in allen Kanten gerecht warden un sick hellschen staatsch upsmiten wull, un de irste Sorg' bi dit Vörnemen was denn nu natürlich dat Geld. - Rand müßte also nah den Hofrat rümmersäuken un kamm denn ok tauletzt mit em angetreckt. -
De Hofrat was desen Abend vel fierlicher in sinen Wesen as süs, denn süs was hei bi Dörchläuchten hellschen liktau, de Lüd' säden, tau sihr liktau; äwer was dat nu, dat hei in Kunsten sine Baud' en beten vel Punsch drunken hadd un sick dat nu nich marken laten wull, oder was dat nu, dat hei in Sorgen was, Dörchläuchten künn mal ut Spaß Irnst maken un em würklich in Ungnaden fallen laten, oder glöwte hei up so'ne Ort sinen Vurtel mit de Intressen beter wohrnemen tau känen, oder hadd hei süs wat in den Sinn wat weit ick? Genaug, hei stunn dor, stiw as en Pahl, un dinerte as en

Klappmetz. - Dörchläuchten was sihr gnedig gegen em un frog em tauletzt, as hei gor nich ut sinen sturen Verfat herutekamen wull, wat em denn eigentlich fehlen ded? - De Hofrat treckte den Mund dal, de Schullern tau Höcht, de Ogenbranen tau Höcht, as wir de Last, de up em lagg, tau swor för sine swacken Kräft, un säd: de slimmen Tiden un de allerhöchste Ungnad', de wiren't, de em daldrückten. - De slimmen Tiden, säd Dörchläuchten, künnen em woll nich drücken, dat wüßt hei, un de Ungnad' hadd hei jo von em namen, un hei hadd em jo utdrücklich seggt, hei süll sick 'ne Gnad' utbidden, un dat hadd hei jo ok dahn. - »Un dor dank ick Dörchläuchten ok in deipste Ihrfurcht för«, säd de Hofrat un slog wedder dat Klappmetz tau, »äwer de Gnad', üm de ick ganz unnerdähnigst bidden wull, de kunn ick dor buten vör alle Welt nich seggen.« - »Na, denn sag' Er mal hier«, säd Dörchläuchten gnedigst. - »Ja«, säd de Hofrat mit vel hen un her Winnen, »dat hett sick in de Stadt utspraken, dat ick wegen mine vörhew- wende nige Verheiratung in Ungnaden verfollen bün, un mine taukünftige Fru, de sitt nu den ganzen Dag un rohrt, dat dat en Stein erbarmen kann, un wenn dat so bliwwt, denn kann dat kamen, dat sei nicks mihr von mi weiten will.«- »Nun, denn laß Er sie, es ist auch besser so.« - »Je, Dörchläuchten, dat seggen Dörchläuchten so licht weg, äwer sei hett en nüdliches Stück Geld, un wenn ick Geld schaffen sall, denn möt sei't heruterücken.« - »Hm, hm«, säd Dörchläuchten, »Er weiß, ich bin nicht dafür, daß meine Umgebung sich verheiratet; aber - aber - denn nehm' Er sie.« - »Ja, dat güng woll, wenn Dörchläuchten de Ungnad' von mi nemen un ehr den Bewis dorvon liwerten, indem dat Sei mi verlöwen deden, sei bi Sei vörtaustellen, denn künnen Sei ehr dat sülwen seggen, dat Ehre hoge Gnad' wedder äwer uns lüchten süll.« - »Na, minentwegen! Denn kam Hei man mit Sinen Schatz mal her - so bi Gelegenheit.« - »Ja«, säd de Hofrat, »un bi de Gelegenheit kann ick jo ok denn dat Geld mitbringen, von dat Rand mi seggt hett.« - »Den Teufel auch!« rep Dörchläuchten, »das Geld muß ich morgen haben.« - »Je, Dörchläuchten«, säd de Hofrat un sach ut, as wenn't em recht in de Seel weih ded, »dat geiht woll nich; denn ihre sei mit Ehre Gnad' nich in'n kloren is, ward sei ehre Poppieren nich rutegewen, un nah Strelitz möt ick ok irst, denn hir is kein Geld tau krigen. Un wenn ick dit morgen besorg', denn künn ick äwermorgen mit min Taukünftige tau 'ne Vörstellung kamen.« - »Ist Er nicht klug?« rep Dörchläuchten argerlich, »ich erhalte ja Besuch von dem Herzog von Mecklenburg-Schwerin.« - »Ja, Dörchläuchten«, säd de Hofrat un kek den hogen Herrn, de verdreitlich in de Stuw' herümlep, mit dat eine Og' en beten listig un en beten despektierlich an, »ick mein ok mit dat Geld.« - »Nun, denn komm Er! Denn komm Er zum Teufel mit Seiner Scharmanten!« rep Dörchläuchten un lep ut de Stuw' un gnägelte in sine Apartemangs herümmer, indem dat hei nahsach, war allens tau den Empfang von sinen Herrn Vedder tau Schick wir. - Äwer dat wohrte nich lang', dunn vermünterte hei sick tau 'ne grote Häg', indem dat hei up den kurjosen Infall kamm, de Frugenslüd', de bi't Schüren wiren, mit 'ne Sprütt dörch dat Slätellock natt tau snirten. -

Wi hewwen nu seihn, ut wat för'n Grund de Hofrat Altmann hauptsächlich mit Kunsten nah Strelitz führte, un Stining hett uns ganz tru un wohr verteilt, wat för'n Unglück sick an den annern Nahmiddag mit Dörchläuchten begaww, so dat wi blot tau seggen hewwen, dat Dörchläuchten, as hei in sine Paleh bröcht was, woll noch en beten swack, äwer doch eigentlich von Harten gesund up sinen Sofa lagg un sick ok allmählich so wid verdorte, dat hei Fridrich Franzen sinen lustigen Spaß fründlich anhürte un as hoge Verwandte ok doräwer lachte.

Fridrich Franz von Meckelnborg-Swerin was en jungen, lustigen Herr, de velen Witz un Gripps in sinen Kopp hadd un den ok bet in sin höchstes Öller behollen hett, so dat noch bet taum hütigen Dag vele lustige Geschichten von em in'n Lan'n in Ümswang sünd, de tau gliker Tid bewisen, dat hei't gaud verstahn hett, sick mit en por richtige Würd' bi sine Ümgewung un in sinen Lan'n beleiwt tau maken. - Wat sin Regiment anbedrapen deiht, so wiren dorin up Fläg' ok woll en por Posten tau finnen, de nich recht stimmen willen, äwer de Meckelnbörger hewwen dat lang' vergeten, un wenn von em de Red' is, denn warden de ollen Lüd', de em noch kennt hewwen, en ganz Deil jünger, un sin fröhlich Andenken stiggt vör ehr up. - Ick heww en ok noch kennt un heww dörch de Fründlichkeit von en por Damen en merschümern Pipenkopp taum Present kregen, den hei sülwst noch rokt hett, un wenn mi denn mal en beten verdreitlich tau Maud' is, denn bäut ick mi den Kopp an, un mit den Rok stigen denn allerlei fröhliche Gedanken in mi up an Olt-Meckelnborg un an de ollen Tiden, as Fridrich Franz regierte un noch nich so vel Zank un Stank in'n Lan'n was. - Hei was en lütten, smucken un gelenkigen Mann tau desen Tiden, un sin Liw was ebenso beweglich as sin Geist, un in desen Hinsichten kunn sick Dörchläuchten woll knapp mit em mäten, in annere Hinsichten was hei taudem noch Dörchläuchten sin vullstänniges Gegenpart hei müggt nämlich hellschen girn de Frugenslüd' liden.
As Fridrich Franz den annern Morgen upstahn was un sick nah dat Befinnen von Dörchläuchting erkunnigen ded, kreg hei de Nahricht, Dörchläuchting hadd sihr schön slapen un wir bi de Leweh. - De Sweriner Herzog gung nu en beten ut de Dör von dat Paleh, freute sick äwer dat Nigenbrambörger Rathus, un as hei nu dor so'n beten herümmerdwäterte, kamm Bäcker Schult mit sine Backschört an em ranne un frog em: »Mit Verlöw, Sei weiten

woll nich, wo Rand is?« - »Der Kammerdiener?« - »Ja, ick wull em man fragen, wo dat mit Dörchläuchten stünn.« - »Gut, lieber Freund, gut! - Der Herzog hat gut geschlafen und ist beim Aufstehn.« - Un oll Böttcher Holz, de den Herzog gistern in sinen Hus seihn hadd, kamm heranne un frog: »Herr Dörchläuchten, wat makt uns' Dörchläuchten?« - »Er ist ganz gesund, lieber Alter. - Sag' Er mal, ist Er nicht der alte Mann, in dessen Haus wir gestern den Herzog trugen?« - »Ja, Dörchläuchten, dat bün ick mit Recht.« - »Denn grüß' Er Seine hübsche Tochter un sag' Er ihr, sie solle heute nur kommen und solle sich die Gnade ausbitten, ich möchte sie wohl noch mal wiedersehn.« - »Nahwer«, frog Bäcker Schult un treckte den Böttcher an de Rockslipp, »wer is dat, mit den du redst?« - »Ih«, flusterte de oll Böttcher un smet sick in de Bost, »dat is jo de Sweriner Herzog.« - »Nemen S' nich äwel, allergnedigste Herr«, säd Schult lud un makte en Diner so gaud as't gung, »dat ick in mine Backschört Sei fragt heww.« - »Schadet nicht«, säd Fridrich Franz. »Nun, guten Morgen, lieben Leute.« Dormit gung hei in de Paleh taurügg. -
»Nahwer«, säd Bäcker Schult tau den Böttcher, »ick weit nich, wat ick dorvon denken sall, denn min Ollsch was jo gistern abend ganz as wild, is dat wohr, wat sei seggt - äwer wenn du nicks dorvon weiten süllst, denn verfir di nich! - is dat wohr, dat de Konrekter din Dürten frigen will?« - »Schult«, säd de oll Böttcher, den all de Ihren, de sörre gistern in sine Armenschöttel rinneregenten, as blanke Fettogen entgegen lachten un vör em rümmerdanzten, dat hei ganz düsig dorvon würd, »Schult, worüm sall Dürten den Konrekter nich frigen, wenn Dörchläuchten sülwst all up min Stining ehr Bedd legen hett un de Sweriner Herzog as en Fründ tau mi redt?« Un dorbi kek hei äwer den Bäcker weg, as wir Schult en lütten Jung' gegen em. - »Nahwer«, säd Schult ruhig, »nimm mi 't nich äwel, du büst en

groten Klas tidlewens west un wardst nu ok so woll verbrukt warden möten«, un dormit wull hei weggahn, äwer de nige Hofpoet Kägebein kamm em in de Möt un frog nah Dörchläuchten sin Befinnen. - »Dormit möten Sei sick an minen Nahwer Holzen wen'n, denn de sitt sörre gistern nahmiddag mit Dörchläuchten up *einen* Staul.« - Un Kägebein frog den Böttcher, un annere kemen un frogen, un oll Holz stunn dor as en Kuhnhahn mang de Ahnten un säd: »Ick dank jug velmal, Lüd', gaht ruhig nah Hus! De Sweriner hett mi't sülwst seggt: Dörchläuchting is ganz gesund.« - Dormit gung hei hen un äwerläd sick de Sak, wat sin Stining sick nich as Gnad' sin oll Hus un Hof un Goren utbidden süll, un wat nich für em as Swigervader, wenn sin Dürten den Konrekter un Kanter frigen ded, ok so'n lütten Titel affallen künn. -
Tau de Gesellschaft up den Mark funn sick nu noch de Hofrat Altmann, de ut de Paleh rutekamm un vertellte, dat hei sülwen Dörchläuchting bi sine Leweh spraken hadd; »un«, set'te hei för Kägebeinen hentau, äwer doch so lud, dat't ok jo alle Lüd' gaud hüren künnen, »binnen 'ne Stun'n heww ick de hoge Ihr, Dörchläuchten mine taukünftige Fru vörtaustellen.« - »Ist nicht möglich!« rep de Hofpoet ut. »Sagen Sie mal, verehrter Gönner, was meinen Sie? - Wie wäre es, wenn ich meinen Dank für den Titel oder meine Gratulation zur glücklichen Genesung heute morgen in tiefster Ersterbung ebenfalls darbrächte und damit eine submisseste Präsentatio meiner angebeteten Dorimene verbände?« - »Korlin Soltmanns?« rep de Hofrat un verfirte sick ordentlich äwer den waghalsigen Infall von den Poeten, Dörchläuchten so mir nichts dir nichts en Frugenstimmer äwer den Hals tau bringen, äwer de Lust an en Spaß kreg bi em bald de Äwerhand, un hei kloppte den Dichter up de Schuller un rep: »Dat is en gauden Infall! Dat dauhn S'! Maken S' den ollen Herrn de grote Freud'! Äwer hüren S', irst möt *ick*

dor west sin, nahsten kamen *Sei*, denn wo würd mi dat kleden, wenn Sei irst mit Ehre Gedichten tau Rum kemen un ick stamerte nahsten mit de gewöhnlichsten Redensorten achterher!« - Kägebein versprok, em nich den Vörrang aftaulopen, un beid' gungen ungeheuer vergnäugt utenanner. -

Dörchläuchten was würklich desen Morgen ganz munter un gesund upstahn, de Hofrat was bi de Leweh west un hadd dat Geld bröcht, Dörchläuchten hadd mit lichten Sinn en beten wat unnerschrewen, un nu was em so fröhlich tau Maud', as künn hei mit sinen jungen Herrn Vedder Liebden den Dag äwer lustig herümspringen un em in allen Kanten Gegenstand leisten. Äwer! - äwer! - Dörchläuchting, dat geiht woll nich! - Rand, de olle brave Kammerdeiner Rand, ded hir en Inseihn; un dat müßte hei, denn je forscher un lustiger Dörchläuchten uptred, desto liser un sachter müßte Rand uptreden, un je mihr Dörchläuchten in Weihdag' satt, desto höger satt Rand tau Pird. Hei müßt also den hogen Herrn en beten dümpeln, wenn hei sick sülwst vör de Sweriner Gesellschaft in en beteres Licht stellen wull. -

»Dörchläuchten«, säd hei, as hei mit den hogen Herrn allein was, un stellte sick vör em hen un kek em so stiw indringlich an, as würd von em as ollen, trugen Deiner dat verlangt, dat hei in allen Dingen taum Rechten seg, »wat sall nu woll mit Halsbandten warden? - Willen Sei sick dat gefallen laten, dat hei Sei vör de Näs' un up de Näs' rümmerdanzt minentwegen! - Un bruken dauhn wi em hüt nich, un sitten kann hei jo derowegen ümmer, äwer - minentwegen!« - »Warum können wir ihn heut nicht gebrauchen?« frog Dörchläuchten all en beten verdreitlich. - »Na, utführen warden wi doch woll hüt nich, mi dücht, dorvon hadden wi doch gistern woll naug kregen; äwer wenn wi uns de Knaken abslut breken willen, denn - minentwegen!« - »Halt dein Maul!« rep Dörchläuchten all en ganz Deil falscher,

»das werden wir doch wohl unserm Herrn Vetter Liebden überlassen müssen.« - »Ja, dat känen wi jo denn ok, un denn warden wi woll all en beten up de Mähren rümmerrangen möten, un dat kann en ganz plesierlich Vergnäugen warden bi dat Weder, wat sick so bi lütten tausamtreckt«; un dorbi treckte de olle sorgsame Mann de Ogenbranen tau Höcht un kek bedenklich an den Hewen. - »Was?« frog Dörchläuchten ängstlich, »meinst du, wir kriegen ein Gewitter?« - »Je, wat weit ick? - Jehann Strasen säd jo all ihrgistern up den See, hüt gew't ein, un de Hofrat säd jo vermorrntau, 't wir hellschen swaul.« - »Ach, der Hofrat! Was weiß der Hofrat!« - »Ja, wat weit ick, wat de weit! »säd Rand un makte Anstalten aftautrecken, wendte sick äwer noch mal üm: »Äwer wat ick fragen wull - is dat wohr, dat hei hüt morrn sine Leiwste hir bi Dörchläuchten presentieren will, un sall ick hir Frugenslüd' rinnelaten?« - »Ja, du Esel!« rep Dörchläuchten, den sine Geduld nu to En'n was. - »Dat's hir ok noch nich passiert«, säd Rand un fot de Dör an. - »Und wenn ich's befehle, so soll's passieren, ich bin Herr! Und wenn ich hier Weiber hineinlassen will, so sollen sie hinein!« - »Ja«, säd Rand, »minentwegen!« un gung af un hadd nu Dörchläuchten richtig in 'ne verdreitliche un ängstliche Unrauh rinnerredt, so as sei en regierende Herr von Rechts wegen man jichtens verlangen kann.
Fridrich Franz kamm nu tau em un begrüßte den ollen Herrn Vedder fründlich, un de oll Herr let sick ok för'n Ogenblick von den lustigen jungen Herrn en beten upmüntern, un sei nemen dat Frühstück tausamen in, un Fridrich Franz säd bi Gelegenheit, de Herr Vedder hadd doch sihr gaude Unnerdahnen, de mit grote Leiw' an em hängen müßten, denn buten vör den Paleh stünn all en ganzen Hümpel von ehr, de sick all nah dat Befinnen von Dörchläuchten erkundigt hadden, un Dörchläuchten säd: ih, ja! Dat güng mit sin Unnerdahnen, dat

heit mit de Mannslüd'; äwer de Frugenslüd' müßt hei sick man so vel argern, de hadden ümmer wat vör un makten em dat Lewen sur. »Nun, Herr Vetter«, säd de Herzog von Swerin, »was ich heute morgen von jungen Mädchen habe über den Markt gehen sehen, konnte mir wohl gefallen - aber Neubrandenburg hat ja auch im ganzen Lande den Ruf, die schönsten Mädchen aufweisen zu können- und das junge Kind von gestern, das Ew. Liebden bei dem Unfall so sorglich pflegte, kann sich - parole d'honneur! - für eine ausgezeichnete Schönheit ausgeben.« - »Darauf habe ich sie nicht regardiert«, säd Dörchläuchten en beten gnäglich, »um so etwas kümmere ich mich nicht.« - »Ah«, säd Fridrich Franz, »der Herr Vetter werden schon die Augen aufmachen, wenn das kleine, sanfte, weiße Täubchen hier hineinflattert.« - »Wie?« frog Dörchläuchten ganz verdutzt, denn hei hadd Stining ganz vergeten, »hier hineinflattert? - Hier bei mir?« - »Ew. Liebden haben ihr ja einen Beweis Ihrer Gnade versprochen.« - »Denn haben wir das in unserer unbegreiflichen Dämlichkeit getan«, brok Dörchläuchten hellschen argerlich mit sick sülwst herute. - Gott bewohr uns! Kümmt de hüt ok noch !« - »Dörchläuchten...«, kamm Rand hiräwer tau. - »Wat willst du?« rep Dörchläuchten un gung falsch un forsch up em in. - Rand hadd em nu girn för dit hastige Wesen wedder en beten pisackt; äwer de Gegenwärtigkeit von den Sweriner Herzog let keine Wedderwürd' tau, hei säd also blot ganz de- un wehmäudig: »Ach, Gott! Ick mein man, wi krigen am En'n hüt doch noch en Gewitter.« - »Leiwer Gott«, säd Dörchläuchten, in sine Hitz ganz afkäuhlt, »ok dat nu noch!« - »Ja, un denn is de Hofrat dor buten mit...« - »Ih, wat! Denn lat em, taum Kukuk, rinne, dat wi em los warden!« - Rand gung, un Fridrich Franz frog: »Wat is denn...?« - »Ih, wat sall't sin«, säd Dörchläuchten verdreitlich, »ok en Frugensminsch is't.« -

Hir kamm de Hofrat rinne; hüt nich so drist un lik-

tau as süs, ne, ebenso stiw as den Dag vörher, as hei Geld anschaffen süll, un sprok ok hochdütsch, un an sinen Arm hadd hei 'ne lütte hübsche Fru in den besten Johren, so tüschen dörtig un föftig, de sick hellschen blank makt hadd un vör Dörchläuchten in deipste Ihrfurcht knickste un reverenzte, as wüßte sei recht gaud, wat de Sak 'up sick hadd, dat sei hir taulaten wir. - »Die hohe Gnade...«, fung de Hofrat an un makte sinen deipsten Diner. - »Ja, is all schön, is all gaud«, föll Dörchläuchten in, woll noch en beten verdreitlich, äwer doch ogenschinlich dörch de Ihrfurcht nahsichtiger makt. - »Willen sick beid' frigen«, säd hei kort tau den Herzog. - »So? - So?« säd de un gung munter up dat Por los, »nun, denn gratulier' ich zu dem zukünftigen neuen Ehestand.« - »Neuen Ehestand!« föll Dörchläuchten en beten giftig in, »is sin virt' Mal all. - Hett vel courage! Na, na«, wendte hei sick an den Hofrat, »is all schön so, ganz schön!«- »Mit meinem tiefgefühltesten Dank un Respekt«, fung de Hofrat wedder an un, dinerte, »wage ich die Hoffnung auszusprechen, Ew. Durchlaucht auf unserer fröhlichen Hochzeit zu sehen.« - »Was? - Was? - Wir? *Wir* auf der Hochzeit?« - »Das ließ ich mir nicht zweimal sagen«, föll Fridrich Franz lustig in, »und den ersten Tanz mit der schönen Braut!« - Un de Brud knickste, un de Hofrat dinerte un säd: »Die ausgezeichnete Gnade, mit welcher Durchlaucht mich stets überschüttet haben, und welche Hochsie auch heute morgen noch, als ich das Glück hatte, bei dem Lever...« - »Ja, 't is gaud, is all gaud«, sned em Dörchläuchten dat Wurd af, indem hei 'ne Angst hadd, dat de anner dormit rutekamen künn, dat hei em Geld bröcht hadd, un wil hei em doch woll noch mal sihr nödig hewwen künn, set'te hei hentau: »Na, willen seihn; wenn't mäglich is, ward ich kamen.« - Dormit was de Vörstellung tau En'n, un dat Pörken knickste un dinerte ut de Dör. -
»Luter Dummheiten!« rep Dörchläuchten, »allens

üm de Wiwer willen! - Hüt krigen wi en slimmen Dag, un Vetter Liebden sälen seihn, en Gewitter giwwt't ok noch.« Dormit lep hei an't Finster un kek in den Hewen. - De junge Herzog wüßte so tämlich Bescheid mit Dörchläuchten sine Schrullen un Stuken, hei kennte sinen Grugel vör de Frugenslüd', un wil hei dit sinen eigenen Verfat nah för 'ne dämliche Inbillung estimieren müßt, so makte em dat en heimlichen Spaß, mit Dörchläuchten sinen Wedderwillen sinen Putzen tau driwen, hei kennte ok sine Angst vör en Gewitter, un dat de oll Mann sick dorvör ängstigte, dat jammerte em, denn hei was en gaudmäudigen Mann un säd also: »Ich glaube nicht, daß wir ein Gewitter kriegen, das Wetter sieht mir zu fest aus.« - »Ne, ne! Sei seggen't all; äwer *weiten* dauhn s' 't ok nich. Der einzigste, de't weiten deiht, dat's de oll Konrekter; de weit't äwer gewiß.« - »Was ist das für ein Mann?« frog de Hergzog. - »En ollen klauken Kirl is't; äwer en ollen grawen Kirl is't«, säd Dörchläuchten verdreitlich, »er untersteht sich, uns zu widersprechen, aber er ist mir in Witterungsangelegenheiten sehr notwendig, ich werde ihn kommen lassen müssen.« - »Warten Ew. Liebden noch ein wenig«, säd de jung' Herr, »ich werde mal selbst draußen hinausgehen und mich auf dem Markte nach dem Wetter umsehn«, un dormit gung hei rute.

Buten up den Mark sach hei denn nu an den Hewen idel Sünnenschin, un as hei so üm dat Rathus herümmerpromenieren gung, dat hei up de anner Sid ok mal tauseihn wull, sach hei up de Strat ok idel Sünnenschin, denn dor stunnen twei Por Lüd' in vullen Glanz un Staat; dat ein Por was de Hofrat Altmann mit sine Brud, de eben adjüs säd un mit Lachen un Hägen sinen Weg nah den Ratskeller tau Kunsten namm, un as hei bi den rinnekamm, utrep: »Kunst, 'ne Buddel Win von den besten, un för mine leiwe Brud en Glas Muschat, denn unsern Herrgott sin Dag fängt hüt lustig an: Kägebein un

Korlin Soltmanns maken Dörchläuchten ehre Vesiten.« - Dat anner Por, wat mäglich noch düller upfidummt was, stolzierte vör em up un strahlte driwens in de Dör von de Paleh rinner. - As de Herzog in den Vörsaal kamm, was Rand mit dat Por in en forschen Diskurs, un hei brok em eben kort mit de Würd' af: »Süh so! Dor kümmt Dörchläuchten von Meckelnborg-Swerin eben, den känen Sei sülwst dornah fragen«, dormit lep hei furt, denn Dörchläuchten sine Klingel rasterte nich för de Langewil. - »Was ist denn?« frog Fridrich Franz un gung neger. - Korlin-Dorimene Soltmanns was an de Hofluft gewennt, sei schot also in einen Knicks tausam un slog de Ogen dal, un't let, as wenn sei Knöpnadeln up den Fautbodden säuken ded; Kägebein was noch tau frischbacken, as dat hei sick tau benemen verstahn süll, un de grote Freud', de hei Dörchläuchten mit sinen Dank för den Hofpoeten un de Vörstellung von sine Brud maken wull, was ein tau Kopp stegen, un de Dichtkunst kamm bi em wedder tau'n Dörchbruch, un de reckt en Minschen nah baben; hei verget also den Diner un fung an:

»Ich bin der neue Hofpoet,
Vormal'ger Av'kat Kägebein,
Dies Dorimene, die hier steht,
Schon längst die holde Muse mein,
Mir attachiert durch Amors Bande,
Und so steh' ich - und so stell' ich -
und so sitz' ich...«

Wider kamm hei nich; Fridrich Franz fung herzlich an tau lachen un säd: »So sitz' ich auf dem Sande. - Nicht wahr? Das meinen Sie.« - Kägebein kek em an, wull wat recht Schönes seggen, kreg äwer dessentwegen leiwerst gor nicks rute, un taum Äwerfluß müßt nu ok grad Rand dörch den Vörsaal lopen: »Nu sall ick *doch* den Konrekter halen,« - »Wen?« frog Fridrich Franz. - »Unsen Konrekter, wegen dat Gewitter.« - »Das ist ja dummes Zeug«, säd de Herzog, »es wird ja kein Gewitter.« - »Ja, Dörchläuchten von Meckelnborg-Swerin«, säd Rand un treckte mit den Schullern, »dat mag in den Swerinschen so sin, wenn wi uns hir äwer en Gewitter in den Kopp setten, denn *möt* dat ruppekamen«, un dormit schow hei af. - »Ei, das ist ja...«, rep Fridrich Franz, dreihte sick up den Hacken rüm un ret de Dör tau Dörchläuchten sin Kabinett up un säd: »Herr Vetter, es wird kein Gewitter, verlassen Sie sich...« - Hei kamm nich wider, denn Dörchläuchten kek stiw un starr achter em weg nah de Dör un rep: »Wat? - Wat is dit?« - De Herzog dreihte sick üm, dor stunn de Hofpoet un treckte Korlin, de sick so'n beten von en natt Johr vermauden sin müggt, äwer den Süll. - »Wat will Hei?« rep Dörchläuchten. - Kägebein makte den Puckel krumm, un as hei Dörchläuchten sin willes Wesen nich mihr sach, funn hei de Kuntenanz wedder:

»Apoll und Venus stehen hier zusammen,
Um vor dem Jupiter das Knie zu beugen
Und sich in tiefen Ehrfurchtsflammen
Vor seinem Zepter zu verneigen;
'ne holde Braut ist diese Dam',
Ich aber bin der Bräutigam.
Wir wollen...«

»Wat *will* Hei?« bröllte Dörchläuchten in vulle Wut. - »Vetter Liebden, Vetter Liebden!« rep Fridrich Franz, »'s ist ja nichts Böses, sie wollen sich heiraten.« - Hei säd dit gaudmäudig; äwer de Schelm satt em in den Nacken, un hei müßte sick afwennen, dat hei sin Hägen versteken künn, denn Dörchläuchten sine Anstalten wiren ganz dornah andahn. Hei gung up dat Por los, langsam, stillswigend, äwer de Ogen funkelten em, un as Kägebein nu anfung tau stamern un wat ganz Unrimsches von »Amors Pfeil« un »Hymens Bande« tau vertellen, dunn brok hei los:

»Will'n jug frigen? - Ok en beten frigen? Sall ok woll tau Hochtid kamen? - Frigt jug taum Deuwel! - Wat sall *ick* dorvon weiten!« - Hir tred de Sweriner Herzog denn wedder dortüschen, den de oll arm Kägebein doch tau sihr jammern würd, un säd: »Herr Vetter, das ist ja ganz vorzüglich, wenn sich Ew. Liebden Hofpoet verheiratet. Denken Sie bloß, wenn aus dieser Ehe so eine kleine, poetische Nachkommenschaft entsprösse, was wäre das nicht für ein Glück für Ew. Liebden Landen, ja auch für die meinigen! - Wir haben wahrlich keinen großen Überfluß an diesem Artikel, und wenn sich so mit der Zeit ein Schwanenbund an der Tollense oder der Sude oder der Nebel etablierte, was würde das nicht für einen Glanz auf unsere Regierung werfen!« - »Ick frag den Deuwel nah de ollen Dichters!« rep Dörchläuchten, äwer all en beten ruhiger, »des' hir is ok man blot den ollen Hofrat Altmannen sine Uplag'.« - »Das muß ein braver Mann sein, wenn er dazu geraten hat.« - »Mag den Deuwel sin!« säd Dörchläuchten, »hei's ok man so so. - Na, nu gaht man! Frigt jug in Gotts Namen! Mi lat't äwer taufreden. Nu gaht man, ick will nicks mihr von jug weiten, un Hei sall mi ok kein Gedichten mihr maken. - Mak Hei weck up min Christelswester un de Kammerjumfer hir, de känen't verdragen. - Nu gaht man!« - Nu treckte denn nah vel Bücklingen de olle arme Hofpoet mit sine Dorimene af, un Fridrich Franz in sine prächtige, lustige Gaudmäudigkeit gung achter em her un kloppte em in de Dör up de Schuller un säd: »Ja, geht nur, geht nur! Und wenn der Herr Vetter Liebden nichts von Gedichten wissen will, denn bin ich ja noch da, Ihr könnt mir immerhin ein oder ein paar Schock von Euren Poemen dedizieren.« - »Ja«, rep Kägebein, un de Ogen blänkerten em ordentlich, »ich habe noch ein auserwähltes Stück: ‚Die auf den Backofen geschobene Schöne oder der Sprung durch den Schlehdorn'.« - »Das ist das Rechte, so etwas liebe ich«, säd Fridrich Franz

un schow den Poeten äwer den Süll, »aber nun geht nur!«
Dat was nu licht seggt, un de Poet gung ok mit sinen gelen, güldnen Schatz; äwer wid kamm hei nich, denn ut de Finstern von den Ratskeller keken en por Gesichter, de den Herrn Hofrat Altmannen un den Ratskellermeister Kunsten hürten, un dorup danzte de Spaß, as wenn en Putscheneller up't Seil danzt, un Kunst rep: »Herre Je! wo's't mäglich? - De nige Hofpoet un Korlin Soltmanns! - Kamt rinne, Kinnings, hüt ward't hir lustig. - Korl! - Wo is hei denn? - Korl!« -
Un de nige Hofpoet un Korlin-Dorimene kemen rinne, un Kunst rep: »Korl, en por Gläser för de Herrschaften!«, un de olle schawernacksche Hofrat frog: »Hett sick woll recht freut, uns' oll Dörchläuchting?« - Un de Dichter was noch so verstutzt, dat hei nich mit en Vers antwurten kunn un binah mit de ganze Wohrheit tau Dag' kamen wir; äwer Dorimene was nich vergews johrelang an den Hof west un hadd 'ne grote geistige Gegenwärtigkeit un log tau de Ihr von ehren tauhünftigen Husstand un säd: Dörchläuchting *hadd* sick ok sihr freut, un Dörchläuchting wir en ollen prächtigen Herrn, un de Sweriner Herzog...! Na, dor wull sei gor nicks von seggen, un sei wiren in höchsten Gnaden entlaten. - »Rutesmeten sünd s'«, flusterte de olle venynsche Hofrat den Ratskellermeister in de Uhren. - Un de Dör gung up, un herinne kamm de oll Böttcher Holz. -
Hei hadd sick sinen langen, blagen, sünndagsnahmiddagschen Rock antreckt, sin Schortfell hadd hei anbehollen, indem dat sine Hosen sick nich recht seihn laten kunnen, un in desen Anbetracht set'te hei sick ok en beten in de Schuling up Kunsten sinen Lehnstaul, de achter den Aben stunn, grawwelte in de Westentasch, halte vir Gröschen in meckelnbörgsche Schillings rute, läd sei up den Disch un säd recht düdlich un vernemlich mit en Nahdruck: »Herr Ratskellermeister, en grotes Glas

franschen Win.« - »Korl! Je, ick heww velen franschen Win; dor is Grawes un Langkork un ok säuten Muschat.« - »Denn gewen S' mi Grabowschen.« - »Korl! En grotes Glas Grawes!« - »Dat ward Sei wunnert hewwen, dat ick Sei so wenig in Nohrung set't he'ww, äwer ut bösen Willen is dat nich gescheihn. - Indessen dennoch - de Welt dreiht sick - Hus un Goren hewwen sei mi dunn verköfft - äwer de Welt dreiht sick - Hus un Goren sünd wedder baben - wat west is, kann wedder warden.« -

Mein Gott doch!« rep de Hofrat von't Finster ut dortüschen, »dor kümmt de Konrekter mit sin Dürten Holzen an den Arm, un Rand geiht dorbi, un sei gahn driwens up de Paleh los.« - »Wat Deuwel! Wat heit dit?« - »Wo? Min Swager is jo woll dull worden?« - »Dieses ist mir wunderbar!« So gung dat dörchenanner, allens was ut den Lim, blot oll Böttcher Holz reckte sin lang Liw noch höger un kloppte Kägebeinen up de Schuller: »Herr Avkat, mi is dat nich wunderbor - de Welt dreiht sick - wat unnen liggt, möt baben kamen - Hus un Goren - Dörchläuchten sülwst hett up min Stining ehr Bedd legen, un min Dürten ward Fru Konrektern. - De Welt dreiht sick - un uns' eigen Dörchläuchten hett s' enventiert.« - »Wahrhaftig!« rep de Hofrat un lep an dat Finster an de anner Sid, »de Konrekter geiht mit Dürten Holzen in de Paleh.« -

Un so was dat: de Herr Konrekter gung mit sin Dürten in de Paleh, un as hei in den Vörsaal kamm, bröchte hei Dürten an en Staul un säd: »Hir settst du di dal.« - Un de Herr Kammerdeiner Rand sprung hir nu up em in un säd: »Herr Konrekter, ick heww Sei dat all in Ehren Hus' seggt, wat sall Dürten? - Wat sall dit? - Wat sall dit?« - Un de Konrekter dreihte sick so halw üm un säd äwer de Schuller weg: »Hir *sall* gor nicks! - Verstahn S' mi? - Ick *will*«, un dormit gung hei in Dörchläuchten sin Kabinett. -

So as hei in de Stuw' rinnekamm, gung Dörchläuchten up ein in un frog: »Konrekter, giwwt dat hüt en Gewitter?« - Un in densülwigen Ogenblick säd Fridrich Franz: »Es ist ja nicht möglich! - Nicht wahr? - Wie sollte heute ein Gewitter heraufkommen?« - De olle Konrekter makte sinen Dörchläuchten en deipen Diner un dreihte sick nah Fridrich Franzen üm un säd: »Dörchläuchten von Swerin, ick bün en ollen Schaulmeister, un ick hoff tau Gott, dat ick tidlewens min Ding'n dahn heww; Weder kann ick äwer nich maken un kann't ok nich prophenzeihn, denn de ollen Propheten sünd dod, un de *nigen* bitt de Wulf. - Un dorüm bün ick hüt hir ok nich herkamen. - Sei, Dörchläuchten«, un hir wennte hei sick an sinen gnedigsten Landsherrn, »Sei hewwen in den Nemerowschen Holt vör ein por Dagen eine arme Frugensperßon in Schimp un Schan'n bröcht, un dit brave Mäten is mine Brud.« - »Nu hett de ok 'ne Brud! - Ok 'ne Brud! - Nu heww'ck all drei!« rep Dörchläuchten un fohrte von den Staul tau Höchten. - »Ja«, säd de Konrekter, »Dürten Holzen is min Brud un 'ne brave Brud«, un dormit dreihte hei sick üm un makte de Dör up: »Dürten, kumm herin! - Un dit is sei.« - »Wat sall ick mit de Brudten?« rep Dörchläuchten un sprung in de Stuw' herümmer, »wat heww *ick* mit Brudten tau dauhn?« - »Wat Sei mit anner Lüd' Brudten tau dauhn hewwen«, säd de Konrekter sihr ruhig, »weit ick nich, ick meng' mi nich as en unbedarwsam Mann in Ehre Angelegenheiten, äwer wat Sei mit *mine* Brud tau dauhn hatt hewwen, dat *weit* ick. Seihn S', hir steiht sei« - un Dürten stunn - wo stunn sei! - blaß, äwer tau jede Tid bereit, en heiligen Eid tau swören, dat sei 'ne gerechte Sak hadd, hadd äwer tau ehre Säkerheit ehren Herrn Konrekter an de Hand fat't -, »un nu seggen S' ehr, Dörchläuchten, dat dat, wat scheihn is, in Äwerilung scheihn is.« - »Gaht man! Gaht man!« rep Dörchläuchten , »ick will nicks mihr von jugen Kram weiten.« - »Ne, Dörchläuchten, *so* gahn wi *nich*. Ick weit recht gaud, dat Sei nich so up en Sturz all de Lüd', de dat in den Nemerowschen Holt mit anhürt hewwen, herkumplementieren känen, un verlang' dat ok nich; för mi un min Dürten is dat naug, wenn Sei in Gegenwart von Ehren hogen Verwandten von Swerin« - hir makte hei Fridrich Franzen en deipen Diner tau - »blot seggen, Sei hewwen dat nich so meint.« - »Was ist denn dies alles?« frog Fridrich Franz. - »Dummes Tüg!« rep Dörchläuchten «Frigeri! Luter Frigeri! De olle, dumme Kirl will ok frigen.« - »Dat will ick Sei seggen, Dörchläuchten von Swerin, *dese hir, Dürten Holzen,* wat nu mine Brud is, is in den Nemerowschen Holt för ehre leiwe Swester Stining uptreden, de Sei jo kennen, denn dat is dat junge Mäten, wat Dörchläuchten in sinen ümgesmetenen Taustand plegt hett, un dunn hett Dörchläuchten sei 'ne Perßon näumt un hett 'ne unbescheidene Anspelung makt, as wenn sei Jagd up Mannslüd' makte un namentlich up mine Perßon.« - Hir sackte Dürten Toll för Toll tausamen. -

Fridrich Franz hadd bet tau desen Punkt de Sak hellschen irnstbaft in't Og fat't, denn de oll Konrekter kamm em würklich sihr irnsthaft vör, un Dürten sach so ut, as wenn't Jüngste Gericht nahgradens losgahn süll; äwer as hei de beiden so vör sick stahn sach un sick dat vörstellig makte, dat Dürten up den Konrekter orndlich Jagd makt hadd, rigelte sick de Dör von de Irnsthaftigkeit up, un de unbannigsten, lustigsten Gedanken schoten herute un schoten Koppheister un slogen Rad, un mit en ungeheuer lustig Lachen rep hei: »Vetter Liebden, Vetter Liebden! Sie führen eine lustige Hofhaltung!« - Vedder Libden wüßt nu eigentlich nich wat von Bedüden tau seggen; äwer de oll Konrekter hadd noch wat up den Harten, wat hei los warden müßt. - »Dörchläuchten von Swerin, wenn Sei lachen willen, kann ick Sei dat nich wehren, un't kümmert mi ok nich, denn Sei sünd nich min Landsherr.« - »So is't recht«, säd Dürten still vör sick hen, »hei is nich

uns' Landsherr.« - »Äwer an Sei, Dörchläuchten von Meckelnborg-Strelitz«, säd de Konrekter un richt'te sick en En'nlang höger, »richt ick mine Red'. - Wat ward de Welt nah hunnert un dusend Johren von einen Herzog von Meckelnborg seggen, de sine truesten Unnerdahnen nich gerecht worden is? - Würd Sei dat nich in de Kron herinnerregnen?« - »In de Kron herinnerregnen«, säd Dürten still vör sick hen. - »Wat will Hei denn? - Ick will jo ok seggen, dat sei kein Jagd up Em makt hett. Un nu, wat will Hei denn noch mihr?« - »Vetter Liebden«, säd Fridrich Franz, de wildeß üm Dürten ringsümmergahn was, »Sie müssen auch noch sagen, daß Dorothea Holzen ein ganz vorzügliches, tüchtiges Mädchen ist und wohl dazu geschaffen, den Hausstand des Herrn Konrektors zu einem glücklichen zu machen« - »Will ick ok, äwer nu gaht ok.« - »Dürten, büst du dormit taufreden?« frog de Konrekter. - »Dat bün ick«, säd Dürten un makte en deipen Knicks vör Dörchläuchten von Strelitz un Dörchläuchten von Swerin un gung mit den Konrekter ut de Dör. - »Tau de Hochtid kam ick äwer nich!« rep Dörchläuchten achterher. - »Is ok nich nödig, Dörchläuchten«, säd de Konrekter up den Süll, »'t ward man 'ne ganz stille.« - »Rand!« rep Dörchläuchten, »lop em nah un frag em, wat dat würklich hüt kein Gewitter ward!»
De Konrekter gung mit sin Dürten äwer den Mark; äwer em gung't grad as den Hofpoeten, hei kamm ok nich sihr wid, denn as hei an den Ratskeller vörbigahn wull, würden dor de Finstern upreten, un de Hofrat Altmann rep: »Konrekter, kamen S' rin, twei Brudpor sünd all hir!« - Un de Hofpoet lagg in en anner Finster un deklamierte wat äwer den Nigenbrambörgschen Mark räwer, wat kein Minschenseel verstahn hett, mäglich hei sülwst nich, un achter em reckte oll Böttcher Holz sinen langen, magern Hals ut un säd: »Kamen S' rin, Herr Swigersähn, ick bün ok hir.« - Un Dürten säd: »Gott in

den hogen Himmel, den ollen Mann is sörre gistern wat in de Knaken fohrt, wat deiht *de* up den Ratskeller!« - Up de Strat rute stört'te äwer Kunst sülwen, un de lütte Kirl hadd't wohrhaftig ilig, hei sprung up den Konrekter in un fot sine beiden Hän'n un treckte un ret doran herümmer, as müßt hei sick vör allen Dingen irst dorvon äwertügen, wat sei beid' ok würklich mit den Konrekter tausamwussen un echt wiren, un fot em dunn rund üm un rep: »Swager, Swager! Üm einen einzigen dummen Streich von mi süllen wi beiden utenanner kamen? Dat kannst du nich willen.« - »Herre Gott!« rep Dürten dormang, »min oll Vader! Kik, kik! Hei hett wohrhaftig Win in sin Glas. - Ne, wi möten rinner, de makt uns süs noch Elend.« - Un de Konrekter fat'te sinen Swager wedder üm un säd: »Kunst, de dummsten Streich slagen männigmal taum gauden ut, din dumm Stück is för mi gaud inslagen. Kik hir, Dürten Holzen is min Brud.« - »Weit ick, weit ick, Bäcker Schultsch is vermorrntau all vör Dau un Dag' hir west un hett't hir up den Mark utposaunt. - Un Dürten, min leiw' Swägerin, sünd Sei mi denn noch bös?« - »Ne, Kunst, vergewen un vergeten! Äwer unsen Stock krigen Sei doch nich.« - »Will ick ok nich«, rep de lütte Kirl un sprung unner de groten Swibbagens taurügg, worin vör allen Dingen de grote Pracht von dat Nigenbrambörgsche Rathus besteiht, un rep: »Korl! Den groten Lehnstaul ut dat Kontur för minen Swager! Korl! Min Fru sall kamen, Dürten Holzen wir hir!«
Un as sei rinnerkemen in de Stuw', kamm Hofrat Altmann mit sin Brud up ehr tau un rep: »So ist recht, Konrekter, wi hewwen *beid'* uns' Bowl Punsch von den Wihnachtabend verluren.« - Un Kägebein drängte sick vör mit en grotes Glas Win un deklamierte:

»Amor hat dich scharf getroffen,
Hat dir Dürten angeleimt,

Darum trinke frei und offen,
Weil der volle Becher schäumt.« -

Un Kunst rep: »Korl! De Stadtmuskant sall kamen!« - Un de oll Böttcher Holz gung mit sin Glas Grabowschen up Dürten tau un säd: »Dürten, heww ick dat nich ümmer seggt? Wat unnen liggt, möt baben kamen - Hus un Goren...« - »Vatting, Vatting, wo kümmst du hir up den Ratskeller? - In dese Zech?« - »Dürten, de Welt dreiht sick; Dörchläuchten hett up Stining ehr Bedd legen. - Stining geiht hüt morrn nah Dörchläuchten, sall sick 'ne Gnad utbidden - Hus un Goren. - Süh! Dor geiht s' hen!« - »Wohrhaftig!« rep Dürten un sprung an't Finster, »sei geiht nah de Paleh! - Stining, du wardst doch nich...!« - Swabb, slog de Hofrat Altmann ehr dat Finster vör de Näs' tau: »Laten S' ehr doch. - Hüt is en gauden Dag, un Dörchläuchten ward mitdewil mör naug sin.« -
Stining gung äwer den Mark nah de Paleh, äwer sei gung, as wenn sei tau Kirchen gung, sei sach nich rechtsch noch linksch, sei hadd sick ganz in ehre Gedanken fat't, un ehre Gedanken stunnen up ehr einzigstes Glück in desen Lewen, up ehren Wilhelm. - In de Kirch un äwer de ewigen Wünsch' von dat arme Minschenhart regiert en anner Herr as in en dörchläuchtigstes Paleh; äwer ehre Gedanken wiren derentwegen doch nich unheiliger, un sei hadd in desen Ogenblick in ehren kümmerlichen Antog un ehren mächtigen Hartensdrang ebenso rein un unschüllig *in* de Kirch de groten Gottesgnaden herunnerbeden künnt, as sei up Stun'ns fürstliche Gnaden up sick runnerbidden wull; denn wat sei bidden wull, dat wiren in ehren Ogen dat Fundament un de Bustein von den Altor, up den sei unsen Herrgott einmal ehr stilles Opfer ansticken wull - en ihrboren Husstand.
»Na, wat willst du denn?« frog Rand, as sei in de Paleh rinnerkamm. - »Ick will Dörchläuchten spre-

ken«, säd Stining. - »Dorvon hewwen wi vermorrntau all naug«, säd de Herr Kammerdeiner, »mak, dat du wedder nah Hus' kümmst.« - »Ne«, säd Stining sihr sachtmäudig, äwer ok sihr bestimmt, »ick bün hir herbestellt, de Sweriner Herzog un Dörchläuchten sülwst hewwen mi hir herbestellt.« - »Na, ick glöw gor!« rep Rand en beten lud, »wat hett Dörchläuchten tau bestellen? - Dörchläuchten hett *gor nicks* tau bestellen, dat is *min* Sak. Du...« Wider kamm hei nick, denn Wilhelm Halsband stunn tüschen em un Stining un säd: »Un sei sall nah Dörchläuchten.« - »Un sei sall *nich*«, rep Rand, »un du geihst in de Bedeintenstuw' un täuwst, bet du raupen wardst.« - »Un sei *sall*«, rep de Löper, ret de Dör von den Vörsaal up un drängte Stining äwer den Süll. - »Dat sall di dür tau stahn kamen«, rep Rand in vulle Wut; äwer hei snappte mit de Red' af, denn vör em stunn de junge Sweriner Herzog un säd mit so'n spöttschen Schin üm den Mund: »Warum denn so heftig, mein lieber Rand?« - Un Rand was heftig; dat schreckliche Gefäuhl, wat en orndtlichen Kammerdeiner ümmer mit sick rümmerdragen möt, dat hei nicks nich tau kummandieren hett, hadd ein äwernamen, hei kamm sick vör as en Bucklamm, wat afset't is, un in desen Taustand verlet em nu de kammerdeinerliche Besinnung, hei hadd kein Hofluft mihr in de Näs', hei hadd äwerall man blot knapp noch Luft, un hei pruste rute: »Wat *de* will..., wat hei will..., wat sei will..., wat sei all willen..., dat weit ick, frigen willen sei sick.« - Un de spöttsche Schin üm Fridrich Franzen sinen Mund spelte en beten greller, as hei den Herrn Kammerdeiner in sine ohnmächtige Wut ansach, äwer as wenn 'ne Wulk äwer en Saatfeld flüggt, so was dese Schin vergahn, un de leiwe Sünnenschin von de hellste Minschenleiw' lagg dorup, as hei sick an Stining wendte un ehr in de Ogen kek. - Nich ümmer is de Blick, de up en jung' Mäten föllt, rein, un bi em sall't jo ok männigmal an-

ners west sin, äwer in desen Ogenblick was dat Og' so rein as de Sünn, un dat schinte in Stining ehr Og', as wenn de Strahlen-Sünn in den blagen Hewen kickt, un hei frog: »Un willst du denn frigen? Un desen jungen Minschen taum Mann hewwen?« - »Ja, Herr«, säd Stining un kek den Herzog in de hellen Ogen, as wenn de blage Hewen in Tru un Wohrheit Antwurd gewen sall, »ja, Herr, 't is min Brüdjam; äwer Dörchläuchten will'n nich ut sinen Löperposten losgewen, un dit is hüt morgen min Gnadengang.« - »Un de sall nich vergews sin«, säd Fridrich Franz, »kumm!« - Dormit treckte hei Stining in Dörchläuchten sin Kabinett.
Un in den Vörsaal stunn de Herr Kammerdeiner Rand vör den Löper un ranzte em an: »Un du willst minen Posten hewwen?« - »Ne, Rand«, säd Halsband. - »Un du willst hir Kammerdeiner warden?« - »Doran heww ick nich dacht, Rand.« - »Dacht? Dacht? - Du willst dat! - Minentwegen känt ji hir all vergrisen un vergragen; ick will mi den Deuwel dorüm kümmern!« - Un dormit lep de olle brave Kammerdeiner ut de Dör, un Wilhelm Halsband lep achter em her un rep: »Rand! Rand!«, äwer hei hürte nich un lep driwens räwer nah Krischan Schulten sin Duwwelbir. Un Wilhelm Halsband satt in den Vörsaal un hürte mit dat eine Uhr, wat dor vörgung, un mit dat anner hürte hei von den Ratskeller her: »So leben wir, so leben wir, so leben wir alle Tage«, denn de Stadtmuskant spelte den Dessauer Marsch, un allens sung mit, un den ollen Konrekter sine Stimm was as Kanter düdlich dörchtauhüren. - Äwer wat hei in Dörchläuchten sin Kabinett hürte, dat was doch för em leiwlicher tau hüren as alle Gesang, denn Stining ehre Würd' slogen an sin Uhr, as wenn de Baukfink in den irsten Frühjohr dörch Storm un Regen singt. - Dor binnen bi Dörchläuchten was Storm un Regen, bi Dörchläuchten Storm, bi Stining Regen; äwer mitdewil würd dat stiller, un de Dör gung up, un Stining kamm tau

ehren Wilhelm, namm em bi de Hand, leddte em in de Stuw' un säd: »Dörchläuchten, seihn S', dit is min Wilhelm.« - »Is din Wilhelm? - Un ick wull den Bengel tau minen Kammerdeiner maken. - Dit's hüt morgen all de virte.« - »Ja, wirklich«, smet Fridrich Franz dortüschen, »für Verlobungen ein gesegneter Tag. Aber von allen vieren gefällt mir diese am allerbesten. - Wenn Vetter Liebden nur sehen wollen: was ist das für ein schmuckes Paar!« - »Ick frag' *gor* nicks nah en smuckes Por«, säd Dörchläuchten ärgerlich. »De Kirl hett mi ümmer gefallen, un dorüm wull ick em tau minen Kammerdeiner maken.« - »Aus einem Läufer wird nie ein guter Kammerdiener«, smet Fridrich Franz hen. - »Äwer de oll Rand ward mi all tau nägenklauk, will allens beter weiten«, rep Dörchläuchten. - »Vetter Liebden haben ja so viele Dienerschaft zur Auswahl, und dann haben Sie ja dem kleinen Mädchen eine Gnade verheißen...« - »Ja, ja«, rep Dörchläuchten un lep in de Stuw' up un dal, »heww't seggt - hett mi plegt - hett mi plegt« - un hir kek hei taum irsten Mal Stining genauer an - »ja, 't is desülwig, von den Nemerowschen Holt her - heww ehr dunn wat tau leden seggt - hett mi doch plegt. - Na, denn nimm en di! Äwer nu makt, dat ji wegkamt, will nicks mihr weiten!« - De Löper kennte sinen Herrn, hei makte en Diner, Stining en Knicks, un stumm un selig gung dat Por ut de Dör.

So«, säd Dörchläuchting ganz swack, »Vetter Liebden müssen mich entschuldigen. Ich bin zu alteriert, bin zu angegriffen, ich muß mich zu Bette legen. - Un denn künn der Deuwel hir noch mihr von de Ort herinnerbringen«, säd hei giftig. - »Wo's Rand?« - Fridrich Franz treckte an de Klingel, ein Lakai kamm herinne. - »Wo's Rand?« frog Dörchläuchten. - »Is woll vermorrntau en beten utgahn. Dörchläuchten.« - »Kann ok ganz wegbliwen!« rep Dörchläuchten. »Kumm!« - Dormit makte hei den Sweriner Herzog en Diner un gung in sin Slapkabinett.

De Löper un Stining wullen nu äwer den Mark gahn, äwer sei kemen ok nich wid; de Gesellschaft up den Ratskeller was mitdewil mit Win un Musik gaud in den Swung kamen, äwer indessen dennoch hadden de weck von ehr all lang' up de Lur stahn un hadden sick den Kopp termaudbast't, wat dat mit Stining ehren Gang för 'ne Bewandnis hadd, un nu kamm Stining mit ehren Wilhelm an de Hand ut de Paleh, un de oll Hofrat, de den feinsten Rüker in so'ne Saken hadd, rep: »Ick wedd twölw Buddel Win, de sünd nu ok Brudlüd' !« - Un nu stört'te denn de ganze Gesellschaft rute up de Strat, dat Por tau begrüßen, blot Böttcher Holz un Dürten nich, denn Dürten hadd noch tau rechter Tid unner den Swibbagen ehren ollen Vader bi de Slippen von sinen Sünndagsnahmiddagschen arretiert un säd: »Vader, Vader! Ick bidd Sei um Gottes willen, dit ward jo en Upstand, un wo paßt sick dat för uns Börgerslüd'!« - Un de Oll wull nich Order parieren un rep: »Börgerslüd'? De Welt dreiht sick. Wat unnen liggt, kann baben kamen.« - Äwer Dürten höll wiß.

Un Kunst rep ein äwer dat anner Mal: »Korl!« un gung dat nige Por mit Wingläser unner de Ogen, un de Muskanten blosen ut dat Finster rute, un de Poet Kägebein stunn vör dat Nigenbrambörgsche Rathus un deklamierte äwer den Mark räwer:

»Alles liebt sich heut mit Eifer;
Stining auch hat ihren Läufer,
Der Konrekter hat sein Dürten
Und des Hofrat Altmanns-Würden
Diese holde Dame hier,
Dorimene aber mir!«

Un dörch desen lustigen Trubel flitschte en junges Mäten, un ehre Flaßhor ringelten sick in den Wind, un de Hand hadd sei äwer ehr Gesicht deckt, dat von Seligkeit un Schimp rod äwergaten was, un sei

sprung up ehren ollen Vader tau un rep: »Vatting! Vatting. Nu ward't all gaud warden!« - Un sei läd ehren Kopp an ehre Swester ehre Bost un weinte bitterlich un säd: »Dürten! Dürten! Du büst mi allens west, du büst för mi min leiw' Mutting west!« - »Συ δε μοι ποτνια μητηρ« säd 'ne Stimm, de achter den Piler herutkamm; äwer Stining un Dürten hürten nich dorup un hadden ok kein Tid dortau, denn in desen Ogenblick kamm Bäcker Schultsch mit ehren Krischan angetreckt un fohrte up de beiden Swestern los: »Na, is dat 'ne Wirtschaft! - Gott bewohr uns! - Ick heww doch ok mal Hochtid hollen, un dat kannst mi glöwen, Dürten, de was ok nich von de slichtsten Öllern, denn dor wiren säbenteihn Hollänners mit Fru un Kinner dorbi, un wat dat bedüdt... - Äwer wat hett dit tau bedüden? Ji weint jo?« - Un Schultsch hadd recht: sei weinten; un Schultsch hadd recht, as sei nich wider nah den Grund frog un still bisid gung un Krischanen achter sick hertreckte.
Un up den ollen, schönen Mark tau Nigenbramborg kek allens ut Finstern un Dören, un von minen ollen Fründ Hagemannen sinen Hus' linksch weg bet an den ‚gollen Knop' un von Blauerten sin Eck rechtsch weg bet an de anner Eck, wo de Herr von Boltenstern 'ne Aptheik un drei Hun'n höllt, stek allens den Kopp herut, un von Buttermannen sinen Bähn kek de Prinzeß Christel runner, de wedder mal in 'ne korte Husorenjack mit buckledderne Büxen Staat makte, un as de vakante Kammerjumfer Dorimene ehre vörige hoge Herrschaft in so fierlichen Uptog künnig würd, knickste sei äwer den Mark räwer un drunk in deipste Ehrfürchtigkeit dat Glas Muschat ut, wat sei in de Hand hadd; un de Prinzeß Christel? - Na, de let sick en frisch Glas Portwin inschenken un ded ehre olle brave Kammerjumfer äwer den Mark henäwer Bescheid. So, nu wir denn nu woll de Geschicht richtig tau En'n, äwer mit 'ne Geschicht is dat grad so as mit de Rek-

nungen tau Nijohr: wenn einer tau sick seggt: »So, nu hest du doch allens gründlich afmakt«, denn kümmt noch Stadtmuskant, Nachtwächter un Schorsteinfeger. - Tau minen Schorsteinfeger in dese Geschicht heww ick mi nu en sihr vörnemen Herrn utsöcht, nämlich den Sweriner Herzog Fridrich Franz sülwen.
Fridrich Franz hadd sick, as Dörchläuchting tau Bedd gahn was, in't Finster leggt un hadd dat grote Hägen vör den Ratskeller mit anseihn; na, ein gung't grad so as alle Fürsten, de up Reisen sünd, hei hadd ok nich alltauvel tau dauhn, un Dörchläuchting von Strelitz sine besonderen Ümstän'n, de hei in Gewitterangst in sin Kabinett afmakte, wiren ok nich von de Ort, dat hei dor en sonderbores Vergnäugen an hewwen kunn, un Dörchläuchting sine Hofkavaliere wiren ok von 'ne Ort, de mi vörkamen, as wenn ick mi bi en Schauster recht bequeme kalfledderne Stäwel bestellt heww, un de Schauster bringt mi nahsten weck von Rindsledder, de mi so up de Likdürn drücken, dat ick sogor mit unsere dütschen Taustän'n untaufreden ward. - Dunn dachte Fridrich Franz, wat sallst du di hir vel mit rindsledderne Hofkavalieren, mit Dörchläuchting un Likdürn afgewen, sallst di en Pläsier säuken, woran du dinen Spaß hewwen kannst, un hei gung räwer nah den Ratskeller, un hei funn dor dat Pläsier, woran hei sinen Spaß hewwen kunn.
As hei rinkamm in de Stuw', kamm em Schultsch in den Worp un rep: »Huching! De Sweriner Herzog! Un Dörchläuchting, Sei sünd de Mann, de Stining un Halsbandten... Sei sünd de Mann, de den Konrekter un Dürten, un Sei sünd de Mann, de den ollen dämlichen Avkaten un den Hofrat un minen Krischan un mi...« - »Mutting«, rep Krischan Schult dormang un arretiert ehr dat Mulwark, »di löppt de Mund weg. - Nemen S' nich äwel, Dörchläuchten, ick heww Sei vermorrntau nich kennt.« - Un de Hofrat kamm mit sine Brud un begrüßte em, un Kunst

kamm wedder mit sin ewiges grotes Glas, un de Konrekter kamm mit sin Dürten un wull wat seggen, äwer de Herzog föll em in de Red' un säd: »Herr Konrektor, ich habe Sie heute morgen gesehn, Sie haben mir außerordentlich gefallen, möchten Sie wohl die Rektorstelle an dem Friedericianum in Schwerin annehmen?« - Un de oll Konrekter makte en deipen Diner un säd: »Vele Ihr för mi, Herr! Äwer uns' Schaul hir in Bramborg is 'ne städtsche Schaul, un as ick noch gor nicks in jungen Johren tau bedüden hadd, hett mi de Magistrat hir anstellt, un de Magistrat hett ümmer brav gegen mi handelt - dat heit, sei geiwen einen ümmer dat Gehalt tau späd - un de dummen Jungs - taum Bispill: Pagel Zarnewitz - ja, de maken einen jo Arger - äwer, Herr, dese dummen Jungs sünd mi ganz an't Hart wussen, un nu hir, kiken S', dit's min Dürten, un sei is en Bramborgsch Kind. - Nemen S' nich äwel, wenn ich vörtreck, hir tau bliwen, denn Dürten würd sick man slicht in de Frömd passen.« -»Wohl wahr«, säd Fridrich Franz un wull noch wider wat seggen, äwer oll Böttcher Holz föll em sihr bescheiden in de Red': »Dörchläuchten von Swerin, ick heww vermorrntau all de grote Gnad' hatt, mit Sei tau reden; mit Verlöw, dit sünd mine Fomilien, dit is min Konrektern, un dit is min Löpern«, un dormit stellte hei sine Döchter vör. Ungefihr grad so fierlich as de oll Schippskaptein Stypmann tau Stralsund, as hei mit den Kronprinzen von Preußen, de nahsten de virte König sines Namens Fridrich Wilhelm würd, dörch de Straten von Stralsund gung un baben nah en Balkan in den drüdden Stock ruppewis'te: »Königliche Hoheit, meine drei Töchter!«
Fridrich Franz hürte nich recht dorup un gung in sinnige Gedanken up dat Löperpor los: »Nun, wie wird 's denn aber mit euch?« - »Dörchläuchten«, säd Wilhelm Halsband, »ick heww de Böttcherprofeschon bi minen Swigervader heimlich lihrt, un nu möt ick dornah trachten, dat sei mi as Gesell ut-

schriwen, un denn möt ick drei Johr wannern.« - »Puh!« rep Fridrich Franz, »das ist eine weitläufige Aussicht.« - Stining sach dortau gor tau weihleidig ut, un ehr oll Vader säd: »Dörchläuchten von Swerin, hei is en düchtigen Böttcher, hei makt Sei en grotes Maischküben un en grotes Stückfatt un brukt keinen Halm Kedding dortau; äwer wenn hei kein Disperatschon kriggt, wannern möt hei.« - »Na, Alter«, säd de Herzog, »wir wollen sehen, ob wir nicht bei unserm Herrn Vetter Liebden eine Dispeversion für seine Desperation auswirken können. Bis morgen bleibe ich noch hier, und heute abend kriegt ihr Bescheid. So, nun lebt wohl!« - un gaww Stining un Dürten de Hand. »Und nun seid recht vergnügt, ihr Leute!« - Dormit gung hei, un Kunst brok los: »Hurah! De Herzog von Swerin sall lewen!« Un allens rep »Hoch!« un »Hoch!« Un de Muskanten blosen, un as allens wedder still worden was, rep Kunst: »Ja, Kinnings, nu will'n wi recht vergnäugt sin!« - »Sünd wi all, Kunst«, säd Dürten sihr bestimmt, »wo? Meinen Sei, dat dat Stück von den Wihnachterabend wedder upführt warden sall? Ne«, säd sei un kreg ehren Konrekter unner den Arm tau faten, »du kümmst nu mit!« Un dormit gung sei mit em ut de Dör, un de annern drei Pore folgten nah, un Bäcker Schultsch mit ehren Krischan un den ollen Böttcher makte den Sluß.
Fridrich Franz kek wedder ut dat Finster von de Paleh, un as hei den Tog äwer den Mark trecken sach, säd hei tau sick so recht binnen vergnäugt: »Ja, fürwahr! Ein recht gesegneter Morgen für Verlobungen! - Nun noch die Dispensation für den Läufer!« -
Jeder gung nu nah sinen Hus', blot de Löper un Stining un de oll Böttcher gungen mit nah den Konrekter, un as de olle brave Mann in sin Stuw' kamm, treckte hei sinen Kirchenrock ut, dat hei em schonen wull, un set'te sick in Hemdsmaugen an sine lütte Husördel un sung mit forsche Stimm:

»Unsern Eingang segne Gott,
Unsern Ausgang gleichermaßen.«

Un allens sung mit, un as dat Lid ut was, wiren sei all still. Un ick sing' dat Lid ok mit un swig nu ok still.